DuMont's Kriminal-Bibliothek

Charlotte Matilde MacLeod wurde 1922 in Kanada geboren und wuchs in Massachusetts, USA, auf. Sie studierte am Boston Art Institute und arbeitete danach kurze Zeit als Bibliothekarin und Werbetexterin. 1964 begann sie, Detektivromane für Jugendliche zu veröffentlichen, 1978 erschien der erste »Balaclava«-Band, 1979 der erste aus der »Boston«-Serie, die begeisterte Zustimmung fanden und ihren Ruf als zeitgenössische große Dame des Kriminalromans festigten.

Von Charlotte MacLeod sind in dieser Reihe bereits erschienen: »Schlaf in himmlischer Ruh'« (Band 1001), »... freu dich des Lebens« (Band 1007), »Die Familiengruft« (Band 1012), »Über Stock und Runenstein« (Band 1019), »Der Rauchsalon« (Band 1022), »Der Kater läßt das Mausen nicht« (Band 1031), »Madam Wilkins' Palazzo« (Band 1035), »Der Spiegel aus Bilbao« (Band 1037), »Kabeljau und Kaviar« (Band 1041), »Stille Teiche gründen tief« (Band 1046), »Ein schlichter alter Mann« (Band 1052) und »Eine Eule kommt selten allein« (Band 1066).

Herausgegeben von Volker Neuhaus

Charlotte MacLeod

Wenn der Wetterhahn kräht

DUMONT

Für meine Cousins und Cousinen aus dem MacKay-Clan
und ihre Familien

Balaclava County, Massachusetts, und Sasquamahoc, Maine, und Umgebung existieren nur auf der imaginären Landkarte im Kopf der Autorin. Alle in diesem Buch beschriebenen angenehmen oder weniger angenehmen Personen und Vorkommnisse sind frei erfunden. Jede Ähnlichkeit mit wirklichen Personen, Orten oder Geschehnissen kann daher nur zufällig sein.

Umschlagmotiv von Pellegrino Ritter
Aus dem Amerikanischen von Beate Felten

© 1989 by Charlotte MacLeod
© 1996 der deutschsprachigen Ausgabe by DuMont Buchverlag Köln
2. Auflage 1997
Alle deutschsprachigen Rechte vorbehalten
Die der Übersetzung zugrundeliegende englischsprachige Originalausgabe erschien 1989 unter dem Titel »Vane Pursuit« im Verlag The Mysterious Press, Warner Books, New York, N. Y.
Satz: Boss-Druck, Kleve
Druck und buchbinderische Verarbeitung: Clausen & Bosse GmbH, Leck

Printed in Germany   ISBN 3-7701-3868-6

Kapitel 1

»He, du! Mädchen! Komm sofort von der Kanone runter!«
Dr. Helen Marsh Shandy ignorierte das Gebrüll, auch wenn es aus der Megaphonkehle von Wilbur J. Olson, dem Polizeichef von Lumpkinton, kam. Sie tastete sich lediglich ein wenig mit ihren neuen rosa Turnschuhen in Position, bis sie sicher oben auf dem imposanten Relikt aus dem amerikanischen Bürgerkrieg gegenüber der Seifenfabrik stand, überprüfte kurz, ob ihr Teleobjektiv fest saß, versicherte sich zweimal, daß ihr Motiv auch wirklich scharf war, kniff ein Auge zu, schaute durch den Sucher und drückte auf den Auslöser.

Olson brüllte wieder. Helen knipste weiter. Erst als der Polizeichef die Tür seines Streifenwagens aufriß und Anstalten machte, seine stämmigen Beine unter dem Lenkrad hervorzuziehen und das Fahrzeug zu verlassen, ließ sie die teure Kamera in ihre Schutzhülle gleiten und sprang zurück auf den Boden.

»Tut mir leid, Chief Olson, aber ich mußte unbedingt die Wetterfahne auf der Seifenfabrik gegen den wunderbaren Sonnenuntergang fotografieren, bevor der Himmel sich wieder verändert. Diese Wetterfahne gilt als das Meisterwerk von Praxiteles Lumpkin, wissen Sie.«

Sie war in der Tat ein Meisterwerk. Die handgearbeitete Kupfersilhouette, der Alter und Seifendämpfe eine eindrucksvolle Patina verliehen hatten, stellte einen schlaksigen Mann dar, der in einem runden Badezuber saß. Eines seiner dünnen Beine war ausgestreckt und ragte aus dem Zuber heraus. Seine rechte Hand umklammerte eine langstielige Bürste, mit der er sich gerade den Rücken schrubbte. Die linke Hand, in der sich ein längliches Objekt befand, das allem Anschein nach ein Stück Lumpkin-Seife darstellen sollte, hielt er triumphierend in die Höhe.

Einige Bürger von Lumpkinton verstanden die Wetterfahne lediglich als einen ungewöhnlich sauberen Witz, andere fanden sie einfach fantastisch. Chief Olson interessierte sich nicht die Bohne für das Meisterwerk des umherziehenden Wetterfahnenkünstlers und ebensowenig für Helens Erklärungen.

»Ungh.« Er machte sich daran, seine Beine wieder zurückzuziehen und im Streifenwagen zu verstauen. »Sind Sie nicht die Frau von Professor Shandy? Ich dachte, Sie arbeiten drüben in der College-Bibliothek?«

»Das tue ich auch. Ich mache nur ein paar Fotos für unser Archiv. Und für eine Broschüre für die Historical Society von Balaclava County. Wir helfen ihr bei einer Zusammenstellung für das Smithsonian Institute in Washington. Im Gegensatz zu uns verfügt die Society nicht über die nötigen Mittel, um die ganzen Daten zusammenzutragen, und ich bin sozusagen die Verkörperung dieser Mittel. Praxiteles eignet sich hervorragend als Forschungsobjekt, weil er eine beeindruckende Fülle an Kunstwerken hinterlassen hat, die noch nie systematisch ausgewertet wurden. Abgesehen von ein paar Schnappschüssen, die Canute Lumpkins Großmutter mit einer Kodak-Klappkamera gemacht hat«, fügte Helen fairerweise hinzu. »Aber leider sind die Bilder nicht sonderlich gut geworden.«

Polizeichef Olson zeigte nicht das geringste Interesse an den Schnappschüssen von Canute Lumpkins' Großmutter. »Ha! Und dafür werden Sie auch noch bezahlt? Anständige Frauen sind um diese Zeit längst zu Hause und kochen ihren Ehemännern das Abendessen. Und das schaffen sie sogar, ohne vorher extra ein Kochbuch zu schreiben.«

Er verzog seine aufgeworfenen Lippen kurz zu einem häßlichen kleinen Grinsen, damit Helen auch sah, daß ihm keineswegs nach Scherzen zumute war, und setzte wieder sein gewohntes finsteres Gesicht auf. »Wie Sie da oben rumgeturnt sind, habe ich Sie glatt für ein Kind gehalten.«

Der Satz klang wie ein Vorwurf, doch Helen beschloß, den alten Griesgram noch ein wenig mehr zu provozieren, indem sie seine Bemerkung absichtlich mißverstand.

»Vielen Dank für das Kompliment, Chief Olson. Aber nachdem Sie mich jetzt aus der Nähe gesehen haben, wissen Sie es sicher besser.«

Die Kuratorin der Sammlung Buggins am Balaclava Agricultural College, wie ihr vollständiger Titel lautete, war eine ausnehmend hübsche Frau. Ihre zierliche Figur, die blonden Locken, das rosa Sweatshirt und die Blue Jeans hätten sogar ein geschulteres Auge als das von Olson täuschen können. Um ihn noch ein wenig mehr in Rage zu versetzen, fügte sie hinzu: »Praxiteles war übrigens der Großneffe von Fortitude Lumpkin, der Druella Buggins geheiratet hat, wie Sie zweifellos wissen.«

Chief Olson wußte es höchstwahrscheinlich nicht, und es war ihm sicher auch herzlich egal, doch er war nicht dumm genug, sich vor Mrs. Shandy eine Blöße zu geben. »Die verdammten Gören klettern dauernd auf der Kanone rum«, knurrte er. »Und dann fallen sie runter und tun sich weh, und schon kommen die Mütter angerannt und geben mir die Schuld.«

»Ich vermute, viele Eltern arbeiten hier in der Fabrik.«

Helen machte eine Kopfbewegung in Richtung Seifenfabrik, einem dreistöckigen Gebäude aus rotem Sandstein mit schmutzigen Fenstern, das genau gegenüber dem kleinen Grasdreieck mit der Kanone stand. Beide leisteten sich seit Ende der 60er Jahre des neunzehnten Jahrhunderts hier Gesellschaft. Die Mündung der Kanone zielte genau auf die Talgküche der Fabrik, für deren Kessel im Laufe der Jahre Tausende und aber Tausende von Mastbullen ihr Fett geopfert hatten, damit daraus auf wundersame Weise mit Hilfe von Pottasche und Duftstoffen die zartduftende »Lumpkin's Lilywhite« für liebliche junge Damen, die markante »Lumkin's Kernrein« für schmutzige alte Männer, das unübertroffene »Lumpkin's Schneewittchen« für frische und duftige Wäsche und zweifellos noch diverse andere Seifenwunder hergestellt wurden, von denen Helen nichts wußte.

Dafür wußte sie allerdings, daß die riesige Anlage sozusagen auf den Tiegeln mit Seifenlauge erbaut worden war, die Druella Buggins Lumpkin vor vielen Jahren aus Kochfett und Holzasche zusammengebraut hatte und ihr Ehemann Fortitude in den umliegenden Dörfern aus den Satteltaschen seiner treuen Stute Beornia unermüdlich feilgeboten hatte. Sie wußte auch, daß die winzige Lichtung, die Fortitude einst der Wildnis abgetrotzt hatte, um seiner geliebten Braut ein trautes Heim zu schaffen, sich zunächst zu einem Dorf und schließlich zu einer richtigen Kleinstadt entwickelt hatte, und all das verdankten sie, zumindest metaphorisch gesprochen, nur Druellas Seifenlauge. Hier gab es immer noch ziemlich viele Farmer und auch zahlreiche Bürger, die tagsüber in der Nachbarstadt Clavaton arbeiteten und nur zum Schlafen herkamen, aber nach wie vor waren die meisten Bewohner in der Seifenfabrik hier in Lumpkin Upper Mills, dem größten Unternehmen vor Ort, angestellt. Helen fragte sich, wie lange sie es wohl noch bleiben würden. Einige junge Hitzköpfe, allen voran ein gewisser Brinkley Swope, der für die Seifenformen verantwortlich war, warnten schon seit geraumer Zeit davor, daß die altmodische Fabrik nicht mehr lange weiterproduzieren könne, wenn nicht schleunigst etwas unternommen werde, um die völlig veralteten Maschinen und Herstellungsmethoden zu verbessern.

Noch vor zwei Wochen hatte Brinkleys Bruder Cronkite, rasender Reporter vom *All-woechentlichen Gemeinde- und Sprengel-Anzeyger für Balaclava,* einen langen Sonderbericht über den Niedergang der Lumpkin-Werke auf dem Weltseifenmarkt verfaßt. Die Gemüter waren angeblich so erhitzt, wie dies in einem langweiligen Nest wie Lumpkinton überhaupt möglich war. Doch Helen Shandy bemerkte keinerlei Zeichen eines bevorstehenden Aufruhrs, als sie sich von Polizeichef Olson verabschiedete und ihren Wagen zurück zur alten Horsefall-Farm lenkte, wo sie ihren Gatten in trauter Zweisamkeit mit ihrem gemeinsamen Freund Henny zurückgelassen hatte.

Hengist Horsefall, wie er richtig hieß, auch wenn ihn nie jemand so nannte, war weit in den Achtzigern. Peter, der noch nicht einmal sechzig war und dies auch so bald nicht werden würde, wirkte neben dem alten Henny wie ein rechter Frischling. Die beiden hatten es sich vorn auf der Veranda gemütlich gemacht, genossen den Sonnenuntergang und stimmten sich auf das Abendessen ein, indem sie sich einen Pflaumenschnaps, eine Spezialität von Hennys Tante Hilda, als Aperitif genehmigten, während Hennys Neffen Eddie und Ralph mit Hilfe ihrer zahlreichen Sprößlinge die Farmarbeit verrichteten. Im Inneren des Hauses waren die angeheirateten Nichten Marie und Jolene, diverse Großnichten und Urgroßnichten damit beschäftigt, das Abendessen vorzubereiten.

Eigentlich hatten die Shandys gar nicht so lange bleiben wollen. Sie waren nach Lumpkin Corners gekommen, um Fotos von einigen anderen Kunstwerken von Praxiteles Lumpkin zu machen, unter anderem von einem ganz besonders interessanten Stück, das Henny höchstpersönlich gehörte und einen Hahn darstellte, der auf dem Rücken eines Schweins thronte. Die Horsefalls hatten jedoch darauf bestanden, daß die Shandys unbedingt zum Essen bleiben sollten, daher hatte Peter sich freiwillig als Geisel zur Verfügung gestellt, während Helen, die sich das Glanzstück bis zum Schluß aufgespart und auf einen schönen Sonnenuntergang gehofft hatte, allein nach Lumpkin Upper Mills gefahren war, um ihr Tagewerk zu vollenden.

Es war hauptsächlich Peter zu verdanken, daß die Horsefalls ihre Farm noch besaßen*, und Helen hatte ihnen dabei geholfen, einige ihrer Antiquitäten für so viel Geld zu verkaufen, daß sie von dem Erlös einen Anbau errichten konnten, in dem der ganze Clan so großzügig untergebracht werden konnte, wie sie es sich nie hatten träumen lassen. Die Horsefalls hätten auch ihre Wetterfahne verkaufen können und dafür genug Geld bekommen, um sich ein richtiges Herrenhaus bauen zu können, doch wozu brauchten sie ein Herrenhaus? Alle liebten die alte Farm so, wie sie war, und mochten den Hahn auf dem Schwein, daher blieb alles beim alten und die Wetterfahne zu Helens Freude weiter im Besitz der Familie Horsefall. Helen gab ihrem Gatten einen Kuß, wurde von diversen Horsefalls umarmt, unter anderem auch von Henny, der sich die Gelegenheit, eine hübsche junge Frau in den Armen zu halten, auf keinen Fall entgehen ließ, denn es könnte ja immerhin seine letzte sein, und nahm dankend ein Gläschen Pflaumenschnaps in Empfang.

»Alles glatt gelaufen mit der Seifenfabrik?« erkundigte sich Jolene. »Haben Sie Ihre Fotos bekommen?«

»Das will ich schwer hoffen«, meinte Helen. »Jedenfalls sah die Wetterfahne durch den Sucher hervorragend aus. Allerdings wäre ich für die Aufnahmen fast ins Gefängnis gekommen.«

»Wie meinen Sie das? Ist Soapie Snell etwa rausgekommen und hat den starken Mann markiert?«

»Nein. Folgendes ist passiert: Ich bin auf die alte Kanone geklettert, damit ich hoch genug stand, um den richtigen Blickwinkel für die Aufnahme zu haben, und genau in dem Moment, als ich auf den Auslöser drücken wollte, fuhr Polizeichef Olson zufällig mit seinem Streifenwagen vorbei und hat lautstark protestiert. Er hat mich übrigens für ein kleines Mädchen gehalten«, fügte Helen ein klein wenig eitel hinzu.

»Olson haßt Kinder«, knurrte der junge Ralph, der inzwischen zu den Erwachsenen zählte, da er Student am Balaclava Agricultural College war.

»Und an der Kanone hat er einen richtigen Narren gefressen«, ergänzte Ralphs Schwester Hilary, eine hübsche Brünette von ungefähr fünfzehneinhalb. »Man könnte ihn glatt für General Grant

---

* »Über Stock und Runenstein«, DuMont's Kriminal-Bibliothek Bd. 1019)

halten oder so.« Sie kicherte. »Brinkley Swope ist auch verrückt nach dem Ding. Cronkite sagt, Brink hat vor, sich eines Nachts, wenn alles schläft, heimlich hinzuschleichen und die Kanone abzufeuern.«

»Wenn er das probiert, wird er sich selbs' mit in die Hölle schießen«, schnaubte Henny. »Die verdammte Kanone is' wahrscheinlich innen drin total verrostet, die geht bestimmt schon los, wenn Brink sich bloß daneben stellt un' 'nen schönen lauten –«

»Onkel Henny!« protestierte Jolene.

»Niesanfall kriegt, wollt' ich ja bloß sagen.« Die wasserblauen Augen des alten Mannes blickten genauso unschuldig wie die eines neugeborenen Lämmchens. »Was hackt ihr eigentlich immer so auf mir rum?«

»Die Kanone ist nicht verrostet«, sagte Eddie. »Ganz früher haben die Bürgerkriegsteilnehmer sie immer erstklassig in Schuß gehalten, und als keiner von denen mehr am Leben war, haben sich die verschiedenen Veteranenverbände drum gekümmert. Außerdem glaub' ich nich', daß Brinkley gemeint hat, daß er das verdammte Ding mit Schrapnell vollstopfen will, und 'ne Ladung richtiges Schwarzpulver würd' ihr bestimmt nich' schaden.«

»Bei den Swope-Jungs kann man nie wissen, was sie als nächstes anstellen. Wie kommst du überhaupt dazu, dich mit Cronkite zu unterhalten, Hilly?« erkundigte sich Tante Marie mit einem mißbilligenden Hochziehen der Augenbrauen. »Ist er nicht etwas zu alt für dich?«

»Er ist erst fünfundzwanzig. Neun Jahre sind doch kein großer Altersunterschied.«

»Du meinst wohl neuneinhalb?«

»Ist doch gehopst wie gesprungen. Ich finde ältere Männer eben interessanter.«

»Ach wirklich?« sagte ihre Mutter. »Letzte Woche hatte ich noch den Eindruck, daß du Tommy Lomax höchst interessant fandest, und der ist nicht mal fünfzehn. Hör mir mal gut zu, junge Dame. Falls ich dich je auf Cronkites Motorrad erwischen sollte, werden hier die Fetzen fliegen, und glaub bloß nicht, das wäre 'ne leere Drohung!«

»Mama, jetzt hör doch endlich auf!« protestierte Hilary. »Cronkite hat Sonntagabend im Jugendclub einen Vortrag über das Leben eines Reporters gehalten, und wir durften anschließend Fragen stellen. Ich habe nur eine einzige Frage gestellt, und er hat sie beantwortet. Das war alles! Er hat nicht mal direkt mit mir gesprochen, ich war bloß eine von vielen.«

»Und das bleibst du besser auch, wenn's nach mir geht. Die Swopes haben es alle faustdick hinter den Ohren, wenn du meine Meinung hören willst.«

»Also, wirklich, Marie, hier gibt's verdammt viel schlimmere Jungs als die Swopes«, sagte Ralph. »Huntley und Brinkley sind gute Arbeiter in der Seifenfabrik und tun viel für unsere Stadt. Hunt ist im Finanzausschuß und Brink leitet sozusagen die Bürgerwehr von Lumpkinton. Cronk is' allerdings wirklich was aus der Reihe geschlagen, muß ich zugeben, aber wahrscheinlich bleibt das nich' aus, wenn man Reporter is'. Was machen übrigens Ihre Wetterfahnen, Helen?«

»Ich würde sagen, bis jetzt läuft alles hervorragend. Ihre habe ich schon fotografiert, die beiden Pferde auf dem alten Lomax-Haus ebenfalls, Gabe Fescues Kuh, die gerade den Eimer umtritt, den großen Esel mit der Möhre auf dem Rathaus in Lumpkinton, die Justitia auf dem County-Gerichtsgebäude drüben in Clavaton, den Schriftzug auf der Methodistenkirche, die beiden Hähne und die Heuschrecke in Balaclava Junction und den Schmied in Forgery Point. Ich hatte sogar Glück und konnte die hübsche Stute mit Fohlen in Hoddersville knipsen, bevor die Scheune abgebrannt ist.«

»Wirklich jammerschade«, meinte Eddie. »Die schöne alte Scheune, und all die Jahre im Besitz ein und derselben Familie. Angeblich soll das Feuer durch 'nen Schwelbrand oben im Heuboden ausgelöst worden sein, dabei is' John Peavy so ein verdammt vorsichtiger Farmer. Er schwört Stein und Bein, daß jemand das Feuer gelegt hat. Aber die Untersuchungskommission hat keinen Hinweis auf Brandstiftung finden können.«

»Die traurigen Überreste der Wetterfahne haben sie auch nicht gefunden«, sagte Helen. »Was das angeht, habe ich meine eigenen Vermutungen, aber wahrscheinlich werden wir die Wahrheit ohnehin nie erfahren. Jedenfalls habe ich jetzt zusammen mit dem Seifenmann neun Wetterfahnen fotografiert, und Peter hat noch eine oben in Maine ausfindig gemacht, die einer Forstwirtschaftsschule gehört, an der ein alter Klassenkamerad von ihm Präsident ist. Sie stellt einen Holzfäller dar, der einen Baum fällt. Peter hat ihm geschrieben und angefragt, ob wir hinfahren und ein paar Aufnahmen machen könnten. Wir haben beschlossen, einen Kurzurlaub daraus zu machen. Peters Seminare sind seit letzter Woche zu Ende, und ich habe mich von der Bibliothek beurlauben lassen, um für das Wetterfahnenprojekt zu recherchieren. Sie haben ihn gebeten, bei der Abschlußfeier einen Vortrag zu halten und als Zugabe ›O Tannenbaum‹ zu singen. Nicht wahr, Darling?«

»Die Gesangseinlage streiche ich wohl besser aus dem Programm. Gnädige Frau, ist Ihnen überhaupt bewußt, daß Sie sich diesen freundlichen Menschen bereits seit fast vier Stunden aufdrängen? Es ist inzwischen halb zehn und stockdunkel draußen.«

»Wozu die Eile?« protestierte Jolene. »Wir sehen Sie sowieso viel zu selten. Kommen Sie, Peter, ich mache Ihnen noch ein Täßchen Tee.«

»Das ist wirklich sehr nett von Ihnen«, meinte Helen, »aber wir müssen jetzt wirklich los. Wir hatten gar nicht vor, so lange zu bleiben, außerdem müssen wir unbedingt unsere Katze füttern. Jane ist bestimmt schon stocksauer. Es ist wunderschön hier bei Ihnen, aber wir machen uns jetzt wohl besser auf den Heimweg. Kann ich Ihnen vorher noch beim Abräumen helfen?«

»Während die ganze Familie hier untätig rumsitzt? Soweit kommt es noch! Na los, Kinder, bewegt euch! Marie, wie wär's, wenn du Helen ein Stück Schichtkuchen mitgibst, dann braucht sie morgen keinen Nachtisch zu machen.«

»Das ist wirklich sehr nett von Ihnen«, sagte Helen. »Aber bitte nur ein ganz kleines Stück. Peter ißt sowieso schon viel zu viel Nachtisch. Ich übrigens auch, muß ich zu meiner Schande gestehen.«

Dabei wog die zierliche Helen höchstens ein oder zwei lächerliche Pfündchen mehr als ihr Idealgewicht vorschrieb. Peter, der ungefähr ein Meter fünfundsiebzig groß war, wirkte dagegen recht gut gepolstert, doch er war kräftig gebaut und ziemlich muskulös. Professor Shandy, inzwischen international bekannt als Nutzpflanzenzüchter und Agronom, war immer noch der festen Überzeugung, daß der beste Unterricht draußen auf den Rübenfeldern stattfand, und konnte es mit Spaten und Forke immer noch jederzeit mühelos mit seinen kräftigsten Studenten aufnehmen.

Peter, Helen und diverse Horsefalls standen noch zusammen an der Tür und konnten sich einfach nicht loseisen, als der alte Henny plötzlich die Ohren spitzte.

»Seid mal still! Das is' doch die Feuerwehrsirene!«

Alle waren still und zählten.

»Sechsmal und dreimal«, sagte Ralph. »Du liebe Zeit, das is' die Seifenfabrik!«

Die Sirene heulte noch zweimal, diesmal noch länger und lauter.

»Großalarm«, brüllte Eddie. »Dann mal los, Leute. Bis später, Peter. Wir müssen schnellstens zur Feuerwache.«

Zusammen mit seinem Bruder und seinen vier ältesten Söhnen eilte er zur Tür und griff im Laufen nach Stiefel und Mantel. Peter und Helen hörten auf zu beteuern, daß sie nun aber wirklich fahren müßten, und fuhren tatsächlich. Vom Hügel her wehte ihnen bereits ein schwacher Brandgeruch entgegen.

»Grundgütiger, das stinkt ja wie eine Riesengrillparty«, meinte Peter, als er vorsichtig die Kiesauffahrt hinunterfuhr. »Das muß das Seifenfett sein. Ich kann mich noch erinnern, daß während meiner Kindheit auf der Farm einmal eine Pfanne mit Fett auf dem alten Ofen Feuer gefangen hat. Mein Cousin Gardy ist durchgedreht und hat einen Eimer Wasser darübergegossen, was das Feuer erst recht ausbreitete. Großmutter hat ihm anschließend anständig die Leviten gelesen, weil sie ihr ganzes Fäßchen Pökelsalz opfern mußte, um das Feuer zu löschen.«

»Für dieses Feuer braucht man mehr als Pökelsalz«, bemerkte Helen trocken. »Schau mal, Peter, siehst du den roten Schein am Himmel? Dabei sind wir bestimmt noch mindestens drei Meilen von der Fabrik entfernt. Kannst du dir vorstellen, wie es dort erst aussehen muß? Was mag den Brand wohl ausgelöst haben?«

»Weiß der Himmel. Viel war dazu wahrscheinlich nicht nötig. Die Fabrik ist so alt, daß sie bestimmt bis auf die Ziegel ganz aus Holz besteht. Stell dir nur mal die unzähligen Bretter und Balken vor, die seit hundert oder zweihundert Jahren von Seifenfett durchzogen sind. Da genügt schon ein winziger Funken, etwa bei einem Kurzschluß, oder ein ölgetränkter Lappen, den irgendein Idiot glimmend in die Ecke geworfen hat, und schon steht der ganze Laden in Flammen. Genau so, als würde man ein riesiges Talglicht anzünden.«

»Aber in der Fabrik wird doch immer sehr sorgfältig auf Brandverhütung geachtet«, protestierte Helen. »Das weiß ich von Mrs. Lomax. Die Swope-Jungs, die in der Fabrik arbeiten, sind ihre Neffen oder so und erzählen ihr alles. Nicht, daß sie nicht sowieso schon alles wüßte, du kennst sie ja. Jedenfalls hat sie mir erzählt, daß sich dort jeder an seinem ersten Tag einen ellenlangen Vortrag über alle möglichen Gefahrenquellen anhören muß. Überall hängen Warnschilder mit Rauchverboten, und alle paar Wochen werden Brandschutzübungen veranstaltet. Zigaretten müssen beim Pförtner abgegeben werden, und jeder, den man mit einem Feuerzeug oder auch nur mit einem einzigen Streichholz erwischt, wird auf der Stelle gefeuert.«

Peter schüttelte den Kopf, als könne er ihn damit klarer machen.
»Hat sie zufällig erwähnt, ob die Leute dort immer noch in zwei Schichten arbeiten?«

»Das kann ich dir auch so sagen. Ich habe nämlich gesehen, wie die Tagschicht gegangen und die Nachtschicht gekommen ist, als ich meine Fotos gemacht habe. Darling, ich weiß zwar, daß wir uns von der Fabrik fernhalten sollten, aber meinst du nicht, wir könnten irgendwie in Erfahrung bringen, ob auch niemand zu Schaden gekommen ist?« bettelte Helen. »Ich glaube, ich kann die Ungewißheit nicht ertragen.«

»Drüben vor Lumpkin Upper Mills gibt es eine Stelle namens Lookout Point. Sie ist weit genug von der Fabrik entfernt, so daß wir die Löschzüge nicht behindern. Von dort aus müßten wir eigentlich sehen können, was passiert. Wir treffen dort sicher auch jemanden, der weiß, ob es Verletzte gegeben hat. Zum Glück liegen unsere Ferngläser noch im Handschuhfach.«

Als sie am Lookout Point ankamen, war der Brandgeruch bereits so stark, daß er ihnen Augen und Kehle beizte, obwohl der Wind ostwärts blies und sie sich eine halbe Meile in westlicher Richtung befanden. Durch die Ferngläser konnten sie die brennende Fabrik unten im Tal genau erkennen. Die Flammen schlugen hoch über dem Gebäude zusammen und schleuderten brennende Trümmer auf die Straßen, die Löschzüge und die Dächer der umliegenden Gebäude. Helen sah, wie ein Funken auf der Kanone landete, auf der sie vor wenigen Stunden noch selbst gestanden hatte. Zu ihrer großen Verwunderung verursachte er einen merkwürdigen, hellen, flackernden Blitz.

»Peter, schau mal da! Schnell! Die Kanone brennt!«

»Das ist doch nicht möglich! Tatsächlich, Herr des Himmels, du hast recht! Sieht aus wie brennendes Schwarzpulver. Es muß ganz frisch sein, Pulver wird schnell feucht.«

»Aber als ich dort gestanden habe, war es noch nicht da. Ich habe extra nachgeschaut, weil ich meine rosa Turnschuhe nicht schmutzig machen wollte. Es mag zwar albern klingen, aber ich finde immer, daß neue Turnschuhe etwas ganz Besonderes sind. Oh, wie furchtbar! Das Dach stürzt zusammen! Können die Feuerwehrleute denn gar nichts tun, um die Fabrik zu retten?«

»Ich glaube sogar, daß sie es gar nicht erst versuchen. Sie wissen, daß es zwecklos wäre. Sie können nur versuchen, das Feuer unter Kontrolle zu bekommen, damit es nicht auf die umliegenden Häuser übergreift.«

»Schon wieder eine von Praxiteles Lumpkins Wetterfahnen zerstört«, seufzte Helen. »Die zweite in ein und derselben Woche, und beide Male durch einen Brand. Eigentlich ziemlich merkwürdig, findest du nicht auch, Peter? Die Wetterfahne, die ich heute fotografiert habe, befand sich genau in der Mitte des Dachteils, das gerade eingestürzt ist, aber ich habe sie gar nicht mehr gesehen. Dabei ist es weiß Gott hell genug, um alles genau zu erkennen, selbst wenn der Rauch noch so dick ist. Hast du etwas sehen können?«

»Nein, keine Spur von der Wetterfahne, jetzt wo du es sagst.«

»Meinst du, es wäre möglich, daß irgendein todesmutiger Mensch hochgeklettert ist und sie in Sicherheit gebracht hat?«

»Kann ich mir kaum vorstellen. Die Leute waren bestimmt viel zu sehr damit beschäftigt, sich selbst in Sicherheit zu bringen«, meinte Peter düster. »Ich hoffe nur, daß alle das Gebäude rechtzeitig verlassen konnten.«

Wie Peter vorhergesagt hatte, waren sie nicht die einzigen Zuschauer am Lookout Point. Andere Schaulustige hatten sich ebenfalls hier versammelt, wirkten jedoch eher verzweifelt als sensationslüstern. Peter und Helen konnten ihre besorgten Gespräche mitanhören.

»Da unten besprengt Bob Giberson gerade sein Dach mit dem Gartenschlauch. Hoffentlich ist der Wasserdruck stark genug! Mein Gott, schaut doch bloß! Seine Veranda fängt an zu – nein, er hat es gerade noch mal geschafft.«

»Ihr könnt euren Kopf drauf verwetten, daß Soapy Snells Veranda nicht in Flammen steht. Wo ist der verdammte Mistkerl überhaupt? Könnt ihr ihn irgendwo sehen? Entschuldigen Sie bitte, Mister, könnten wir vielleicht kurz Ihr Fernglas ausleihen?«

»Aber selbstverständlich«, sagte Peter und reichte ihnen das Fernglas.

Nach etwas einer Minute reichte der Mann es wieder zurück. »Nein. Nirgendwo zu sehen. Wahrscheinlich hockt er zu Hause und zählt sein Geld. Aha! Polizeichef Olson ist eingetroffen und bringt den ganzen Verkehr durcheinander.«

»Typisch.«

»Ich wollte helfen, aber mich haben sie nur bis zu den Feuerwehrwagen vorgelassen. Es sind Löschzüge aus Clavaton und Hoddersville und Gott weiß woher gekommen.«

»Ich habe gehört, die Hälfte der Wagen auf dem Parkplatz stand schon in Flammen, bevor die Leute in der Fabrik überhaupt gemerkt haben, was los war.«

»Konnten alle rauskommen?«

»Clem sagt, daß es alle geschafft haben, außer dem alten Caspar Flum. Cas war wie immer in der Talgküche. Dort ist das Feuer höchstwahrscheinlich auch ausgebrochen. Huntley Swope wollte noch rein, um ihn zu retten, sagt Clem, aber alles war schon ein einziges Flammenmeer. Huntleys Kleider haben gebrannt, als sie ihn rausgezogen haben, er muß üble Verbrennungen davongetragen haben, fürchte ich. Der Krankenwagen hat ihn auf dem schnellsten Weg ins Krankenhaus von Hoddersville gebracht.«

»Da hat sein Bruder ja wieder was zu schreiben, schätze ich!«

»Stimmt. Cronkite ist da unten und macht Fotos und piesackt den Brandmeister. Aber wo ist Brinkley?«

»Brink hat diese Woche Tagschicht. Ich habe ihn kurz nach Feierabend unten an Johnnys Laden gesehen. Er hat Zigarren für seinen Schwiegervater gekauft. Der alte Herr wohnt jetzt bei Brink und Cynthia. Cas Flum ist also in den Flammen umgekommen? Gott, wie grauenhaft! Der arme Teufel hat bestimmt schon mehr als fünfzig Jahre in der Talgküche gearbeitet. Aber wenigstens verliert er jetzt nicht mit dem Rest der Leute seinen Job.«

»Meinst du, Soapy Snell baut die Firma wieder auf?«

»Wer weiß? Kann mir nicht vorstellen, daß der alte Kasten hoch genug versichert ist, um auch nur die Hälfte von dem rauszukriegen, was es kosten würde, zum heutigen Preis ein neues Gebäude zu errichten. Soapy ist das bestimmt schnurzegal. Der hat eh genug Geld. Der wird sich lieber aus dem Geschäft zurückziehen. Mich würd's jedenfalls nicht wundern.«

»Ich weiß nicht, was die Leute machen, wenn die Fabrik nicht wiederaufgebaut wird. Vielleicht Hamburger in Fast-Food-Restaurants verkaufen. Oder im Supermarkt arbeiten. Verdammt heikle Situation, wenn ihr mich fragt. Mann, wenn wir je rauskriegen, wer die Kanone abgefeuert hat –«

»Du glaubst doch nicht im Ernst, daß die Kanone was mit dem Ausbruch des Feuers zu tun hat, oder? Mit dem alten Kinderspielzeug könnte man doch nicht mal 'n Loch in 'ne Papiertüte schießen!«

»Woher willst du das wissen? Es hat jedenfalls einen gewaltigen Knall gegeben. Wir haben es bis bei uns zu Hause gehört. Meine Frau und ich sind rausgelaufen, um nachzusehen, was zum Teufel los war, und die Talgküche brannte lichterloh, als wäre 'ne Bombe drin eingeschlagen. So was hab' ich im Leben noch nicht gesehen. Und ihr könnt mir glauben, daß ich so was auch nicht noch einmal sehen möchte.«

»Aber mit den alten Kanonen kann man doch gar nicht so gut zielen wie mit den modernen.«

»Was heißt denn hier gut zielen? Das verdammte Ding steht genau gegenüber von der Talgküche und ist gerade mal sechs Meter weit weg. Wenn Cas aus dem Fenster geschaut hat, konnte er genau in die Mündung sehen. Er hat immer Witze darüber gemacht, daß er unter Bombardement stand.«

»Aber eine Kanonenkugel würde kein Feuer verursachen, selbst wenn sie mitten in einem Kessel landen würde.«

»Man braucht dazu gar keine Kanonenkugel. Man könnte genausogut alte Lumpen um einen dicken Stein wickeln oder so was und von oben auf das Pulver pressen, dann würde das Ding schon brennen, wenn es aus der Kanone fliegt. Es würde zwar nicht sehr weit fliegen, aber das wäre ja auch nicht nötig. Könnt ihr euch vorstellen, was ein Haufen brennender Lumpen in 'nem Kessel mit heißem Talg anrichten würde?«

»Ich möchte lieber nicht dabei sein, wenn so was passiert, das könnt ihr mir glauben.«

»Aber wer wäre denn dumm genug, so was zu riskieren?«

»Immerhin war jemand dumm genug, die Kanone abzufeuern. Daran gibt es nichts zu rütteln.«

»Na ja, es könnte auch Zufall gewesen sein. Vielleicht hat ein Kind bloß einen großen Knallfrosch in das Rohr geschoben.«

»Also, ich denke, wir kriegen das schon ziemlich bald raus, vorausgesetzt, wir sind morgen früh überhaupt noch am Leben. Mann, der Rauch macht mich total fertig. Ich glaube, ich geh' wieder zurück ins Haus.«

Kapitel 2

Peter und Helen hatten inzwischen ebenfalls genug. Auf der Heimfahrt hörten sie im Autoradio die Sondermeldungen zuerst im Lokalsender von Clavaton und dann auch in den überregionalen Nachrichten. Jane Austen erwartete sie bereits, höchst erbost darüber, daß man sie so lange allein gelassen hatte, obwohl Mary Enderble da gewesen war, um ihr eine frische Dose Katzenfutter zu servieren und tröstend die Pfote zu halten, nachdem Helen von den Horsefalls aus angerufen hatte.

Helen und Peter versuchten zwar, sich zu entschuldigen, doch Jane rümpfte beim Geruch von angebranntem Seifenfett nur angeekelt das Näschen und verließ protestierend das Zimmer, daher gingen sie nach oben, um zu duschen und sich die Haare zu waschen. Nachdem sie den Gestank abgespült hatten, schlüpften sie in saubere Schlafanzüge, trugen die übelriechenden Kleidungsstücke zum Waschen oder Auslüften hinunter in den Keller und schafften es schließlich, Jane doch noch zu überreden, ihnen vor dem Fernseher Gesellschaft zu leisten.

Auf dem Bildschirm Ausschnitte von dem zu sehen, was sie eben noch hautnah miterlebt hatten, war ein ziemlich merkwürdiges Gefühl, das jedoch nicht lange vorhielt. Alles drehte sich um Caspar Flum, sein Tod war nun offiziell. Der *Gemeinde- und Sprengel-Anzeyger für Balaclava* hatte ein wunderschönes Bild von Mr. Flum zur Verfügung gestellt, das ihn freudestrahlend inmitten seiner Talgkessel zeigte und aus dem Jahr 1972 stammte, als man das hundertjährige Bestehen der Fabrik gefeiert hatte. Es gab auch noch ein Foto jüngeren Datums, auf dem er stolz die Ehrennadel anläßlich seines fünfzigjährigen Dienstjubiläums aus der erlauchten und selbstverständlich blitzsauberen Hand von Präsident Soapy Snell entgegennahm.

Mr. Flum war ein kinderloser Witwer gewesen, doch die unermüdlichen Journalisten hatten bereits eine Schwester und zwei Neffen ausfindig gemacht, die mit verquollenen Augen, die entweder auf ihre Tränen, den Rauch oder beides zurückzuführen waren, nicht allzu heiß darauf waren, vor laufenden Kameras ihrem Schmerz über das Ableben ihres Angehörigen Ausdruck zu verleihen. Alle waren übereinstimmend der Meinung, daß Talg Caspar Flums Lebensinhalt gewesen war. Die Schwester zog sogar die Möglichkeit in Betracht, daß Cas vielleicht genau so inmitten seiner Talgkessel hätte sterben wollen, wenn er die Wahl gehabt hätte, woraufhin der weniger redegewandte Neffe damit herausplatzte, daß er trotzdem den verdammten Hurensohn, der die Kanone abgefeuert habe, gern in die Finger kriegen würde.

Nein, er habe nicht gesehen, wie sie losgegangen sei. Das habe niemand, soweit er wisse. Aber das Feuer könne schließlich nur durch die Kanone verursacht worden sein, denn was hätte es sonst sein sollen? Dafür spreche auch der gewaltige Knall, ergänzte der andere, wohl etwas gebildetere Neffe, nachdem es ihm endlich gelungen war, seinen Adamsapfel aus seinem Hemdkragen zu befreien.

Die Schwester fügte noch hinzu, daß Cas ihr stets ein guter Bruder gewesen sei und sie bereits vor einem Monat sein Geburtstagsgeschenk erstanden habe, sich jetzt allerdings Sorgen mache, ob der Laden, in dem sie es gekauft hatte, es nach all der Zeit noch zurücknehmen werde. Ihre Stimme klang tränenerstickt, und der Kameramann zeigte schließlich Anstand genug und schwenkte ab.

»Die arme Frau«, kommentierte Helen. »Ich weiß wirklich nicht, warum es die Leute nicht lassen können, die Familien in solchen Situationen ins Rampenlicht zu zerren. Komm, wir trinken ein Schlückchen Brandy, Liebling. Ich falle zwar fast um vor Müdigkeit, und du sicher auch, aber wahrscheinlich können wir ohne einen kleinen Beruhigungstrunk doch nicht einschlafen.«

Der Brandy hatte seine Wirkung offenbar nicht verfehlt, denn gegen halb acht wurden beide Shandys durch laute Schläge gegen die Haustür aus dem Tiefschlaf gerissen. Peter streckte den Kopf aus dem Fenster und brüllte: »Immer mit der Ruhe! Ich komme sofort!« Er veranstaltete noch einen kurzen Zweikampf mit seinem Bademantel, lieh sich seine Pantoffeln von Jane aus und eilte nach unten.

Der allzu frühe Besucher entpuppte sich als Cronkite Swope, der wie ein schwelender Talgkessel stank und vor Erschöpfung schwankte. Peter hielt ihn am Arm fest.

»Um Gottes willen, kommen Sie lieber herein, sonst brechen Sie noch zusammen.«

Er führte den jungen Reporter in die Küche, drückte ihn auf einen Stuhl und begann Kaffee zu kochen. »Möchten Sie vielleicht etwas Saft?«

»Was?«

»Hier, trinken Sie das.«

Swope starrte das Glas Orangensaft an, als sei es ein unbekanntes Objekt von einem anderen Stern, schien sich aber schließlich wieder zu erinnern, was er damit anzufangen hatte, und trank. Vielleicht hatte der Fruchtzucker ihn zu einem gewissen Grad wiederbelebt, jedenfalls schob er seinen Stuhl nach hinten und stand auf.

»Meinen Sie, daß ich mich kurz frisch machen könnte?«

»Selbstverständlich. Das Bad ist dort drüben.«

»Ich weiß.«

Swope hatte das Haus der Shandys schon viele Male besucht, seit Peter durch diverse merkwürdige Zufälle zum großen Meisterdetektiv von Balaclava County und Umgebung avanciert war. Er fand das Badezimmer im Erdgeschoß ohne größere Probleme und kehrte etwas sauberer, aber genauso niedergeschlagen zurück. »Sie müssen mir unbedingt helfen, Professor.«

»Was ist denn los, Cronkite?« Helen war inzwischen ebenfalls nach unten gekommen und sah in ihrem weichen rosa Morgenmantel und den altrosa Pantoffeln mit den hübschen Pompoms auf den Zehen sehr viel attraktiver aus als beide Männer zusammen. »Setz dich ruhig, Peter. Ich kümmere mich schon um den Kaffee. Wer möchte Eier mit Speck?«

Ohne die Antwort abzuwarten, holte sie die große Pfanne und begann, den Kühlschrank leerzuräumen. »Ich wette, Sie waren die ganze Nacht auf den Beinen, Cronkite. Ist das Feuer inzwischen gelöscht?«

»Die Feuerwehr hat zwar die Flammen niedergekämpft, aber sie flackern immer wieder neu auf. Es kann noch eine ganze Woche weiterschwelen, sagt der Brandmeister. Vielen Dank, Mrs. Shandy, ich glaube, ich könnte tatsächlich etwas zu essen vertragen. Obwohl ich mich erinnere, daß ich in der Rot-Kreuz-Küche oder so ein Doughnut gegessen habe.«

»Hier, nehmen Sie sich doch eins von den Muffins, dann haben Sie schon was zu knabbern, während ich die Spiegeleier brate. Hätten Sie gern ein Schüsselchen Cornflakes?«

»Nein, danke, das hier reicht fürs erste. Menschenskind, ich wußte ja gar nicht, daß ich so hungrig bin! Aber eigentlich dürfte ich gar nicht hier sitzen.«

»Warum denn nicht?« wollte Peter wissen. »Was ist denn los mit Ihnen, Swope?«

»Ich mache mir Sorgen um meinen Bruder.«

»Um Huntley? Wir haben gehört, daß er Verbrennungen erlitten hat, als er versuchte, Caspar Flum zu retten. Er ist doch inzwischen nicht etwa –«

»Nein, keine Sorge. Hunt geht es gut, soweit ich weiß. Hauptsächlich Arme und Brust. Sein Hemd hat Feuer gefangen. Es wird eine Weile dauern, bis alles wieder verheilt ist. Im Krankenhaus haben sie ihm ein starkes Schmerzmittel geben müssen, aber er hat noch mal Glück gehabt. Es hätte schlimmer kommen können. Ich mache mir Sorgen um Brink.«

»Brinkley? Ist ihm denn auch etwas zugestoßen?« fragte Helen. »Er war doch gar nicht in der Fabrik, als es passiert ist, oder? Wir haben gehört, daß er gestern Tagschicht hatte.«

»Stimmt. Nein, gesundheitlich ist mit ihm alles in Ordnung. Aber als er unsere Schwägerin zum Krankenhaus gefahren hat, damit sie Huntley besuchen konnte, hat jemand eine Kanonenkugel, um die ein brennender Lappen gewickelt war, durch sein Wohnzimmerfenster geworfen.«

»Mein Gott!« rief Peter. »Ist viel beschädigt worden?«

»Ein Gesteck aus Seidenblumen und getrockneten Gräsern ist verbrannt. Kaufpreis 49 Dollar und 15 Cent, seine Frau Cynthia hat es bei der Tombola gewonnen, als der neue Blumenladen im Einkaufszentrum aufgemacht hat. Ein Glück, daß Cynthias Vater bei den Kindern im Haus war und noch nicht ins Bett gegangen war, sonst wäre vielleicht das ganze Haus abgebrannt und sie wären womöglich alle darin umgekommen. Und die Person, die die Kanonenkugel geworfen hat, hätte einfach Funkenflug für den Brand verantwortlich gemacht, und niemand hätte was gemerkt.« Swope stach wütend die Gabel in sein Spiegelei.

»Dann glaubt also tatsächlich jemand, daß Brinkley die alte Kanone abgefeuert hat?« erkundigte sich Helen ungläubig.

»Jemand? Schön wär's! Alle glauben das, die Leute an der brennenden Fabrik haben über nichts anderes geredet. Selbst die Männer von der freiwilligen Feuerwehr waren stinksauer, weil sie durch den Brand ihre Arbeitsplätze verloren haben. Ich brauche Ihnen ja wohl kaum zu sagen, was es für Lumpkinton bedeutet, wenn die Fabrik zumacht, oder? Wir haben schließlich nur die eine. Wenn sie nicht wiederaufgebaut wird, fallen die Gewerbesteuern weg und werden auf die Kommunalsteuern umgelegt, was die Familien nur noch schlimmer treffen wird. Ich verstehe zwar, wie sich die Leute fühlen, aber ich kann einfach nicht begreifen, wie jemand, der auch nur halbwegs bei Verstand ist, glauben kann, daß mein Bruder zu so einer Wahnsinnstat fähig wäre. Bloß weil Brink mal ein paar Witzchen darüber gemacht hat und ich dämlich genug war –«

»Sonntagabend vor Hilly Horsefalls Jugendgruppe alles auszuplaudern«, beendete Peter den Satz. »Aber die Kinder wußten doch, daß es nur ein Scherz war.«

»Aber irgendein superschlauer Mistkerl ist hingegangen und hat es ausprobiert«, sagte der Reporter.

»Aber woher hat er das Schwarzpulver bekommen?« wollte Helen wissen.

Cronkite schnaubte. »Das ist doch kinderleicht! Die Hälfte aller Väter hier ist in der Bürgerwehr von Lumpkinton und hat Schwarzpulver für ihre Vorderlader. Wenn drei oder vier von den Kindern jeweils eine halbe Tasse voll geklaut hätten, wäre das bestimmt schon genug gewesen. Sie hätten auch in ein Geschäft gehen und behaupten können, es sei für ihre Väter, mit ein bißchen Überredungskunst wäre es ihnen todsicher gelungen, den Verkäufer dazu zu bringen, ihnen ein Pfund oder so zu verkaufen. Sie hätten auch einen der großen Jungs überreden können, es für sie zu kaufen, genauso wie sie es immer mit dem Bier machen. Außerdem gibt es hier mehr als genug Spinner. Die Typen oben am Woeful Ridge würden alles tun, solange sie sich dabei wie richtige Männer fühlen.«

Er meinte damit eine Gruppe selbsternannter Überlebenskämpfer, die sich regelmäßig an Wochenenden trafen, um ihr männliches Ego aufzupolieren. Cronkite hegte einen persönlichen Groll gegen sie, seit er versucht hatte, sie zu interviewen, und mit Schimpf und Schande davongejagt worden war, doch die meisten Bürger von Balaclava County hielten sie für harmlos.

»Woeful Ridge ist aber ziemlich weit weg von der Seifenfabrik«, sagte Helen. »Hier ist noch ein Spiegelei für Sie, Cronkite. Und jetzt möchten Sie, daß Peter herausfindet, wer die Kanone wirklich abgefeuert hat, richtig?«

»Ich möchte, daß er mir dabei hilft herauszufinden, wie es wirklich zu dem Brand gekommen ist. Brink sagt, daß er die Kanone nicht abgefeuert hat. Er glaubt sogar, daß die Kugel überhaupt nicht durch das Fenster hätte fliegen können, und zwar wegen der Flugbahn, was immer das auch bedeuten mag.«

»Es bedeutet, daß die Kugel höchstwahrscheinlich nicht in einer geraden Linie geflogen wäre«, erklärte Peter. »Und es ist so gut wie unmöglich festzustellen, wo genau sie gelandet wäre, es sei denn, man hätte schon vor dem Brand mehrere Probeschüsse abgegeben, um den Abstand einschätzen zu können, was natürlich niemand getan hat. Ich glaube, Ihr Bruder hat recht mit seiner Theorie, aber ich befürchte, es wird teuflisch schwer sein herauszufinden, was wirklich passiert ist. Ist von der Talgküche überhaupt noch etwas übrig?«

»Soweit ich sehen konnte, ist von der ganzen Fabrik kaum noch etwas übrig, außer ein paar großen Klumpen aus Steinen und Mörtel und einem Riesenhaufen Asche.«

Helens Gesicht verzog sich schmerzhaft. »Und wahrscheinlich weit und breit keine Spur von der Wetterfahne.«

Man hätte annehmen können, sie habe gerade Chinesisch gesprochen. Der junge Swope starrte sie zehn Sekunden lang völlig entgeistert an und vergaß sogar, in sein Toastbrot zu beißen, bis er endlich begriff, wovon überhaupt die Rede war. »Was für eine Wetterfahne? Ach so, jetzt fällt es mir wieder ein. Sie schreiben ja einen Bericht darüber für den *Gemeinde- und Sprengel-Anzeyger.*«

»Tatsächlich? Da wissen Sie allerdings mehr als ich.«

»Etwa nicht? Ich dachte die ganze Zeit, daß Sie deswegen die vielen Fotos machen. Ich habe meinem Chefredakteur davon erzählt, und er wirkte ziemlich interessiert. Ich weiß auch nicht, was aus der Wetterfahne geworden ist, Mrs. Shandy. Es wird noch eine Weile dauern, bis die Asche kalt genug ist, daß man darin nach Spuren suchen kann. Falls man sie wirklich finden sollte, ist sicher nur noch ein unförmiger Metallklumpen davon übrig. Aber ich kann den Feuerwehrmännern Bescheid sagen, wenn Sie möchten.«

Cronkite trank seinen Kaffee aus. »An die Wetterfahne hatte ich noch gar nicht gedacht. Wirklich jammerschade. Ich hatte den dünnen Mann im Badezuber richtig gern.«

»Ich auch. Noch ein bißchen Kaffee? Sag mal, Peter, was willst du denn als nächstes unternehmen?«

»Na ja, ich –«

»Was denn, Liebling?«

»Na ja, verdammt noch mal, Helen –«

»Ich weiß genau, was du sagen willst, Schatz. Die Enderbles werden sich schon um Jane kümmern, und deine Mahlzeiten kannst du ja in der Fakultätsmensa einnehmen.«

»Und wo in aller Welt wirst du sein?«

»In Sasquamahoc in Maine selbstverständlich. Oder glaubst du etwa, daß ich hier untätig herumsitze, meine kleinen rosa Däumchen drehe und zulasse, daß noch eine von Praxiteles Lumpkins Wetterfahnen dahinschmilzt, bevor ich sie fotografiert habe?«

»Aber du kannst doch unmöglich die ganze Strecke allein fahren?«

»Selbstverständlich kann ich das. Aber wie kommst du auf die Idee, daß ich das auch will? Daniel Stott ist auf einer Schweinezüchtertagung, und Iduna würde bestimmt liebend gern mitfahren, wenn ich sie darum bitte. Wir könnten bei unserer alten Freundin Catriona McBogle wohnen. Sie war als Gastautorin in South Dakota, als ich dort noch Bibliothekarin war. Iduna war unsere Pensionswirtin. Damals hieß sie allerdings noch Miss Björklund. Ihr Vater war der bekannte Kutschpeitschenmagnat«, klärte Helen Swope auf.

Der Name McBogle kam dem Reporter bekannt vor. »Ist das nicht die Frau, die all die verrückten Bücher schreibt? Was macht sie denn in Maine?«

»Noch mehr verrückte Bücher schreiben, nehme ich an. Ihr gefällt es großartig dort. Cat sagt, man kann so ausgeflippt sein wie man will, die Leute kümmern sich gar nicht darum. Iduna und ich nehmen besser den Wagen der Stotts, meinst du nicht auch, Peter? Du brauchst doch sicher unseren für deine Detektivarbeit.«

»Ich könnte mir genausogut einen Leihwagen besorgen, wenn du lieber unser Auto nehmen möchtest.«

»Sie könnten doch den Dienstwagen vom *Sprengel-Anzeyger* nehmen«, bot Cronkite mit schlecht kaschiertem Gähnen an. »Ich nehme dann mein Motorrad.«

»Cronkite, warum vergessen Sie Ihr Motorrad nicht einfach?« schlug Helen vor. »Am besten, Sie gehen nach oben, duschen und schlafen ein bißchen. Peter, gib ihm doch bitte ein paar saubere Handtücher und einen Schlafanzug von dir. Ich trinke nur eben meinen Kaffee aus, dann komme ich hoch und beziehe das Bett.«

»Bleib ruhig sitzen, ich schaffe das schon allein. Kommen Sie, Swope, Sie können sich ja kaum noch auf den Beinen halten.«

»Aber ich möchte Ihnen wirklich keine Umstände machen. Ich steige jetzt schnell auf mein Motorrad und –«

»Fallen auf der anderen Seite wieder herunter. Sie sind viel zu erschöpft, um zu fahren.«

»Tja, wenn Sie wirklich darauf bestehen –«

Ein erneuter Gähnanfall unterbrach Swope mitten im Satz. Peter packte ihn kurzerhand am Arm und schob ihn in Richtung Treppe.

Helen dachte ernsthaft darüber nach, ob sie noch ein oder zwei Schlückchen Kaffee trinken sollte, als das Telefon läutete. Es war der alte Henny Horsefall.

»Helen? Ich hab' da 'ne Neuigkeit für Ihre Wetterfahnengeschichte.«

Hennys Bericht dauerte ziemlich lange. Der Kern der Geschichte war, daß außer ihm und einigen der kleinsten Kinder alle zur brennenden Seifenfabrik gelaufen waren, um sich der freiwilligen Feuerwehr anzuschließen, in der Rot-Kreuz-Küche auszuhelfen oder sich aus sicherer Entfernung das Feuer anzusehen. Als er es endlich geschafft hatte, die Kinder ins Bett zu bugsieren, war er wieder nach draußen gegangen, um nach verirrten Funken Ausschau zu halten, die es vielleicht über den Hügel bis zu ihrem Hof geschafft hatten.

Na ja, er hatte aber keine Funken entdecken können, was ja nun auch nich' weiter verwunderlich war, aber so gegen halb zwei hatte er auf einmal 'n ganz komisches Geräusch gehört, das drüben vonner Scheune gekommen war. Henny hatte nich' lange gefackelt, war schleunigst hingerannt un' hatte seinen Augen nich' getraut. Da hockten doch wirklich un' wahrhaftig zwei ausgewachsene Kerle oben auf'm Dach un' fummelten an seiner Wetterfahne rum! Henny hatte sich kurzerhand den Gartenschlauch geschnappt, ihnen 'ne ordentliche Ladung Wasser verpaßt un' dabei gebrüllt wie 'n wilder Stier. Dann war er schnell ins Haus gerannt, um die alte Flinte zu holen un' den Mistkerlen durch's Küchenfenster noch anständig eins überzubraten.

Dann war er wieder raus, um sich die Leichen anzusehen, un' da hatten sich die Kerle doch tatsächlich in Luft aufgelöst un' nich' mal 'ne Leiter oder sonstwas dagelassen. Bis Tagesanbruch hatte er sich weiter auf die Lauer gelegt un' gewartet, aber nix war passiert. Das Schwein und der Hahn waren immer noch genau an der Stelle, wo Praxiteles Lumpkin und Hennys Urgroßvater sie dereinst gemeinsam angebracht hatten.

Doch Henny hatte sich so seine Gedanken gemacht. Heut' morgen, sofort nachdem er un' die Kinder mit Melken fertig waren, weil die jungen Männer ja immer noch beim Feuer waren, un' diejenigen, die sich mit Müh un' Not nach Hause geschleppt hatten, so fix und fertig waren, daß sie nich' mal mehr die Kühe finden konnten, un' die Zitzen schon gar nich', hatte er also schnell mal bei Gabe Fescue angerufen. Gabe war der stolze Besitzer einer anderen Wetterfahne, die

Helen fotografiert hatte, ihm gehörte die Kuh, die gerade den Eimer umtrat. Nachdem er sich angehört hatte, was Henny ihm zu sagen hatte, war Gabe also raus un' hatte geguckt, was seine Wetterfahne so machte, un' tatsächlich, das verdammte Ding war spurlos verschwunden, einfach weg, wie vom Erdboden verschluckt. Ob Helen das nun nich' auch verflucht merkwürdig fand, un' ob sie nich' auch glaubte, daß Peter das merkwürdig finden würde?

»Ich bin sicher, er wird das gleiche denken wie Sie und ich«, meinte Helen. »Das Feuer war eine gute Gelegenheit, um unbemerkt auf fremden Dächer herumzuturnen, und jemand, der den wahren Wert der Wetterfahnen kennt, hat sich diese Gelegenheit nicht entgehen lassen. Das ist ja schrecklich, Henny. Schwer zu glauben, daß jemand so tief sinken kann.«

»Sie meinen wohl, so hoch steigen kann.«

»Oh, Henny! Sie wissen doch genau, was ich meine. Interessant ist nur, daß Sie keine Leiter gesehen haben. Wie sind die Männer denn überhaupt auf Ihr Scheunendach gekommen? Der Firstbalken ist doch bestimmt an die zwölf Meter hoch, oder nicht?«

»So um den Dreh. Kann sein, daß die in einem von den Feuerwehrwagen mit den langen Leitern gekommen sind, die hier die ganze Nacht rumgejault haben und überall rumgesaust sind. Hab' allerdings keinen bemerkt, dabei kann man die kaum übersehen. Ich könnt' mir auch vorstellen, daß die heimlich in unsre Scheune geschlichen sind, auf 'n Heuboden rauf sind un' dann hinten aus'm kleinen Fenster wieder rausgeklettert sind, wo die Schwalben immer reinfliegen. Da gibt's 'ne alte Leiter, die mein Vater mal anner Wand festgenagelt hat, damit er leichter auf's Dach konnte. Für'n kräftigen Kerl wär's nich' schwer, da raufzuklettern. Hab' ich selbst auch oft gemacht, als ich noch 'ne ganze Portion jünger war. Aber vielleicht ham die auch 'n Seil un' 'ne Spitzhacke mitgebracht un' Stiefel mit so spitzen Dingern drunter, wenn die zuviel Angst hatten, so zu klettern wie ich's damals gemacht hab'. Im Fernsehen hab' ich mal gesehen, wie jemand so auf 'n Berg gestiegen is'.«

»Und das Seil hätten sie dazu benutzen können, die Wetterfahne herunterzulassen, nachdem sie sie abmontiert hatten, was sie ja Gott sei Dank nicht getan haben. Wie schade, daß Mr. Fescue seine Kuh verloren hat. Ich werde mit Peter sprechen, Henny. Er ist im Moment oben und bringt Cronkite Swope ins Bett.«

»Stimmt was nich' mit Cronk?«

»Er ist nur todmüde, das ist alles.«

Falls Henny wirklich noch nichts von dem Gerede über Brinkley Swope wußte, hatte Helen keine Lust, das Gerücht noch weiter zu verbreiten. »Ich denke, Peter wird später bei Ihnen vorbeischauen. Vielen Dank, daß Sie angerufen haben. Und passen Sie gut auf Ihre Wetterfahne auf!«

Sie legte den Hörer auf. Peter kam die Treppe herunter, als sie noch neben dem Telefon stand.

»Was ist passiert?«

»Etwas reichlich Merkwürdiges.« Helen berichtete von Hennys Anruf. »Er wollte auch mit dir sprechen, aber ich habe gesagt, du würdest wahrscheinlich im Laufe des Tages noch bei ihm hereinschauen.«

»Hmja. Am besten, ich rufe vorsichtshalber auch die Methodistenkirche, das County-Gericht und die restlichen Leute auf deiner Liste an, wo ich schon einmal dabei bin. Hast du vielleicht zufällig Flackleys Telefonnummer in Forgery Point im Kopf?«

»Leider nicht, aber sie steht im Telefonbuch. Ich würde vorher nur gern noch schnell Cat McBogle Bescheid sagen, wenn es dir nichts ausmacht. Ich glaube, Iduna und ich sollten unsere Expedition so schnell wie möglich in die Wege leiten, bevor der Feuerteufel nach Maine weiterzieht.«

Kapitel 3

Helen ging nach oben, um zu packen. Peter setzte sich mit dem Telefonbuch hin und begann zu wählen. Soweit er von den verwirrten Leuten, die von ihm nach draußen geschickt wurden, um nachzuschauen, ob ihre Wetterfahnen noch da waren, in Erfahrung bringen konnte, fehlte kein anderes Lumpkin-Kunstwerk, das auf Helens Liste stand. Wenn sie allerdings recht behielt, was den Mann im Badezuber auf dem Dach der Seifenfabrik betraf, und nach Hennys Anruf deutete alles darauf hin, hatte jemand gerade eine verdammt einträgliche Nacht hinter sich gebracht.

Viele Menschen konnten sich wahrscheinlich nicht vorstellen, warum irgend jemand willens war, dreißig- oder vierzigtausend Dollar für einen altmodischen Scherz zu bezahlen, den der Zahn der Zeit in Volkskunst verwandelt hatte. Doch nachdem Helen das Uraltsofa von Hilda Horsefalls Großmutter und etwa ein Dutzend weiterer Gegenstände so teuer verkauft hatte, daß die Familie von dem Gewinn einen hübschen Anbau, zwei neue Pick-ups, diverse erstklassige Farmmaschinen und die schönste Herde Guernsey-Kühe in ganz Balaclava erstanden hatte, glaubte Peter ihr alles, was sie über Antiquitäten sagte.

Was natürlich nicht bedeutete, daß er Helens Worten sonst keinen Glauben schenkte. Schließlich war sie Bibliothekarin, und Bibliothekarinnen hatten immer recht. Er hätte sie zwar lieber nicht allein fahren lassen, doch er verstand, wie wichtig es für sie war. Außerdem war es wahrscheinlich besser, wenn sie möglichst weit fort war, solange er nicht herausgefunden hatte, was in drei Teufels Namen mit Praxiteles Lumpkins Wetterfahnen passiert war. Mrs. Shandys Fotografieren hatte mehr Interesse an ihnen geweckt, als irgend jemand irgendwann zuvor ihnen gewidmet hatte – außer vielleicht Praxiteles' Freundin, falls er eine hatte. Die heimlichen Sammler, wer immer sie auch sein mochten, sahen möglicherweise in Helen die einzige

Bedrohung für die ansonsten äußerst erfolgreiche Verwirklichung ihrer Pläne.

Peter tätigte seinen letzten Anruf, ließ sich mit dem Chefredakteur des *Sprengel-Anzeygers* verbinden und teilte selbigem mit, daß sein Starreporter momentan damit beschäftigt sei, in Shandys Gästezimmer ein wohlverdientes Schläfchen zu halten. Dann beschloß er, einen kleinen Spaziergang nach Walhalla zu machen, dem Hügel oberhalb des Campus, auf dem Professor Stotts gediegenes Haus und die Villa des College-Präsidenten sozusagen Giebel an Giebel nebeneinander standen.

»Ich schau schnell bei Iduna vorbei und frage, ob ich sie herfahren soll«, rief er nach oben.

»Hervorragende Idee, Schatz«, rief Helen zurück. »Vielleicht braucht sie jemanden, der ihr beim Gepäcktragen hilft. Ihr Rücken macht ihr seit kurzem wieder zu schaffen. Bis du zurück bist, bin ich fertig.«

Dan Stott hatte endlich seinen alten Buick in Rente geschickt und sich dafür einen neuen Kombi zugelegt. Er war stabil, bequem und geräumig, genau das richtige Gefährt für die Fahrt nach Maine. Peter fühlte sich wieder etwas besser, als er Iduna Stott half, einen riesigen Picknickkorb, eine Kühltasche mit Getränken und zwei Koffer im Wagen zu verstauen, dazu kamen noch ein Regenmantel von der Größe eines Militärzeltes und eine dicke Strickjacke, die so riesig war, daß je nachdem mehrere Helens oder eine Iduna darin Platz hatten.

»Das dürfte für Sie zwei eine Weile reichen. Möchten Sie, daß ich Sie bis zu unserem Haus fahre?«

»Nett von Ihnen, Peter, aber ich fahre lieber selbst. Helen kann mich später immer noch ablösen.«

Von Walhalla bis zum Crescent, auf dem die Shandys wohnten, brauchte man mit dem Auto länger als zu Fuß, da man zuerst das gesamte College umfahren mußte. Iduna meisterte das Lenkrad genauso professionell und lässig wie den Teig für ihre köstlichen Pasteten.

»Grauenhaft, dieses Feuer, nicht? Was sollen die armen Leute, die in der Fabrik gearbeitet haben, jetzt bloß anfangen? Sie können nicht mal mehr ihre Sorgen in der Kneipe ertränken, ich habe nämlich in den Nachrichten gehört, daß das ›Bursting Bubble‹ bis auf die Grundmauern abgebrannt ist. Es sind nur noch ein paar zerbrochene Bierflaschen und ein übler Gestank davon übrig.«

»Dann müssen die Leute wohl nüchtern bleiben, ihr Arbeitslosengeld abholen und beten, daß sie etwas anderes finden, bevor ihnen das Geld ausgeht, fürchte ich«, antwortete Peter. »Wenigstens haben sie ihre Häuser nicht verloren.«

»Noch nicht! Der Himmel weiß, was passiert, wenn sie irgendwann die Hypotheken nicht mehr bezahlen können. Ich wüßte nur gern, was der Mann sich gedacht hat, der die verflixte Kanone abgefeuert hat.«

»Woher wollen wir wissen, daß es ein Mann war?« fragte Peter. »Ist überhaupt sicher, daß die Kanone abgefeuert wurde? Gibt es Zeugen?«

»In den Nachrichten wurde zwar nichts darüber gesagt, aber jeder, der etwas gesehen haben könnte, soll sich unbedingt melden. Das Problem scheint darin zu bestehen, daß nach Anbruch der Dunkelheit vor der Fabrik nie sehr viel los ist, es sei denn, im Schulgebäude findet eine Veranstaltung statt, was natürlich jetzt während der Schulferien und während der Renovierung nicht der Fall ist. Mrs. Lomax hat mir erzählt, daß ein neuer Boiler eingebaut werden soll und sämtliche Klassen neu gestrichen werden. Sie hat einen Cousin, der zum Wartungspersonal gehört.«

»Ich wüßte nicht, wo sie keinen Cousin hätte«, stöhnte Peter. »Eins ist jedenfalls sicher, jetzt braucht die Schule ihren neuen Anstrich noch dringender als vorher.«

»Stimmt. Überall klebt fettiger Ruß. Ich bin froh, daß ich die Fenster nicht zu putzen brauche. Aber so gibt es wenigstens ein paar Aushilfsjobs für die Männer, nicht, daß die Frauen sie nicht auch bräuchten. Es wird ihnen bestimmt fehlen, daß sie nicht mehr ständig mit ihren Kolleginnen zusammen sind. Das ist der Nachteil, wenn man zu Hause bleiben muß, es ist ganz schön einsam, wenn man niemanden hat, mit dem man reden kann. Das war einer der Gründe, warum ich damals in South Dakota Zimmer vermietet habe. Außerdem brauchte ich natürlich dringend Geld, nachdem unser Kutschpeitschengeschäft Bankrott gemacht hatte.«

Iduna stieß ein damenhaftes, bitteres Lachen aus. »Wahrscheinlich tun mir die Arbeiter deswegen so leid. Ich weiß nur allzu gut, wie es ist, sich jeden Tag Sahne im Kaffee leisten zu können und Lammkoteletts zu essen, wenn man Appetit darauf hat, und dann urplötzlich mit einem großen Haus am Hals dazustehen, ohne das nötige Kleingeld, um es zu finanzieren. Glück im Unglück, daß das ›Bursting Bubble‹ abgebrannt ist und nicht etwa das Schulgebäude. Zumindest werden die Leute jetzt nicht in Versuchung geführt, ihr gesamtes Arbeitslosengeld für Schnaps auszugeben, den sie sich nicht leisten können und der ihnen nur schadet. Ich habe damals bei uns verdammt viele gesehen, die genau das getan haben, nachdem wir die Kutschpeitschenfabrik schließen mußten. Die Menschen bekommen Depressionen, wissen Sie.«

»Kann man ihnen kaum verdenken.«

»Mir brauchen Sie das nicht zu sagen, Peter. Ich war vollkommen am Boden zerstört, als der Tornado damals mein Haus verwüstet hat. Sämtliche Familienfotos, Papis Schnurrbarttasse – alles vom Winde verweht. Ein scheußliches Gefühl, als wenn man am Rand einer Klippe steht und der Boden einem langsam unter den Füßen wegbröckelt. Und jetzt fangen die Trümmer der Seifenfabrik auch noch an zu schäumen.«

»Zu schäumen?«

Iduna nickte. »Genau. Die Seifenlauge kommt wieder hoch. Von dem vielen Löschwasser, wissen Sie. Na ja, das ist zwar besser als Flammen und Rauch, aber jetzt sind die ganzen Straßen voll Schaum, und das Zeug läuft in die Gärten und Keller und ruiniert die Pflanzen. Und natürlich rennen Hunde, Katzen und Kinder nach draußen, holen sich nasse Füße und tragen das Zeug in die Häuser. Es ist nicht etwa schöner weißer Schaum – er hat sich mit Asche und Dreck und weiß Gott was sonst noch vermischt. Eine Riesenschweinerei, ich habe in den Frühnachrichten Bilder davon gesehen. Alle sind mit den Nerven fix und fertig, was man ihnen kaum verdenken kann. Wenn die Leute je herausfinden, wer den Brand verursacht hat, werden sie ihn bestimmt teeren und federn und mit Schimpf und Schande aus der Stadt jagen.«

Peter war von dieser Vorstellung alles andere als erbaut. »Und wenn es eine Frau gewesen ist?« erkundigte er sich nicht sonderlich hoffnungsvoll.

Iduna schüttelte ihr silberblondes Haupt. »Kann ich mir nicht vorstellen. Frauen sind dazu viel zu klug. Na so was, Helen ist ja schon fertig und trägt ihre Sachen nach draußen. Unglaublich, sie sieht heute noch jünger aus als damals in South Dakota. Und die niedlichen kleinen rosa Turnschuhe! Helen hatte schon immer so zierliche Füße. Sind Sie bereit, Mylady? Ihr Taxi wartet.«

»Einen Moment noch.«

Helens Gepäck bestand aus einem kleinen Koffer, einigen Kleidungsstücken in einer Plastikhülle einer chemischen Reinigung und einer großen Reisetasche aus Leinen, die bis obenhin mit Büchern gefüllt war. Induna kicherte, als sie die Reisebibliothek sah.

»Meinst du nicht, daß du Eulen nach Athen trägst, wenn du zu Cat McBogle Bücher mitnimmst?«

»Das mußt du gerade sagen«, konterte Helen. »Stellst du die Tasche bitte neben Idunas Speisekammer in den Wagen, Peter? Du weißt doch haargenau, daß Cat augenblicklich zu kochen angefangen hat, als ich ihr mitgeteilt habe, daß wir kommen, Iduna. Cat und ich werden ständig von ein und demselben immer wiederkehrenden Alptraum geplagt: daß es uns an einen Ort verschlägt, wo kein einziges Buch aufzutreiben ist.«

»Gibt es in Sasquamahoc denn keine Bibliothek?«

»Kommt ganz auf die Definition an. Cat behauptet, sie sei ganze fünf Quadratmeter groß und nur an einem einzigen Nachmittag in der Woche geöffnet, und das auch nur von drei bis sechs. Sie kann zwar auch die College-Bibliothek benutzen, doch die einzigen Bücher, die es dort gibt, sind entweder über Pilzbefall an Bäumen oder Waldgedichte von Joyce Kilmer. Cat deckt sich mit Literatur ein, wann immer sie die Möglichkeit hat, in ein Buchgeschäft zu kommen. Sie bestellt auch vieles per Post, aber es ist halt nicht einfach, wenn man im Schnitt zwei Bücher pro Tag verschlingt. Ich laufe nur noch schnell ins Haus und verabschiede mich von Jane Austen.«

»Bestell ihr viele Grüße von mir.« Iduna machte es sich hinter dem Steuer ein wenig bequemer und überprüfte den speziell für sie gefertigten Sicherheitsgurt. »Dann bis Freitag, Peter. Daniel kommt Samstag gegen Mittag zurück, und ich brauche genügend Zeit, um ein ordentliches Mittagessen für ihn vorzubereiten.«

»Das wird er bestimmt brauchen«, meinte Peter. Er hatte noch nie erlebt, daß Dan nicht hungrig gewesen war. »Gute Fahrt, Iduna. Ich gehe lieber schnell nachsehen, ob Helen zum Abschied nicht noch ein paar gute Ratschläge loswerden möchte.«

In Wirklichkeit wollte er sich nur schnell einige ungestörte eheliche Umarmungen sichern, um die einwöchige Trennung besser verkraften zu können, doch Helen war leider mit dem Telefon beschäftigt.

»Ich selbst werde zwar nicht hier sein, aber ich sage meinem Mann Bescheid«, sagte sie gerade. »Er wird dafür sorgen, daß Cronkite die Nachricht erhält, sobald er aufwacht. Nein, das ist doch selbstverständlich. Sie können uns jederzeit anrufen. Am besten, Sie ruhen sich ein wenig aus und versuchen, die Ohren steif zu halten. Viele Grüße an Mrs. Lomax, und richten Sie ihr bitte aus, daß sie diese Woche nicht zu uns zu kommen braucht. Sie benötigen ihre Hilfe jetzt viel dringender als wir.«

Helen legte den Hörer auf. »Das war Huntley Swopes Frau«, teilte sie Peter mit. »Sie hat bei der Zeitung angerufen, weil sie mit Cronkite sprechen wollte, und erfahren, daß er bei uns ist. Sie wollte ihm nur sagen, daß Huntley kurz aus der Narkose erwacht ist und gesagt hat, er habe gesehen, wie ein Soldat eine Bombe in die Talgküche geworfen hat. Sie möchte, daß Cronkite das in die Zeitung setzt. Ich nehme an, es soll Brinkley entlasten.«

»Schön wär's«, knurrte Peter.

»Ich weiß, Schatz, aber vielleicht fühlt sich die arme Frau jetzt ein bißchen besser, weil sie zumindest versucht hat, ihm zu helfen. Sie hat die ganze Nacht bei ihrem Mann am Bett gesessen und klingt, als sei sie mit den Nerven völlig am Ende. Mrs. Lomax paßt in der Zwischenzeit auf die Kinder auf. Sie hat sie Tante Betsy genannt. Du solltest also besser nicht damit rechnen, daß jemand das Haus putzt, während ich weg bin. Ich komme mir wirklich furchtbar gemein vor, dich so einfach im Stich zu lassen.«

»Es ist bestimmt besser so«, Peter wollte es ihr zwar nicht offen ins Gesicht sagen, doch im Grunde war er erleichtert, daß Helen ein paar Tage fort und in Sicherheit sein würde. »Woher weiß Huntley, daß es ein Soldat war?«

»Darling, da bin ich wirklich überfragt. Vielleicht hat der Mann eine Fahne getragen? Oder die Trommel geschlagen? Ich nehme an, Huntley war immer noch völlig benommen, als er mit ihr gesprochen hat. Vielleicht sagt er mehr, wenn er das nächste Mal wach wird.«

Helen griff nach ihrem rosa Pullover, den sie über den Treppenpfosten gehängt hatte, und schlang ihn um ihre Schultern. »Sie mußten dem armen Kerl eine neue Spritze geben. Mrs. Swope sagt, er soll noch mindestens einen Tag ruhig gehalten werden, bis das Schlimmste überstanden ist. Aber ich kann Iduna nicht so lange warten lassen. Paß gut auf dich auf, Liebling. Ich habe Cats Telefonnummer auf den Block neben dem Telefon geschrieben. Ruf mich an, wenn du die Zeit dazu findest.«

»Und ruf du mich bitte an, sobald du angekommen bist, damit ich weiß, daß alles in Ordnung ist.«

»Mach' ich, Schatz. Falls du nicht zu Hause sein solltest, hinterlasse ich eine Nachricht für dich bei den Enderbles. Mary hat versprochen, ein wachsames Auge auf Jane zu werfen. Ich habe ihr schon gesagt, daß du wahrscheinlich immer nur kurz hier sein wirst. Und du sei bitte ganz brav, junge Dame!«

Helen kraulte die Katze ein letztes Mal zärtlich unter dem Kinn und ging nach draußen zu Idunas Wagen. Peter stand mit Jane auf dem Arm auf der Eingangstreppe und sah zu, wie sie losfuhren. Als seine Frau ihm einen Abschiedskuß zuwarf, winkte er mit Janes Schwanz, doch sein Gesicht blieb ernst.

»Der arme Peter«, sagte Helen zu Iduna, als sie den Crescent verließen. »Cronkite Swope ist heute morgen bei uns hereingeschneit. Er konnte sich kaum auf den Beinen halten vor Müdigkeit und hat Peter einen neuen Detektivfall aufgehalst. Obwohl ich fairerweise zugeben muß, daß Peter sich nicht sonderlich gewehrt hat.«

»Na ja, schließlich mal was anderes als immer nur Unterricht«, meinte Iduna beruhigend. »So ähnlich wie Daniel mit seiner Schweinezüchtertagung. Verflixt und zugenäht, schau dir das an! Schon wieder ein kleines Kind auf dem Fahrrad, das den Verkehr unsicher macht. Warum können die Mütter ihre Kinder nicht so lange zu Hause im Garten behalten, bis sie gelernt haben, richtig auf den vermaledeiten Dingern zu fahren? Ich schleiche immer im Schneckentempo an ihnen vorbei, und dabei klopft mir das Herz bis zum Hals. Was soll Peter denn eigentlich für Cronkite herausfinden? Wer die Fabrik angesteckt hat?«

»Genau«, sagte Helen. »Die Leute behaupten nämlich, es sei Cronkites Bruder Brinkley gewesen.«

»Brinkley? Ich dachte immer, er arbeite selbst dort. Martha Betsy Lomax hat mir erzählt, Brink sei ein wahrer Experte für Seifenmatern. Da ich glücklicherweise immer die Kreuzworträtsel löse, wenn Daniel mir nicht gerade zuvorkommt, wußte ich sogar sofort, was sie meinte. Oder glaube es jedenfalls. Ich stelle sie mir wie Formen für Götterspeise vor, bloß daß in diesem Fall eben Seife hineinkommt. Brinkley ist doch hoffentlich nicht entlassen worden? Martha Betsy hat mir zu verstehen gegeben, daß er ein guter, zuverlässiger, fleißiger Bursche ist. Sympathische Frau, hübsches Häuschen, zwei Kinder, erfolgreich im Beruf, glückliche Ehe. Wie kommen die Leute bloß auf die Idee, daß er so etwas Grauenhaftes tun könnte?«

»Brinkley hat einmal einen dummen Scherz darüber gemacht, daß er eines Tages die alte Kanone abfeuern würde, die genau auf die Fabrik zielt«, erklärte Helen. »Und Cronkite hat die Geschichte dummerweise letzten Sonntag vor einer Jugendgruppe in Lumpkin Corners ausposaunt. Anscheinend ist die Kanone tatsächlich losgegangen, kurz bevor das Feuer in der Talgküche ausbrach. Und damit hat schließlich alles angefangen, wie du sicher längst weißt, du hast ja die

Nachrichten verfolgt. Peter glaubt nicht, daß die Kanone den Brand verursacht haben kann, aber viele Menschen sind anscheinend anderer Meinung.«

Iduna war immer noch nicht überzeugt. »Woher wollen die wissen, ob die Kanone überhaupt abgefeuert wurde? Gibt es denn Augenzeugen? In den Nachrichten wurde davon jedenfalls nichts gesagt.«

»Dann kannst du auch sicher sein, daß es keine Zeugen gibt. Ich weiß auch nicht, Iduna, ich nehme an, die Feuerwehrleute haben in das Rohr geschaut und dort Pulverspuren oder so etwas gefunden. Ich habe zufällig gesehen, wie auf der Kugelpfanne – oder wie immer das Ding auch heißen mag – etwas verbrannt ist. Peter hat es auch gesehen und nimmt an, es sei Schwarzpulver gewesen. Mit Kanonen kenne ich mich nicht sonderlich gut aus. Ich meine die Stelle hinten am Rohr, wo sie das Zeug hineinschieben, damit die Kanone losgeht. Erinnerst du dich noch an die Päckchen mit Knallfröschen, die man früher kaufen konnte? Die Zündschnüre waren immer völlig verworren, und man mußte sie erst mühsam aufdröseln, bevor man sie anzünden konnte. Und wenn man aus Versehen eine Zündschnur herausgezogen hatte, ging der Knaller kaputt, und wenn man dann das Pulver anzündete, gab es keinen Knall, sondern einen zischenden Blitz. Genau so hat das Zeug auch gebrannt.«

»Ich habe meine Knallfrösche immer absichtlich kaputtgemacht«, sagte Iduna. »Ich fand das Funkensprühen viel interessanter als die Knallerei. Wahrscheinlich ist es vernünftig, sie nicht mehr zu verkaufen, aber irgendwie tut es mir leid, daß die Kinder heute den 4. Juli nicht mehr so feiern können wie wir früher. Heutzutage verschaffen sie sich die Dinger auch so und veranstalten ihre Knallereien, wann immer sie Lust dazu haben. Es ist nichts Besonderes mehr, nur die armen Hunde haben noch genauso große Angst wie früher. Meine Güte, unser alter Strolch ist immer schon am 3. Juli nachmittags unter das große Doppelbett meiner Eltern gekrochen und hat sich erst am 5. gegen Mittag wieder herausgetraut. Wir mußten ihm sein Futter mit dem Besenstiel unter das Bett schieben. Obwohl ich zugeben muß, daß ich trotzdem immer einen Riesenspaß hatte, genau wie alle anderen auch. Sind Kinder nicht einfach gräßlich? Weißt du übrigens, daß ich bald wieder Stiefgroßmutter werde?« fügte Iduna stolz hinzu und klang dabei ganz und gar nicht wie jemand, der Kinder gräßlich fand.

Von nun an drehte sich das Gespräch nur noch um das Thema Geburt, was Helen im Grunde sehr recht war. Sie war heilfroh, endlich den Gestank von brennendem Fett, der sich in ihrer Nase festgesetzt hatte, los zu werden, genauso wie das Bild des armen Huntley Swope, wie er mit schweren Verbrennungen in seinem Krankenhausbett lag, während seine erschöpfte, in sich zusammengesunkene Frau neben ihm wachte, und das häßliche Loch im Fenster von Brinkleys hübschem Haus, das jemand eingeworfen hatte, der allen Ernstes glaubte, daß der Seifenformenexperte verrückt genug gewesen war, um eines schlechten Scherzes willen den alten Talgkesselmann zu ermorden und die Hälfte der Bewohner von Lumpkinton um ihren Job zu bringen.

Diejenigen, die nicht zu schwer verletzt oder zu erschöpft von den Löscharbeiten waren, hatten sich inzwischen wahrscheinlich schon auf den Weg in die Kreisstadt gemacht, um ihren Antrag auf Arbeitslosenunterstützung zu stellen, vermutete Helen. Die Leute, deren Fahrzeuge zerstört worden waren, hatten vielleicht diejenigen, die noch über ein Transportmittel verfügten, gebeten, sie mitzunehmen. Vielleicht hatte ihnen die Stadt aber auch einen der Schulbusse zur Verfügung gestellt. Das wäre wohl die vernünftigste Lösung, aber ob sie überhaupt jemandem eingefallen war? Vielleicht waren die Schulbusse auch gar nicht mehr einsatzfähig? Schließlich hatten sie hinter der Schule gestanden, erinnerte sich Helen, gefährlich nahe am Brandherd.

Wenigstens würden die Eltern, die sonst in der Fabrik arbeiteten, diesmal während der langen Sommerferien eine Menge Zeit mit ihren Kindern verbringen. Die Kleinen würden es sicher genießen, aber wie würden sie sich wohl fühlen, wenn Weihnachten vor der Tür stand, die finanziellen Mittel erschöpft waren und kein Extrageld für Geschenke in Sicht war? Doch vielleicht war es nicht ganz so schlimm, wenn alle im selben Boot saßen, mutmaßte sie. Sicher war es noch schmerzhafter, wenn man selbst nichts hatte, während alle anderen viel hatten.

Doch Weihnachten war weit, und in der Zwischenzeit konnte noch viel passieren. Der Himmel war blau, die Straße breit, und in diesem Jahr blühten Gänseblümchen und Löwenzahn am Straßenrand besonders prächtig. Helen lehnte sich entspannt zurück und ließ die Meilen vorüberrollen. In etwa einer Stunde würde sie Iduna am Steuer ablösen, und Iduna konnte sie wieder ablösen, wenn sie oben in Maine waren. Oder war es unten in Maine? Die Einheimischen konnten sich darauf nie so ganz einigen. Egal, es war jedenfalls irgendwo in Maine.

Sie wären sicher noch früher angekommen, wenn Iduna nicht den riesigen Picknickkorb mitgenommen hätte. Die Rastplätze in Massachusetts waren zwar nicht sonderlich einladend, doch man konnte zumindest anhalten, die Thermoskanne herausholen und ein paar Haferplätzchen knabbern. Als die beiden Frauen erst einmal den südöstlichen Zipfel von New Hampshire erreicht hatten und über die Brücke nach Kittery fuhren, sah die Sache schon anders aus. Sie besuchten das beeindruckende Visitor Center, gingen hinaus in das dazugehörige Kiefernwäldchen und trugen ihren Proviant zu einem der einladenden Picknicktische.

Dort verzehrten sie zuerst genüßlich die gelierte Rinderbrühe in den hübschen kleinen Plastikförmchen und machten sich danach über die Hühnchen-Sandwiches mit Brunnenkresse und die dünnen Scheiben Roastbeef auf Roggenbrot mit Dillgurken her, die Iduna aus ihrem Korb hervorzauberte.

»Du kannst auch Limonade haben, Helen. Ich habe zwei Thermoskannen dabei. Ich dachte mir, wenn wir erst einmal so weit gekommen wären, hätten wir wahrscheinlich mehr als genug Kaffee getrunken.«

»Ich glaube, ich bleibe lieber bei Kaffee. Ich habe letzte Nacht schlecht geschlafen nach all der Aufregung mit dem Feuer.«

Nach den Sandwiches gab es als Nachtisch süße Weintrauben und einen köstlichen Brie. Der Korb war immer noch nicht leer.

»Ich habe noch Marmeladentörtchen, die ich Cat mitbringen wollte, und Haferplätzchen sind auch noch da. Es sei denn, du möchtest sie dir für später aufbewahren.«

»Lieber später«, sagte Helen. »Ich bin vollkommen satt. Es war wirklich ein wunderbares Mittagessen, Iduna.«

»Ich habe lieber nur etwas Leichtes mitgenommen, schließlich sind wir Frauen unter uns. Wie weit ist es eigentlich noch, Helen? Ich könnte allmählich ein kleines Nickerchen vertragen.«

»Cat meinte, vor hier aus seien es noch ungefähr zwei Stunden. Ich bin übrigens kein bißchen müde. Warum läßt du mich nicht die restliche Strecke ans Steuer? Ich fahre in einem durch, dann sind wir pünktlich zum Tee da. Du erinnerst dich sicher noch, daß Cat immer großen Wert auf ihren Nachmittagstee legt.«

»Wer tut das nicht? Ach herrje, sieht ganz so aus, als bekämen wir Gesellschaft. Komm, wir verdrücken uns lieber.«

Fünf junge Männer entstiegen einem großen grünen Lieferwagen mit Massachusetts-Kennzeichen, den sie direkt neben dem Wagen der

Stotts geparkt hatten. Den Geräten nach zu urteilen, die oben auf dem Dach befestigt waren, fuhren sie zum Angeln. Entweder sie waren früher einmal beim Militär gewesen oder immer noch dort, dachte Helen, denn alle schienen Kombinationen aus olivfarbenem Drillich oder Tarnstoff zu tragen und hatten die Hosenbeine in schwere Schnürstiefel gestopft. Vielleicht hatten sie aber auch nur einen kleinen Abstecher zu dem berühmten Outdoor-Ausstatter L. L. Beans gemacht.

Fast alle Männer wirkten ungepflegt, ungekämmt und unrasiert, nur einer von ihnen, der einzige, dessen Drillichjacke tatsächlich zur Hose paßte, war glattrasiert und trug das Haar kurzgeschoren. Er schwang die Beine über die Bank und fixierte die beiden Frauen ungeniert. Er hatte runde, topasfarbene Augen wie eine Eule, wie Helen feststellte, und schenkte ihnen ein jungenhaftes Lächeln, während er darauf wartete, daß einer der anderen ihm eine Cola und eine Tüte Mais-Chips aus dem Automaten holte. Vielleicht lächelte er auch nur, weil sie so einen großen Picknickkorb hatten. Jedenfalls lächelten sie zurück, als sie das Wäldchen verließen.

»Hübscher Junge«, bemerkte Iduna.

»Von wegen Junge«, protestierte Helen. »Wetten, daß er der Älteste in der Gruppe ist? Du hast dich bloß von seinem Haarschnitt und dem Katzenfischgrinsen täuschen lassen.«

Helen klang ein wenig abwesend, da sie sich darauf konzentrieren mußte, wie sie sich am besten in den Verkehrsfluß einfädeln konnte. Beabsichtigte der verflixte Sattelschlepper etwa, ausgerechnet jetzt, wo sie sich einordnen wollte, auf die rechte Fahrbahn zu wechseln? Sie beschloß, lieber auf Nummer Sicher zu gehen und zu warten, bis er vorbeigefahren war.

»Irgendwie kam er mir bekannt vor. Woher, weiß ich auch nicht. Wahrscheinlich erinnert er mich an den Studenten, mit dem ich mal eine kleine Auseinandersetzung in der Bibliothek hatte. Immer wenn mich jemand mit so großen Unschuldsaugen ansieht, frage ich mich seitdem sofort, welches unserer teuren Nachschlagewerke er gerade aus der Präsenzbibliothek zu klauen versucht. Wir Bibliothekarinnen neigen ein wenig zu Zynismus, muß ich gestehen. Warum legst du nicht die Lehne flach und schläfst ein bißchen? Ich wecke dich, sobald wir bei Cat sind.«

Kapitel 4

»Cat, deine Haare sind ja noch genauso rot wie früher!«
»Das will ich auch verdammt noch mal hoffen. Das Zeug, das ich benutze, kostet immerhin fünf Dollar und fünfunddreißig Cent die Flasche. »Kommt rein und ruht eure müden Fußnägel aus.«

Was Alter und Figur betraf, lag Catriona McBogle ungefähr in der Mitte zwischen Helen und Iduna. Ihr momentanes Gewicht konnte man allerdings nur erraten, da sie eine ausgebeulte graue Jogginghose und ein überdimensionales weißes Sweatshirt mit schwarzen Pfotenspuren trug. Der Beschriftung nach zu urteilen, die quer über die Stelle verlief, unter der sich vermutlich Catrionas Busen verbarg, handelte es sich um die Abdrücke eines Riesenhundes.

»Laßt euer Gepäck ruhig im Wagen. Andrew kann es später hereinholen. Er ist gerade draußen und bearbeitet sein Kartoffelfeld. Ich habe dem alten Kauz zwar befohlen, das Blumenbeet zu jäten, aber er ist taub wie ein Stockfisch, wenn er es darauf anlegt. Das vürnehme alte Feudalsystem. Da er bei den Leuten, von denen ich das Haus gekauft habe, immer Kartoffeln gehackt hat, will er unbedingt auch für mich Kartoffeln hacken, selbst wenn er uns beide damit umbringt.«

»Wie das?« erkundigte sich Iduna.

»Man sollte sie lieber nicht essen, wenn sie noch grün sind«, gab Helen zu bedenken. »Kannst du ihn nicht dazu bringen, statt dessen Zwiebeln anzupflanzen, Cat? Es gibt keine giftigen Zwiebelsorten. Pater Marquette und seine missionarischen Begleiter haben sich 1674 von Wisconsin bis zum heutigen Chicago nur von wilden Zwiebeln ernährt. Wißt ihr übrigens, daß der Name Chicago von einem Indianerwort stammt, das ›Ort, an dem Stinktiere hausen‹ bedeutet? Wahrscheinlich wegen des wilden Lauchs, der dort wächst und ziemlich übel riecht.«

»Wollen wir wetten, daß es wegen Marquette und seinen Begleitern war?« knurrte Miss McBogle. »Wilde Zwiebeln sind gut gegen

Bienenstiche, Hämorrhoiden, Furunkel und Ohrensausen, soweit ich weiß. Man muß sich den Saft in den Ohrkanal träufeln. Wollt ihr euch euer Schlafzimmer mal anschauen?«

»Ich würde mir lieber dein Badezimmer anschauen«, meinte Iduna. »Du hast doch hoffentlich eins? Wie alt ist dieses Haus überhaupt, Cat?«

»Zweihundert Jahre. Möglicherweise auch ein oder zwei Jahre jünger oder älter. Um die Zeit haben sich viele Menschen in Maine niedergelassen. Das Haus ist modernisiert worden, sonst hätte ich mich bestimmt nie hier eingenistet, das könnt ihr mir glauben. Geradeaus durch die Küche, Iduna, die Tür da hinten. Oben ist übrigens auch noch eine Toilette, falls es sehr dringend ist, Helen. Ich setze schnell das Teewasser auf, dann zeige ich euch das Haus.«

Einige Minuten später gesellten sich die beiden Frauen wieder zu ihr, bereit für den großen Rundgang. Das Haus war zwar nicht klein, besaß jedoch nur wenige Zimmer.

»Die sogenannte *Reductio ad absurdum* des klassischen Föderalistischen Stils«, erklärte Catriona. »Die Küche ist so groß, daß sie die Hälfte des Erdgeschosses einnimmt, und vorn ist nur noch Platz für zwei kleine Zimmer mit dem Treppenhaus dazwischen. Oben ist es genauso, bloß daß die Zimmer wegen des Treppenabsatzes noch schmaler sind. Und ich habe den Speicher ausbauen lassen, weil es die einzige Möglichkeit war, das Dach zu isolieren, ohne Unmengen von Geld für extra zugeschnittene Dämmplatten ausgeben zu müssen. Außerdem konnte ich der Versuchung einfach nicht widerstehen. Kommt mit und schaut es euch an.«

»Ich bin immer noch völlig geplättet von deiner phantastischen Küche«, sagte Helen. »Ich vermute, der alte Herd steht an der Stelle, wo früher der offene Kamin war. Stellt euch bloß mal vor, wie es hier vor zweihundert Jahren ausgesehen haben muß, als noch schwere schwarze Eisentöpfe an Winden über dem Feuer hingen und Bärenkeulen am Spieß geröstet wurden.«

»Und überall Ruß, Asche und Funken herumflogen, und die Menschen glühend heiße Gesichter hatten, während ihnen gleichzeitig fast der Hintern abgefroren ist. Und dauernd Material zum Anzünden organisiert werden mußte, überall Feuerholz gestapelt war, einem der Rauch in den Augen brannte und das ganze Essen nach geräuchertem Schellfisch schmeckte«, ergänzte Catriona.

»Brauchst du den alten Herd zum Heizen?« erkundigte sich Iduna.

»Nur wenn der Strom ausfällt oder Andrew in Holzhackerlaune ist. Beachtet bitte auch meinen pittoresken frühamerikanischen Thermostat und die hübsche altmodische Dampfheizung an den Fußleisten. Außerdem solltet ihr euch unbedingt ansehen, was sich hinter diesem Raumteiler verbirgt: Elekroherd, Kühlschrank, Geschirrspüler. Des weiteren besitze ich eine vollautomatische Abfallpresse, die mir eine Heidenangst einjagt, und eine Vorrichtung, die organischen Abfall zerhackt und in die Sickergrube spült, was ich persönlich nicht nur sehr unpraktisch, sondern auch ungemein dekadent finde.«

»Wozu hast du das ganze Zeug dann?«

»Das kann ich euch sagen: Weil die Leute, die mir das Haus verkauft haben, einen Onkel hatten, der Haushaltsgeräte verkaufte, und sie den ganzen Klimbim zum Einkaufspreis bekommen haben, genau deshalb. Normalerweise schmeiße ich meinen Abfall draußen auf den Komposthaufen und hoffe, daß Andrew damit das macht, was man normalerweise mit Abfall macht, damit daraus schöner Humus entsteht, den man anschließend über die Blumenbeete verteilen kann. Was er allerdings nie tut«, fügte Catriona verdrießlich hinzu. »Meistens fressen die Stinktiere das Zeug. Der Garten sieht zwar nicht allzu toll aus, aber die Stinktiere sind wahre Prachtexemplare. Manchmal sehe ich sie nachts im Garten herumstrolchen. Sie haben wunderhübsche kleine Füße, genau wie Helen.«

»Stören sie denn die Katzen nicht?« Iduna hatte zwar noch keine Katzen gesehen, konnte sich jedoch nicht vorstellen, daß Catriona McBogle nicht mindestens ein halbes Dutzend davon besaß.

»Keineswegs. Stinktiere und Katzen leben friedlich nebeneinander. Nur mit Hunden gibt es Probleme. Aber Katzen sind schließlich viel intelligenter als Hunde. Hast du jetzt lange genug mit dem Brennholzkorb kommuniziert, Helen? Dann möchte ich euch jetzt bitten, mir in den Salon zu folgen, gemeinhin auch als Wohnzimmer bekannt.«

»Was für ein wunderschönes Zimmer!« rief Helen.

Sie hatte vollkommen recht. Catriona McBogle hatte den Raum entweder aus ästhetischen oder aus finanziellen Gründen nur ganz schlicht möbliert. Es gab Tische aus Kirschbaumholz, einen Schaukelstuhl aus Walnußholz, ein gemütliches Sofa mit vielen Kissen und einen dazu passenden Sessel mit verblichenen blauen Schonbezügen, die offenbar von diversen Katzenkrallen malträtiert worden waren. Ein kleiner Orientteppich, geblümte Chintzvorhänge und eine Bordüre auf blaßblauen Wänden über einer cremefarben gestrichenen Holzverkleidung bildeten den eleganten Hintergrund für einige Objekte aus Cats bescheidener Kunstsammlung. Seine besondere Schönheit verdankte der Raum allerdings einem perfekten Schnitt und den großen Fenstern, die einen beeindruckenden Ausblick auf Wälder und Wiesen freigaben.

Catriona nahm das Lob ihrer Freundinnen wie selbstverständlich entgegen. »An mir liegt es wirklich nicht, es ist halt ein Haus mit Charakter. Kommt mit und seht euch mein Eßzimmer im frühen Sowieso-Stil an. Als meine Mutter noch ein junges Mädchen war, nannte man das geräuchte Eiche, glaube ich. Ich habe vor Wut geschäumt, als ich die scheußliche dunkelbraune Soße wieder abgebeizt habe, die sie auf die schönen Möbel gepantscht haben, das könnt ihr mir glauben.«

»Aber die Mühe hat sich wirklich gelohnt«, sagte Helen. Die nun deutlich sichtbare Maserung und das weiche Graubraun des Eichenholzes paßten hervorragend zu den strengen Konturen von Tisch und Anrichte und den lustigen quadratischen kleinen Stühlen mit den ein wenig grob geschnitzten Rückenlehnen. Vermutlich William-Morris-Imitationen aus Grand Rapids, so um 1923, dachte Helen. Auch in diesem Zimmer hingen Vorhänge aus Chintzstoff, diesmal allerdings mit rosa Blumen und lila Vögeln in einem blaßgrünen Dschungel. Die grüngestrichenen Wände waren mit einer Bordüre verziert, die das Blattmuster der großen Topfpflanze aufgriff, die auf der Anrichte stand.

»Die Palme habe ich übrigens selbst gezogen«, brüstete sich Catriona.

Es gab noch mehr Pflanzen auf Blumenbänken und Ständern, welche die Wand unter den hohen Fenstern säumten. Die meisten von ihnen sahen allerdings aus, als hätten sie einen reichlich harten Winter hinter sich.

»Carlyle und Emerson üben hier immer Anschleichen, wenn es ihnen draußen zu stürmisch ist«, erklärte Catriona. »Normalerweise nehme ich hier mein Mittagsmahl ein. Im Winter, wenn der Schnee die Sonne reflektiert, ist es hier besonders schön. Kostenlose Solarwärme sozusagen. Und jetzt gehen wir nach oben.«

»Sollten wir uns nicht lieber vorher um den Teekessel kümmern?« fragte Iduna vorsichtig an.

»Mist, das vergesse ich jedesmal.« Catriona eilte zurück in die Küche. »Das verdammte Ding pfeift immer zum Steinerweichen. Ich weiß auch nicht, warum die blöden Wissenschaftler es nicht schaffen, einen Kessel zu erfinden, der von allein einschenkt. Ist euch eigentlich aufgefallen, daß kaum noch einer sagt: ›Wenn wir Menschen auf den Mond schießen können, dann müßte man doch auch …‹? Vielleicht sollte ich euch den Tee lieber sofort einschenken, bevor er sich in pure Gerbsäure verwandelt. Ich habe übrigens Plätzchen für euch gebacken.«

Sie fing an, Tassen aus dem Schrank zu nehmen und einen Teller mit Melasseplätzchen zu beladen, die so groß waren wie Untertassen.

Iduna öffnete den Korb, von dem sie sich immer noch nicht getrennt hatte. »Ich habe ein paar Marmeladentörtchen mitgebracht.«

»Heiliger Kabeljau, eure Expedition ist ja hervorragend ausgerüstet! Nimmt jemand von euch Milch oder Zucker? Früher habt ihr beide weder noch genommen, soweit ich mich erinnere. Wie lange könnt ihr übrigens bleiben?«

»Freitag morgen müssen wir wieder weg, damit Iduna das gemästete Kalb für Daniel vorbereiten kann«, klärte Helen sie auf. »Meinst du, daß du uns bis dahin ertragen kannst?«

»Möglicherweise, wenn ich mir genügend Mühe gebe. Ich bin ja so froh, euch endlich wiederzusehen! Hier, Iduna, du kannst uns den Tee eingießen, genau wie du es in South Dakota immer gemacht hast, wenn wir mit Eiszapfen an den Nasen aus dem Schneesturm in dein Haus gestürmt sind. Was war das doch für eine herrliche Zeit!«

»Mir kommt es vor wie gestern«, sagte Helen. »Ich muß zugeben, daß ich es nie so richtig geschafft habe, die Zeit als ewig fließenden Fluß zu sehen.«

»Warum auch?« Catriona reichte ihr den Teller mit den Plätzchen. »Die Zeit ist längst abgeschafft. Bloß ein Haufen Quuppen und Quunten. Oder bei Andrew vielleicht Quecken und Quasseln. Ich kann mit der Quantenmechanik zwar absolut nichts anfangen, aber es regt zum Nachdenken an, wie der gute Professor Haseltine immer zu sagen pflegte, wenn er den Eintopf in unserer College-Cafeteria sah. Wie habt ihr zwei es eigentlich geschafft, euch einen College-Professor zu angeln? Wahrscheinlich auch noch beide Spezialisten für Quantentheorie.«

»Daniel ist in der Hauptsache Spezialist für Schweinezucht.« Iduna biß genüßlich in eines von Cats Riesenplätzchen. »Gott, sind die köstlich! Hörst du gelegentlich noch von Professor Haseltine?«

»Apropos Professor«, warf Helen ein. »Ich rufe lieber schnell Peter an und sage ihm, daß wir gut angekommen sind, bevor er uns für vermißt erklärt und die Polizei alarmiert. Darf ich dein Telefon benutzen, Cat?«

»Selbstverständlich darfst du das. Nimm am besten den Apparat oben in meinem Arbeitszimmer. Du brauchst nur die Treppe hochzugehen, dann siehst du ihn schon.«

Catriona McBogles Arbeitszimmer war etwa neun Meter lang und zweieinhalb Meter breit. Eigentlich typisch für Cat, fand Helen. Zuerst dachte sie, hier zu arbeiten müßte sich ungefähr so anfühlen wie Schreiben in der Straßenbahn, doch dann entschied sie, daß der Raum doch eher an ein Schiffsdeck erinnerte. Es gab insgesamt drei Fenster, eins am Giebel und zwei neben einem riesigen Kamin, in dessen Feuerstelle ein zierliches kleines Öfchen stand. Eine ganze Wand war völlig mit Bücherregalen zugestellt. Cats eigene Bücher füllten bereits drei Regale. Helen hatte gar nicht gewußt, wie produktiv ihre ehemalige Pensionsfreundin in der Zwischenzeit gewesen war. Sie stellte mit wachsender Faszination fest, wie viele Ausgaben eines einzigen Buches es geben konnte. Die Übersetzungen kamen ihr allerdings mehr als spanisch vor. Wie mochten wohl Titel wie »Das Geheimnis der ungestopften Socke« oder »Die unglaubliche Geschichte des Kaugummis auf dem Bettpfosten« auf Japanisch oder Finnisch klingen?

Zu Hause ging niemand ans Telefon. Peter war höchstwahrscheinlich auf Achse und zählte Wetterfahnen, und Cronkite Swope war entweder der Welt abhanden gekommen, weil er immer noch den Schlaf des Gerechten schlief, oder längst über alle Berge. Sie versuchte daher ihr Glück bei den Enderbles und hatte nach kurzer Zeit John an der Strippe.

»Ach, Sie sind es, Helen. Schön, Ihre Stimme zu hören. Sind Sie gut angekommen? Sie haben Mary leider gerade verpaßt, sie ist im Moment rübergegangen, um Jane einen kleinen Besuch abzustatten. Soll ich sie rufen?«

»Nein, lassen Sie nur. Ich habe Peter versprochen, ihm Bescheid zu sagen, sobald wir angekommen sind. Vielleicht können Sie gleich schnell bei uns anläuten und Mary bitten, ihm eine Nachricht auf den Küchentisch zu legen? Er hat die Telefonnummer meiner Freundin und kann mich zurückrufen, wenn er möchte.«

John erkundigte sich noch nach der typischen Fauna von Sasquamahoc, doch Helen konnte ihm lediglich mitteilen, daß sie leider noch keine Tiere zu Gesicht bekommen hatte, dafür aber aus sicherer Quelle wußte, daß alle hiesigen Stinktiere rosa Turnschuhe trugen. Dann beendete sie aus Rücksicht auf die Telefonrechnung ihrer Gastgeberin das Gespräch, legte auf und kehrte zurück zu ihrer Teetasse.

»Ich habe eine Idee«, verkündete Catriona, nachdem sie Helens Tasse wieder aufgefüllt und ihre Freundin mit einem weiteren Riesenplätzchen versorgt hatte, das Helen zwar nicht unbedingt brauchte, sich aber auf keinen Fall entgehen lassen wollte. »Wenn wir schnell rüberdüsen und Helen ihre Fotos heute noch macht, solange die Lichtverhältnisse stimmen, könnten wir uns morgen freinehmen und Wale beobachten.«

Iduna stellte ihre Tasse auf den Tisch. »Wale beobachten? Wie kommst du denn darauf?«

»Das ist hier sehr beliebt. Eustace Tilkey drüben in Hocasquam veranstaltet seit einiger Zeit mit seinem Hummerkutter, der ›Ethelbert Nevin‹, Exkursionen für die Touristen. Ich hatte bisher leider noch keine Gelegenheit mitzufahren, aber ich dachte, es wäre vielleicht ganz lustig, wenn wir alle zusammen führen. Es sei denn, ihr habt schon was anderes vor«, fügte Catriona höflichkeitshalber hinzu.

Doch Helen und Iduna waren hellauf begeistert. »Das ist eine Tierart, die bei uns in Balaclava nicht vorkommt. Aber dafür haben wir Präsident Svenson«, fügte Helen fairerweise hinzu. »Wie weit ist die Forstwirtschaftsschule von hier entfernt?«

»Etwa eine halbe Meile. Wenn ihr Lust habt, euch ein bißchen die Beine zu vertreten, können wir zu Fuß hingehen. Man braucht etwa zehn Minuten.«

»Gegen einen kleinen Spaziergang hätte ich nichts einzuwenden.«

»Warum gehst du dann nicht mit Cat hin?« fragte Iduna. »Ich bleibe lieber hier und wasche das Geschirr ab. Vielleicht kann ich auch schon das Abendessen vorbereiten, Cat, du brauchst mir bloß zu sagen, was ich tun soll.«

»Das Geschirr kommt in die Spülmaschine, und das Abendessen brauchst du auch nicht vorzubereiten, es ist schon fertig und braucht bloß aufgewärmt und serviert zu werden«, sagte Catriona streng. »Wenn du müde von der Fahrt bist, leg dich doch einfach ein bißchen aufs Sofa. Oder mach es dir draußen auf der Terrasse bequem und beobachte die Schwalben.«

»Hervorragende Idee. Dann kann ich schon ein bißchen für die Wale üben. Ich glaube, genau das mache ich, wenn ihr nichts dagegen habt.«

Iduna nahm sich eine Zeitung und eilte nach draußen zu der altmodischen Holzschaukel, die in der Nähe des Hauses an einem Apfelbaum hing. Helen und Catriona gingen auf die Straße.

»Wir hätten natürlich auch meinen Wagen nehmen können«, meinte Catriona schuldbewußt. »Ich hatte total vergessen, daß Iduna nicht besonders gern spazierengeht.«

»Keine Sorge. Wenn sie wirklich mitkommen wollte, hätte sie es bestimmt gesagt. Ich vermute, sie hat große Lust, ein kleines Nickerchen zu halten. Während der Fahrt hat sie zwar ein bißchen gedöst, aber du weißt ja, wie es ist, wenn man versucht, im Auto zu schlafen. Ich fürchte, sie hat letzte Nacht nicht besonders gut geschlafen. Wir haben alle eine unruhige Nacht hinter uns.«

»Ach ja, wegen des Feuers in der Seifenfabrik? Sie haben es gestern in den Nachrichten kurz erwähnt. Ich hatte mich schon gefragt, wie weit es wohl von euch entfernt war.«

»Peter und ich waren sozusagen direkt am Ort des Geschehens. Ich war vorher in Lumpkinton, um die Wetterfahne auf der Seifenfabrik zu fotografieren, merkwürdigerweise nur wenige Stunden bevor die ganze Fabrik in Flammen aufging. Wir waren bei Freunden zu Besuch und hatten gerade zu Abend gegessen, und als alle wegmußten, weil sie sich der freiwilligen Feuerwehr anschließen wollten, sind Peter und ich oben auf einen Hügel gefahren, von wo aus man genau in das Feuer sehen konnte. Du kannst dir gar nicht vorstellen, wie grauenhaft es war.«

»Und ob ich das kann. Was meinst du wohl, womit ich mein Geld verdiene? Verdammt, ich wünschte, ich wäre dabeigewesen. Wahrscheinlich ist die Stadt inzwischen ein einziges Meer aus Seifenlauge.«

»Du fändest es bestimmt weniger lustig, wenn die Lauge in dein Haus laufen würde«, erwiderte Helen etwas spitz. »Oder wenn dein Arbeitsplatz über Nacht weggewaschen würde. Ich weiß wirklich nicht, was die armen Leute anfangen sollen, um wieder Arbeit zu finden.«

»Wird denn die Fabrik nicht wiederaufgebaut?«

»Keine Ahnung. Selbst dann würde es sehr lange dauern, bis sie wieder betriebsbereit wäre.«

»Ach, ich weiß nicht«, widersprach Catriona. »Heutzutage wird doch alles vorgefertigt, Häuser lassen sich sozusagen im Handumdrehen bauen. Man braucht sich nur die Einzelteile anliefern zu lassen und alles zusammenzusetzen. Mit Robotern, vermute ich. Du hast doch deine Kamera dabei, oder?«

Helen mußte lachen. »Ich mag zwar etwas älter geworden sein, seit wir uns das letzte Mal gesehen haben, liebe Cat, aber senil bin ich noch lange nicht. Sie ist hier in der kleinen blauen Umhängetasche.«

»Ach, deshalb hast du die Tasche mitgebracht? Ich dachte schon, Iduna hätte uns Proviant eingepackt«, erwiderte Catriona etwas enttäuscht. »Was das Älterwerden betrifft, siehst du heute noch jünger aus als damals in South Dakota. Iduna übrigens auch. Beschreib mir mal ihren Mann. Ich wette, er ist höchstens eins sechzig groß und dürr wie eine Bohnenstange. Kleine Männer stehen ja bekanntlich auf große Frauen.«

»Falsch geraten. Daniel ist größer als Iduna, und man könnte ihn vorsichtig ausgedrückt als stattliche Erscheinung bezeichnen. Eigentlich erinnert er mich immer ein bißchen an einen besonders prächtigen und vornehmen Eber. Bevor er Iduna geheiratet hat, war er Witwer mit zwei Paar Vierlingen, übrigens alle verheiratet und äußerst fruchtbar. Iduna hat einen Riesenhaufen Enkelkinder und genießt es in vollen Zügen. Sie wohnen alle nicht in der Nähe, daher braucht sie nicht oft den Babysitter zu spielen, aber sie besuchen sich gegenseitig. An Feiertagen kocht Iduna immer gigantische Portionen, was ihr viel Freude bereitet, aber das brauche ich dir ja kaum zu erzählen. Außerdem unterrichtet sie Haushaltsführung an unserem College und nimmt an vielen geselligen Veranstaltungen teil. Früher war Daniel immer ein bißchen steif, aber sie hat ihn richtig aufgetaut. Beim Ball für ehemalige Studenten letzten Monat hat er sogar mit ihr zusammen einen Show-Tango aufs Parkett gelegt. Es war einfach umwerfend.«

»Kann ich mir lebhaft vorstellen«, sagte Catriona, was zweifellos der Wahrheit entsprach. »Und welchem guten Zweck dient dieses Windmühlenprojekt?«

»Wetterfahnen«, korrigierte Helen und berichtete von Praxiteles Lumpkin und dem Smithsonian Institute. »Er ist mit ein paar Kupferplatten, einer Werkzeugtasche und einem Krug voll kräftigem Apfelwein auf dem Rücken seines treuen Maultiers Apuleius durch die Lande gezogen. Der Krug diente als Köder, um den Schmied vor Ort gnädig zu stimmen, damit er ihn seine Schmiede benutzen ließ. Der Apfelwein hat ihm immer gute Dienste geleistet, wenn man von einer Ausnahme absieht, da ist er nämlich zufällig ausgerechnet hinter einem Temperenzler hergewandert.«

»Derartige Begegnungen dienen zweifellos einzig und allein dem Zweck, uns zu prüfen. Ich kann mir nicht vorstellen, wozu sie sonst gut sein sollten.«

»Ich auch nicht. Natürlich sind inzwischen etliche von Praxiteles Lumpkins Wetterfahnen zerstört worden. Die meisten wurden wahrscheinlich an Schrotthändler verkauft und eingeschmolzen, nehme ich an, auch wenn mir der bloße Gedanke das Herz bricht.«

»Quatsch. So leicht bricht dir keiner das Herz. Wieso hast du eigentlich diesen Peter Shandy geheiratet? Du hast doch sonst nie einen der vielen Verehrer heiraten wollen, die dir zu Füßen lagen?«

»Die Gattin unseres College-Präsidenten duldet auf dem Campus keine Amouren. Außerdem ist Peter einfach der Typ Mann, den man unbedingt heiraten muß.«

»Willst du damit andeuten, ich hätte auch das Gefühl gehabt, ihn heiraten zu müssen?«

»Höchstwahrscheinlich, aber das hätte ich nie zugelassen. Außerdem hast du schließlich deinen Andrew.«

»Gott sei Dank nicht im körperlichen Sinne. Wir haben ein rein feudales Verhältnis: Ich bin die Herrin und er ist mein ergebener Diener. Das glaube ich jedenfalls, auch wenn ich zugeben muß, daß Andrew das Dienstprinzip nie so richtig begriffen hat. Du wirst noch erleben, daß ich am Ende all seine verdammten Kartoffeln in mich hineinstopfen muß, dabei fett werde wie ein Schwein und ich zum Spott und Gelächter in den Straßen von Sasquamahoc werde.«

»Aber denk doch nur, wie mollig warm es dir im Winter sein würde«, erinnerte sie Helen. »Du weißt doch noch, was Mrs. Beeton immer gesagt hat: Es gibt keine bessere Isolierung als ein paar Zentimeter Extrafett auf den Rippen. Ist das da vorn schon die Forstwirtschaftsschule? Oh, ich glaube, ich sehe die Wetterfahne schon!«

Sie kramte ihr Fernglas aus der blauen Tasche und richtete es auf ein spinnenartiges Objekt, das sie auf dem Dach einer riesigen alten Scheune erspäht hatte. »Wie wunderschön! Könnten wir vielleicht etwas schneller gehen? Ich kann es kaum erwarten!«

Catriona McBogle zuckte mit den Achseln. »*De gustibus et coloribus non est disputandum.* Wer hätte je gedacht, daß unsere blonde Sexbombe von der *American Library Association* eines Tages von einer Wetterfahne angetörnt wird!«

Kapitel 5

»Sollen wir nicht lieber vorher Bescheid sagen?« fragte Helen, als sie sich der Scheune näherten.

»Erst knipsen, dann fragen, würde ich sagen«, meinte Catriona. »Außerdem dachte ich, du hättest schon Bescheid gesagt.«

»Da hast du auch wieder recht. Es schien mir nur ein bißchen unverschämt, hier so einfach unangemeldet aufzukreuzen. Ich wollte sowieso nach Präsident Fingal suchen, ihm einen kurzen Höflichkeitsbesuch abstatten und erklären, warum Peter nicht mitkommen konnte.«

»Oh, Guthrie besteht normalerweise nicht auf Formalitäten. Nimm dir ruhig Zeit, vielleicht ist er schon längst nach Hause gegangen, bis du fertig bist. Du willst doch sicher das schöne Licht ausnutzen, oder?«

»Ein überzeugendes Argument. Ich bin zutiefst beeindruckt. Das Licht hier ist wirklich unbeschreiblich.«

»Das kommt bloß daher, daß wir mehr Platz dafür haben als ihr«, erwiderte Catriona bescheiden. »Maine ist größer als der ganze Rest von New England zusammen, weißt du. Oder zumindest genauso groß. Habe ich jedenfalls gehört. Obwohl ich es natürlich nicht persönlich abgemessen habe, aber ich würde mich ohnehin todsicher vermessen. Soll ich solange deine Tasche halten?«

»Nein danke, ich brauche sie gleich noch. Ich glaube, ich steige am besten die Feuerleiter an dem Haus da vorn hoch, dann bin ich auf gleicher Höhe mit der Wetterfahne. Was ist das eigentlich für ein Gebäude? Ein Studentenwohnheim?«

»Genau. Aber keine Sorge, wahrscheinlich ist im Moment niemand da. Soweit ich weiß, fängt das Sommersemester erst in einer Woche oder so an. Jedenfalls habe ich in der letzten Zeit niemanden ›Achtung! Baum fällt!‹ brüllen hören. Klettere ruhig hoch, hier auf dem Campus gibt es keine Wachmänner. Nur kräftige Holzfäller mit Riesenäxten. Beeil dich, das Ding fängt schon an zu wackeln.«

Die Brise war so leicht, daß man sie auf der Haut kaum spürte. Doch sie reichte aus, um die Wetterfahne zu bewegen, so daß der Holzfäller, der gerade seinen Baum fällte, genau mit der Breitseite zum Studentenwohnheim stand. Helen stieg eilig die offene Eisentreppe bis auf die oberste Plattform hinauf, lehnte sich über die Brüstung, wartete mit gezücktem Teleobjektiv und Finger am Auslöser, bis die Wetterfahne sich nicht mehr bewegte, und knipste.

Sie machte eine Aufnahme nach der anderen, während Sonne und Schatten wunderbare Reflexe auf das oxidierte Kupfer zauberten. Da sie auch einige Schwarzweißbilder machen wollte, fischte sie zum Schluß eine bereits geladene zweite Kamera aus ihrer blauen Umhängetasche.

Als sie das Objektiv wechselte, bemerkte sie, daß das Studentenwohnheim gar nicht leer war. Irgendwo aus dem Inneren des Gebäudes vernahm sie männliche Stimmen, Stimmen junger Männer. Und warum sollten sie nicht jung sein? Es handelte sich immerhin um ein Studentenwohnheim. Helen konzentrierte sich so sehr darauf, das Bild scharf zu stellen und dem Wind zuvorzukommen, daß sie gar nicht auf das achtete, was sie ohnehin nichts anging, bis plötzlich der Name eines Ortes fiel, der sie aufhorchen ließ.

Bisher hatte sie den Namen Woeful Ridge erst ein einziges Mal gehört, und zwar gestern abend bei den Horsefalls, unmittelbar bevor das Feuer ausgebrochen war. Einen Moment lang vergaß sie sogar, was sie hier oben machte, und spitzte die Ohren, um noch mehr zu verstehen, doch die Studenten hatten entweder aufgehört zu reden oder das Gebäude bereits verlassen. Wahrscheinlich waren sie auf dem Weg zum Speisesaal. Am besten, sie beeilte sich ein bißchen. Iduna war bestimmt schon wieder hungrig.

Helen gelang es, einige hervorragende Fotos zu machen, bevor der Wind zu sehr auffrischte. Dann kletterte sie vorsichtig wieder nach unten, wobei sie sich fragte, wie sie es überhaupt geschafft hatte, ohne Herzklopfen hier hochzuklettern, und bemerkte bedauernd, daß die Eisenstufen ihre schönen rosa Turnschuhe verschmutzt hatten. Wahrscheinlich Ruß, vermutete sie, von Holzfeuern in alten Öfen. Eigentlich sollte eine Forstakademie von der katalytischen Verbrennung gehört haben.

Aber andererseits würde Sasquamahoc wie andere Universitäten unter dem Druck der gestiegenen Gemeinkosten leiden. Sie wischte ihre Turnschuhe ab, so gut es eben ging, und fragte Catriona, wo sie

Präsident Fingal suchen sollten, vorausgesetzt natürlich, er war noch nicht nach Hause gegangen.

Sie spürten ihn schließlich in seinem Büro im Verwaltungsgebäude auf. Er sagte, er freue sich sehr, sie zu sehen, und sah so aus, als meine er es durchaus ernst.

»Endlich lernen wir uns kennen, Mrs. Shandy. Entschuldigen Sie bitte, ich sollte wohl besser Dr. Shandy sagen, nicht wahr? Oder Dr. Marsh? Oder Marsh-Shandy oder Shandy-Marsh?«

»Warum nicht einfach Helen? Sie nennen meinen Mann schließlich auch Peter, nicht?«

»Früher habe ich ihm noch ganz andere Namen an den Kopf geworfen, dem alten –« Präsident Fingal konnte sich gerade noch fangen. »Er nennt mich übrigens Guthrie, und ich hoffe sehr, daß Sie das auch tun werden. Wir haben zusammen das College besucht, wie er vielleicht erwähnt hat.«

»Sehr oft sogar. Peter bedauert sehr, daß er nicht mitkommen konnte, wie wir es ursprünglich geplant hatten. Sie haben vermutlich schon von der Brandkatastrophe bei uns gehört?«

»Ja, ich habe Bilder davon in den Nachrichten gesehen. Sagen Sie bloß, Peter ist auf seine alte Tage der Freiwilligen Feuerwehr beigetreten!«

»Nein, das nicht, aber im Moment ist die Situation dort so brenzlig, daß jeder gebraucht wird.« Helen hatte keine Lust, ihn in alle Einzelheiten einzuweihen. »Man hat ihn gebeten zu bleiben und zu helfen, was er schlecht ablehnen konnte. Daher bin ich allein mit einer Freundin losgefahren, um unsere gemeinsame Freundin Catriona zu besuchen. Peter hofft, daß er später nachkommen kann.«

»Hoffentlich klappt es. Es wäre wirklich schön, den guten alten Peter endlich wiederzusehen. Was haben Sie eigentlich mit unserer Wetterfahne vor, Helen?«

»Ich wollte sie fotografieren, aber das habe ich bereits erledigt«, gestand Helen. »Licht und Windverhältnisse waren einfach ideal, als wir auf den Campus kamen, und Cat sagte, Sie hätten bestimmt nichts dagegen, wenn ich sofort ein paar Bilder machte, also habe ich einfach geknipst. Können Sie mir vielleicht etwas über die genaue Herkunft der Wetterfahne sagen? Wie ist sie in den Besitz der Schule gekommen?«

»Soweit ich weiß durch Zufall. Sie war schon oben auf der Scheune, als Eliphalet Jackson, der Gründer unserer Schule, besser bekannt unter seinem Spitznamen Old Hickory, das Land hier gekauft hat. Wir sind zwar nicht so alt wie das Balaclava College, aber eine Geschichte haben wir auch. Die Scheune ist das einzige, was von der Farm übriggeblieben ist, die hier ursprünglich einmal gestanden hat. Das Wohnhaus und alle anderen Außengebäude sind abgebrannt, daher hat Old Hickory das Grundstück auch so günstig bekommen. Günstig bedeutete zu seiner Zeit sozusagen umsonst, anders hätten wir es auch gar nicht geschafft.«

Er holte ein altes Album mit Zeitungsausschnitten und Klassenfotos hervor, auf denen Gruppen kleiner, dunkler, stämmiger Männer zu sehen waren, die Helen an Bären erinnerten, die Karohemden und dicke, dunkle Arbeitshosen trugen, die sie in ihre hohen Schnürstiefel gestopft hatten. Jeder hatte seine Axt dabei.

»Echte Waldarbeiter trennten sich früher möglichst niemals von ihren Äxten«, erklärte Präsident Fingal. »Außerdem legten sie großen Wert auf die Pflege. Sie haben so lange an den Griffen geschmirgelt, bis sie genau ihren Vorstellungen entsprachen, und die Klingen waren so scharf, daß sie sich damit hätten rasieren können, auch wenn es wahrscheinlich nie jemand versucht hat. Wenn einer der Männer im Stockfinstern eine Axt aufhob, wußte er sofort, ob es seine eigene war oder die eines anderen. Er konnte es daran fühlen, wie sie in der Hand lag.«

Er betrachtete ein weiteres Klassenfoto. »Unsere Jungs haben immer ziemlich adrett ausgesehen. Vor Jahren hat unser Schulschmied ihnen die Haare geschnitten und ihre Bärte mit dem Mähnenkamm entwirrt. Inzwischen verfügen wir natürlich über richtiges Friseurzubehör«, fügte der Präsident stolz hinzu. »Wir legen Wert darauf, mit der Zeit zu gehen, auch wenn wir gelegentlich noch ein wenig hinterherhinken. Die echten alten Holzfäller wirkten nach einem Winter in den Wäldern immer ein klein wenig ungepflegt. Mein Großvater hat mir oft beschrieben, wie sie aussahen, wenn sie im Frühling wieder auftauchten. Viele von ihnen waren Farmer und haben sich nach der Ernte als Holzfäller verdungen. Höchstwahrscheinlich eingenäht in ihre langen Winterunterhosen. Ehe sie die wieder ausziehen konnten, hatten die Pferde ein langes Winterfell und die Männer Haare bis zu den Schultern und Bärte bis zum Gürtel.«

Er blätterte noch ein wenig weiter. »Aha, ich wußte doch, daß ich irgendwo noch ein Bild davon habe. Das ist mein Großonkel Mose. Sieht er nicht aus wie ein wildes Tier? Großvater hat das Bild mit einer Klappkamera gemacht. Angeblich konnte man Moses Gesicht vor lauter Dreck und Haaren kaum noch erkennen. Tante Laviney mußte ihn rasieren, ihm die Haare schneiden und ihn in die Badewanne setzen, bevor sie eindeutig feststellen konnte, daß sie den richtigen Ehemann zurückbekommen hatte. Was nicht heißen soll, daß sie nicht auch mit dem einer anderen vorlieb genommen hätte, nach allem, was ich so gehört habe.«

Präsident Fingal schüttelte sein Haupt und legte das Album wieder fort. »Die Männer trugen daran keine Schuld. Die Holzfällercamps waren alles andere als luxuriös, wissen Sie. Einige waren bei den Holzfällern recht beliebt, aber Großvater hat erzählt, daß Mose einmal in einem Camp gelandet ist, wo das Bettzeug lediglich aus einer Lage Stroh auf dem Boden und einer einzigen großen Decke bestand. Die Männer mußten sich angezogen hinlegen, dann packten diejenigen, die an den Seiten lagen, die Decke und zogen sie mit einem Ruck über die anderen. Vielleicht haben sie vorher die Stiefel ausgezogen, aber eine Wette würde ich darauf nicht abschließen. Ich hoffe, ich verletzte mit meinem ganzen Gerede nicht Ihren Sinn für Ästhetik, Cat.«

Er grinste sie an, und sie grinste zurück. »Sie sollten mich eigentlich besser kennen, Guthrie. So, ich glaube, wir machen uns allmählich lieber wieder auf den Heimweg. Wir haben unsere Freundin Iduna Stott allein mit den Schwalben zurückgelassen.«

»Hätten Sie vielleicht Lust, morgen alle drei mit mir zu Mittag zu essen?«

»Danke für die Einladung, aber wir wollen mit Eustache Tilkey rausfahren und Wale beobachten. Wie wäre es mit übermorgen?«

»Auch gut. Ihr braucht nur vorher Bescheid zu sagen, daß ihr kommt, damit wir genug Zeit haben, die Teller so zu arrangieren, daß man die Flecken auf dem Tischtuch nicht sieht, und ein bißchen mehr Wasser in die Suppe zu gießen. War wirklich nett, Sie kennenzulernen, Helen. Bestellen Sie Peter viele Grüße von mir.«

»Das mache ich, Guthrie. Wahrscheinlich ruft er mich heute abend noch an. Ach ja, bevor ich es vergesse, wo liegt eigentlich Woeful Ridge?«

»Keine Ahnung. Den Namen habe ich noch nie gehört.«

»Netter Kerl«, bemerkte Helen, als sie die Schule wieder verließen. »Erinnert mich irgendwie an die Comicfigur Smokey the Bear. Siehst du ihn öfter, Cat?«

»Hin und wieder. Guthrie hat meistens ziemlich viel zu tun, und ich genauso. Keiner glaubt zwar, daß Schriftsteller richtig arbeiten, aber du kannst mir glauben, daß es stimmt.«

»Wem sagst du das«, erwiderte Helen etwas spitz.

»Verzeihung, ich vergaß. Du bist ja auch eine von uns. Wie verkauft sich dein Buch?«

»Nicht schlecht, wenn man davon ausgeht, daß schließlich niemand erwartet hat, daß ›Die Familie Buggins in Balaclava County‹ der absolute Bestseller werden würde. Der Verlag hat gerade die zweite Auflage drucken lassen. Die erste Auflage war ziemlich hoch für die Pied Pica Press, weißt du. Zweitausend Exemplare.«

»Wirklich nicht schlecht«, gab Cat zu. »Vielleicht kann ich in meinem nächsten Buch daraus zitieren und die Verkaufszahlen noch ein bißchen höher treiben.«

»Wage es bloß nicht! Ich habe einmal den Fehler gemacht und freundlicherweise einer dummen Pute, die sich Schriftstellerin nennt, genealogisches Material zur Verfügung gestellt, das sie natürlich pflichtgetreu und wahrheitsgemäß mir zugeschrieben hat, bloß daß sie alle Daten durcheinandergebracht hat. Seitdem bekomme ich ständig höfliche Briefe von völlig Fremden, die wissen wollen, wie ich so dumme Fehler machen konnte.«

»Reg dich nicht zu sehr darüber auf. Früher oder später erleidet jeder mal Schiffbruch. Wie Harry Truman so schön zu sagen pflegte: ›Wenn du die Hitze nicht aushältst, komm raus aus der Schreibmaschine.‹«

»Ich dachte, professionelle Schriftsteller arbeiten heute mit Computern?«

»Ich nicht, Kindchen. Wenn die Göttin gewollt hätte, daß wir unser Leben damit verbringen, grüne Neonbuchstaben auf einem lächerlichen kleinen Bildschirm anzustarren, hätte Sie uns Augäpfel aus Styrol geschenkt, sage ich immer. Bist du hungrig?«

»Cat, meine Güte, jetzt hör aber auf! Ich habe den ganzen Tag ununterbrochen gegessen!«

»Das hat nichts zu sagen.«

»Womit du auch wieder recht hast«, gab Helen zu. »Wahrscheinlich bin ich wieder aufnahmebereit, wenn du uns das Abendessen servierst, aber wegen mir brauchst du dich wirklich nicht zu hetzen. Wie sieht eigentlich Guthries Frau aus? Oder ist er nicht verheiratet?«

»Und ob er das ist. Sie ist zwei Meter groß und hat einen Bart.«

»Das ist doch nicht wahr!«

»Richtig. Sie ist kleiner als zwei Meter und hat nur einen klitzekleinen Schnurrbart. Sie hört auf den Namen Elisa Alicia und fertigt Kränze aus getrockneten Äpfeln und kreiert Kopfkissen mit zerbröselten Schilfkolben gefüllt.«

»Warum das?«

»Das habe ich mich auch schon oft gefragt. Außerdem pflegt die gute Alicia Zaubertränke und Absude zu brauen. Vor zwei Monaten habe ich sie um einen Zauber gegen Verleger gebeten. Sie hat versprochen, sich sofort an die Arbeit zu machen, aber bisher ist ihr leider nichts eingefallen.«

Cat pflückte einen zarten Farnwedel. »Nun ja, man kann nicht immer erfolgreich sein. Vermutlich sind Elisa Alicias Huflattichpackungen äußerst effektiv, ich habe nur vergessen, wogegen sie wirken. Junger Farn soll übrigens die Fruchtbarkeit steigern, wenn er äußerlich auf die Geschlechtsorgane gestrichen wird. Die Indianer haben ihn sich früher immer um den Kopf gebunden, um den Kater zu kurieren, den sie den Siedlern verdankten. Kannst du zwischen beidem vielleicht einen Zusammenhang erkennen?«

»Möglich ist alles«, erwiderte Helen vorsichtig. »Mit jungem Farn kenne ich mich nicht sonderlich gut aus. Hast du deine Weisheiten von Mrs. Fingal gelernt?«

»Mrs. Quatrefages, wenn ich bitten darf! Elisa Alicia ist eine sehr emanzipierte Frau.«

»Du scheinst sie nicht besonders zu mögen. Elisa Alicia Quatrefages … den Namen habe ich irgendwo schon mal gehört. Wenn ich bloß wüßte, wo. Leben die beiden schon lange hier? Nennen seine Studenten ihn übrigens Woody?«

»Selbstverständlich. Er ist übrigens tatsächlich ein recht guter Gitarrenspieler. Wenn er euch ein bißchen besser kennt, bitten wir ihn mal, ›The Wabash Cannonball‹ für uns zu singen. Guthrie stammt aus Sasquamahoc und hat immer hier gelebt, außer während seiner Studienzeit natürlich. Danach ist er wieder zurückgekommen und hat eine Weile im Forstdienst gearbeitet, dann hat er mehrere Jahre an der Schule unterrichtet und ist schließlich Präsident geworden, als sein Vorgänger gefällt wurde, wie man hier in Forstkulturkreisen so nett sagt. Ich habe vergessen, ob der alte Prexy von einem fallenden Hauptast erschlagen wurde oder ob ihn die Ulmenkrankheit erwischt hat. Es hatte jedenfalls irgendwas mit Bäumen zu tun. Wo Guthrie auf Elisa gestoßen ist, kann ich dir leider nicht sagen. Die meisten Leute hier im Dorf sind der Meinung, er habe sie bei einer Exkursion unter einem Felsbrocken ausgebuddelt.«

Helen kicherte. »Cat, du bist einfach schrecklich. Kannst du denn gar nichts Nettes über Elisa sagen?«

»O doch, und ob ich das kann. Das Gute an Elisa ist, daß sie die meiste Zeit auf Achse ist. Bei jedem Mondwechsel packt sie ihre gesammelten Kränze und Kissen zusammen und gondelt nach Boston oder New York. Um ihre Kunstwerke zu verkaufen, behauptet sie. Ich persönlich neige eher zu der Vermutung, daß sie einer lukrativen kleinen Nebenbeschäftigung nachgeht, indem sie landeinwärts bei den Neureichen Mehltau und Viehseuchen verbreitet. Doch ich möchte meine Theorien an dieser Stelle nicht weiter ausführen. Mir ist längst aufgefallen, daß du seit deiner Eheschließung äußerst lieb und brav geworden bist. Wo ist bloß die bissige Helen Marsh von früher geblieben?«

»Du solltest lieber fragen, wo Iduna geblieben ist.« Inzwischen konnten sie Cats Haus schon sehen. »Auf der Terrasse sitzt sie jedenfalls nicht mehr.«

»Hoffentlich sind die Kriebelmücken nicht über sie hergefallen.« Catriona legte einen Schritt zu. »Die verfluchten Biester peinigen dich bei lebendigem Leib bis aufs Blut, dann schwillst du unter Höllenqualen eine Woche lang an wie ein Ballon, und deine Seele bleibt auf ewig gezeichnet.«

Glücklicherweise fanden sie Iduna ungepeinigt und ungeschwollen vor. Ins Haus gelockt hatte sie allem Anschein nach das Telefon. Sie sprach gerade in den Hörer, als sie hereinkamen.

»Ach, da sind sie ja. Ich geben sie Ihnen sofort. Für dich, Helen, es ist Peter.«

»Gut, ich hatte gehofft, daß er heute noch anrufen würde.«

Während sich Iduna und Catriona diskret in die Küche zurückzogen, nahm Helen den Hörer. »Hallo, Liebling. Wie läuft es denn so?«

»Huntley Swope ist wieder bei Bewußtsein und beharrt auf seiner Soldaten-Story, aber niemand scheint ihm zu glauben. Die gottverdammte Seifenlauge um die Fabrik steigt von Minute zu Minute, und der Aggressionspegel der Bevölkerung ebenfalls.«

»Und was hältst du von Huntleys Geschichte?«

»Verflixt noch mal, Helen, warum sollte der Mann lügen? Er hat doch keine Ahnung, daß man Brinkley für den Brandstifter hält. Niemand durfte bisher zu ihm, nur seine Frau und das Krankenhauspersonal, und die waren bestimmt vernünftig genug, nichts zu sagen, das ihn aufregen würde. Seine Frau meint, Huntleys Geschichte sei absolut überzeugend. Er sagt, er sei unten gewesen, um Caspar Flum zu bitten, ihm noch ein Faß mit Fett oder was weiß ich hochzuschicken. Von den Mysterien des Seifensiedens verstehe ich leider nicht allzuviel. Jedenfalls war er wieder auf dem Weg zurück in sein Büro und blieb zufällig an einem der Flurfenster direkt neben der Talgküche stehen.«

»Wahrscheinlich wollte er ein bißchen frische Luft schnappen«, unterbrach Helen. »Als ich die Fotos gemacht habe, ist mir aufgefallen, daß alle Fenster aufstanden und nirgends Fliegengitter angebracht waren. Ich habe mich schon gefragt, wie sie es wohl schaffen, die Insekten aus der Seife rauszuhalten. Entschuldige bitte, Peter, ich wollte dich nicht unterbrechen. Was ist dann passiert?«

»Als er so dastand und versuchte, das Fett aus seinen Lungen zu bekommen, bemerkte er einen relativ jungen Mann, der seiner Beschreibung nach wie ein Soldat aussah und anscheinend militärische Tarnkleidung trug und raschen Schrittes auf die Fabrik zukam. Er hatte die Hosenbeine in seine Stiefel gestopft, wie es die Fallschirmspringer immer machen. Als er auf gleicher Höhe mit der Talgküche war, riß er auf einmal etwas aus seiner Tasche und schleuderte es seitwärts durch das Fenster, ohne auch nur hinzuschauen.«

»Konnte Huntley erkennen, was es war?«

»Nein«, antwortete Peter, »aber er glaubt sich zu erinnern, daß es ungefähr so groß war wie eine Zitrone. Er wollte den Mann gerade zurechtweisen, als er einen Riesenknall hörte und sah, wie Flammen aus dem Fenster direkt neben seinem schlugen. Er rannte zurück, um Flum herauszuziehen, doch die Talgküche war bereits ein einziges Flammenmeer. An alles, was danach geschah, kann sich der arme Kerl nicht erinnern, er ist erst im Krankenhaus wieder zu sich gekommen.«

»Hat er sich den Soldaten genau ansehen können?«

»Leider nicht. Es war ja schon dunkel, als es passiert ist. Die Fenster der Fabrik haben zwar ein wenig Licht auf die Straße geworfen, aber viel genutzt hat es wohl nicht. Er meint sich zu erinnern, daß der Mann glattrasiert war und kurzes Haar hatte, aber das ist auch alles. Aber keiner der Jungs aus dem Dorf, die beim Militär sind, hatte Urlaub, und niemand hat einen fremden Soldaten gesehen, daher glauben alle, daß Huntley die Geschichte nur erfunden hat, um seinen Bruder zu entlasten.«

»Aber warum sollte er lügen, wenn er nicht einmal weiß, daß sein Bruder in Schwierigkeiten steckt?« protestierte Helen. »Begreifen denn die Leute das nicht?«

»Sie glauben einfach nicht, daß er es nicht weiß. Ich hoffe, das Ganze wird sich früher oder später von selbst klären. Hast du deine Fotos schon gemacht?«

»O ja, es war ganz leicht. Ob sie wirklich gut geworden sind, kann ich allerdings erst sagen, wenn der Film entwickelt ist, und dafür scheint mir Sasquamahoc nicht ganz der geeignete Ort zu sein. Aber ich habe beide Kameras benutzt, zumindest ein Film müßte also gut geworden sein. Wir haben eben deinen alten Freund Guthrie Fingal getroffen. Er ist wirklich schrecklich nett, Peter.« Helen hielt es für besser, sich über die bisher noch nicht getroffene Mrs. Fingal lieber nicht zu äußern. »Übrigens ist mir etwas Komisches passiert, Peter. Ich war oben in einem der Studentenwohnheime, damit ich die Wetterfahne besser fotografieren konnte, weißt du.«

Sie hielt es auch für besser zu verschweigen, daß sie oben auf der Feuerleiter gestanden hatte. Peter hatte reichlich merkwürdige Vorstellungen, was die Zerbrechlichkeit von Gattinnen betraf. Cat würde sich darüber bestimmt köstlich amüsieren.

»Jedenfalls habe ich gehört, wie ein paar Studenten, ich glaube zumindest, daß es Studenten waren, sich im Zimmer nebenan unterhielten, und einer von ihnen hat etwas über Woeful Ridge gesagt. Ich habe Woody gefragt, wo der Ort sei, aber weder er noch Cat haben je davon gehört. Ist das nicht ein merkwürdiger Zufall? Du erinnerst dich doch sicher, daß Cronkite Swope den Namen erwähnt hat, als er gestern abend bei uns war?«

»Ja, ich erinnere mich.«

Sie unterhielten sich noch ein wenig länger, doch Helen hatte den Eindruck, daß Peter zum Schluß etwas geistesabwesend wirkte. Wahrscheinlich war er mit seinen Gedanken woanders. Sie hätte nur gern gewußt, wo.

Kapitel 6

Das hätte Peter auch gern gewußt. Er dachte darüber nach, während er zur Fakultätsmensa ging und während er dort ein zweifellos hervorragendes Abendessen einnahm, ohne auch nur zu bemerken, was er aß. Er dachte darüber nach, als er wieder nach Hause ging und als er sich die Frühnachrichten anschaute, deren Lokalteil in der Hauptsache aus Berichten über schmutzige Seifenlauge bestand. Er war immer noch in Gedanken versunken, als Cronkite Swope mit finsterer Miene auf der Türschwelle erschien.

»Kann ich einen Moment hereinkommen, Professor?«

»Grundgütiger, Swope, Sie sehen aus, als kämen Sie von einer Beerdigung.« Peter führte ihn ins Wohnzimmer. »Doch wohl hoffentlich nichts Schlimmes mit Ihrer Familie?«

»Nein, das ist es nicht.« Der junge Reporter ließ sich in den Sessel fallen, auf dem Helen für gewöhnlich immer saß, und nahm zum Trost Jane Austen auf den Schoß. »Ich bin es einfach nicht gewöhnt, daß man mich behandelt wie ein Stinktier bei einer Hochzeit. Drüben in Lumpkinton kann ich nicht mal mehr jemanden interviewen, ohne daß man mir fast den Kopf abreißt.«

»Ist es wirklich so schlimm?«

»Noch viel schlimmer. Ich bin nach Clavaton gefahren, um ein paar Informationen aus Mr. Snell herauszukitzeln. Aber alles, was er zu sagen hatte, war: ›Dazu kann ich zu diesem Zeitpunkt noch nichts sagen‹ und ›Das wird unser Aufsichtsrat entscheiden‹. Er hat mir allerdings versichert, daß er von dem Brand erst erfahren hat, als das Feuer schon wieder gelöscht war. Er war die ganze Zeit in West Clavaton und hat in einem Kammerorchester, bei dem er Mitglied ist, Gambe gespielt. Ich habe daraus die Schlagzeile gemacht ›Snell fiedelt, während Fabrik in Flammen steht‹, aber mein Chefredakteur will es nicht drucken. Er hat Angst, daß Snell seine Anzeigen nicht mehr bei uns veröffentlicht, falls die Fabrik irgendwann wiederaufgebaut werden sollte.«

»Die Entscheidungen von Chefredakteuren werden uns Normalsterblichen stets unbegreiflich bleiben, Swope. Irgend etwas Neues von Ihrem Bruder?«

»Hunts Zustand ist stabil, soweit ich weiß. Brink mußte seine Fenster verbarrikadieren und seine Frau und die Kinder zu ihren Verwandten nach Hoddersville schicken, damit sie in Sicherheit sind. Mums Cousins Clarence und Silvester Lomax bewachen Brinks Haus, damit der Mob es nicht niederbrennt, während er weg ist. Ich weiß wirklich nicht, was ich tun soll, Professor.«

»Dann würde ich vorschlagen, daß wir gemeinsam zum Woeful Ridge fahren. Was halten Sie davon?«

Cronkite war überrascht. »Von mir aus, wenn Sie gern möchten. Aber warum ausgerechnet Woeful Ridge?«

»Weil ich seit mehr als zwanzig Jahren hier in Balaclava County lebe und noch nie auch nur in die Nähe dieses Ortes gekommen bin, und Sie die dritte Person sind, die den Namen innerhalb der letzten vierundzwanzig Stunden erwähnt hat, also denke ich, daß es allmählich an der Zeit ist. Wie sieht es dort eigentlich aus?«

»Einsam und verlassen. Überall Felsen und Unkraut. Ein richtig deprimierender Ort, man möchte sich am liebsten hinsetzen und heulen. Ich weiß auch nicht, warum, aber es geht jedem so. Wollen Sie sich eine Kugel durch den Kopf jagen, oder was?«

»Lieber nicht, Swope. Meine Frau würde es nicht verstehen.«

»Und schließlich sind Sie ja auch für Jane verantwortlich.« Cronkite kitzelte den weißen Latz unter dem Kinn der kleinen Tigerdame und stellte erleichtert fest, daß er zur Abwechslung nicht angeknurrt, sondern angeschnurrt wurde. »Wollen Sie sofort los? Wir können meinen Dienstwagen nehmen, dann brauchen Sie Ihren nicht rauszuholen.«

»Haben Sie schon gegessen?«

»Meine Mutter hat einen Topf Hühnersuppe gemacht, den sie Huntley ins Krankenhaus bringen wollte, aber das Personal hat gesagt, er darf sie nicht essen, deshalb füttert sie mich jetzt damit. Jedesmal, wenn ich nach Hause komme, um zu telefonieren, setzt sie mir einen Teller von dem Zeug vor. Zum Mittagessen habe ich zwei Teller essen müssen, und seitdem noch drei, daher bin ich nicht besonders hungrig. Falls ich es wäre, könnte ich mir wahrscheinlich inzwischen selbst ein Ei legen. Wenn Sie wirklich ernsthaft zum Woeful Ridge wollen, Professor, sollten wir uns besser auf die Socken machen. Der Ort ist schon bei Tageslicht nicht besonders erhebend, und ich fürchte, im Dunkeln ist es noch schlimmer. Außerdem kriechen dann die Werwölfe aus ihren Verstecken, glaube ich.«

Der Dienstwagen des *Sprengel-Anzeygers* war ein 1974er Plymouth Valiant, der zwar nicht mehr sehr ansprechend aussah, aber immerhin noch fahrtüchtig war, also fuhren sie. Die sogenannte Fahrt dauerte allerdings bedeutend länger, als Peter erwartet hatte.

»Was für eine langweilige Strecke. Ich wußte gar nicht, daß es hier in Massachusetts so öde Landschaften gibt.«

»Es wird gleich noch viel öder«, versicherte Cronkite, und sollte recht behalten.

»Die Überlebenskämpfer, von denen Sie gestern abend sprachen, haben sich zum Überleben ja keinen sonderlich einladenden Ort ausgesucht«, meinte Peter nach einer Weile. »Was machen die denn bloß hier draußen?«

»Der Erde näher kommen. Das hat jedenfalls einer von den Kerlen zu mir gesagt, als ich versucht habe, ihn zu einem Interview zu bewegen. Er hat seine Aussage dadurch bekräftigt, daß er mich rein zufällig umgestoßen und mein Gesicht durch den Dreck gerieben hat, während sechs oder acht andere von den Mistkerlen daneben gestanden und sich halbtot gelacht haben. Ich vermute, die meiste Zeit sitzen sie nur herum, trinken Bier und prahlen damit, was sie für tolle Machos sind. Ich kann mir nicht vorstellen, daß wir hier heute nacht jemanden zu Gesicht bekommen. Soweit ich weiß, trainieren sie hauptsächlich am Wochenende. Ich glaube, wir müssen hier abbiegen, wenn ich mich nicht gewaltig irre.«

Der unbefestigte Weg war im Grunde allenfalls für Geländefahrzeuge geeignet, doch der treue Plymouth tat sein Bestes. Verdammt schade, daß sie der alten Klapperkiste so etwas antun mußten, dachte Peter, als sie Woeful Ridge endlich erreichten. Dieser Ort eignete sich gut als Schauplatz für einen von Thomas Hardys besonders düsteren Romanen. Und das war anscheinend das einzige, wofür er sich eignete.

Als sie den Wagen verlassen hatten und begannen, sich durch Unkraut und Felsbrocken durchzukämpfen, mußte Peter seinen ersten Eindruck allerdings revidieren. Der langgezogene Granitkamm, dessen Nordseite Zeit und Wetter so ausgewaschen hatten, daß eine natürliche Brustwehr entstanden war, eignete sich hervorragend als Deckung, wenn man sich als Guerillakrieger erproben wollte und jemanden vor sich hatte, den man zu erschießen gedachte.

Da ihm nichts Besseres einfiel, beschloß er, sich den Boden hinter dem Felsen einmal genauer anzusehen. Er war wie leergefegt – Peter konnte nichts entdecken, keinen einzigen Zweig, nicht einmal ein Steinchen oder auch nur die Spur eines Insekts.

»Wonach suchen Sie überhaupt, Professor?« fragte Cronkite.

»Das weiß ich selbst nicht, Swope, aber ich kann absolut gar nichts finden, und das erscheint mir mehr als merkwürdig. Man sollte beinahe meinen, jemand sei mit dem Staubsauger über den Boden gegangen.«

»Vielleicht wollen die Überlebenskämpfer die Umwelt nicht verschmutzen.«

»Von wegen.«

Inzwischen war Peter richtig neugierig geworden. Er fuhr mit der Hand über den Felsen und fand einige scharfkantige Vertiefungen, in die jemand Erde gerieben hatte, damit sie nicht auffielen. Er kniete sich auf den Boden und schaute von dort aus auf die Bäume, die den Grat umschlossen. Dann stieg er die Böschung hinab und ging zu dem Baum, den er sich als Ziel ausgesucht hatte.

»Schauen Sie mal da hoch, Swope. Hier hat vor kurzem noch jemand Schießübungen gemacht.«

»Klar, was glauben Sie denn? Die sind wahrscheinlich alle Jäger oder halten sich zumindest dafür. Saufen sich die Hucke voll und stellen sich hier auf, um mit ihren Gewehren rumzuballern, bloß weil es ihnen Spaß macht.«

»Wer immer hier geschossen hat, hat ganz sicher nicht nur herumgeballert.«

Peter schaute durch sein Fernglas und betrachtete eine auffällige Verdickung an einem anderen Baum, die aussah, als habe ein Waldspecht darin seine Bruthöhle eingerichtet. Doch das Zentrum war systematisch von Kugeln weggeschossen worden. Keine einzige hatte ihr Ziel verfehlt.

»Hier, nehmen Sie mal mein Fernglas, und schauen Sie sich die Sache genauer an. Das waren echte Profis, erfahrene Scharfschützen. Sie haben die Patronenhülsen aufgehoben und alle verräterischen Spuren verwischt. Wären sie noch ein wenig intelligenter gewesen, hätten sie allerdings daran gedacht, Laub und Erde auf dem Boden zu verteilen, damit es natürlicher aussieht.«

»Menschenskind, Sie haben recht.« Cronkite schaute durch Peters Fernglas in die Runde. »Sieht aus, als wäre ein ganzes Heer hochspezialisierter Spechte über den Wald hergefallen.«

»Ich wette, daß in jedem Loch eine Kugel steckt. Wissen Sie eigentlich, was sich auf der anderen Seite des Grats befindet, Swope?«

»Nicht allzu viel, soweit ich mich erinnere. Früher gab es dort eine Höhle, aber besonders interessant war die auch nicht.«

»Meinen Sie, Sie könnten sie wiederfinden?«

»Ich glaube schon, aber dazu müßten wir uns wahrscheinlich durch eine Menge Dornengestrüpp kämpfen.«

Erstaunlicherweise war dies gar nicht nötig. Sie entdeckten einen schmalen Pfad, der so gut getarnt war, daß er jedem, der sich hier nicht genau auskannte, verborgen geblieben wäre, sich jedoch leicht verfolgen ließ, wenn man ihn erst gefunden hatte. Cronkite konnte Peter mühelos zur Höhle führen.

»Besonders toll ist sie wirklich nicht«, entschuldigte er sich. »Höchstens eineinhalb Meter groß.«

»Wir schauen sie uns trotzdem an, ja?«

Peter verfügte über einige Erfahrung, was unauffällige Höhlen betraf, die es in sich hatten. Er stocherte ein wenig darin herum, betrachtete eingehend den Teil der Wand, der allem Anschein nach aus einem einzigen dicken Felsbrocken bestand, lehnte sich mit der Schulter gegen die äußerste Ecke und drückte kräftig dagegen. Plötzlich war die Höhle sehr viel größer als eineinhalb Meter.

»Gut getarnt«, bemerkte er. »Wahrscheinlich ein Drehmechanismus. Sieht aus, als hätte jemand den Fels gesprengt. Sie haben nicht zufällig eine Taschenlampe bei sich, Swope?«

»Klar doch. Im Großen Fernkurs für Journalisten, Lektion siebenunddreißig, steht ausdrücklich, daß ein recherchierender Journalist niemals ohne Taschenlampe unterwegs sein sollte. Man kann schließlich nie wissen. Leider ist es bloß eine ganz kleine. Aber ich habe einen Handscheinwerfer im Wagen, wenn Sie wollen, lauf ich schnell und hole ihn.«

»Nein, die hier reicht.« Peter knipste die kleine Taschenlampe an. »Bomben und Granaten!«

»Das kann man wohl sagen«, flüsterte Cronkite. »Was zum Teufel ist das hier, etwa eine Art Munitionslager?«

»Ich würde sagen, ein richtiges Waffendepot.«

Peter starrte mehr oder weniger fassungslos auf die Gewehre, Maschinengewehre, Flammenwerfer und Bazookas aus dem Zweiten Weltkrieg, die an Gestellen hingen, die fest in den Felswänden verankert waren. Schwere Kisten mit Munition und Sprengkörpern waren auf Holzpaletten gestapelt, damit sie nicht mit dem feuchten

Boden in Berührung kamen. Peter und der Reporter waren gerade dabei, sie mit Hilfe von Cronkites Taschenlampe etwas genauer zu untersuchen, als sie plötzlich feststellten, daß sie nicht allein in der Höhle waren.

»Keine Bewegung!«

Cronkite Swope sprang vor Schreck einen halben Meter hoch. »Was?«

»Keine Bewegung, hab' ich gesagt, Blödmann. Wenn du nicht gehorchst, blas' ich dir dein beschissenes Gehirn raus.«

»Und Ihr eigenes gleich mit.« Peter war es gelungen, sich umzudrehen, so daß er dem stämmigen Rüpel in Kampfkleidung direkt ins Gesicht sehen konnte. »Wissen Sie denn nicht, was ein Querschläger mit dieser scharfen Munition hier anstellen würde?«

»Ist doch scheißegal. Ich würde jedenfalls als Held sterben.«

»Sie wären nichts weiter als ein Klumpen Hackfleisch, und Ihre Herren Kampfgenossen würden auf Ihre traurigen Reste nur noch spucken. Oder glauben Sie etwa, die würden einen Trottel als Held verehren, der so dämlich ist, alles, was sie sich mit viel Mühe zusammengeklaut haben, in die Luft zu jagen?«

Peter stieß noch ein verächtliches Schnauben aus, um seine Aussage zu unterstreichen. »Ein hübsches kleines Nest habt ihr hier. Warum bringen Sie uns nicht zu Ihrem Anführer? Ich denke mal, das ist das, was man in solchen Situationen zu sagen pflegt.«

»Ich glaube, man stellt sich mit Namen, Rang und Markennummer vor, Professor«, murmelte Cronkite. »Meinen Sie, es reicht, wenn wir ihm unsere Bibliotheksausweise zeigen?«

»Okay, Klugscheißer«, bellte ihr Bewacher. »Raus mit euch.«

»Darf ich Sie höflich darauf hinweisen, Sir«, erinnerte ihn Peter, »daß Sie uns den Ausgang versperren?«

»Höh? Oh.« Der Mann mit der Waffe machte einen Schritt nach hinten. »Rauskommen, Hände hoch, und bloß keine Dummheiten!«

»Dies ist wohl kaum der geeignete Moment für Dummheiten, Sir.«

Peter tat, wie ihm befohlen, und hob die Hände. Die Decke war nicht sehr hoch, wie er feststellte, und die Sprengung hatte sowohl über als auch unter ihnen eine Menge loses Gestein hinterlassen. Er drückte mit den Fingern gegen die Decke, fühlte, wie sich etwas löste, und hielt den Steinbrocken fest, bevor er herunterfallen konnte. Der Wächter hatte nichts bemerkt. Er war über einen der gefallenen Felsbrocken gestolpert, hatte sich dabei den Knöchel verletzt und schaute unvorsichtigerweise nach unten. Peter vergewisserte sich, daß er den Finger nicht am Abzug hatte, und schleuderte seinen Stein.

Der Stein war zu klein, um den Kerl zu fällen, doch er war groß genug, um ihm ordentlich wehzutun. Der Mann ließ die Waffe fallen und griff sich an die Nase. Cronkite stürzte sich auf ihn, Peter stürzte sich auf die Waffe. Sie fesselten den Schurken mit seinem eigenen und Peters Gürtel, beschlagnahmten seinen Patronengurt, knebelten ihn mit Cronkites Krawatte, einem hochmodischen schockrosa Schlips mit einem Muster aus kleinen grünen Alligatoren. Dann eilten sie im Laufschritt zu Cronkites Dienstwagen.

Fünf weitere gefährlich aussehende Kerle hatten sich um das Auto geschart und waren damit beschäftigt, mit großen Jagdmessern genüßlich die Reifen aufzuschlitzen und mit Gewehrkolben die Autofenster einzuschlagen. Peter und Cronkite sahen, daß sie ihre Aufmerksamkeit ganz und gar auf das Fahrzeug konzentrierten, und beschlossen, sie nicht zu stören und sich so schnell wie möglich aus dem Staub zu machen.

»Wissen Sie eigentlich, wohin wir laufen, Swope?« keuchte Peter, nachdem sie im Sturmschritt mehrere Meilen durch Wald und Sumpf gehetzt waren.

»Ist mir völlig egal, solange wir nur wegkommen«, keuchte sein Begleiter zurück. »Menschenskind, Professor, die sind ja total wahnsinnig!«

»Ihre Diagnose klingt einleuchtend. Haben Sie zufällig einen von den Kerlen erkannt?«

»Ich hatte leider nicht genug Zeit, sie mir genau anzusehen. Vielleicht würde mir was einfallen, wenn ich den Mut hätte, mich hinzusetzen und nachzudenken. Ich fürchte nur, daß es dazu noch zu früh ist. Meinen Sie nicht, daß wir bald irgendwohin ankommen, wo wir in Sicherheit sind? Ich kann nur hoffen, daß wir nicht die ganze Zeit im Kreis laufen.«

»Da bin ich mir ziemlich sicher. Ich habe darauf geachtet, daß wir den Sonnenuntergang möglichst im Rücken hatten. Um diese Tageszeit bedeutet das, daß wir uns mehr oder weniger ostwärts bewegen, glaube ich. Können Sie damit etwas anfangen?«

»Das bedeutet wahrscheinlich, daß wir irgendwann im Hafen von Boston ankommen, wenn wir lange genug laufen.« Cronkite warf einen Blick auf seine ehemals elegante hellblaue Hose und die rot und cremefarben karierte Sportjacke. »Eigentlich nicht die richtige Joggingkleidung. Jammerschade, daß ich kein Sandwich mitgenommen habe. Wissen Sie was, Professor, ich glaube, wir sind in dem großen Areal, das zum Binks-Grundstück gehört.«

»Binks?« rief Peter. »War das nicht der komische alte Kauz, der so versessen auf Kryogenik war und sich hat einfrieren lassen?«

»Genau. Er wollte unbedingt das nächste Jahrhundert erleben. Am 31. Dezember 1999 wird er wieder aufgetaut, und die Erbschaftsfragen können erst geregelt werden, wenn sich herausstellt, ob es funktioniert hat oder nicht. Die Angehörigen haben vor Gericht Einspruch eingelegt, sind aber abgeschmettert worden. Der Richter stand voll auf Mr. Binks' Seite.«

»Ein weiterer Triumph für die moderne Technologie! Und wie groß ist dieses Areal?«

»An die zwanzig Quadratmeilen, soweit ich mich erinnere. Wie weit sind wir denn Ihrer Meinung nach schon gelaufen?«

»Schätzungsweise vier oder fünf Meilen. Wir sind ja nicht überall gleich gut durchgekommen, was ich Ihnen ja kaum zu sagen brauche. Kommen Sie, Swope, am besten, wir laufen noch ein bißchen weiter, solange es noch hell genug ist.«

»Und was machen wir dann?«

»Irgendwie wird es schon klappen. Hier, ich habe Ihnen ein bißchen Vogelmiere gepflückt.«

Cronkite zuckte zurück, als Peter ihm ein Büschel kleinblättriges Grünzeug reichte. »Was soll ich denn damit anfangen?«

»Aufessen. Sie haben doch Hunger, nicht? Vogelmiere ist außerdem ein hervorragendes Mittel gegen Skorbut.«

»Wenn Sie es sagen. Ich wünschte nur, Sie hätten das mit dem Hackfleisch vorhin nicht gesagt.« Cronkite knabberte versuchsweise an Peters Gemüse. »Wahrscheinlich sollten wir froh sein, daß momentan keine Jagdsaison ist.«

»Machen Sie sich da lieber nichts vor, Swope. Nach allem, was wir gesehen haben, werden diese Halunken uns auf alle Fälle verfolgen, es bleibt ihnen gar nichts anderes übrig. Noch ein wenig Vogelmiere?«

»Nein, danke. Ich komme mir sonst noch vor wie Bugs Bunny. Aber ein bißchen geholfen hat es schon«, fügte Cronkite höflich hinzu. »Welche Richtung jetzt, Professor?«

»Da hoch, würde ich sagen. Falls die Kerle auf die Idee kommen, Bluthunde einzusetzen, könnte sie das möglicherweise von unserer Spur ablenken. Hoffe ich jedenfalls.«

Ein undurchdringlicher kleiner Dschungel aus Dornengestrüpp und gefährlich aussehenden Kletterpflanzen, deren mächtige, dornenbewehrte Ranken aussahen wie Stacheldraht, versperrte ihnen den Weg. Mitten darin standen zwei majestätische Eichen, die größten, die sie je zu Gesicht bekommen hatten. Sie waren so riesig, daß ihre Äste miteinander verwachsen schienen. Ein höchst ungewöhnlicher Anblick, da die meisten Waldgebiete von New England im Laufe der letzten Jahrhunderte früher oder später niedergebrannt oder abgeholzt worden waren.

Peter konnte nicht verstehen, wie es zwei Giganten wie diesen gelungen war, der Zerstörung zu entgehen, doch ihm blieb keine Zeit für lange Überlegungen. Er sprang in die Höhe, bekam einen der großen, tiefhängenden Äste zu packen, schwang sich daran hoch über das Gestrüpp und kletterte in Richtung Stamm, Cronkite direkt hinter sich. Der Baum eignete sich hervorragend zum Klettern, denn der Abstand zwischen den Ästen war nicht allzu groß. Peter war dankbar für diesen Glücksfall, denn allmählich machten sich bei ihm die ersten schwachen Anzeichen von Erschöpfung bemerkbar.

Um von der ersten auf die zweite Eiche zu gelangen, benötigten sie keine besonderen akrobatischen Fähigkeiten, sie kletterten einfach auf einen geeigneten Ast und stiegen von dort aus auf den Ast unmittelbar daneben. Statt weiterzuklettern und auf der anderen Seite des Gestrüpps herunterzuspringen, begann Peter plötzlich, immer höher zu steigen.

»Was haben Sie vor, Professor?« flüsterte Cronkite.

»Ich dachte, wir könnten von oben Ausschau halten, solange es noch hell genug ist. Wenn es hier irgendwo einen Weg gibt, der uns möglichst schnell hier rausbringt, möchte ich gern wissen, wo er ist.«

»Dann komme ich mit.«

Cronkite folgte ihm und bemühte sich, dabei nicht zu keuchen. Peter hatte diesen Baum als Ausguck gewählt, weil er der größere war. Er hatte ihn aufgrund der ziemlich gleichmäßig abgerundeten Blattlappen und der hellgrauen Borke als Weißeiche identifiziert. Weißeichen konnten größer als fünfundzwanzig Meter werden, und diese hier war sicher nicht viel kleiner. Ganz schön hoch für einen Mann mittleren Alters, der schon seit zwei Stunden auf der Flucht war und von wahnsinnigen Killern mit Maschinengewehren verfolgt wurde. Er biß die Zähne zusammen und kletterte weiter.

Kapitel 7

»Ich muß doch sehr bitten, Sir!«
»Grundgütiger! Das kann doch nur ein Traum sein? Ich muß im Schlaf hier hochgeklettert sein. Tut mir schrecklich leid, Madam. Es lag wirklich nicht in meiner Absicht, Sie zu stören.«

Man konnte schließlich nicht erwarten, daß etwas, das von unten aussah wie ein besonders großes Eichhörnchennest, sich als waschechtes Baumhaus entpuppte, mit einem Dach aus Birkenschößlingen, einem Teppich aus sorgsam überkreuz angeordneten Balsamtannenzweigen und einer nicht mehr ganz jungen Bewohnerin, die in einem Bikini aus Hirschleder dasaß und Youngs »Nachtgedanken« las.

»Ich bin Professor Peter Shandy vom Balaclava Agricultural College. Und dieser junge Mann hier ist mein Freund Cronkite Swope«, fügte Peter hinzu, als sein Gefährte ebenfalls auftauchte. »Wir befinden uns auf der Flucht.«

»Tatsächlich? Vor was denn?«

»Die Antwort mag zwar ziemlich unglaubwürdig klingen, Madam, aber ich versichere Ihnen, daß alles, was ich Ihnen jetzt mitteilen werde, sowohl wahr als auch äußerst beunruhigend ist. Unsere Anwesenheit hier oben könnte auch Sie in große Gefahr bringen.«

»Dann sagen Sie es mir besser sofort.« Die Frau klappte ihr Buch zu, nachdem sie zuvor vorsichtig ein zartes junges Eichenblatt als Lesezeichen hineingesteckt hatte, und legte es auf die Tannenzweige. »Ich bin ganz Ohr.«

Peter war normalerweise kein Schwarzseher, doch er hatte sich bereits mit dem Gedanken vertraut gemacht, daß er und Swope dieses Abenteuer höchstwahrscheinlich nicht lebend überstehen würden. Jemand mußte einfach erfahren, was dort unten am Woeful Ridge vor sich ging, und diese Frau mochte vielleicht einen gewaltigen Sprung in der Schüssel haben, schlimmstenfalls war sie sogar die Späherin der Überlebenskämpfer, doch momentan war sie die einzige Person, mit der er sprechen konnte, also sprach er mit ihr. Als er seinen kurzen, aber düsteren Bericht beendet hatte, nickte sie nur.

»Jetzt weiß ich endlich, was diese Männer da unten machen. Ich habe mich schon die ganze Zeit gefragt, was das alles soll, und mache mir jetzt Vorwürfe, daß ich mich nicht schon längst darum gekümmert habe. Aber Ihnen ist sicher klar, daß eine Frau in meiner Lage gezwungen ist, sich äußerst vorsichtig zu verhalten. Ich möchte auf keinen Fall, daß jemand auf mich aufmerksam wird. Am Ende taucht hier noch eine Horde Anthropologen auf, die mich zu ihrem Studienobjekt auserkoren haben. Ich schlage vor, daß Sie und Mr. Swope Platz nehmen und versuchen, wieder zu Kräften zu kommen, soweit Ihnen dies möglich ist, während ich mir etwas Passenderes überwerfe. Unser Weg wird möglicherweise ein wenig mühsam werden. Nehmen Sie sich bitte nach Herzenslust von diesen Taglilienknospen hier. Um diese Jahreszeit sind sie ganz besonders köstlich.«

Bevor die Männer antworten konnten, war sie schon hoch oben über ihren Köpfen im Laub verschwunden. Peter zuckte mit den Achseln und nahm sein Fernglas heraus. Ihre baumliebende Gastgeberin hatte sich dieses lauschige Ruheplätzchen anscheinend als Refugium und nicht als Beobachtungsposten eingerichtet. Außer einer Familie Flughörnchen in dem Baum, den er und Cronkite erst vor kurzem verlassen hatten, konnte Peter nicht viel sehen. Die Hörncheneltern mühten sich gerade nach Kräften, ihre Sprößlinge ins Bett zu scheuchen, doch die putzigen kleinen Biester bestanden darauf, noch ein bißchen Gleitflug zu üben.

Unter anderen Umständen wäre er hingerissen gewesen. So aber ließ er entrüstet sein Fernglas sinken und aß eine Taglilienknospe. Sie schmeckte zwar nicht gerade köstlich, aber weitaus besser, als er erwartet hatte. Cronkite und Peter hatten den Knospenvorrat mehr oder weniger verzehrt, als ihre Gastgeberin sich wieder zu ihnen gesellte, diesmal trug sie eine Hose und eine lange Jacke aus Hirschleder, die nicht sonderlich elegant von Lederschnüren zusammengehalten wurde. Ihre Füße steckten in Mokassins, die noch selbstgemachter aussahen als die Hirschlederkluft. Peter fragte sich, ob er vielleicht eine fanatische Do-it-yourself-Verfechterin vor sich hatte.

»So, jetzt fühle ich mich wieder etwas gesellschaftsfähiger. Darf ich mich vorstellen, Gentlemen, Winifred Binks. Ein Suchtrupp aus sechs Personen, die allem Anschein nach mit Jagdgewehren bewaffnet sind und zwei nicht sonderlich intelligent aussehende Hunde bei sich führen, bewegt sich vom Woeful Ridge her auf uns zu. Die Männer sind gerade im Begriff, im Soggy-Bog-Sumpf steckenzubleiben. Ich dachte, das interessiert Sie vielleicht.«

»Eh – vielen Dank«, sagte Peter. »Woher wußten Sie – eh –«

»Ich habe gerade nachgeschaut. Oben im Baum befindet sich eine Beobachtungsplattform mit einem starken Teleskop. Wenn Sie möchten, können Sie gern selbst Ausschau halten, obwohl ich vorschlagen würde, daß wir uns besser beeilen und an einen sichereren Ort begeben sollten. Wollen Sie mich begleiten?«

»Aber wo sollen wir denn hin?« Cronkite Swope war zu erwachsen, um in lautes Schluchzen auszubrechen, hätte aber höchstwahrscheinlich genau das am liebsten getan. »Wäre es nicht sicherer, einfach hier oben im Baum zu bleiben und –«

»Kokosnüsse auf die Köpfe Ihrer Verfolger regnen zu lassen?« schlug Miss Binks fröhlich vor. »Das wäre vielleicht eine Lösung, wenn wir welche hätten. Kommen Sie, Mr. Swope. Folget mir zu jener Stelle, wo das Geißblatt ranket.«

Peter und Cronkite hielten diese Äußerung zuerst für einen unpassenden poetischen Scherz, doch wie sich bald herausstellte, war dies mitnichten der Fall. Das Geißblatt, das zunächst nur wie eine malerische Girlande zwischen der Eiche und dem benachbarten Ahorn ausgesehen hatte, war, wie sie sehr schnell feststellten, absichtlich so geleitet worden, daß es eine einfache, aber durchaus begehbare Hängebrücke verdeckte, die aus einem Material geflochten war, das sie in der Eile nicht zu identifizieren vermochten. Sie hatten nämlich festgestellt, daß ihre Schritte durch das ferne Bellen eines Bluthundes auf unerwartete Weise beflügelt wurden.

Obwohl sie am Ende ihrer Kräfte waren, gelang es den Männern, während der gesamten tarzanischen *Tour de force* von etwa einer viertel Meile, wobei sie auch nicht ein einziges Mal trockenen Boden berührten, mit ihrer Anführerin Schritt zu halten. Sie sprangen zwar in ein oder zwei Tümpel und wanderten kühle fünf Minuten im kiesigen Bett eines rauschenden Baches, doch die meiste Zeit blieben sie hoch oben in den Bäumen. Urplötzlich jedoch schossen sie mit den Füßen voran durch den ausgehöhlten Stamm eines abgestorbenen Ahorns und fanden sich zu ihrer großen Überraschung unter der Erde wieder.

»Hier entlang.« Miss Binks kroch auf allen Vieren vor ihnen her durch eine Art Gang, der sich als hervorragend gegrabener Tunnel von etwa eineinhalb Metern Durchmesser herausstellte, mit großen Stücken Baumrinde ausgelegt, knochentrocken und blitzsauber. Der

Tunnel war nicht besonders lang und führte direkt in ein Hobbit-Wohnzimmer.

»Genial«, sagte Peter.

Die Erdhöhle war nicht nur genial, sondern auch urgemütlich, eher rund als eckig, vom Stil her eher frei gestaltet und mit zahlreichen Nischen ausgestattet. An eine Wand schmiegte sich eine Bank aus Erde, die Miss Binks zweifellos als Bett diente und etwa einen halben Meter hoch, vielleicht auch etwas höher war, mit einem dicken Polster aus weichen Fichtenzweigen, auf dem mehrere Hirschfelle lagen. Ein paar alte, aber saubere Wolldecken lagen ordentlich zusammengefaltet am Fußende des Bettes. Erstaunlicherweise gab es sogar eine Art Kopfteil, die Erde war an dieser Stelle noch einen halben Meter höher aufgeschichtet und mit mehreren ziemlich verkohlten Brettern verkleidet. Obenauf thronte eine batteriebetriebene Lampe, deren Schirm das Bild einer Ente zierte.

Weitere Bretter dienten zum Abstützen der Decke und als Bücherborde in einer kleinen, ausgehöhlten Nische. Peter stellte fest, daß die Bibliothek eine interessante Kombination aus den Werken der englischen Klassiker in geprägten Ledereinbänden und den gesammelten Werken über natürliche Ernährung von Euell Gibbons und ähnlichen Schriftstellern in Taschenbuchausgaben war. Eine weitere Nische diente offenbar als Küche. Hier befand sich eine Arbeitsplatte aus Brettern, darüber hingen getrocknete Kräuter, wilde Zwiebeln und weitere Regale. Unter dem Tisch stand ein alter wassergefüllter Eimer aus verzinktem Eisenblech.

Die Speisekammer schien gut gefüllt, auch wenn Peter nur ahnen konnte, was sich in den Behältern, die Miss Binks aus Birkenrinde angefertigt hatte, und in den Körben befand, die sie aus getrocknetem Schilf geflochten hatte. Einge Objekte sahen korbähnlicher aus als andere. Übung hatte hier wohl noch nicht zur Meisterschaft geführt, doch Miss Binks machte anscheinend große Fortschritte. In einer weiteren Nische befanden sich eine Feuerstelle, die mit Lehm ausgekleidet war, einige Töpfe und Pfannen, ein Stapel Feuerholz und ein Stoß Anzündmaterial. Alles an seinem Platz. Der Einsiedler Dogberry wäre entzückt gewesen.

»Das Erdklosett befindet sich unten im hinteren Tunnel«, klärte ihre Gastgeberin sie auf. »Dort finden Sie eine Schüssel mit Wasser und ein Bündel Seifenkraut, für den Fall, daß Sie sich frisch machen möchten. Über Gästehandtücher verfüge ich in meiner bescheidenen Behausung leider nicht, aber es klappt auch ganz gut mit einer Handvoll trockenem Gras, finde ich. Ich zünde eben schnell das Feuer an, damit Sie Ihre Kleider trocknen können, und mache uns ein Häppchen zu essen. Sie können bestimmt eine heiße Mahlzeit gebrauchen. Und vielleicht ein kleines Schlückchen zur Stärkung Ihrer Nerven nach all der Aufregung.«

Sie ging zur Speisekammer und fischte ein Marmeladenglas heraus, das mit einer undefinierbaren Flüssigkeit gefüllt war. »Ich kann nie genau sagen, was es ist. Vielleicht Apfelschnaps oder Birnenmost. Oder Arrak oder Slibowitz. Hängt immer ganz davon ab, was ich finde. Es gibt immer noch ein paar Obstbäume auf dem Grundstück. Manchmal nehme ich Äpfel, manchmal Pflaumen oder Birnen. Meist ein wenig hiervon und ein wenig davon und ein bißchen von dem, was mir zufällig in die Finger fällt, wenn ich mit Destillieren anfange. Jedenfalls trinke ich meine edlen Tropfen schon seit einiger Zeit, selbstverständlich in Maßen, und wie Sie sehen, bin ich immer noch am Leben.«

Zu Peters Überraschung zauberte sie drei Kristallgläser hervor, die zwar nicht zueinander paßten, aber wunderschön waren. »Professor Shandy? Mr. Swope?«

»Ich glaube, ich gehe mich lieber erst frisch machen, wenn es Ihnen nichts ausmacht.« Anscheinend trank Cronkite immer noch am liebsten Erdbeermilkshakes.

Peter nicht. »Mit Vergnügen, Miss Binks, wenn Sie mir dabei Gesellschaft leisten.«

Sie füllte zwei der Kelchgläser ziemlich großzügig mit ihrem Gebräu und reichte Peter eines davon. »Mit Vergnügen. Ich muß gestehen, daß ich mich für gewöhnlich nicht ganz so zügig fortbewege wie heute abend, daher fühle ich mich nun doch ein ganz klein wenig erholungsbedürftig. Entspannen Sie sich, und machen Sie es sich gemütlich, Professor. Ich bin zwar nicht auf Gesellschaft eingestellt, wie Sie sicher bemerkt haben, aber irgendwie wird es schon gehen. Ich hoffe, Sie mögen Hirschbraten.«

»Im Moment würde ich alles essen, von Ameisenbär bis Zebra«, versicherte er. »Ich kann mich noch dunkel daran erinnern, daß ich etwas zu mir genommen habe, bevor Swope und ich Balaclava Junction verlassen haben, aber der Sättigungseffekt scheint nicht lange vorgehalten zu haben. Wie pflegen Sie denn Ihren Hirsch zu jagen?«

Miss Binks lächelte. »Oh, ich jage grundsätzlich nie. Ich bekomme mein Wildbret sozusagen frei Haus geliefert. Rehe und Hirsche werden von Autos angefahren, die armen Dinger, oder von Jägern angeschossen, die schlecht schießen oder zu faul oder zu betrunken sind, um die Tiere anschließend aufzuspüren. Ich finde natürlich nicht viele, aber ich esse auch nicht viel. Das Fleisch trockne oder räuchere ich, auf die Weise habe ich Vorräte für mehrere Monate. Meist verwerte ich es in Suppen und Eintöpfen. Am liebsten würde ich auf rein vegetarischer Basis leben, doch wenn man sein Leben wie ich verbringt, benötigt man natürlich auch Fette und Proteine. Glücklicherweise habe ich heute morgen zufällig einen *Pot-au-feu* vorbereitet, damit ich heute abend nicht mehr zu kochen brauche. Wir wärmen es auf, sobald das Feuer ein bißchen heruntergebrannt ist. Es hat keinen Zweck, den Topf aufzusetzen, bevor wir nicht ein anständiges Kohlenbett haben. Ich hoffe, Sie mögen Kermesbeeren? Man kann die Pflanze ohne Gefahr verzehren, solange man nur die jungen Triebe nimmt, und darauf achte ich immer sehr sorgfältig.«

»Außerordentlich klug von Ihnen«, sagte Peter. Er fragte sich, ob der Binksche Apfelschnaps oder Slibowitz nicht vielleicht auch Kermesbeere enthielt. »Wäre es sehr unhöflich von mir zu fragen, was Sie veranlaßt hat, sich dieser – eh – alternativen Lebensweise zuzuwenden?«

»Ganz und gar nicht. Ich habe es getan, weil ich ein Leben in Kontemplation und Abgeschiedenheit vorziehe, und weil ich für ein anderes Leben zu arm war. Von der Wohlfahrt zu leben oder irgendeine Arbeit anzunehmen, die mir nicht liegt, lehne ich entschieden ab. Außerdem ist es eine Möglichkeit, meinen Erbanspruch zu dokumentieren. Vermutlich haben Sie von dem bizarren Ende meines Großvaters gehört, vor zehn Jahren waren ja sämtliche Zeitungen voll davon. Ich will Ihnen offen gestehen, daß ich absolut sicher bin, daß mein Großvater tot ist. Meiner Meinung nach war der arme alte Kerl völlig überkandidelt, und der sogenannte Wissenschaftler, der ihn zu diesem Experiment überredet hat, war in meinen Augen ein Mörder. Inzwischen ist der Mann selbst gestorben, daher werden Sie meine Worte sicherlich ein wenig hart finden. Man hat ihn in einem Kühlschrank drüben in Lumpkinton gefunden. Vielleicht haben Sie davon gehört? Er war völlig von Kugeln durchlöchert.«

»Ich erinnere mich, daß unser Polizeichef Ottermole den Fall einmal erwähnt hat«, sagte Peter. »Ich wußte allerdings nicht, daß der Tote der Mann war, der Ihren Großvater eingefroren hat. Polizeichef Olson hielt das Ganze für Selbstmord, wenn ich mich nicht irre.«

Miss Binks stieß ein ausgesprochen verächtliches Schnauben aus. »Ich war schon immer der Meinung, daß Olsons Frau dahintersteckte.

Sie ist selbst eine Binks, wenn auch nur um etliche Ecken, was kaum die Arroganz rechtfertigte, die sie an den Tag zu legen pflegte, bevor Großvater unseren Namen so schändlich der Lächerlichkeit preisgegeben hat. Ich kann verstehen, daß sie ihren Mann überredet hat, den Fall diskret zu behandeln, bevor die Zeitungen Wind vom Zusammenhang mit den Binks bekamen, auch wenn ich der Meinung bin, daß sie damals ihre Kompetenzen ziemlich überschritten hat. Ich selbst bin die einzige Binks aus der direkten Linie.«

»Dann hatten Sie also – eh – gewisse Erwartungen?«

»Große Erwartungen, Professor. Großvater hat es mir selbst zugesagt, bevor er sich mit diesen Tiefkühlfanatikern eingelassen hat. Nach dem jetzigen Stand der Dinge kann das Testament erst eröffnet und rechtwirksam werden, wenn er offiziell für tot erklärt ist. Diese Information habe ich teuer bezahlen müssen. Die Gerichtskosten können einen Menschen noch genauso in den Ruin treiben wie eh und je. Ich hätte an Dickens und Trollope denken sollen.«

Sie schüttelte sich ausgiebig, wie ein Hund, der gerade aus dem Wasser kommt. »Tja, aus und vorbei, nichts zu machen. Ich habe mich selbst ins Unglück gestürzt und seither versucht, mich am eigenen Schopf wieder herauszuziehen. Mein erster Gedanke war, Großvaters Haus zu besetzen, aber jemand hat es niedergebrannt, bevor ich die Gelegenheit hatte einzuziehen. Vielleicht ganz gut so. Man hätte mich sicher erwischt und hinausgeworfen oder sogar ins Gefängnis gesperrt, und meine liebe Cousine um zwei Ecken hätte einen weiteren Skandal vertuschen müssen. Daher habe ich mich lieber in den Untergrund zurückgezogen. Oder in die Baumkronen, wie in Ihrem Fall. Ich habe schon manche laue Sommernacht in meinem hohen Horst verbracht, doch ich fürchte, daß mein Refugium unbrauchbar wird, sobald es Ihre Verfolger entdeckt haben. Falls sie es denn tatsächlich entdecken sollten.« Sie klang nicht sonderlich zuversichtlich, und auch Peter konnte ihr keine großen Hoffnungen machen.

»Die Chancen stehen leider nicht sehr gut. Aber kurz bevor wir Ihren Baum entdeckt haben, sind wir eine Weile durch dem Schlamm gewatet. Vielleicht verwirrt das die Hunde. Ich fürchte allerdings, daß wir ziemlich auffällige Fußabdrücke hinterlassen haben. Es tut mir wirklich leid für Sie, Miss Binks.«

»Nun machen Sie sich bloß keine Vorwürfe! Sie konnten schließlich nicht wissen, daß ich oben im Baum mein Nest gebaut hatte. Dazu bin ich ein viel zu seltener Vogel.« Sie kicherte. »Hier, nehmen

Sie sich noch etwas von dem, was wir gerade trinken, was immer es auch sein mag. Ich muß allerdings gestehen, daß es nicht mein Spitzenjahrgang ist. Im letzten Jahr sind die meisten Apfelblüten dem fürchterlichen Hagel zum Opfer gefallen, daher war die Ernte nicht sonderlich erfolgreich. Ich mußte ihn gezwungenermaßen mit Holunderbeeren strecken.«

»Nichts gegen Holunderbeeren.« Peter nahm einen weiteren Schluck und rollte ihn im Mund wie bei einer Weinprobe. »Ich bin zwar nur Laie, aber ich würde sagen, die Holunderbeeren runden den Geschmack hervorragend ab. Wo bleibt Swope denn bloß so lange?«

»Wahrscheinlich ist er auf Entdeckungsreise gegangen«, sagte Miss Binks. »Ich habe mir ein Beispiel an den Waldmurmeltieren genommen und meine Höhle mit mehreren Notausgängen versehen. Außerdem dienen sie zur Belüftung. Ich hoffe nur, Mr. Swope hat seinen Kopf nicht genau im falschen Moment herausgesteckt.«

»Keine Sorge, ich habe aufgepaßt.« Cronkite trat aus dem Tunnel hervor, seine himmelblaue Hose war zwar mittlerweile nicht mehr wiederzuerkennen, doch sein Gesicht und seine Hände schienen wieder einigermaßen sauber. »Das ist ja wirklich eine Superhöhle, Miss Binks. Wozu dient die Vorrichtung in dem kleinen Raum hinten im Tunnel?«

»Das ist meine Schwarzbrennerei, und ich wäre Ihnen sehr zu Dank verpflichtet, wenn Sie mich nicht beim Finanzamt anschwärzten. Ich glaube, ich sollte jetzt besser die Suppe aufsetzen. Das Feuer ist genau richtig.«

»Was passiert mit dem Rauch?« erkundigte sich Peter.

»Kein Problem. Ganz in der Nähe haust eine Kolonie Stinktiere, ich leite den Rauch einfach durch ihren Bau. Bisher hat noch keiner etwas gemerkt. Und falls doch, hätte er sicher wenig Lust, weitere Nachforschungen anzustellen. Hierher verirrt sich nur selten jemand, wissen Sie, höchstens ein einsamer Jäger oder die scheußlichen Kerle, die sich am Woeful Ridge eingenistet haben. Bisher haben sie sich allerdings fast ausschließlich dort aufgehalten. Ich hoffe nur, daß sie nicht etwa auf die Idee kommen, sich hier in der Nähe eine neue Basis zu suchen. Aber malen wir den Teufel lieber nicht an die Wand.«

»Wenn man vom Teufel spricht, kommt er.« Cronkites Bemerkung war nicht gerade taktvoll, aber zurücknehmen konnte er seine Worte leider auch nicht mehr. Diese bemerkenswerte Frau gab sich bestimmt nicht der Illusion hin, daß ihr ungewöhnlicher, aber durchaus angenehmer Lebensstil wohl schon sehr bald auf immer dahin sein würde, es sei denn, jemand schaffte ihr diese brutalen Mistkerle schnellstens vom Hals. Peter hätte nur zu gern gewußt, was sie mit ihren Granaten und Bazookas vorhatten.

»Miss Binks«, sagte er schließlich, »wissen Sie eigentlich Genaueres über diese sogenannten Überlebenskämpfer? Wann haben Sie zum ersten Mal bemerkt, daß die Kerle Woeful Ridge zu ihrem Hauptquartier auserkoren haben?«

»Ich glaube, es muß etwa zwei Jahre zurückliegen. Da ich keinen Kalender habe, richte ich mich nach den Jahreszeiten, wissen Sie, daher kann ich leider keine genaueren Angaben machen. Ich erinnere mich noch gut, wie aufgebracht ich war, als ich feststellen mußte, daß sich jemand dauerhaft in dem Gebiet einnistete, das ich als meine eigene Privatdomäne betrachte. Woeful Ridge gehört zwar nicht mehr zum Binks-Besitz, doch es liegt so nahe, daß mich jede Veränderung dort unmittelbar betrifft.«

»Sind Sie je dort gewesen und haben versucht herauszufinden, was die Kerle treiben?«

»Ja, ein oder zweimal, als ich relativ sicher sein konnte, daß niemand da war. Aber ich habe lediglich festgestellt, daß sie sorgsam darauf achten, nichts herumliegen zu lassen, was auf ihre Gegenwart hinweisen könnte, was mich wiederum beruhigt hat, denn ich hatte schon befürchtet, sie würden den Ort in eine Müllhalde verwandeln. Sonderlich glücklich war ich natürlich nicht über die Gesellschaft. Ich halte mich möglichst nicht auf diesem Teil des Binksschen Grundstücks auf, wenn ich glaube, daß sie dort sind. Sie schießen mir zuviel. Da mein Hauptanliegen darin besteht, mich verborgen zu halten, kann ich ihnen jedoch kaum verübeln, daß sie gerade dort herumballern, wo niemand weiß, daß ich bin. Man muß schließlich fair bleiben. Es würde mich nicht weiter stören, wenn ich auf der Stelle tot wäre, aber ich fände es grauenvoll, verletzt und hilflos dazuliegen, ohne die Hoffnung, daß mich jemand findet.«

»Das kann ich verstehen«, stimmte Peter zu. »Dann haben Sie sicher auch keine Ahnung, wer die Kerle sind?«

»Keinen blassen Schimmer. Ich habe meine Nase noch nie gern in die Angelegenheiten anderer Menschen gesteckt, auch nicht in der Zeit, die ich heute als mein ›anderes Leben‹ betrachte. Ich wurde von einer alten Tante erzogen, die man in früheren Zeiten zweifellos als Blaustrumpf bezeichnet hätte. Wir haben beide nicht viel von Teepartys und leerem Geschwätz gehalten. Im großen und ganzen waren wir uns ziemlich ähnlich. Unser Leben war nicht etwa unglücklich. Ich bin zwar gelegentlich zur Schule gegangen, habe mich dort allerdings nur schrecklich gelangweilt, konnte mit den anderen Kindern nichts anfangen und habe die Lehrer verärgert, indem ich sie auf ihre Fehler aufmerksam gemacht habe. Ich war zweifellos ein scheußliches Kind«, fügte sie nicht ohne Stolz hinzu. »Wie wäre es mit einer Tasse Sassafras-Tee, Mr. Swope? Das Wasser müßte inzwischen heiß sein. Sie brauchen nicht so entsetzt dreinzuschauen, Sassafras gehört zu den Zutaten von Kräuter-Limonade. Die ersten Siedler haben das Zeug eimerweise getrunken.«

»Schon in Ordnung, Miss Binks. Ich probier's einfach!«

Cronkite schlug alle Bedenken in den Wind und trank einen Schluck aus der Tasse, die sie ihm gereicht hatte. Sie war aus echtem Porzellan, stellte Peter fest, und wunderschön, auch wenn der Rand etwas verblaßt und gesprungen war. Miss Binks bemerkte seinen Blick und kicherte.

»Ebenfalls ein Teil meines Erbes, Professor. Einer der wenigen Schätze, die ich aus den Ruinen von Großvaters Haus retten konnte. Als ich anfangs hier lebte, bin ich oft hingegangen und habe in der Asche gestochert, doch das habe ich schon bald aufgegeben. Es gab kaum etwas zu finden. Merkwürdigerweise scheinen nur zerbrechliche kleine Kostbarkeiten wie diese hier überlebt zu haben. Auffällig ist, daß es so wenige sind. Ich habe nichts gefunden, das nicht angeschlagen wäre, und auch keine zwei Teile, die zueinander passen.«

»Wollen Sie damit andeuten, daß jemand das Haus ausgeräumt und dann angezündet hat?«

»Ganz richtig. Die Möbel sollten entweder bis zu Großvaters Rückkehr oder bis zur Testamentseröffnung im Haus stehen bleiben, und wie Sie wissen, ist beides bis heute nicht geschehen. Ich habe viele Überreste von verkohlten Möbelstücken gefunden, doch nichts, das wertvoll genug war, um das Interesse eines Diebes auf sich zu ziehen. Nur billige Küchenmöbel aus dem Dienstbotentrakt, vermute ich.«

»Haben Sie eine Ahnung, wer die anderen Sachen gestohlen haben könnte?«

»Jemand, der genug Ahnung hatte, um sich die besten Stücke herauszupicken«, meinte Miss Binks. »Und raffiniert genug war, um sich beim Abtransport nicht erwischen zu lassen.«

»Ist damals nicht sogar der Hausmeister in den Flammen umgekommen?«

»Stimmt genau. Der Mann soll angeblich das Feuer ausgelöst haben, weil er mit einer brennenden Zigarette in der Hand eingeschlafen ist, aber es war weder von ihm noch von dem Haus genug übrig, um diesen Verdacht zu bestätigen. Joseph McBogle hieß er übrigens. Ich weiß nicht sonderlich viel über ihn, nur daß er eine rothaarige Nichte hatte, die aus irgendeiner kleinen Stadt in Maine stammte.«

»Haben Sie die Nichte je getroffen?« wollte Peter wissen.

»Ja, ganz kurz. Eine etwas exzentrische junge Dame, wenn Sie mich fragen. Sie sei seit Sonnenaufgang gefahren, um rechtzeitig zur Beerdigung dazusein, hat sie mir erzählt, und danach müsse sie sofort wieder zurück. Ursprünglich wollte sie bei einer Freundin übernachten, doch eine ihrer Katzen war wohl krank geworden, und sie hatte Angst, daß ihr Hausangestellter das arme Tier während ihrer Abwesenheit mit Rum und Kerosin behandeln würde. Sie hat ihren Onkel in einer Tragetasche mitgenommen. Natürlich nur seine Asche. Seine sterblichen Überreste befanden sich in einer kleinen Kunststoffdose, die aussah wie ein Miniatursarg. Sie fand das Ding abscheulich, war jedoch verständlicherweise wenig geneigt, alles umzupacken, also hat sie die Dose einfach in eine Einkaufstasche gesteckt, um sie nicht mehr sehen zu müssen. Höchstwahrscheinlich das Vernünftigste, was sie in dieser Situation machen konnte, nur die Tasche war ein klein wenig fehl am Platz. Sie trug die Aufschrift ›Fit mit Jersey-Milch‹.«

»Hmja, ich glaube, ich weiß, was Sie meinen. Kannten Sie Mr. McBogle?«

»Ich habe ihn leider nicht mehr persönlich kennengelernt. Er gehörte nicht zum alten Dienstpersonal, wissen Sie. Die Vermögensverwalter haben ihn erst als Hausmeister eingestellt, nachdem Großvater bereits nach Kalifornien gefahren war, um sich einfrieren zu lassen. Ich hätte auch eher auf Alaska getippt, aber so spielt das Leben nun einmal. Großvater hat veranlaßt, daß all seinen Hausangestellten Renten gezahlt wurden, und diese Leute waren mir natürlich bekannt. Ich habe nur an Mr. McBogles Beerdigung teilgenommen, weil ich das Gefühl hatte, meine Tante hätte von mir erwartet, daß ich die Familie vertrete. Das Ganze passierte kurz nach ihrem Tod, als ich noch in Clavaton wohnte. Im nachhinein habe ich bedauert, daß ich nicht wenigstens ab und zu bei Mr. McBogle vorbeigeschaut habe.

Ich hätte eine passende Bemerkung über Zigarettenrauchen im Bett fallen lassen können, aber woher hätte ich wissen können, daß er diese unangenehme Angewohnheit hatte? Außerdem kann ich mir nicht vorstellen, daß es viel genutzt hätte.«

»Wahrscheinlich nicht«, sagte Peter. »Miss Binks, sagt Ihnen der Name Praxiteles Lumpkin etwas?«

Kapitel 8

Miss Binks' dünne Augenbrauen verloren sich zwischen den Falten auf ihrer Stirn. »Praxiteles Lumpkin? Was für eine merkwürdige Frage. Ich vermute, Sie meinen den Mann, der die antiken Wetterfahnen gemacht hat. In diesem Fall dürften Sie der Zeit allerdings fast ein halbes Jahrhundert hinterherhinken. Die Wetterfahne, die sich früher oben auf Großvaters Kutscherhaus befand, war meines Wissens die einzige in seinem Besitz. Sie war eine naturgetreue, dreidimensionale Bronzenachbildung eines galoppierenden Pferdes. Viktorianisch, wissen Sie, mit einer Menge Verzierungen um die Buchstaben und dazu passenden Blitzableitern am Firstbalken. Lumpkins Wetterfahnen dagegen waren einfache zweidimensionale Figuren, recht amüsant auf eine einfache, bukolische Art, jedenfalls haben sie auf mich immer so gewirkt. Heutzutage sind daraus vermutlich Sammlerobjekte geworden, könnte ich mir vorstellen.«

»Da haben Sie allerdings recht«, antwortete Peter. »Der sogenannte Sammler scheint offensichtlich so vorzugehen, daß er sich zuerst die Wetterfahne holt und danach das Gebäude abfackelt, höchstwahrscheinlich, um den Diebstahl zu vertuschen. Möglicherweise gehe ich zu weit, wenn ich einen Zusammenhang zwischen mehreren Diebstählen dieser Art, die sich erst vor kurzem ereignet haben, und dem Brand im Hause Ihres Großvaters sehe, nur weil alle Fälle sich hier in Balaclava County ereignet haben.«

»Ich finde Ihre Theorie durchaus einleuchtend.« Miss Binks erhob sich von der Couch, auf der sie alle drei saßen, und lüftete den Deckel ihres Suppentopfes. »Ich glaube, sie ist fertig.«

Sie nahm drei unterschiedlich große Porzellanschüsselchen aus ihrem Erdschrank, schenkte die Suppe mit einer langstieligen Schöpfkelle aus Blech ein und reichte ihren Gästen die Schüsseln. Peter erhielt dazu einen Eßlöffel, an dem die halbe Silberbeschichtung abgerieben war, und Cronkite ein zierliches Löffelchen, das wahrscheinlich als einziges von einem Satz Meßlöffeln übriggeblieben war. Miss Binks benutzte ein merkwürdig geformtes Objekt, das sie anscheinend selbst aus einem Stück Hirschhorn hergestellt hatte.

»Die Suppe schmeckt echt toll«, rief Cronkite nach ein oder zwei Probeschlürfern. »Was drin ist, frage ich Sie lieber nicht.«

»Eine kluge Entscheidung.« Ihre Gastgeberin schien nicht im geringsten beleidigt zu sein. »Ich kann mich ohnehin nicht erinnern. Wann ich meine letzte Dinnerparty gegeben habe, weiß ich übrigens auch nicht mehr. Als Tante noch lebte, haben wir ab und zu Leute eingeladen, doch Sie sind die ersten Gäste, die ich hier in meiner Höhle bewirte. Ich finde, Höhle klingt viel malerischer als Bau, finden Sie nicht? Aber jetzt erzählen Sie mir bitte mehr von den anderen Bränden, Professor. Wann haben sie sich ereignet?«

»Der letzte und schwerste war erst gestern abend«, teilte Peter ihr mit. »Kennen Sie zufällig die Lumpkin-Seifenfabrik?«

»Nicht besonders gut, als Tante noch lebte, sind wir gelegentlich dorthin gefahren. Die Wetterfahne hat mir immer sehr gut gefallen. Ich fand den dürren alten Mann, der oben auf dem Dach ein Bad nahm, wirklich lustig, meine Tante dagegen fand ihn wenig erbaulich. Sie hat immer versucht, mir ein Gefühl für das Erbauliche und Erhabene zu vermitteln, da sie der Meinung war, eine Miss Binks sei zu Höherem berufen. Eine Meinung, die ich nie geteilt habe, wie ich zugeben muß.«

Miss Binks zuckte mit den Achseln. »Ich habe mich oft gefragt, ob meine späteren vergeblichen Versuche, Großvaters Erbe anzutreten, möglicherweise nur einer Art familiärer Verpflichtung entsprangen und mit meinen eigenen Wünschen im Grunde nichts zu tun hatten. Falls dies zutreffen sollte, habe ich mein Geld sinnlos verschleudert und bin selber schuld, daß ich alles verloren habe. Doch das ist Schnee von gestern, und ich muß gestehen, daß es mir nicht mehr viel ausmacht. Hier lebe ich bestimmt sehr viel glücklicher. Und auf jeden Fall gesünder. Noch etwas Suppe, Mr. Swope?«

»Ja, sehr gern, wenn Sie noch welche übrig haben.«

»Mein lieber junger Freund, ich besitze eine Speisekammer, die zwanzig Meilen lang ist. Sie brauchen sich wirklich keine Sorgen zu machen, daß mir der Vorrat ausgeht.«

Sie füllte sein Schüsselchen wieder. »Um noch einmal auf die Seifenfabrik zurückzukommen, soll das etwa heißen, daß dieses riesige Backsteingebäude tatsächlich Feuer gefangen hat und abgebrannt ist? Wie konnte es dazu denn überhaupt kommen?«

»Die Leute glauben, daß mein Bruder Brinkley die Fabrik angezündet hat«, murmelte Cronkite, den Mund voll mit gekochtem Grünzeug.

»Ihr Bruder? Aber warum in aller Welt hätte er so etwas tun sollen?«

»Brink würde so etwas nie tun. Aber die Arbeiter glauben alle, daß er es getan hat, weil er Mr. Snell schon so lange damit in den Ohren liegt, daß die Fabrik modernisiert werden soll.«

»Mr. Snell? Du liebe Zeit, das versetzt mich zurück an einen Ort, an den ich nicht besonders gern zurückkehre. Leider erinnere ich mich nur allzu lebhaft an Mr. Snell. Tante und ich haben ihn gelegentlich bei den Clavaton Civic Symphoniekonzerten gesehen. Wir wohnten in West Clavaton, was ich möglicherweise noch nicht erwähnt habe. Er spielte die Gambe, oder glaubte dies zumindest, und hat sich immer lang und breit über Musik ausgelassen und dabei ärgerlicherweise stets die richtigen Worte an der falschen Stelle gebraucht. Aalglatter Mensch. Aber da Mr. Snell der reichste Förderer des Orchesters war, hat man ihm alles nachgesehen. Reden kommt ihn zweifellos billiger als Renovieren. Dann ist Mr. Snell also immer noch aktiv? Hat Ihr Bruder in der Seifenfabrik gearbeitet?«

»Ja, er hat direkt nach der High School dort angefangen.«

»Dann wäre es doch äußerst kurzsichtig von ihm gewesen, die Fabrik niederzubrennen. Er hätte sich bestimmt nicht um seinen eigenen Arbeitsplatz gebracht, nur um seinen Standpunkt zu verdeutlichen! Gibt es keine einleuchtendere Theorie?«

»Mein Bruder Huntley, der für die Weiterverarbeitung der Seife verantwortlich ist, sagt, daß er einen Soldaten gesehen hat, der etwas, das wie eine Handgranate aussah, in einen der Talgkessel geworfen hat.«

»Na also«, sagte Miss Binks, »damit wäre das Problem doch gelöst.«

»Das Problem ist, daß ihm außer uns Swopes niemand glaubt. Wir wissen, daß Hunt weniger Phantasie hat als ein Türknauf. Er kann nicht mal lügen, wenn er es wirklich versucht. Was den Rest der Stadt nicht davon abhält zu behaupten, er habe alles nur erfunden, um Brink zu schützen. Alle sind so stinksauer, daß sie ihren Job verlieren, daß sie unbedingt einen Sündenbock brauchen, vermute ich.«

»Kann man den Soldaten nicht ausfindig machen und dazu bringen, ein Geständnis abzulegen? Wer ist der Mann überhaupt?«

»Keine Ahnung. Hunt ist sich nicht mal sicher, daß es wirklich ein Soldat war. Es war zu dunkel, um richtig sehen zu können. Der Kerl hätte genausogut ein Marineinfanterist sein können.«

»Vielleicht auch ein Matrose oder ein Pfadfinder?«

»Auf keinen Fall«, insistierte Cronkite. »Er trug Militärkleidung, die Hosenbeine hatte er in die Stiefel gesteckt. Sein Haar war kurz geschoren, Hunt sagt, er sei nicht normal gegangen, sondern richtig marschiert. Steif und kerzengerade, wissen Sie, mit hochgerecktem Kinn. Als er genau auf einer Höhe mit dem offenen Fenster war, sagt Hunt, hat der Kerl einfach etwas seitwärts geschleudert, ohne den Kopf auch nur zu bewegen. Das runde Ding, das er geworfen hat, hatte ungefähr die Größe einer Zitrone, es flog durch die Luft, und sofort danach schossen Flammen aus dem Fenster. Hunt hat noch versucht, Caspar Flum zu retten, aber die Talgküche war schon ein einziges Flammenmeer. Hunt hat selbst Feuer gefangen.«

»Wie grauenhaft! Was ist dann mit Ihrem Bruder passiert?«

»Sie haben die Schläuche auf ihn gehalten und sofort ins Hoddersville Hospital gebracht. Die Ärzte glauben, daß er durchkommen wird, aber er braucht Hauttransplantationen an den Armen, und sie können noch nicht genau sagen, ob sie sein linkes Auge retten können.«

Miss Binks schüttelte ihr ergrautes Haupt. »Man führt wirklich ein sehr beschauliches Leben hier draußen. Oder glaubt es zumindest. Ich wüßte gern, wie weit Ihre Verfolger inzwischen gekommen sind. Soll ich schnell die Lage auskundschaften?«

»Lieber nicht«, meinte Peter. »Falls die Bluthunde hier irgendwo in der Nähe sind, könnten sie möglicherweise Ihre Witterung aufnehmen. Eh – das sollte jetzt keine Beleidigung sein.«

»Habe ich auch nicht so verstanden, Sie können ganz beruhigt sein. Wenn man die Umstände bedenkt, bin ich eigentlich recht sauber. Ihre Bedenken sind zwar berechtigt, Professor Shandy, aber wahrscheinlich ist es gleichgültig, wo die Tiere sind. Bei der Konstruktion meiner Höhle habe ich Jagdhunde mit einkalkuliert, ich muß allerdings zugeben, daß mir Bluthunde damals nicht in den Sinn gekommen sind. Dennoch sind die Chancen, daß jemand dieses Versteck ausfindig machen könnte, meiner Meinung nach gleich Null.«

Schweigend aß sie den Rest ihrer Suppe auf. Dann legte sie ihren Löffel hin und sagte:»Mr. Swope, ich habe mir Ihre Worte noch einmal genau durch den Kopf gehen lassen. Könnte es sein, daß der vermeintliche Soldat, den Ihr Bruder gesehen hat, helles Haar hatte, etwa vierzig Jahre alt war, möglicherweise aber jünger wirkte, sehr eckige

Schultern und eine schlanke Taille hatte und sich fortbewegte, als hätte er einen Stock verschluckt?«

»Meine Güte, Miss Binks, das könnte durchaus sein. Hunt war nicht allzu konkret, was die Einzelheiten anging. Sie hatten ihm eine Menge Schmerzmittel verabreicht. Kennen Sie etwa jemanden, der so aussieht?«

»In meinem ganzen Leben habe ich nur einen einzigen Menschen getroffen, der gleichzeitig nach vorne schauen und trotzdem absolut zielsicher etwas zur Seite schleudern konnte. Er ist ein entfernter Cousin von mir und heißt Roland Childe. Aufgewachsen ist er ganz in unserer Nähe in West Clavaton. Roland war einer dieser goldgelockten kleinen Lieblinge, die es immer wieder schaffen, sich mit einem süßen Lächeln oder Grinsen aus der Affäre zu ziehen.«

Miss Binks verzog verächtlich den Mund. »Ich erinnere mich noch genau an eine Begebenheit aus meiner Kindheit. Meine Tante hatte mich überredet, bei einem Fest in der Sonntagsschule auszuhelfen. Leider war Roland auch dort. Er kann damals nicht älter als acht Jahre gewesen sein, aber irgendwie hat er es geschafft, einen lebendigen Frosch einzuschmuggeln. Er hat gewartet, bis eine Gruppe Kinder sich um die Punschschüssel geschart hatten, und dann den Frosch hineingeworfen. Das arme Tier hat verständlicherweise wie verrückt gestrampelt. Der Punsch, der in der Hauptsache aus blauem Traubensaft bestand, ist auf die hübschen Kleidchen der Mädchen und die sauberen weißen Hemden der Jungen gespritzt und hat überall scheußliche lila Flecken hinterlassen.«

»Das ist ja hundsgemein«, rief Cronkite.

»Allerdings«, stimmte Miss Binks zu. »Vorher hatten die Kinder auch noch Reise nach Jerusalem gespielt, daher waren sie erhitzt und durstig, und nun mußten sie dastehen und warten, während wir die Schüssel ausgespült und neuen Punsch gemacht hatten. Wir haben dafür den ganzen Saft aufgebraucht, den wir für die zweite Landung vorgesehen hatten. Danach war natürlich kaum noch etwas übrig, und die Kinder hatten nicht genug zu trinken, was alles nur noch schlimmer machte. Die Mädchen weinten über ihre verschmutzten Kleider, die Buben machten sich lustig über sie und alberten herum, und der süße kleine Roland spielte den Unschuldsengel. Ich hätte das kleine Monster am liebsten ordentlich vertrimmt. Tut mir heute noch leid, daß ich es nicht getan habe.«

»Was ist später aus dem kleinen Racker geworden?« fragte Peter.

»Vorausgesetzt natürlich, daß er überhaupt erwachsen geworden ist?«

»Leider ist er das. Er wurde auf eine Militärakademie geschickt. Roland hatte schon immer von einem Leben als Söldner geträumt, während sein Vater hoffte, daß ein bißchen militärischer Drill ihn disziplinieren würde.«

»Hat es funktioniert?«

»Das kann ich mir nicht vorstellen. Roland war genauso stur wie dumm. Aber er konnte hervorragend reden. Er konnte sich lang und breit über alles auslassen und jeden dazu bringen, ihm zu glauben, auch wenn er den reinsten Schwachsinn verzapfte. Bei einem unserer Gerichtstermine hat er sogar versucht, den Richter zu überreden, ihn zum Verwalter von Großvaters Vermögen zu machen. Aber die Dokumente, die er vorlegte, stellten sich als gefälscht heraus, woraufhin er es schaffte, das Gericht davon zu überzeugen, daß er das Opfer eines gemeinen Komplotts geworden sei.«

»Ungemein sympathischer Mensch«, knurrte Peter. »Haben Sie eine Ahnung, wo er sich momentan aufhalten könnte?«

»Nicht die leiseste«, sagte Miss Binks. »Rolands Eltern leben immer noch in West Clavaton, soweit ich weiß. Seit dem Debakel im Gericht hatten wir allerdings keinen Kontakt mehr miteinander. Sie vertraten die Ansicht, daß ich die Dokumente gefälscht hätte, um Roland um seine Ansprüche zu bringen, was natürlich vollkommen absurd war. Seine Eltern sind nur entfernte Cousins, von denen Großvater nie etwas wissen wollte. Falls ich wirklich vorgehabt hätte, jemanden zu hintergehen, hätte ich mir dafür bestimmt den richtigen Ast unseres Familienstammbaums gesucht, aber natürlich waren die Childes nicht gewillt zuzugeben, daß sie viel zu unwichtig waren, um überhaupt unter die Hackordnung zu fallen. Du liebe Zeit, jetzt sind die Metaphern aber wirklich mit mir durchgegangen. Falls Sie möchten, können Sie auch gern etwas Nachtisch zu sich nehmen. Teegebäck aus Taglilienpollen mit Konfitüre aus wilden Erdbeeren.«

»Klingt köstlich«, erwiderte Peter galant. Womit er recht behalten sollte. Nach einer letzten Runde Sassafras-Tee waren sie mehr als gesättigt.

»Und jetzt«, meinte ihre Gastgeberin, »schlage ich vor, daß wir uns alle aufs Ohr legen. Man kann nie wissen, was der nächste Tag bringt, aber was es auch sein mag, es läßt sich bestimmt besser bewältigen, wenn man vorher gut geschlafen hat. Womit wir zu einer weiteren interessanten Frage kommen. Wo bringe ich Sie am besten unter? Ich glaube, wir nehmen diese Zweige hier und breiten sie auf dem Boden aus, dann haben Sie beide genug Platz. Glücklicherweise bin ich ein klein wenig sybaritisch, was Bettzeug betrifft, daher gibt es davon mehr als genug.«

Während sie sprach, begann sie bereits mit den Vorbereitungen. »Eine Decke legen wir über die Zweige, mit der anderen können Sie sich zudecken. Am wichtigsten ist, daß die Kälte vom Boden nicht hochziehen kann. Obwohl es draußen wahrscheinlich noch ziemlich warm ist, bleibt meine Höhle nämlich immer angenehm kühl, wissen Sie. Zumindest empfinde ich diesen Umstand als angenehm. Wir können das Feuer anlassen, wenn Sie möchten.«

»Aber wo schlafen Sie, Miss Binks?« protestierte Cronkite. »Wir wollen Sie auf keinen Fall aus Ihrem eigenen Bett vertreiben.«

»Das werden Sie auch nicht, keine Sorge. Ich habe doch noch die Hirschfelle. Ein paar als Unterlage, zwei zum Zudecken, et voilà! Ich habe schon bedeutend unbequemer geschlafen, bevor ich mich hier häuslich niedergelassen habe. Wer möchte als erster ins Badezimmer?«

Beide Gäste bestanden darauf, Miss Binks den Vortritt zu lassen, wogegen sie nichts einzuwenden hatte. Als Peter und Cronkite schließlich reif für die Fichtennadeln waren, schlief ihre Gastgeberin schon längst tief und fest, wobei ein zufriedenes Lächeln ihren Mund umspielte.

Ihr eigenes Nachtlager hätte bedeutend schlimmer ausfallen können. Was unweigerlich der Fall gewesen wäre, wenn sie zufällig einen anderen Baum bestiegen hätten, dachte Peter. Er fragte sich, ob wohl vor jedem Notausgang der Binkschen Höhle ein Bluthund Wache stand, nahm jedoch schließlich von dieser Vorstellung Abstand. Miss Binks war eine schlaue Füchsin, man konnte also sicher sein, daß die Vorkehrungen, die sie gegen Jagdhunde getroffen hatte, auch bei Bluthunden ihre Wirkung nicht verfehlten. Es sei denn, die Hunde gehörten in Wirklichkeit ihr, und die gemütliche Höhle war nichts anderes als ein Gefängnis, in das sie ihn und Swope hineingelockt hatte. Doch das würden sie noch früh genug erfahren. Peter hüllte sich in seine Deckenhälfte. Sie roch nach Holzfeuer. Immer noch besser als brennendes Seifenfett. Sehr viel besser sogar. Er schloß die Augen und folgte dem Beispiel seiner Gastgeberin.

Kapitel 9

Gib Kosenamen mir, o Liebster, nenn mich deine Taube, die zu dir fliegt –.‹ Gebraten oder gekocht?«

»Die Taube oder dein Gehirn?« erkundigte sich Helen. Bei Catriona konnte man nie wissen. »Sie sind ja heute bestens bei Stimme, Miss McBogle. Wo haben Sie denn dieses Lied her?«

»Aus einem alten Buch mit dem hübschen Titel ›Herzenslieder‹. Es steht direkt neben ›Als Liebeskranker ich zu deinen Füßen liege‹. Um noch einmal auf das eigentliche Thema zurückzukommen: Wie hätte die Gnädigste ihre Eier denn gern? Gebraten oder gekocht?«

»Ich weiß gar nicht, ob ich überhaupt ein Ei möchte«, gab Helen zu bedenken.

»Sei ein braves Mädchen und iß deine Eier, dann zeig ich dir auch ein Foto von Lillian Nordica als Walküre.«

»Du bist einfach ein Herzchen, Cat. Wie wäre es mit einer einfachen Tasse Tee und einer Scheibe Toast für eine arme erschöpfte Bibliothekarin? Was trägt man eigentlich hierzulande auf Walexpeditionen?«

»Darüber brauchst du dir wirklich nicht den Kopf zu zerbrechen, da du wohl kaum Wale treffen wirst, die du kennst. Und wenn sie dich nicht kennen, ist es auch egal, was du anhast, oder? Ich beabsichtige, meine flauschige rote Jogginghose und das Sweatshirt mit dem Aufdruck ›Rettet den Wal‹ zu tragen. Und für den Fall, daß die Biester uns bespritzen, nehme ich meinen Regenmantel mit.«

»Bespritzen Wale denn Leute?«

»Woher soll ich das wissen? Ich habe noch nie einen näher gekannt. Oder auch nur entfernt, was ich, ehrlich gesagt, vorziehen würde. Ich kann mir vorstellen, daß manche Wale spritzen und andere eben nicht. Oder andersherum, je nachdem, wie man es sieht. Weizen- oder Roggentoast?«

»Roggen, bitte.«

»Ein Glück. Ich habe nämlich vergessen, Weißbrot zu kaufen. Wahrscheinlich, weil ich das Zeug selbst nie esse. Von Weißbrot fallen einem nämlich die Augenbrauen aus.«

»Tatsächlich? Das wußte ich gar nicht.« Helen zog einen grüngestrichenen Stuhl unter dem Küchentisch hervor und setzte sich näher ans Fenster, wo sie die Morgensonne besser genießen konnte. »Ich finde dein Haus ganz toll, Cat.«

»Und ich finde es ganz toll, daß du endlich hier bist. Es ist schon so lange her, Marsh, alter Kumpel.«

»Stimmt. Ist es nicht schrecklich, wie die Zeit vergeht? Oder pulst, oder was auch immer sie tut. Vielleicht ist ein Ei doch keine so schlechte Idee. Bekommen wir auf dem Boot etwas zu essen?«

»Sie belieben zu scherzen, Madam. Ich hoffe bloß, daß es wenigstens ein halbwegs vernünftiges Klo auf dem Boot gibt und nicht nur einen ekligen alten Ködereimer. Ich habe gedacht, ich packe uns ein bißchen Reiseproviant ein, unter anderem eine Flasche Gewürzrum, die ich letztes Jahr gekauft habe, weil ich Früchtebrot damit machen wollte. Irgendwie bin ich dann doch nicht dazu gekommen. Rum hat außerdem ein angenehm nautisches Flair, findest du nicht?«

»Wir hätten bestimmt auch ein angenehm nautisches Flair, wenn wir das Zeug trinken würden«, antwortete Helen. »Hast du nicht etwas Einfaches, Gesundes, wie Scotch oder Bourbon?«

»Selbstverständlich habe ich das. Welches von beiden wäre deiner Meinung nach medizinisch wirksamer für den Fall, daß wir seekrank werden?«

»Wir werden schon nicht seekrank, Catriona. Wir werden lediglich die majestätischen Wale beobachten und unsere Bootsfahrt genießen. Seekrankheit ist eine Sache der Einstellung.«

»Ich dachte, es hätte etwas mit einem Knöchelchen im Innenohr zu tun.«

»Und wenn schon.« Helen machte eine abfällige Handbewegung und begann, das Omelette mit Kräuterfüllung zu essen, das ihre Gastgeberin scheinbar nebenbei kreiert hatte. »Wo ist Iduna?«

»Schon aufgestanden, glaube ich. Hast du eine Ahnung, was sie gern zum Frühstück essen würde?«

»Du brauchst sie nur zum Kühlschrank zu führen, dann bedient sie sich schon. Ich würde vorschlagen, du packst uns ein paar Sachen für das Picknick zusammen. Oder sollen wir auf dem Weg irgendwo anhalten und ein paar Sandwiches oder so kaufen?«

»Hervorragende Idee«, stimmte Cat zu, »bloß daß es leider auf der ganzen Strecke kein einziges Geschäft gibt. Die Straße zwischen Sasquamahoc und Hocasquam gehört nicht gerade zu den Prachtstraßen Amerikas, meine Liebe. Auch wenn sich selbst in diesen Breiten allmählich die *nouvelle cuisine* durchsetzt. In Edna's Diner drüben in Squamasas bekommt man inzwischen sogar Tacos mit fritierten Muscheln. Möchtest du Senf zu deinem Schinken?«

»Aber sicher doch. Und Käse, falls du welchen hast, und Salat, wenn du glaubst, daß er die Reise übersteht, ohne allzu welk zu werden. Iduna packt ihren Salat immer in einen Extra-Plastikbeutel und nimmt ihn erst heraus, wenn sie die Sandwiches serviert.«

»Iduna ist mir eine Nummer zu groß. Verrat mir lieber, wie du es machst.«

»Keine Ahnung. Soweit ich mich erinnern kann, haben Peter und ich seit unserer Hochzeit kein Picknick mehr veranstaltet. Wir gehen zwar häufig aus essen, aber meistens mit Freunden oder in die Fakultätsmensa. Wir wohnen direkt auf dem Campus, weißt du. Von unserem Haus bis zur Mensa sind es nur ein paar Minuten, und das Essen dort schmeckt hervorragend. Peter ist sicher gerade dort und wartet auf sein Frühstück. Ich bin froh, daß ich mir keine Sorgen zu machen brauche, was er wohl zu essen bekommt, während ich fort bin.«

Sie warf einen Blick auf die Küchenuhr. »Ich beeile mich besser ein bißchen und mache mich schön für die Wale.«

Als sie wieder nach unten kam, frisch geduscht und in Blue Jeans, rosa Pullover und rosa Turnschuhen und einer dicken Strickjacke für alle Fälle, hatte Iduna bereits einen Teller mit Spiegeleiern und Schinken verzehrt und war dabei, den Picknickkorb zu füllen. Catriona war damit beschäftigt, ein köstliches Buffet für ihre beiden Maine Coon Katzen anzurichten, die eine war eine wunderschöne Rote mit rostbraunen Zeichnungen, die andere ein etwas konventionellerer Tiger in Schwarz, Weiß und Grau.

»So, das müßte euch undankbaren Viechern für ein oder zwei Wochen reichen. Wenn ihr brave Katzenkinder seid, bringt Mama euch auch einen Hering mit. Ich stelle ihnen immer für alle Fälle eine Extra-Portion hin, seit ich einmal nach Lewiston mußte, um einen Vortrag zu halten, und in einem Schneesturm steckengeblieben bin.«

»Läßt du sie nach draußen?« erkundigte sich Helen.

»Natürlich. Andrew spielt den Portier, wenn er herkommt. Ich habe ihn darauf abgerichtet, nicht vor neun Uhr zu erscheinen, damit ich Zeit genug zum Schreiben habe, bevor er aufkreuzt und mich mit irgendwelchen verdammten Problemen zuquatscht. Ich möchte Sie wirklich nicht drängen, meine Damen, aber wir sollten uns allmählich auf die Socken machen. Die ›Ethelbert Nevin‹ muß bei Flut auslaufen, sonst bleibt uns nichts anderes übrig, als den Tag in den Schlammbänken totzuschlagen. Ich weiß zwar nicht, warum Eustace seine Exkursionen ausgerechnet aus einem Tidebecken startet, aber das ist schließlich sein Problem. Habt ihr was dagegen, wenn wir meinen Wagen nehmen? Er ist zwar nicht so ein Luxusschlitten wie deiner, Iduna, aber dafür kennt er den Weg.«

Ein Glück, daß sie nicht den eleganten Wagen der Stotts genommen hatten, dachte Helen, als sie über die steilen Straßen mit den vielen Haarnadelkurven und die winzigen überdachten Holzbrücken schlingerten und rumpelten. Cat meisterte die Strecke mit einer Durchschnittsgeschwindigkeit von 90, verlangsamte bei besonders spektakuläreren Hindernissen auf etwa 40 und schaffte es, ihre Freundinnen heil und unversehrt zur Bucht zu chauffieren.

Die ›Ethelbert Nevin‹ wirkte zwar etwas mitgenommen, schien jedoch seetüchtig zu sein, ansonsten sah sie aus wie einer der typischen Hummerkutter, die man überall an der Küste von Maine finden kann. Sie war vielleicht etwas größer als die meisten anderen Boote, etwa 30 Fuß lang und ziemlich breit, mit einem relativ großen offenen Cockpit, das vollgestopft war mit Geräten und Ausrüstungen, die Tilkey sich nicht die Mühe gemacht hatte auszuladen, und einer kleinen geschlossenen Kajüte, die aussah, als sei sie vor langer Zeit einmal weiß gewesen. Ein Mann mittleren Alters, der gleichzeitig die Besatzung und der Kapitän des Kutters zu sein schien, da sich sonst niemand an Bord befand, stand im Cockpit und starrte mit mürrischem Gesicht hinaus aufs Meer. Als er die drei Frauen bemerkte, die aus Catrionas nicht mehr ganz neuem amerikanischem Wagen stiegen, richtete er sich auf, wirkte aber immer noch ziemlich verdrossen.

»Hab' schon gedacht, ihr laßt mich hängen.«

»Eustace, ich hatte doch ausdrücklich Punkt acht Uhr gesagt«, protestierte Catriona. »Und auf meiner Uhr ist es erst sechs vor.«

»Schon gut. Hab' keine Lust, mich mit 'ner rothaarigen Frau zu streiten. Ihr könnt an Bord kommen, wenn ihr wollt. Moment, ich nehm' euch den Korb ab. Is' das alles, was ihr an Ballast dabei habt?«

»Was hast du denn erwartet? Wir haben schließlich nicht vor, die Nacht auf deinem Kutter zu verbringen.«

»Teufel auch, so hab' ich das doch gar nich' gemeint. Die Leute haben meistens Filmkameras un' Teleskope un' Riesentaschen mit Klappstühlen dabei, genug Ausrüstung, daß es bis zum Jüngsten Tag reichen würde. Na ja, ihr könnt euch schon mal breitmachen un' die Füße baumeln lassen. Sieht ganz so aus, als wärt ihr die einzigen heut' morgen.«

Was den drei Frauen nur recht gewesen wäre, doch ihr Glück war leider nicht von Dauer. Eustace hatte gerade den Motor angeworfen und auf Leerlauf gestellt und war im Begriff, die Vertäuungen zu lösen, als ein großer grüner Lieferwagen an der Landungsbrücke hielt. Fünf junge Männer sprangen heraus, riefen laut durcheinander und wedelten mit Zwanzigdollarscheinen. Sie rannten zur Anlegestelle und kletterten an Bord der ›Ethelbert Nevin‹, reichlich behindert durch eine Unmenge von Gepäck.

Zwei der Männer trugen Ferngläser und riesige Koffer, einer hatte eine Videokamera und eine gigantische Zubehörtasche dabei. Der vierte trug aus unerfindlichen Gründen eine kleine Angelrute zum Fliegenfischen und einen Weidenkorb, der mit Leichtigkeit einen Wal hätte fassen können. Der letzte hatte zwar einen Gerätekoffer, aber keine Angelrute. Als sie alles an Bord verstaut hatten, war das Cockpit so voll, das man sich kaum drehen konnte, obwohl Eustace die Koffer schon auf das Vorderdeck verbannt hatte. Helen und ihre Freundinnen fragten einander bereits mit hochgezogenen Augenbrauen, ob dieser Ausflug wirklich so eine gute Idee gewesen war, als zwei der Männer sich daran machten, die Bug- und Heckvertäuungen zu lösen, woraufhin Eustace seinen Motor auf Touren brachte und das Boot hinaus aufs Meer lenkte.

»Damit erübrigt sich die Frage, ob wir mitfahren oder nicht«, kicherte Iduna. »Am besten, wir machen es uns so bequem wie möglich.«

Der unerwartete Zustrom an Passagieren hatte die drei Frauen auf die Backbordseite des Bootes gedrängt, was im Grunde genauso gut oder schlecht war wie jede andere Stelle. Sie verstauten ihren Picknickkorb so gut es ging unter der Bank, die das Cockpit an drei Seiten umgab, und setzten sich, Iduna direkt an der Kajütenwand, damit sie sich anlehnen konnte, Catriona daneben, und Helen dem Heck am nächsten.

Zwei der Neuankömmlinge nahmen auf der Heckbank Platz, die anderen drei den Frauen gegenüber auf der Steuerbordseite. Obwohl vier von ihnen mehr oder weniger identisch aussahen, brauchten

Helen und Iduna nicht lange, um die Neuankömmlinge als die Männer zu identifizieren, die am Rastplatz neben ihnen geparkt hatten. Die Herren hatten sie ebenfalls erkannt. Es war der Glattrasierte mit dem kurzgeschorenen Haar und dem jungenhaften Grinsen, der als erster sprach.
»Na, wenn das kein Zufall ist, Ladys. So trifft man sich wieder. Wie gefällt es Ihnen denn in Maine?«
Helen hatte recht gehabt, er war tatsächlich der Älteste. Es waren die Bärte, die seine Kumpane älter machten, und das Grinsen und die jungenhafte Lässigkeit, die ihren Anführer fälschlicherweise jünger erscheinen ließen. Sie schätzte ihn auf etwa vierzig, doch das war ohnehin unwichtig. Wenn sie schon den ganzen Tag wie Sardinen in der Dose nebeneinander hocken mußten, sah Helen keinen Grund, weiterhin die Unnahbare zu spielen. Sie lächelte zurück.
»Bisher finden wir es hier wunderschön. Und Sie?«
»Wir haben eine Menge Spaß. Ist das heute Ihre erste Walbeobachtung?«
Helen sagte, ja, ganz richtig, und er sagte, es sei auch ihre erste. Sie wechselten noch ein paar Belanglosigkeiten, doch es war anstrengend, die ganze Zeit zu schreien, da ihre Stimmen das Motorengeräusch und das Klatschen des Wassers gegen den Bootsrumpf übertönen mußten. Schon nach kurzer Zeit gaben sie beide auf.
Helen war darüber alles andere als betrübt. Männer, die sich für unwiderstehlich hielten und einen unablässig anstarrten, um sicherzugehen, daß man ihr geistloses Geschwätz auch angemessen würdigte, waren noch nie ihr Fall gewesen. Sie wettete heimlich mit sich selbst, daß ihr redseliger Reisegefährte sein Schweigen bestimmt nicht lange aushalten würde, und behielt recht. Seine nächste Aktion bestand darin, daß er eine große Landkarte ausbreitete und die Männer zu seiner Rechten und zu seiner Linken veranlaßte, sie flach zu halten, während er wild gestikulierend und grimassierend auf sie einredete.
»Wahrscheinlich zeigt er ihnen, welchen Kurs wir seiner Meinung nach einschlagen werden«, flüsterte Catriona Helen ins Ohr. »Wale schwimmen normalerweise immer von der Stellwagen-Bank vor Massachusetts in den Golf von Maine und ziehen dann an den Inseln vorbei.«
»An welchen Inseln?« erkundigte sich Helen.
»An allen Inseln, die ihnen zusagen, nehme ich an. Wir haben Unmengen davon. Der große Gletscher hat hier mal ein Stück von der

Küste abgebissen und in kleinen Stückchen wieder ausgespuckt, und die Wellen haben sie hinaus aufs Meer getragen. Wenn dieser komische Typ versuchen sollte, uns mit seiner blöden Landkarte wegzudrängen, schlage ich vor, wir starten eine Meuterei.«

Der Mann mit der Karte hatte aufgehört, seine unmittelbaren Nachbarn zu belehren, und versuchte nun, die anderen beiden Männer zu bewegen, mit ihnen die Plätze zu tauschen, damit er auch sie mit seinen Erklärungen beglücken konnte. Auch Helen war der Meinung, daß Typen mit Landkarten entschlossen in ihre Schranken verwiesen werden sollten.

Iduna würde er jedenfalls nicht belästigen. Sie döste friedlich vor sich hin, hatte ihr Gesicht durch einen altmodischen Sonnenhut aus Kattun vor Wind und Sonne geschützt, und Helens Strickjacke zwischen Kopf und Kajütenwand gerollt, um das ständige Vibrieren und Schaukeln abzufangen.

Nach einer Weile wünschte sich Helen, Iduna sähe nicht so entspannt und zufrieden aus. Sie wollte ihre Freundin nicht stören, hätte aber liebend gern ihre Strickjacke gehabt. Die Sonne, die zu Beginn ihrer Reise so angenehm geschienen hatte, begann sich hinter etwas zurückzuziehen, das verdächtig nach einer heraufziehenden Nebelbank aussah. Helen hatte zwar keine Angst, doch sie fing allmählich an, sich fürchterlich zu langweilen. Es gab wirklich Angenehmeres, als hier eingeklemmt herumzusitzen und nichts weiter zu sehen als immer nur Wellen.

Die fünf männlichen Passagiere schienen von ähnlichen Empfindungen geplagt zu werden. Sie hatten mit ihren harmlosen Späßen aufgehört, die Landkarte wieder verstaut und waren in Schweigen verfallen. Sogar Bürstenschnitt wußte anscheinend nichts mehr zu sagen. Helen hoffte nur, daß sie nicht alle miteinander seekrank wurden. In dieser drangvollen Enge würde das eine wahre Katastrophe bedeuten.

Sie näherten sich einer Insel. Jedenfalls nahm Helen an, daß man dieses Gebilde – eine lange, flache, graue Erhebung im Wasser – als Insel bezeichnen konnte. Eustace drosselte die Geschwindigkeit und lenkte die ›Ethelbert Nevin‹ näher an das Gebilde heran. Die Insel öffnete ein kleines Auge. Catriona stupste Iduna an.

»Aufwachen«, flüsterte sie. »Wir haben einen Wal gesichtet.«

Iduna setzte sich kerzengerade auf, schob ihren Sonnenhut hoch und richtete ihren Blick auf das Ungeheuer der Tiefe. Der Wal schaute zurück. Dann zwinkerte er ihr ganz unverkennbar zu, senkte sein mächtiges Haupt und tauchte in aller Seelenruhe ab.

Iduna nickte ihm zum Abschied freundlich zu. »Was für ein netter Wal. Hier, Helen, das ziehst du dir besser über. Weckt mich, wenn wir noch einen treffen.«

Sie reichte Helen die Strickjacke, nach der sie sich die ganze Zeit gesehnt hatte, zog sich ihren Regenmantel an, schob den Sonnenhut wieder herunter und döste weiter.

Inzwischen befanden sie sich tatsächlich zwischen den Inseln, die allerdings nicht sonderlich interessant aussahen, bloß unwirtliche Felsgebilde, entweder gänzlich kahl oder mit kargem Bewuchs, nur auf einer stand eine halbverfallene Fischerhütte. Weit vor ihnen in der Fahrrinne tat ihnen ein weiterer Wal den Gefallen aufzutauchen, hievte seinen riesigen Körper aus dem Wasser und schlug mit einem ungeheuren Plantscher wieder auf. Catriona zog sich ihren Regenmantel über.

»Ein Glück, daß der verspielte kleine Kerl nicht so nahe war wie der erste. Gefällt dir unser Ausflug, Marsh?«

»Ich bin mir nicht ganz sicher«, antwortete Helen wahrheitsgemäß. »Es ist irgendwie unheimlich mitanzusehen, wie etwas, das viel größer ist als das Boot, im Wasser herumturnt wie ein Kind am Strand. Warum springen die Viecher eigentlich so?«

»Wahrscheinlich aus rein tierischem Übermut. Wale müssen sich halt amüsieren, wo sie gerade können, Marsh. Im Ozean gibt es schließlich keine Bingohallen.«

»Vielen Dank für die Aufklärung. Was meinst du, wo mag Eustache wohl seinen Ködereimer aufgestellt haben?«

»Das habe ich mich auch schon gefragt«, gestand ihre Freundin. »Sollen wir?«

»Liebend gern.«

Sie bahnten sich einen Weg zwischen den Gepäckstücken der Männer bis zur Kajüte. Das Steuerrad befand sich an der hinteren Außenwand auf der Steuerbordseite. Dort stand auch Eustace, die Hände an den Speichen, den Blick auf die Fahrrinne gerichtet. Er antwortete schon, bevor Catriona ihre Frage gestellt hatte.

»Klo is' unten, Treppe runter, Backbordtür.«

»Vielen Dank, Eustace.«

Die Kajüte enthielt nicht viel, dafür roch sie überwältigend nach Fisch, Motor und Eustace. Da es nur eine einzige Tür gab, war es nicht schwierig, die Backbordtür zu finden. Um an ihr Ziel zu gelangen, mußten sie zuerst über eine Schwelle steigen, dann ging es hinunter in einen kleinen Lichtschacht. Catriona blieb stehen.

»Geh du ruhig zuerst, Marsh. Ich warte solange. Paß auf, wahrscheinlich gibt es da drin noch eine Stufe. Alles in Ordnung?«

»Ja«, sagte Helen, »aber ich kann den Lichtschalter nicht finden. Ich glaube, hier gibt es gar keinen. Auch egal, ich glaube, ich schaffe es auch so.«

Eustace' sanitäre Anlage war zwar nicht gerade überwältigend, aber immer noch besser als ein Ködereimer. Es gab sogar einen *Old Farmer's Almanac,* aus dem die Hälfte der Seiten herausgerissen und griffbereit an der Wand befestigt worden waren. Helen fand in einer ihrer Strickjackentaschen ein Papiertaschentuch, das sie benutzen konnte, und noch ein zweites, das sie für Catriona verwahrte. Iduna hatte in ihrem Picknickkorb Erfrischungstücher, sie würde sich welche herausfischen, wenn sie wieder oben waren.

Da es in dem winzigen Raum kein Licht gab, hatte Helen die Tür einen Spalt weit offen gelassen, um überhaupt etwas sehen zu können. Cat war an der Treppe stehengeblieben und hielt den Türknauf fest, so daß die Tür nicht plötzlich aufschwang und sie peinlichen Blicken preisgab. Als sie heraustrat, wollte sie ihrer Freundin denselben Dienst erweisen, doch Catriona schüttelte den Kopf. »Nicht nötig. Ich habe meine kleine Taschenlampe gefunden. Geh lieber rauf, bevor es dir hier noch schlecht wird.«

Durchaus nicht abgeneigt, dem überwältigenden Duft von Fisch und Öl zu entkommen, stieg Helen wieder hoch in die Kajüte. Sie kam gerade rechtzeitig, um zu sehen, wie der Mann mit dem Bürstenschnitt hinter Eustace trat, mit einem Gegenstand ausholte, der wie ein kurzes Stück Rohr aussah, um ihn dann mit aller Kraft auf den Kopf des Bootsmannes niedersausen zu lassen. Als Eustace' Knie nachgaben, schleuderte Bürstenschnitt seine Waffe seitwärts ins Meer und packte den zusammengesackten Körper unter den Achseln. Der Mann, der direkt neben ihm gesessen hatte, sprang auf und packte Eustace' Füße. Gemeinsam schwangen sie den leblosen Körper über den Bootsrand und ließen ihn ins Wasser fallen. Der erste Mörder lächelte seinen Kumpanen zu und setzte sich wieder. Der zweite blieb stehen und nahm Eustace' Platz am Steuer ein. Echte Profis.

Helen war ganz sicher, daß die beiden sie nicht gesehen hatten. Sobald sie begriffen hatte, was sich vor ihren Augen abspielte, zog sie sich in die Kajüte zurück und machte sich ganz klein. Die schmalen Fenster waren glücklicherweise von einem dicken Film aus Öl und Salz bedeckt. Die beiden Frauen hatten die Kajütentür hinter sich zugezogen, als sie hineingegangen waren, eine normale Reaktion für zwei wohlerzogene Damen mittleren Alters, die sich auf engstem Raum mit einer Gruppe fremder junger Burschen im selben Boot befanden. Genau damit hatte Bürstenschnitt offenbar gerechnet. Ihre automatische Reaktion hatte ihnen möglicherweise das Leben gerettet, zumindest im Moment, hatte jedoch leider den Männern die Gelegenheit gegeben, Eustace das seine zu nehmen.

Was sollten sie jetzt tun? Zeit schinden und beten war alles, was Helen einfiel. Sie beschloß außerdem, weder Cat noch Iduna von ihrer Beobachtung zu erzählen, falls letztere es tatsächlich geschafft hatte, einen Mord zu verschlafen, der mehr oder weniger direkt vor ihren Augen begangen worden war.

Wenn Bürstenschnitt vorgehabt hätte, sie und ihre Freundinnen sofort umzubringen, hätte er sicher die Waffe behalten, mit der er Eustace getötet hatte. Vielleicht plante er, sie als Geiseln zu benutzen, auch wenn Helen sich nicht vorstellen konnte, warum er dies tun sollte.

Jedenfalls gab es nur einen Weg, dies herauszufinden. Helen wartete, bis Catriona aus dem Kabuff getreten war, öffnete die Kajütentür und ging vor ihr her ins Cockpit.

Kapitel 10

Verständlicherweise war Catriona McBogle überrascht, einen der Passagiere am Steuerrad vorzufinden. »Wo ist Eustace?« erkundigte sie sich.

»Nach vorn gegangen, um nach Walen Ausschau zu halten«, knurrte der Mann.

»Nach vorn? Wohin denn? Sie meinen doch wohl nicht das lächerliche kleine Vorderdeck? Der Kerl muß übergeschnappt sein. Eustace! Ahoi! Komm zurück, du alter Seebär.«

Sie reckte den Hals in den grauen Nebel hinaus, der zwar noch nicht gerade undurchdringlich, aber doch dicht genug war, um alles um sie herum in eine feuchte Waschküche zu verwandeln. »Wo ist er denn? Ich sehe ihn gar nicht.«

»Dann sollten Sie vielleicht lieber richtig nach ihm suchen.«

Das war der Mann mit dem Bürstenschnitt. Ohne sein freundliches Lächeln abzustellen, erhob er sich von seiner Bank und griff nach Catrionas Handgelenken. Der Mann, der direkt neben ihm gesessen hatte, packte sie bei den Knöcheln. Sie schienen den Widerstand und die wütenden Schreie der Frau richtig zu genießen, rissen sie hoch und begannen, sie hin und her zu schwingen wie zwei halbstarke Rowdies, die am Strand mit den Mädchen herumkaspern.

Jetzt war keine Zeit zu verlieren. Helen stürzte sich auf die Männer, trat, schrie, schlug mit den Fäusten nach ihnen. Woraufhin die anderen beiden Männer, die anscheinend auch ihren Spaß haben wollten, aufsprangen und Helen die gleiche Behandlung zuteil werden ließen wie Catriona. Die Banditen zählten im Chor bis drei, schaukelten ihre strampelnden Gefangenen dreimal hin und her und schleuderten sie ins eiskalte Wasser.

Helen und Catriona tauchten nebeneinander wieder auf, spuckend und nach Luft schnappend. Etwas anderes wurde in ihre Richtung geschleudert, fiel herab und tanzte auf den Wellen. Merkwürdigerweise war es der Picknickkorb. Daraufhin ertönte ein Plantscher wie von einem Wal, und Iduna schwamm neben ihnen.

»Ich habe zuerst den Korb ins Wasser geworfen und bin dann selbst gesprungen«, teilte sie ihren Freundinnen in aller Ruhe mit. »Dachte, ich erspar' den Banditen lieber einen Bruch, auch wenn sie nach allem, was sie mit euch angestellt haben, kein Mitgefühl verdienen. Kommt, Kinder, haltet euch an mir fest, ich eigne mich hervorragend als Rettungsboot.«

Sie hatte recht. Idunas Gewicht sorgte dafür, daß sie an der Oberfläche trieb wie ein aufgeblasener Ballon. »Wenn eine von euch meinen Gürtel aufmacht, können wir uns und den Korb daran festmachen, genau wie es die Bergsteiger immer machen. Auf die Weise bleiben wir zusammen.«

Auf die Weise würden sie aber auch ein gutes Ziel abgeben, dachte Helen. Gewehrkugeln prasselten direkt neben ihnen ins Wasser. Doch dann erkannte sie, daß die Männer nicht auf sie schossen, sondern auf einen Wal, der sich mit großer Geschwindigkeit von achtern näherte.

»Sie versuchen, den Wal wütend zu machen, damit er uns verfolgt«, gurgelte sie, während sie mit dem nassen Knoten an Idunas Taille kämpfte.

»Verdammte Idioten«, Catriona hatte den Picknickkorb erwischt und brachte ihn zurück zu ihrem menschlichen Floß. »Die denken wohl, Wale wären total bescheuert.«

Doch dieser Wal war alles andere als bescheuert. Ohne auch nur zur Seite zu schauen, schwamm das majestätische Tier an der lächerlichen kleinen Flotille vorbei direkt auf die ›Ethelbert Nevin‹ zu. Sie konnten Schreie hören, gefolgt von weiteren Schüssen, dann beschloß das mörderische Quintett anscheinend, es mit dem Wal aufzunehmen und ließ das Boot nach vorne schießen. Das Meer, das beim Aufziehen des Nebels ganz ruhig gewesen war, brodelte jetzt im Kielwasser des Schiffes und seines mächtigen Verfolgers. Iduna und ihr Korb trieben auf den Wellen, Helen und Catriona wurden automatisch mitgezogen.

Lange würden sie nicht überleben, dazu waren die Gewässer von Maine viel zu kalt, dachte Helen erstaunlich nüchtern, als sie das Ende des langen Stoffgürtels an Idunas Handgelenk festband, durch den Henkel des Picknickkorbs führte und dann an Catrionas Arm befestigte. Ihre Finger wurden schon ganz steif. Es fiel ihr schwer, feste Knoten zu binden. Ihren eigenen band sie zuletzt, denn als die kleinste und dünnste würde sie als erste untergehen. Die beiden konnten sie dann losbinden und sinken lassen. Sie wollte auf keinen Fall, daß Peter sie als aufgedunsene Wasserleiche sah. Er würde sich auch so schon genug aufregen.

»Okay, Marsh, jetzt binde ich dich fest.«

Catriona hatte ihr den Gürtel abgenommen. Helen fühlte, wie er um ihr Handgelenk gelegt und zu einem engen Knoten gebunden wurde. Viel zu eng. Die Blutzufuhr würde abgeschnürt werden. Aber war das jetzt nicht ohnehin egal?

»Nun mach schon, Marsh! Strample mit den Beinen, beweg deine Arme. Bring deine alten Korpuskeln auf Trab.«

Cat hatte anscheinend bemerkt, was mit ihr los war, und versuchte es zu verhindern. Die liebe alte Cat. Helen versuchte verzweifelt zu strampeln. Ihre Turnschuhe fühlten sich an wie Bleigewichte. Nur die Arme konnte sie noch bewegen, jedenfalls im Moment noch.

Sie erinnerte sich nicht daran, aufgegeben zu haben. Sie erinnerte sich an herzlich wenig, bis sie schließlich ihre Füße wieder zu spüren begann. Sie schmerzten und kribbelten, als wären sie eingeschlafen, beinahe so, als säße sie zu Hause und läse, während Jane Austen auf ihren Füßen schlief, bis auch die Füße schlafen wollten und wieder aufgeweckt werden mußten, nur noch viel schlimmer.

Auch ihr Gesicht schmerzte. Das kam anscheinend daher, daß jemand sie ohrfeigte und dabei anbrüllte.

»Marsh! Verdammt noch mal! Nun mach schon! Werd endlich wach!«

»Uhm.« Helen drehte den Kopf weg, um dem nächsten Schlag auszuweichen. »Hör auf, Cat. Mir geht's gut.«

»Vor ein paar Minuten sahst du noch alles andere als gut aus. Hier, trink das.«

Das war Iduna, und sie hielt ihr etwas an die Lippen. Whiskey? Bourbon? Gewürzrum? Helen hatte keine Ahnung, was es war, und es war ihr auch ziemlich gleichgültig. Es brannte, und sie spürte, wie es ihr die Kehle hinunterrann. Sie versuchte, sich aufzusetzen, und stellte fest, daß sie dazu nicht in der Lage war.

»Okay. Tut mir leid. Ich hoffe, ich habe euch keine zu großen Umstände gemacht.«

»Jetzt halt bloß die Klappe, du blödes Ding.«

Cat drückte sie an sich. Cats Arme waren klatschnaß. Sie waren beide naß und kalt und zweifellos auch ein bißchen hysterisch. Außer Iduna. Iduna holte gerade Papierservietten aus ihrem Picknickkorb, damit sie sich die Hände trocknen konnten, und Sandwiches, die in ihren verschweißten Plastiktüten immer noch höchst appetitlich aussahen.

»Je schneller wir sie essen, desto besser. Die Kalorien werden uns wieder aufwärmen. Helen, ich weiß zwar, daß du keinen Zucker im Kaffee trinkst, aber ich gebe dir trotzdem welchen. Im Moment hast du ihn nämlich dringend nötig.«

»Wie du meinst, Iduna.« Helen trank gehorsam aus dem Plastikbecher und biß in ihr Sandwich. Schinken und Käse. Viele kräftigende Proteine. »Wo sind wir überhaupt?« fragte sie mit vollem Mund. »Und wie sind wir hierher gekommen?«

»Zwei Fragen, aber nur eine Antwort«, sagte Catriona. »Keinen blassen Schimmer. Der nette Wal hat uns gerettet, als er die Wellen gemacht hat. Wir hatten Glück und wurden auf eine der Inseln geschwemmt. Obwohl die Geschichte natürlich viel spannender gewesen wäre, wenn der Wal uns auf seinem Rücken hergetragen hätte.«

»Der nette Wal war ich. In Zeiten der Not gibt es wirklich nichts besseres als eine ordentliche Schicht Speck auf den Rippen.« Iduna nahm sich selbstzufrieden ein weiteres Sandwich. »Meine Güte, die schmecken aber gut, Cat. Ein Glück, daß der Korb mit Plastik ausgelegt ist. Ich hatte eine Heidenangst, daß Wasser eindringen könnte, aber alles ist knochentrocken geblieben, was ich leider momentan von mir nicht behaupten kann. Ich glaube, am besten nehmen wir meinen Regenmantel und machen ein Schutzdach daraus, wenn wir etwas finden, woran wir das Ding aufhängen können, und dann sammeln wir ein bißchen Treibholz für ein Feuer. Je schneller wir uns trocknen und aufwärmen, desto besser werden wir uns morgen früh fühlen.«

»Aye, aye, Käpt'n.« Helens Stimme klang belegt. Zu ihrer Verwunderung stellte sie fest, daß sie die ganze Zeit geweint hatte, während sie gegessen hatte. »Tut mir leid, daß ich so eine Heulsuse bin.«

»Ach, halt die Klappe«, sagte Catriona. »Das ist nur eine verspätete Reaktion, weil man dich über Bord geworfen und ins eiskalte Wasser geschmissen hat.«

»Und weil du noch nicht mal genug Speck auf den Rippen hast, um ein Blech damit einzufetten«, fügte Iduna ein wenig selbstgefällig hinzu.

»Ich glaube eher, daß es daher kommt, daß ich gesehen habe, wie die Männer Eustace umgebracht und ins Wasser geworfen haben, während du auf der Toilette warst, Cat, und Iduna geschlafen hat.«

Helen wunderte sich, daß sie dies so gelassen sagen konnte, aber nach allem, was sie und ihre Freundinnen durchgemacht hatten, war nicht zu erwarten, daß eine von ihnen über den schrecklichen Tod des Bootsmannes noch außer sich geraten würde. Iduna kaute weiter an ihrem Sandwich. Catriona bekundete nur ein rein professionelles Interesse.

»Wie haben sie das denn angestellt?«

»Der Grinser mit dem Bürstenschnitt hat ihm von hinten eins über den Kopf gegeben. Ich weiß auch nicht genau womit – es hat ausgesehen wie ein kurzer Stock oder ein Stück Rohr.«

»Vielleicht ein Knüppel mit einem Bleigewicht. Und was ist dann passiert?«

»Er hat Eustace' Oberkörper gepackt, und der Kerl, der deine Knöchel festgehalten hat, packte seine Füße, und dann haben sie ihn gemeinsam über Bord geworfen. Genauso wie sie es bei uns beiden auch gemacht haben, bloß nicht so – spielerisch.«

Sie begann wieder zu zittern. Iduna schenkte ihr noch ein wenig Kaffee ein.

»Trink das, Helen, und dann sollten wir besser Treibholz suchen, bevor alles so feucht wird, daß es nicht mehr brennt. Ich würde bloß gern wissen, wie groß diese Insel ist. Vielleicht gibt es hier sogar irgendwo ein Haus?«

Leider gab es keins. Ihr Zufluchtsort war nur eine winzige Insel, sicher nicht größer als ein Morgen. Sie fanden keinen einzigen Baum, dafür aber ein paar verkümmerte Büsche, die sie vielleicht als Schutz benutzen konnten. Aber es gab genügend Treibholz, und Streichhölzer hatten sie ebenfalls. In einer der Taschen von Cats Regenjacke fanden sich ein wasserdichter Streichholzbehälter sowie ein Taschenmesser, mit dem sie die Büsche soweit zurechtstutzte, daß sie Idunas Regenmantel darüberhängen konnten.

»Hat Guthrie Fingal mir gegeben«, teilte sie ihren Freundinnen mit. »Er sagt immer, man sollte nie ohne Messer und Streichhölzer unterwegs sein. Ich habe gedacht, er macht Witze, aber er hat Stein und Bein geschworen, daß ich bestimmt eines Tages verdammt dankbar dafür sein würde, daß ich die Sachen dabeihabe. Das einzige, das ich an Guthrie nicht ausstehen kann, ist die Tatsache, daß er immer recht behält.«

»Wenn er wirklich so vorausschauend ist, warum hat er dir dann kein Faltboot mitgegeben?« Nachdem sie etwas gegessen, sich bewegt und am Feuer ihre Knochen ein wenig aufgewärmt hatte, begann Helen allmählich, ihre gute Laune wiederzufinden. »Hat eine von euch sich zufälligerweise schon mal mit der Frage beschäftigt, wie wir von diesem Felsen wieder herunterkommen?«

»Zerbrich dir darüber nicht den Kopf, Marsh. Es wird sich bestimmt wieder ein freundlicher Wal finden, der uns beisteht. Vielleicht kommt der Wal zurück, der Iduna zugeblinzelt hat, als wir noch auf dem Boot waren. Verflixt, ich hätte besser das Boot nicht erwähnt. Jetzt muß ich wieder an den armen alten Eustace denken.«

Iduna gab ihre Rolle als Trostspenderin nicht auf. »Vielleicht war er nur bewußtlos und ist durch das kalte Wasser wieder zu sich gekommen.«

»Was hätte ihm das schon genützt? Eustace hatte keinen Picknickkorb, an dem er sich festhalten konnte, und ich bezweifle, daß er je in seinem Leben auch nur einen Schlag geschwommen ist. Ihr wärt überrascht, wenn ihr wüßtet, wie viele Fischer Nichtschwimmer sind. Es reicht ihnen vollkommen, wenn sie die ganze Zeit oben auf dem Wasser herumgondeln. Ich glaube, ich sollte mich dafür entschuldigen, daß ich euch in diese schlimme Lage gebracht habe.«

»Woher hättest du denn ahnen können, daß so etwas passieren würde?« protestierte Helen. »Wir waren genauso scharf darauf herzukommen wie du. Und schließlich haben wir ja auch tatsächlich ein paar Wale zu Gesicht bekommen. So pessimistisch war das eben auch gar nicht gemeint. Früher oder später kommt bestimmt jemand und sucht nach uns.«

»Das glaube ich auch. Sobald der Nebel sich verzogen hat, wird man feststellen, daß die ›Ethelbert Nevin‹ nicht zurückgekommen ist, und die Küstenwache wird anfangen, die Fahrrinnen abzusuchen. Wir sollten uns eher Sorgen darüber machen, ob die Fieslinge, die uns in diese mißliche Lage gebracht haben, zurückkommen, um nachzusehen, ob wir auch ertrunken sind.«

»Das werden sie bestimmt nicht«, versicherte Iduna. »Die haben es nämlich sehr eilig, nach Paraguay zu kommen.«

»Paraguay? In Eustace' altem Kahn?«

»Deshalb haben sie ihn ja überhaupt gestohlen.«

»Willst du damit sagen, daß sie an der Walbeobachtung nur teilgenommen haben, weil sie vorhatten, die ›Ethelbert Nevin‹ zu kapern?«

»Selbstverständlich. Was meinst du denn, warum sie das ganze Zeug dabeihatten?«

»Aber das ist doch völlig hirnverbrannt. Für wen halten die sich denn? Sir Francis Drake? Und warum ausgerechnet Paraguay? Paraguay ist doch auf dem Wasserweg gar nicht erreichbar, oder?«

»An der brasilianischen Küste vorbei nach Uruguay, dann den Paraná hoch durch einen Großteil von Argentinien«, sagte Helen. »Die müssen total bescheuert sein. Woher weißt du überhaupt, daß sie nach Paraguay wollen, Iduna?«

»Nichts einfacher als das. Erinnerst du dich noch an Mr. Bjornstern, dem ich das Zimmer im unteren Stockwerk vermietet hatte?«

»War das nicht der nette alte Mann mit dem großen weißen Schnurrbart? Er hat ihn sich immer mit der Serviette hochgebunden, damit er nicht in die Suppe fiel. Natürlich erinnere ich mich an ihn. Was hat denn Mr. Bjornstern mit der Sache zu tun?«

»Er war stocktaub, wie du sicher noch weißt.«

»Ja, ich erinnere mich. Zuerst haben wir immer alle gebrüllt wie am Spieß, bis wir schließlich begriffen haben, daß wir uns viel leichter mit ihm unterhalten konnten, indem wir einfach die Worte mit dem Mund formten und ihn alles von den Lippen ablesen ließen.«

»Genau. Nachdem ihr beide ausgezogen wart, habe ich einigen meiner neuen Mieter den Trick verraten. Es hat mir soviel Spaß gemacht, die Unterhaltungen mitanzusehen, bei denen alle redeten und trotzdem nichts zu hören war, daß ich mit der Zeit selbst ganz gut gelernt habe, von den Lippen abzulesen. Als ich erst einmal herausgefunden hatte, worüber der Kerl mit der Landkarte sprach, hielt ich es für das Beste, zunächst so zu tun, als ob ich schlief, und sie heimlich weiter zu beobachten. Wußtest du beispielsweise, daß man dich bereits seit zwei Monaten überwacht, Helen?«

»Mich? Du machst wohl Witze. Warum sollte mich wohl jemand überwachen?«

»Wegen der Wetterfahnen. Deshalb wollen die Typen auch nach Paraguay. Soweit ich verstanden habe, gibt es dort einen verrückten Milliardär, der antike Wetterfahnen sammelt, und sie sind dabei, welche dorthin zu bringen, die sie gestohlen haben.«

»Wetterfahnen von Praxiteles Lumpkin? Das glaube ich nicht! Wo hatten sie die Dinger denn versteckt, haben sie darüber auch gesprochen?«

»Auf dem Boot. Deshalb hatten sie auch die Riesenkoffer dabei.«

»Aber wie konnten sie das?«

»Ich würde sagen, das war ganz einfach«, meinte Catriona. »Sie haben sie ganz einfach zerlegt und nur die Figur und das Kreuz mit den Himmelsrichtungen mitgenommen. Die Vorrichtung, mit der die Fahnen auf dem Dach befestigt waren, ist für den Sammler sicher nicht so wichtig, denke ich.«

»Da könntest du recht haben. Du liebe Zeit! Dann war der Gegenstand, mit dem er Eustace umgebracht hat, vielleicht sogar ein Stück von einer der Wetterfahnen. Aber das würde auch bedeuten, daß immer noch Hoffnung besteht, die Wetterfahnen zurückzubekommen. Die Küstenwache wird die ›Ethelbert Nevin‹ bestimmt ziemlich schnell finden.«

»Es sei denn, ein Wal hat sie in die Mangel genommen.«

Catriona bemerkte, daß sie wieder taktlos gewesen war. »Viel wahrscheinlicher ist allerdings, daß die Kerle im Nebel auf einer der kleinen Inseln Schiffbruch erlitten haben. Dann braucht man sie bloß noch aufzusammeln, mitsamt ihren Wetterfahnen. Und du wirst die Heldin des Tages sein, Marsh.«

»Eher eine kläglich Imitation«, protestierte Helen. »Ihr beiden seid die Heldinnen, nicht ich.«

»Ach Quatsch. Ich erkläre uns hiermit alle zu Heldinnen. Ich hätte übrigens liebend gern noch ein bißchen Kaffee, aber ich schätze, wir sparen ihn lieber für unser Frühstück auf. Genau wie die restlichen Sandwiches. Es kann noch eine Weile dauern, bis man uns findet, und ich sehe nicht ein, warum wir in der Zwischenzeit hungern sollen. Was hast du sonst noch in deinem Korb, Iduna?«

»Die Thermoskanne mit der Limonade, die wir gestern nicht getrunken haben, Helen. Ich habe vergessen, sie wegzuschütten. Aber sie schmeckt sicher noch. Nur schade, daß wir keinen Topf zum Aufwärmen haben, sonst hätten wir uns heiße Limonade mit Keksen als Betthupferl machen können. Aber ich will nicht klagen. Ich bin wirklich verdammt glücklich, daß wir hier gelandet sind, statt –«

Als sie wieder Herrin ihrer Stimme war, sprach sie weiter. »Ich habe die Haferkekse absichtlich verwahrt. Ich dachte, sie würden vielleicht gut zu einer Bootsfahrt passen. Hier, Cat, probier mal einen von diesen hier, und dazu ein Schlückchen Limonade. Du mußt allerdings dieselbe Tasse nehmen wie eben, wir haben nämlich leider nur drei. Jammerschade, daß ich nicht daran gedacht habe, eine Flasche Wasser mitzunehmen, aber wir haben ja noch Trauben und Apfelsinen. Die sollten den Durst eigentlich auch löschen.«

Catriona legte ein weiteres Stück Treibholz aufs Feuer. Zwischen den orangegelben Flammen leuchtete es in zauberhaften blauen, smaragdgrünen, karmesinroten und violetten Farbtönen. Orange, dachte

Helen, die Farbe der Hestia, der Göttin des Herdfeuers und des heimischen Herdes. Heim war der Ort, wo man seinen Regenmantel aufhängte.

Sie saß zwischen ihren beiden Freundinnen, beobachtete das Feuer, knabberte an Idunas Vollwertkeksen und nippte an ihrer lauwarmen Limonade. Nach einer Weile begann Catriona eines ihrer alten Lieder zu singen, eine Melodie, die sie zuerst in einem John Buchan-Thriller und später in einem Buch mit Gospelsongs, das ihrer Großmutter gehörte, gefunden hatte.

»›*Auf des Jordans anderem Ufer, liegt der süße Garten Eden, wo der Baum des Lebens grünt. Dort ist Ruhe auch für dich.*‹«

Zuerst fiel Helen ein, dann auch Iduna. »›*Da ist Ruhe für die Müden, da ist Ruhe für die Müden, da ist Ruhe auch für dich.*‹«

Des Menschen Geist ist nicht zu beugen. Da saßen sie nun auf einem namenlosen Felsen am Ende der Welt und sangen miteinander. Der Nebel war inzwischen zum Schneiden dick, doch wen störte das schon? Sie hatten es sich gemütlich gemacht, saßen eng aneinandergedrängt unter Idunas Regenmantel, der die Wärme des Feuers zurückwarf, das sie allmählich richtig aufwärmte und vergessen ließ, daß ihre Kleidung immer noch klamm war. Wahrscheinlich würde sie überhaupt nie mehr trocknen, es sei denn, sie fanden eine Stelle mit Süßwasser, wo sie das Salz auswaschen konnten.

Sie befanden sich in Sicherheit, sie hatten gegessen, sie waren zusammen, sie waren am Leben. Im Moment war das mehr als genug. Sie sangen immer weiter: Liebeslieder, lustige Lieder, Tanzlieder, Studentenlieder, alberne Lieder. Nur keine traurigen Lieder, sie hatten für heute genug durchgestanden. Iduna besaß eine wirklich schöne Mezzosporan-Stimme, in South Dakota war sie Solistin im Kirchenchor gewesen. Cat sang zwar nicht sonderlich gut, doch sie verfügte über ein unerschöpfliches Repertoire an Liedern. Helen konnte immerhin eine Melodie halten. Ihre Gesangskünste hätten ein kritisches Publikum vielleicht nicht gerade begeistert, doch außer einem oder zwei Walen hörte ihnen ohnehin niemand zu.

Nur ein flackerndes graues Gespenst, das sich lautlos an ihr regenbogenfarbenes Campfeuer heranpirschte und sie durch die tanzenden Flammen hindurch beobachtete.

Kapitel 11

»Ich sehe was, was du nicht siehst, ich sehe was, was du nicht siehst«, sang Helen leise, aber eindringlich.

»Das kenn' ich nicht, aber –« Catriona unterbrach sich. »Du lieber Herr Gesangverein!« krächzte sie. »Wir haben Geister aus den Tiefen des Meeres heraufbeschworen. Rede! Sprich zu uns, unheimlicher Gast!«

»Was soll ich denn verdammt noch mal sagen?« Die Stimme war leise und bebte. Der Geist tat einen weiteren Schritt nach vorn und streckte seine zitternden Hände nach dem Feuer aus. »Fühlt sich an, als wär's 'n richtiges Feuer.«

»Menschenskinder, ich –« Die Erscheinung fuhr sich mit der Zunge über die bleichen Lippen und schien nach Worten zu suchen. »Ich hab' doch glatt geglaubt, es wär' die Lorelei, die mich ins Verderben lockt. Dabei siehst du aus wie Cat. Bist du's wirklich, Cat?«

»Eustace! Du lebst ja noch!«

»Scheint mir auch so, auch wenn's sich nich' so anfühlt. Verdammt kalt is' mir. Ihr habt nich' zufällig 'nen anständigen Schluck, um 'nen halberfrorenen Seemann wieder aufzuwärmen? Ich glaub', mir sind die Mandeln anner Luftröhre festgefroren.«

Iduna, die bis jetzt stocksteif dagesessen hatte, mit Augen so groß und rund wie Spiegeleier, vernahm den Hilferuf und wurde sogleich aktiv. Sie griff in ihren Korb, goß ein wenig von dem heißen Kaffee, den sie sich für ihr Frühstück hatten aufsparen wollen, in eine der Tassen und schüttete eine ordentliche Portion von dem Gewürzrum, den Catriona schließlich doch noch eingepackt hatte, hinein.

»Kommen Sie, setzen Sie sich zu uns ans Feuer. Hier, trinken Sie das.«

Die Hände des alten Seebären waren so taub vor Kälte, daß sie ihm helfen mußten, die Tasse zu halten, doch nachdem er ein paar Schlucke zu sich genommen hatte, begann er wieder aufzutauen.

»Herrgott noch mal, das war höchste Zeit.«

»Möchten Sie vielleicht auch ein Sandwich? Wir haben Schinken und –«

»Egal was es is', ich eß alles. Sind Sie sicher, daß Sie nich' doch die Lorelei sind?«

Iduna errötete sanft und sah aus wie eine riesige Pfingstrose. »Das sagt mein Ehemann auch manchmal. Er kann sehr poetisch sein, wenn er will.«

»Ehemann? Na, das hätt' ich mir ja denken können.«

Eustace schnappte bereits ausgehungert wie ein Wolf nach seinem Sandwich, bevor er es richtig aus dem Frühstücksbeutel gezogen hatte. Er griff schon nach dem nächsten, bevor er das erste ganz heruntergeschlungen hatte, und sprach mit vollem Mund und wahrscheinlich genauso vollem Herzen. »Wieso läßt er dann so 'ne tolle Frau wie Sie ganz allein inner Weltgeschichte rumgondeln?«

»Er mußte weg, weil er bei einer Schweinzüchtertagung einen Vortrag halten sollte, daher bin ich mit Mrs. Shandy hergekommen, um unsere gemeinsame alte Freundin Cat zu besuchen. Mein Gatte ist Professor Daniel Stott. Das ist Helen, und ich heiße Iduna. Noch ein Sandwich?«

»Da sag' ich nich' nein.«

»Eustace, jetzt reicht es aber langsam!« schrie Catriona. »Hör endlich auf mit dem Gefasel und erzähl uns lieber, wie du hergekommen bist.«

Er kaute ein wenig an seinem Schinken und schüttelte dann den Kopf. »Hat sowieso keinen Zweck, daß ich's euch erzähle. Ihr glaubt mir sowieso nich'.«

»Versuch es doch erst mal.«

»Habt ihr noch was von dem Rum?«

»Okay, du verrückter alter Dummkopf.« Catriona goß ihm eine neue Ladung ein. »So, das müßte dich eigentlich von all deinen Leiden kurieren. Was glauben wir dir sowieso nicht?«

»Was is' mit meinem Boot passiert?«

»Eustace!«

»Hör endlich auf, mich anzubrüllen, ja? Ich hab' schließlich 'n Recht, das zu wissen, oder etwa nich'? Is' es hier irgendwo?«

»Ich weiß auch nicht, wo es ist«, übernahm Helen die Beantwortung seiner Frage, da Catriona auf stur geschaltet hatte und es vorzog zu schmollen. »Was mit uns passiert ist, war genauso unglaublich, aber es ist trotzdem wahr.«

Sie schilderte ihm die Geschehnisse in allen Einzelheiten, während er sie sprachlos über sein Sandwich hinweg anstarrte. »Das ist unsere Geschichte. Wollen Sie uns jetzt nicht auch Ihre erzählen? Sie können doch unmöglich die ganze Zeit in dem eiskalten Wasser verbracht haben?«

Eustace erinnerte sich wieder an sein Sandwich und biß herzhaft hinein. »Na ja, einerseits ja, andrerseits nein, würd' ich sagen. Jetzt wo ich weiß, daß die mir eins über'n Kopf gegeben haben, fang' ich langsam an zu kapieren, wenn man das so sagen kann. Ich kann mich bloß noch erinnern, wie ich am Steuer gestanden hab' un' ihr runtergestiegen seid. Un' das nächste, was ich weiß, is', daß ich im Wasser bin un' langsam absaufe. Auf einmal fühl' ich was Hartes unter mir, das Wasser läuft ab oder ich werd' hochgehoben. Ich weiß selbs' nich', was es war.«

Er schwieg einen Moment, um zu kauen. »Jedenfalls war ich wieder oben über'm Wasser, flach auf'm Rücken, un' hab' in 'n Himmel gestarrt. Mal hab' ich gedacht, das is' ja alles ganz furchtbar, und dann wieder, so schlimm isses nun doch wieder nich'. Ich hab' geglaubt, ich wär' wieder auf der ›Ethelbert Nevin‹, wißt ihr. Hab' geglaubt, man hätt' mich hochgehievt un' auf Deck hingelegt wie 'ne aufgeschlitzte Makrele. Doch dann hab' ich gemerkt, daß das nich' stimmen kann, weil wir ganz schön schnell waren, aber kein Ton zu hören war. Un' dann hab' ich endlich geschnallt, was los is', aber wie ich schon gesagt hab', das glaubt ihr mir sowieso nie im Leben, es is' nämlich –«

»Ein Wal unter dir aufgetaucht und hat dich huckepack genommen«, fuhr Catriona ungeduldig fort. »Was soll denn daran so ungewöhnlich sein? Das passiert schließlich jeden Tag.«

»Von wegen jeden Tag! Ich fahr' aus der Hocasquam Bucht raus auf's Meer, seit ich alt genug war, Köder zu schneiden, un' hab' noch nie gehört, daß wer von 'nem Wal mitgenommen worden is', wie mir das jetz' passiert is'. Du willst mir wohl 'n Wind aus 'n Segeln nehmen, was?«

»Das würde ich nicht mal im Traum wagen. Als wir drei über Bord gegangen sind, haben wir selbst gehofft, daß uns ein Wal aufliest, aber wir hatten leider kein Glück. Dann warst du also die ganze Zeit auf dem Rücken des Wals?«

»Ich glaub' schon. Bin wohl zwischendurch immer wieder ohnmächtig geworden. Ich hab' versucht, meine Position zu bestimmen, so gut es ging, un' Bong!, schon war ich wieder ganz woanders. Dann is' der Nebel gekommen, un' ich konnte mich nich' mehr orientieren, aber das war mir auch schnurz, weil ich ja gedacht hab', daß ich eh vor die Hunde geh'. Früher oder später muß der Wal sowieso tauchen, un' das wär's dann gewesen. Aber der is' nich' getaucht, warum, weiß ich auch nich'. Man hätt' ja annehmen können, das Vieh kriegt irgendwann mal Hunger oder so. Ich hatte jedenfalls 'nen Riesenhunger, das könnt' ihr mir glauben.«

»Wie sind Sie denn von dem Wal heruntergekommen?« fragte Iduna.

»Das Biest hat mich abgeworfen. Wir sind schön langsam rumgekurvt, nich' schneller als 'n halben Knoten, würd' ich sagen. Der Wal hat sich nich' überanstrengt, das muß man sagen, was aber keine Kritik sein soll, denn ohne den wär' ich jetzt schließlich nich' hier. Aber der Himmel is' dunkler un' dunkler geworden, un' der Nebel dicker un' dicker, ich war ganz schön fertig. Hab' nur noch gedacht, was soll der Mist überhaupt, da mach' ich lieber gleich Schluß.«

»Noch einen Keks?« erkundigte sich Iduna.

»Vielen Dank. Ja, so war das. Da kann ich auch genausogut runterrutschen un' mich ins Meer kippen lassen, hab' ich gedacht. Aber ich weiß auch nich', irgendwie war selbs' das noch zu anstrengend. Und dann hab' ich gedacht, Mensch, ich spinn' wohl, da is' ja 'n Licht im Hafen. Ich glaub', der Wal hat es auch gesehn, denn er hat sich rumgedreht un' mich abgeworfen. Das wär's dann wohl, hab' ich gedacht, un' schon bin ich abgesoffen.«

Er schob sich den Rest seines Kekses in den Mund. »Aber von wegen, auf einmal hab' ich festen Boden unter'n Füßen un' hör' wen singen. Na, hab' ich mir gedacht, jetzt stehste am Himmelstor, da kannste auch genauso gut hingehen un' selbs' Harfenstunden nehmen. Un' dann bin ich immer weiter gegangen, un' jetz' bin ich hier. Un' saufroh drüber, wenn ich mal so sagen darf. Ich hätt' gern noch zwei oder drei von den Keksen, wenn Sie noch welche überhaben, Iduner.«

»Es ist leider nur noch einer da, aber den können Sie gern haben. Meinen Sie, der Nebel wird sich morgen früh gelichtet haben?«

»Möglich wär's«, meinte Eustace. »Aber vielleicht auch nich'.«

»Ich frage nur, weil unsere Verpflegung äußerst knapp ist, wissen Sie«, entschuldigte sich Iduna.

»Hölle auch, verhungern werden wir schon nich'. Wir können Muscheln vom Felsen abkratzen un' rösten, wir dürfen bloß das Feuer nich' ausgehen lassen. Wir können sogar Seetang essen, wenn wir sons' nix mehr haben. Das einzige Problem is' Trinkwasser. Vermute, ihr habt keins dabei, oder?«

»Nein, daran habe ich wirklich nicht gedacht. Wir haben noch eine halbe Thermosflasche voll Limonade, zum Frühstück etwa einen Schluck Kaffee pro Person, drei Orangen und noch reichlich Weintrauben. Das müßte eigentlich fürs erste reichen. Und ich habe eine Schachtel mit Erfrischungstüchern dabei, falls sich jemand frisch machen möchte.«

»Rum haben Sie auch noch«, erinnerte sie Eustace.

»Von dem Sie allerdings jetzt nichts mehr bekommen, falls das ein Wink mit dem Zaunpfahl gewesen sein soll. Sie haben uns eben selbst geschildert, wie Sie immer wieder ohnmächtig geworden sind, als Sie auf dem Wal geritten sind. Vermutlich haben Sie von dem Schlag auf den Kopf, den ihnen die Ganoven verpaßt haben, eine leichte Gehirnerschütterung davongetragen. Bei Kopfverletzungen darf man auf keinen Fall Alkohol trinken.«

»Pah. Sie halten mich wohl für 'n Weichei, was? Ich hab' 'nen Kopf aus Granit.«

»Glaub ja nicht, du könntest Iduna überreden, dir auch nur einen Tropfen von dem Zeug zu geben«, schnaubte Catriona. »Du solltest lieber abwarten, wie du dich morgen früh fühlst, statt zu versuchen, deinen Zustand auch noch zu verschlimmern. Wir sind nicht gerade gut ausgerüstet, was Krankenbetreuung betrifft. Ich wünschte mir zwar, daß es anders wäre, aber leider haben wir nicht mal eine Extradecke für dich.«

»Hunh.« Erstaunlicherweise begann Eustace leise zu kichern. »Kannste dich noch erinnern, wie du heut' morgen an Bord gekommen bis', Cat? Ich hab' dich gefragt, is' das alles, was ihr an Ballast mithabt, un' du has' gesagt, wir woll'n ja schließlich nich' die Nacht auf dem Kahn zubringen. Das war ja wohl 'n bißchen voreilig, was?«

»Vielen Dank für die Belehrung. Ich glaube, ich suche uns noch ein bißchen Feuerholz.«

»Cat, geh bitte nicht allein hinaus in diesen Nebel«, bat Iduna. »Unser Vorrat reicht auf jeden Fall bis morgen früh.«

Sie hatte nicht übertrieben. Nachdem sie an Land gespült worden waren, hatten sie sich zunächst ein wenig aufgewärmt und etwas gegessen, danach waren Helen und Catriona sofort losgezogen, um Holz zu sammeln. Sie hatten einen ansehnlichen Stoß zusammengetragen, zum einen, weil sie das Feuer zum Überleben brauchten, zum anderen, weil die Anstrengung ihren Kreislauf wieder in Schwung brachte und sie etwas Sinnvolles zu tun hatten, das ihre Lage weniger verzweifelt erscheinen ließ. Inzwischen sah alles ein klein wenig besser aus, und Catriona gab bereitwillig nach.

»In Ordnung, Iduna, dann lasse ich es eben, wenn es dich aufregt. Wahrscheinlich bin ich nur ein bißchen zappelig. Warum, zum Teufel, habe ich bloß nicht daran gedacht, meine Schreibmaschine mitzubringen? Und eine Batterie, um sie anzuschließen. Das übliche Problem unserer westlichen Industriegesellschaft, wir sind viel zu abhängig von der Technik. Man braucht nur mich anzuschauen, ich bin absolut tastatursüchtig. Wenn ich Abraham Lincoln wäre, würde ich mir einfach ein verkohltes Holzstück vom Feuer nehmen und damit Gleichungen auf die Felsen kritzeln.«

»Warum in aller Welt solltest ausgerechnet du mathematische Gleichungen lösen?« erkundigte sich Helen. »Du kannst doch nicht mal dein eigenes Konto ausgleichen. Zumindest war es früher in South Dakota so. Außerdem ist der Nebel so dick, daß er deine Zeichen schon abgewaschen hätte, bevor du überhaupt damit fertig wärst. Sollten wir nicht irgendwas aufstellen, worin wir die Flüssigkeit sammeln können? Dann hätten wir wenigstens etwas zu trinken. Wir könnten doch die Plastiktassen dazu nehmen.«

»Wie wär's, wenn wir einfach die Zunge rausstrecken?« brummte Eustace. »Wie lange meint ihr wohl, daß Wedgwood Munce uns allein hier draußen rumhocken läßt wie 'ne Schar Krähenscharben? Wenn Wedge merkt, daß die ›Ethelbert Nevin‹ nachts nich' vor Anker gegangen is', fährt der sofort raus un' sucht uns, da geh' ich jede Wette ein. Un' der gibt ers' auf, wenn er uns gefunden hat.«

»Woher willst du das so genau wissen?« knurrte Catriona. »Besonders engagiert ist mir Wedgewood Munce noch nie vorgekommen. Nach allem was ich gehört habe, haben seine Brüder ihm den Job als Hafenmeister nur zugeschanzt, weil sie es satt hatten, ihn ständig zu unterstützen.«

»Ich sag' ja gar nich', daß das nich' stimmt. Aber ich hab' mir neulich fuffzig Dollar von Wedge geliehen, un' er will unbedingt, daß ich ihm den Zaster diese Woche zurückzahle, egal was passiert. Er weiß, daß ich heut' mit euch raus zu den Walen fahren wollte. Oder gestern oder wann es war. Ich hab' ihm davon erzählt, als ihr angerufen un' reserviert habt. Also weiß er, daß ich euer Geld hab', wenn ich zurückkomme, un' ihr könnt sicher sein, daß Wedge seit der Flut oben auffer Landungsbrücke sitzt un' wartet un' seine verdammte Flosse ausstreckt, um mich sofort beim Schlafittchen zu packen, wenn ich anlege. Er verflucht mich bestimmt schon, würd' mich jedenfalls nich' wundern, weil er Schiß hat, daß die ›Ethelbert Nevin‹ mit Mann un' Maus gesunken is' un' er sein verdammtes Geld nich' kriegt.«

»Soll das ein Witz sein, Eustace? Für den Fall kann ich dir nur versichern, daß ich alles andere als belustigt bin«, bemerkte Catriona kühl.

Iduna war mitfühlender. »Mr. Munce wird sicher nicht mehr auf der Rückgabe des Geldes bestehen, wenn er herausfindet, daß Sie Ihr Boot verloren haben.«

Eustace gab sich keinen falschen Hoffnungen hin. »Man merkt, daß Sie Wedge Munce nich kennen, Iduner. Wedge is' der gemeinste Kerl von Kittery bis Calais, ohne Ausnahme. Als er letztes Mal die fuffzig Dollar verlangt hat, hab' ich ihm das glatt ins Gesicht gesagt. Wedge, sag' ich, wenn's zwei von deiner Sorte gäb', würd' ich einen von euch abmurksen, damit ihr euch nicht vermehrt.«

Eustace spuckte aus, drehte dabei aber seinen Kopf mit höflicher Rücksicht auf die Empfindungen der anwesenden Damen zur Seite. »Ich kenn' bloß eine Person, die mich noch mehr auf die Palme bringt als Wedge Munce, un' das is' die Lady, die Woody Fingal sich an Land gezogen hat. Wie nennt die sich noch gleich, Cat? Ambrosia irgendwas?«

»Elisa Alicia Quatrefages, aber frag mich bloß nicht nach dem Grund. Was hast du denn gegen Elisa Alicia, Eustace? Ich wußte nicht mal, daß du sie kennst.«

»Meine Schuld war's nich'. Letzte Zeit kommt die dauernd runter zu 'n Booten, steht blöd rum un' stellt dumme Fragen. Als ich sie zuletzt gesehen hab', hat sie 'ne Kamera umhängen gehabt wie 'n verdammter Tourist. Ich schwöre, die hat fuffzehn oder zwanzig Bilder allein vonner ›Ethelbert Nevin‹ gemacht. Ich saß auf'm Steg un' hab' Hummerkörbe geflickt, un' sie hat verlangt, daß ich für sie poussiere oder wie das heißt. Ich hab' gesagt, für zehn Kröten poussier ich für sie sogar auf'm Kopf un' spiel dabei Mundharmonika.«

»Hat sie eingewilligt?«

»Nöh, hat bloß 'n Kopf geschüttelt un' gesagt, das wär ihr zu teuer und daß sie bloß die Atmosphäre oder so was einfangen will. Ich hab' zufällig grad' 'nen Eimer mit Fischköpfen unter der Bank stehen, die schon 'ne Woche oder zwei gezogen hatten, weil ich sehen wollte, ob die Hummer die lieber fressen als die Köder, die ich sons' immer hab'. Die verdammten Biester sind so selten geworden, daß man am besten zu ihnen runtertaucht un' ihnen 'ne Einladung mit Goldrand vor die Scheren hält, damit die in die verfluchten Körbe kommen. Also hab' ich den Deckel runtergenommen un' ihr den Eimer vor die Nase gehalten. Hier, hab' ich gesagt, da ham Sie Ihre Atmosphäre, Lady, schnuppern Sie das mal.«

»Eustace, das ist ja ekelhaft!« kicherte Catriona. »Schade, daß ich nicht dabei war. Was hat Elisa Alicia dazu gesagt?«

»Sie hat gesagt, der Gestank wär' gottserbärmlich, was ich wirklich übertrieben fand, schließlich waren's ja bloß stinkige alte Fischköpfe, wenn ihr mich fragt. Ich hab' schon bedeutend Schlimmeres gerochen. Sie is' jedenfalls nich' geblieben, um noch mehr zu schnuppern, aber ihr werdet's nich' glauben, am nächsten Tag is' sie schon wieder da un' will unbedingt wissen, ob man mein Boot chartern kann. Ich hab' gesagt, wer will denn mein Boot chartern, un' sie hat gesagt, 'n Freund von ihr. Ich frag', ob er mit mir rausfahren will, un' sie sagt, nee, der will allein rausfahren. Also sag' ich, ohne mich läuft hier nix, da is' sie abgerauscht un' seitdem hab' ich sie nich' mehr gesehen. Has' du nich' gemerkt, wie schlecht ich die letzen Tage drauf war, weil sie mir so gefehlt hat?«

Er erwartete, daß sie über seinen Scherz lachen würden, also taten sie ihm den Gefallen. »Wenn ich sie das nächste Mal treffe, erzähle ich Elisa Alicia, wie sehr du sie vermißt«, versprach Catriona.

»Das mach' man. Die fehlt mir fast so sehr wie die Frostbeulen, die ich immer gekriegt hab', als ich noch mit Vetter Tramwell auf der ›Rudy Vallee‹ in den Grand Banks gefischt hab'. Sie hätten Tramwell sicher gemocht, Iduner. Has' du ihn mal getroffen, Cat?«

»Nein, ich kann mich nicht erinnern.«

»Na ja, besonders viel verpaßt has' du nich'. Tramwell hat immer Saxophon gespielt. Wenn er nich' gespielt hat, hat er gesungen, un' zwar durch die Nase wie der echte Rudy, bloß noch verdammt viel schlechter. Gott, Tram war wirklich schrecklich. Un' das Allerschlimmste war, man konnte nich' runter von dem Kahn. Er war sogar draußen in den kleinen Booten noch zu hören, ihr wißt ja, wie Wasser trägt. Er hat dauernd ›My Time is your Time‹ gewimmert wie 'ne verdammte Heulboje, bis man nich' übel Lust hatte, rüberzurudern un' ihm mit 'm Ruder eins überzubraten.«

»Was ist denn aus Ihrem Vetter geworden?« Wie gewöhnlich interessierte sich Helen mehr für die Fakten. »Ist er im Radio aufgetreten?«

»Nöh. Eines Nachts isser über Bord gegangen, die ›Rudy Vallee‹ war total vereist, das Eis auf Deck war fast acht Zentimeter dick. Ich hab' mich schon damals gefragt, wer wohl hinter ihm stand, als er ausgerutscht is', aber ich hab' keinen Ton gesagt. Hätt' sowieso nix genutzt. Ehrlich gesagt, hätt' man es auch keinem verübeln können. Wir ham sein Saxophon in 'nen Jutesack gepackt, mit 'ner Schüssel Kirschen beschwert un' auch ins Meer gekippt. Wir ham eingemachte nehmen müssen, aber wir dachten, es is' schließlich der Gedanke, der zählt. Wir ham alle dagestanden un' zugesehen, wie's gesunken is', un' ›Gewiegt von des Meeres Tiefe‹ gesungen, durch die Nase, damit es schön feierlich klang un' wir seiner Mutter was Tröstliches sagen konnten, als wir an Land gegangen sind.«

»Das war wirklich nett von Ihnen«, sagte Iduna. »So etwas ist sehr wichtig für eine trauernde Mutter.«

»Find' ich auch. Weiß allerdings nich', ob es Tante Penelope viel gebracht hat. Die war noch schlimmer als Tramwell, was das Varite angeht. So hat sie 's immer genannt, als es so was noch gab. Sie hat immer davon geträumt, mit 'nem Haufen Flöhe, den sie sich zugelegt hat, 'nen eignen Flohzirkus zu starten. Sie hat Onkel Brockley mal so stinkwütend gemacht, weil sie immer bloß über die Flöhe gequatscht hat, statt ihm seine Fischfrikadellen zu braten, daß er die Flitspritze genommen hat un' den ganzen Zirkus mit einem Wusch vergiftet hat. Da hat Tante Penelope sich die Schürze abgerissen, den gesalzenen Kabeljau auf 'm Abtropfbrett liegen lassen un' die Speckstückchen inner Pfanne brutzeln lassen un' is' per Daumen nach Old Orchard Beach gefahren. Da hat sie dann Toffeebonbons verkauft un' sich mit 'nem Kerl zusammengetan, der am Stand nebenan Hamburger verkauft hat, un' sie ham alle glücklich un' zufrieden gelebt bis an ihr Ende. Besonders Onkel Brockley.«

Catriona war belustigt. »Warum erzählst du die Geschichte nicht Guthrie Fingal, wenn du ihn das nächste Mal siehst? Wofür hat denn Elisa Alicias Freund die ›Ethelbert Nevin‹ chartern wollen?«

»Hat sie nich' verraten, un' ich hab' auch nich' nachgefragt. Da fällt mir übrigens was ein. Weiß auch nich', warum mir der Gedanke nich' eher gekommen is'. Also, nachdem ich mit dir telefoniert hab', Cat, hab' ich mir gedacht, ich geh' doch lieber schnell raus un' werf die verdammten Fischköpfe weg. Un' das Cockpit wollt' ich auch saubermachen, damit ich dich nich' vor deinen Freundinnen blamiere. Also hab' ich 'ne Weile gearbeitet, aber dann wurd's dunkel, so daß ich nichts mehr gesehen hab', un' es hätte sowieso nix genutzt, denk' ich mal. Aber es war irgendwie angenehm da unten, also bin ich runter in die Kajüte un' hab' einfach so dagesessen, wie man das manchmal so macht.«

»Warum denn ausgerechnet in der Kajüte?« erkundigte sich Helen.

»Keine Ahnung. Schätze, mir war einfach danach. Wie ich da so sitze, hör' ich mit einem Mal, wie 'ne Gruppe Männer zur Anlegestelle kommt. Ich hab' zuerst gedacht, die kommen vielleicht wegen der Waltour, un' will schon raus und sie begrüßen, bin dann aber doch sitzen geblieben. Hätte ja sein können, daß es Touristen sind, die auch bloß scharf auf die Atmosphäre waren, genau wie Elisa Alicia, un' von der Sorte hab' ich die Nase mehr als voll. Jedenfalls hab' ich die nich' gekannt, soviel is' sicher. Un' jetzt könnt' ich schwören, daß die es waren.«

Er brauchte den drei Frauen nicht zu erklären, wen er meinte.

»Sie sind wahrscheinlich gekommen, um nachzusehen, ob die ›Ethelbert Nevin‹ ein Boot war, das man leicht stehlen konnte«, sagte Iduna.

»Klang mir ganz so, als ob sie das schon lange wußten un' bloß sichergehen wollten, ob sie auch da is', wo man sie leicht klauen kann. Das hab' ich natürlich damals nich' geahnt, sons' hätt' ich denen 'nen Strich durch die Rechnung gemacht. Aber wie gesagt, ich dachte, die gucken nur, ob sie auch wirklich mit raus zu den Walen wollen. Ich hab' mir gedacht, entweder die kommen oder die kommen nich'. Wenn ja, isses mir recht. Wenn nein, isses auch egal. Ihr drei hattet ja schon reserviert un' das war genug, um Wedge Munce loszuwerden, un' das war schließlich das Wichtigste. Also bin ich sitzen geblieben, un' das hab' ich jetzt davon.« Eustace klang sehr unzufrieden mit sich, wozu er auch allen Grund hatte.

»Was haben sie denn gesagt?« fragte Helen.

»Na ja, die ham sich gestritten, ob das auch wirklich das richtige Boot is', un' dann ham sie gesagt, das musses wohl sein, weil sons' keins groß genug is' für sie un' all das, was sie mitnehmen wollen.«

»Haben Sie gesagt, worum es sich handelte?«

»Nöh. Aber sie ham gesagt, daß sie noch was abholen müssen. Ich nehm' an, die ham die verdammten Riesenkoffer gemeint, die sie dabeihatten. Ich kann mich nich' mehr erinnern, ob die noch gesagt haben, wo sie das Ding holen wollten. Die haben ganz leise geredet, un' meine Ohren sind auch nicht mehr so gut wie früher. Aber dann hat einer gesagt: ›Bis' du sicher, daß wir ihr vertrauen können?‹ Un' der Großkotzige, auch wenn ich da noch nich' wußte, daß der das war, versteht ihr, also, der hat gesagt, macht euch bloß keine Sorgen, das wird laufen wie geschmiert. Das hat er zwar nich' genauso gesagt, aber ich hab's so verstanden. Dann ham alle gelacht, aber nich' laut, als ob sie Angst hätten, daß man sie hört. Ich weiß auch nich', wieso die das dachten, aber vielleicht ham die mich auch unten in meiner Kajüte gesehn un' bloß nix gesagt, aber das is' ja sowieso schnurzegal. Jedenfalls sagt einer von denen, zumindest säh' sie aus, als würd' sie nich' untergehn, bevor sie in Paraguay wären, un' dann sagt einer ›Wir müssen Samstag da sein, oder?‹ Un' dann sind sie wieder weg, un' ich hab' gedacht, höchste Zeit, daß du dich verziehst, un' das hab' ich dann gemacht.«

»Samstag in Paraguay?« Helen schüttelte den Kopf. »Eustace, ist Ihnen das nicht total verrückt vorgekommen?«

»Kann ich nich' sagen.«

»Aber wissen Sie denn nicht, wo Paraguay liegt?«

»Irgendwo anner Küste oder bei den Inseln, würd' ich sagen.«

»Eustace, Paraguay gehört zu Südamerika.«

»Tja, Peru auch. Un' China is' in Asien, un' Moskau in Rußland, un' Polen in Polen un' Paris in Frankreich, aber wenn ihr mir 'ne Landkarte von Maine gebt, zeig' ich sie euch alle – un' noch 'ne ganze Menge mehr. Ich will zwar nich' behaupten, daß ich auf Anhieb sagen könnte, wo genau unser Paraguay liegt, aber ich seh' keinen Grund, warum wir nich' auch eins haben sollten. Soll ich euch das Feuer 'n bißchen aufstocken, Cat, damit es die ganze Nacht weiterbrennt? Ich finde, wir sollten uns allmählich aufs Ohr hauen.«

Kapitel 12

»Wir haben Glück, Professor Shandy. Es hat die ganze Nacht geregnet.«

»Ungh?« Einen Moment lang erkannte Peter weder die Stimme noch konnte er sich erinnern, warum er auf einem Zweigbett in einem Kaninchenbau lag. Kein Wunder, daß er von Alice im Wunderland und kleinen Kuchen mit der Aufschrift »ISS MICH« geträumt hatte. Dann kehrte die Erinnerung wieder zurück.

»Oh, Miss Binks. Guten Morgen. Wie spät ist es?«

»Kurz vor Sonnenaufgang, genauer kann ich es leider auch nicht sagen. Ich war draußen und habe den Feind ausgekundschaftet. Alles scheint darauf hinzuweisen, daß die Luft rein ist. Der Regen hat die Bluthunde wahrscheinlich von der Spur abgebracht. Wissen Sie, es würde mich gar nicht wundern, wenn das Durcheinander, daß Sie und Mr. Swope verursacht haben, als Sie gestern versucht haben, Muddy Bottom zu durchqueren, Ihre Verfolger glauben gemacht hat, Sie seien beide im Sumpf versunken. Es hat übrigens nicht viel gefehlt, wissen Sie.«

»Eh – das war mir gar nicht bewußt.« Peter wäre es lieber gewesen, wenn sie ihm diese Neuigkeit erspart hätte, auch wenn er annahm, daß er eigentlich erleichtert sein müßte, da er ja immerhin noch am Leben war und sie hören konnte. »Sie glauben also, die Schurken haben die Jagd abgeblasen?«

»Sieht ganz so aus, doch wir sollten auf jeden Fall wachsam bleiben, meinen Sie nicht? Schließlich haben die Briten damals durch übertriebenes Selbstvertrauen die Schlacht von Trenton verloren.«

Wahrscheinlich hatte sie recht, auch wenn Peter darüber nicht sonderlich froh war. Er sollte eigentlich längst auf sein und sich den Herausforderungen des Tages stellen, statt sich faul auf Fichtennadeln zu rekeln. Der Geist war willig, doch wie stand es um seine Tensoren und Flexoren? Er testete einige seiner Muskeln, überprüfte, ob sein Körper noch vollständig war, was der Fall war, soweit er feststellen konnte, ohne das vermutlich hochsensible Schamgefühl von Miss Binks zu verletzen, und entschlüpfte den Decken.

Anzuziehen brauchte er sich nicht, da er sich gar nicht erst ausgezogen hatte. Seine Kleidung war ohnehin ruiniert, ein paar Falten mehr oder weniger machten daher kaum einen Unterschied. Ein Blick auf seine Hosenbeine bestätigte diese Annahme. Ein Griff an sein Kinn sagte ihm, daß seine Bartstoppeln zugenommen hatten, während der Rest seines Körpers abgenommen hatte. Wie in drei Teufels Namen sollten er und Swope es schaffen, sich eine Mitfahrgelegenheit nach Balaclava Junction zu ergattern, wenn sie aussahen wie zwei heruntergekommene Landstreicher? Sich bei einer nicht mehr ganz jungen alleinstehenden Dame zu erkundigen, ob sie vielleicht zufällig einen Rasierapparat besaß, schien ihm sowohl sinnlos als auch ein klein wenig taktlos. Also schleppte er sich durch den Tunnel in das sogenannte Badezimmer und tat sein Bestes, was in diesem Fall nicht sonderlich viel war.

Cronkite Swope schlief immer noch. Miss Binks schien der ausgestreckte Körper auf ihrem Wohnzimmerfußboden nicht weiter zu stören, daher entschied Peter, daß es ihm auch nichts ausmachte. Er trug einen dicken Holzklotz, der ihm als Stuhl dienen sollte, in die Nähe des Feuers, und nahm dankbar die Tasse in Empfang, die Miss Binks ihm reichte. Diesmal war es ein Henkelbecher aus dickem weißen Steingut, mit einer blauen Linie um den ein wenig verfärbten, rissigen Rand. Der Inhalt sah aus wie schwarzer Kaffee und roch ungefähr so, wie man es von Kaninchenbau-Kaffee erwarten konnte. Jedenfalls war das Gebräu heiß und naß. Er probierte einen Schluck und war angenehm überrascht.

»Gemahlene Löwenzahnwurzeln«, erklärte Miss Binks. »Ich wasche sie sorgfältig, röste sie am Feuer, bis sie gleichmäßig braun sind, und zerstoße sie mit dem Stößel im Mörser zu Pulver.« Sie wies mit dem Kopf auf eine fußbreite Schieferplatte, in der sich eine tellerartige Vertiefung befand. Darin lag ein glatter Granitstein, der in Größe und Form einem Riesenei ähnelte. »Ich finde den Geschmack von Löwenzahn angenehmer als den von Zichorienwurzeln, auch wenn ich zugeben muß, daß ich die beiden manchmal mische, um ein etwas stärkeres Getränk zu erhalten.«

Ganz wie eine gutezogene Gastgeberin nahm sie ihre eigene Tasse und setzte sich ihm gegenüber auf einen anderen Holzklotz.

»Also, Professor Shandy, ich habe mir einige Gedanken darüber gemacht, was Sie als nächstes unternehmen sollten. Ich kann mir nicht vorstellen, daß Sie zurück zum Woeful Ridge gehen wollen, um zu versuchen, Ihr Fahrzeug zu retten.«

»Vollkommen richtig«, versicherte Peter. »Ich bezweifle ohnehin, daß es noch etwas zu retten gibt. Die Zerstörungstruppe hatte bereits hervorragende Arbeit geleistet, als Swope und ich uns davonmachten. Wenn sie nicht ungeheuer dumm oder stolz auf ihre Tat sind, haben sie die traurigen Überreste sicher längst fortgeschafft und irgendwo verschwinden lassen. Vielleicht verbrannt oder im Steinbruch entsorgt. Es handelte sich bei dem Fahrzeug nämlich zufällig um den Dienstwagen des *Gemeinde- und Sprengel-Anzeygers von Balaclava County*, müssen Sie wissen. Der Name steht groß und breit auf den beiden Vordertüren und auf dem Kofferraum.«

»Wohl kaum etwas, das man einfach herumstehen läßt«, stimmte Miss Binks zu. »Die Überlebenskämpfer haben bestimmt nicht vor, die Leute darauf aufmerksam zu machen, daß sie es waren, die Ihren Tod verschuldet haben. Was natürlich nicht zutrifft, da Sie noch am Leben sind, aber das brauche ich Ihnen ja nicht zu sagen, aber ich hoffe, daß die Männer weiterhin vom Gegenteil überzeugt sind. Ich habe ein paar Fetzen von Mr. Swopes Jacke und Hose entdeckt, die im Dornengestrüpp neben dem Sumpf hängengeblieben sind, was ihre Vermutungen möglicherweise bestärkt. Übrigens, wenn Mr. Swope tatsächlich Reporter ist, können Sie ihn hoffentlich davon abhalten, etwas über mich in die Zeitung zu setzen.«

»Keine Sorge«, versicherte Peter. »Swope gehört nicht zu den Menschen, die die Hand beißen, die sie füttert. Eh – das war übrigens kein Wink mit dem Zaunpfahl. Wir hatten vor, uns am Wegrand ein wenig Vogelmiere zu pflücken«, log er tapfer.

»Jetzt hören Sie aber auf, Professor! Sie können doch unmöglich schon genug von meiner Kochkunst haben! Ich kann Ihnen zwar kein Spiegelei mit Schinken anbieten, aber vielleicht schmeckt Ihnen mein Amarantpfannkuchen mit Birken- und Ahornsirup.«

»Klingt köstlich«, log er höflich. »Aber machen Sie sich bitte unseretwegen keine Umstände.«

»Ich mache mir schon keine Umstände, soviel kann ich Ihnen versichern. Es macht Spaß, endlich wieder jemanden zu bekochen. Vielleicht war ich doch ein wenig einsam, auch wenn es mir nicht bewußt war.«

»Haben Sie nie daran gedacht, sich ein Haustier zuzulegen?«

»Nicht ernsthaft. Vielleicht könnte ich einen streunenden Hund oder eine ausgesetzte Katze adoptieren, wenn sich die Gelegenheit dazu böte, was allerdings bisher nie geschehen ist. Ich habe zwar schon verschiedene verlassene Waldtiere versorgt und durchgefüttert, aber jedesmal so schnell wie möglich wieder in ihre gewohnte Umgebung zurückgebracht. Da ich für mich selbst jegliche Domestizierung ablehne, verspüre ich auch keinerlei Bedürfnis, sie meinen wilden Mitgeschöpfen zuzumuten.«

Noch während sie ihre Emanzipationserklärung abgab, machte sich Miss Binks wieder in ihrer Küche zu schaffen, ein Bild der Häuslichkeit, ganz wie Mutter Kaninchen in den Geschichten von Beatrix Potter. Wenn sie das Fell auf ihrer Hirschlederkluft belassen hätte, dachte Peter, hätte man sie durchaus selbst für ein höhlenbewohnendes Waldwesen halten können. Da ihm nichts einfiel, womit er sich nützlich machen konnte, blieb er auf seinem Holzklotz sitzen und schaute ihr dabei zu, wie sie diverse merkwürdige Zutaten abmaß, miteinander verrührte und schließlich den dünnen Teig löffelweise auf einen flachen Stein gab, den sie im Feuer erhitzt hatte.

»Ein Blech besitze ich nicht, doch das ist auch nicht nötig. Die Pfannkuchen sind in wenigen Minuten fertig. Sollen wir Mr. Swope wecken? Ich möchte nicht unhöflich sein, Professor, aber ich denke, Sie beide sollten sich recht bald auf den Weg machen.«

»Hmja«, sagte Peter. »Es ist ganz schön weit bis Balaclava Junction.«

»Etwa fünfundzwanzig Meilen, würde ich sagen«, erwiderte Miss Binks energisch. »Viel zu weit. Ich hatte mir gedacht, Sie begeben sich am besten auf direktem Weg nach Whittington und rufen von dort entweder einen Freund an und bitten ihn, Sie abzuholen, oder Sie nehmen sich ein Taxi. Was zweifellos ein Vermögen kosten würde. Ich möchte nicht indiskret sein, aber haben Sie überhaupt Geld bei sich?«

Peter steckte eine Hand in seine Tasche, stellte erleichtert fest, daß seine Brieftasche noch da war, und zog sie hervor. »Ungefähr hundert Dollar. Ich vermute, Swope hat auch ein bißchen Bargeld dabei.«

»Mehr als genug, würde ich sagen. Dieses Problem wäre also gelöst. Zuerst müssen wir Sie allerdings wohlbehalten nach Whittington bekommen – was einige Vorbereitungen erfordern könnte. Mr. Swope, das Frühstück ist gleich fertig.«

»Huh? Oh, alles klar.«

Mit der Unverwüstlichkeit der Jugend sprang Cronkite aus den Decken, eilte ins Badezimmer und war bereits wieder zurück, als Miss Binks den ersten Pfannkuchen wendete. Die Pfannkuchen schmeckten ein wenig eigenartig, aber Peter und Cronkite machten sich dennoch bereitwillig darüber her, wobei sie sich allerdings mehr als großzügig mit Miss Binks' Birken- und Ahornsirup bedienten.

»So«, meinte Miss Binks, nachdem ihre Gäste aufgegessen hatten und sie es abgelehnt hatte, sich von ihnen beim Spülen helfen zu lassen. »Wie schaffen wir Sie am besten von hier fort?«

»Ich schätze, wir stehen einfach auf und gehen«, war alles, was Cronkite zu dieser Frage zu sagen wußte, und Peter fiel leider auch nichts Besseres ein.

Miss Binks bewies sofort, daß die Frage rein rhetorischer Natur gewesen war. »Zuerst müssen wir uns unbedingt etwas für Ihre Kleidung überlegen.«

Peter sah nicht allzu schlimm aus in seiner dunkelgrauen Cordhose und dem karierten Flanellhemd, beides Kleidungsstücke, die er in seiner Freizeit gern und oft trug. Obwohl sie schmutzig, verknautscht und an einigen Stellen zerrissen waren, konnte man sie durchaus als angemessene Kleidung für einen Landstreicher durchgehen lassen, der nicht sonderlich viel auf sich hielt. Cronkites ehemals hellblaue Sommerhose und die rot-beige karierte Jacke boten dagegen ein trauriges Bild. Ihre Gastgeberin schüttelte den Kopf.

»Es ist völlig undenkbar, daß Sie sich in diesem Aufzug auf einer Hauptverkehrsstraße zeigen, Mr. Swope.«

»Es wird mir nichts anderes übrigbleiben, Miss Binks. Entweder ich trage diese Sachen hier oder ich muß im Adamskostüm gehen.«

»Oh, ich bin sicher, da gibt es eine bessere Alternative. Mal sehen, was meine Garderobe hergibt.«

Miss Binks begab sich in einen Tunnel, den zu erforschen die Männer bisher noch keine Gelegenheit gehabt hatten, und kehrte mit diversen Plastiktüten aus der Reinigung zurück. »Ich habe einige Kleidungsstücke mitgenommen, als ich meine Höhle bezogen habe. Leider mußte ich sehr schnell feststellen, daß sie für meinen neuen Lebensstil höchst unpraktisch waren, aber ich habe sie trotzdem behalten. Man kann schließlich nie wissen, wann man etwas brauchen könnte. Mal schauen, Mr. Swope. Sie tragen Schuhe, die ich persönlich als Turnschuhe bezeichnen würde, aber sicher gibt es dafür heutzutage ein viel moderneres Wort. Dieses ausgebeulte alte Sweatshirt hier könnte Ihnen passen. Warum probieren Sie es nicht einfach an? Und Ihre Hosenbeine schneiden wir kurzerhand ab, so weit oben, wie es der Anstand erlaubt, dann könnten Sie als Jogger durchgehen.«

»Wow! Tolle Idee! Vielleicht kann ich mich schnell noch rasieren, wenn es Ihnen nichts ausmacht.«

»Haben Sie denn einen Rasierapparat dabei, Swope?« erkundigte sich Peter.

»Klar, ich habe immer einen bei mir in der Tasche. Im Großen Fernkurs für Journalisten steht, daß nichts einen Interviewpartner mehr abschreckt als ein unrasierter Reporter. Und schließlich kann man nicht ständig nach Hause rennen, um sich zu rasieren, wenn man einer heißen Story hinterherjagt. Sie können ihn gerne ausleihen, wenn ich fertig bin, Professor.«

»Das wäre sehr nett. Ich sehe auch ohne Stoppeln schon aus wie ein Landstreicher.«

»Das Problem besteht weniger darin, daß Sie aussehen wie ein Landstreicher, Professor«, korrigierte Miss Binks, »sondern daß Sie aussehen wie der Mann, den die Verbrecher gestern nachmittag in ihrem Waffendepot erwischt haben. Uns wird nichts anderes übrigbleiben, als Sie völlig unkenntlich zu machen. Das müßte eigentlich genau das Richtige sein, meinen Sie nicht?«

Sie hielt einen weitgeschnittenen Rock aus grünem Baumwollstoff mit einem Muster aus roten und rosa Erdbeeren und eine dazu passende einfache, langärmelige, grüne Bluse hoch. »Die gehörten meiner Tante. Sie hat sie kurz vor ihrem Tod gekauft, und ich habe es nicht übers Herz gebracht, sie mit den anderen Sachen fortzugeben. Sie hätte sich bestimmt gefreut, wenn ich etwas damit angefangen hätte, und dieser Zeitpunkt scheint mir jetzt für gekommen. Meine Tante war um einiges größer als ich, und der Rock hat einen Gummizug in der Taille. Die Sachen müßten Ihnen eigentlich passen.«

»Verflixt und zugenäht«, stotterte Peter, »ich kann doch unmöglich mit meinem Männergesicht und meinen Männerbeinen in Frauenkleidern auf die Straße!«

»Ihr Gesicht wird niemand zu sehen bekommen. Wir binden Ihnen ein Kopftuch um und ziehen es ganz tief in die Stirn. Sie haben nicht zufällig eine Sonnenbrille dabei?«

Er duchstöberte erneut seine Taschen. »Eh – meine Autobrille. Ja, habe ich.«

»Und Ihr Fernglas ebenfalls. Hervorragend. Sie können mein Vogelkundebuch mitnehmen, dann glaubt man, daß Sie die Vögel beobachten wollen. Ihr Schuhwerk sieht robust aus, und das ist schließlich das Wichtigste. Die Leute erwarten immer, daß Vogelbeobachter etwas exzentrisch aussehen. Sie können sich auch die Beine rasieren, wenn Sie schon einmal dabei sind. Wir bräunen sie dann später mit Walnußsaft.«

Sie griff nach einer erstklassigen Schere, die nicht so aussah, als hätte Miss Binks sie aus der Ruine ihres großväterlichen Hauses gerettet, und machte sich daran, Cronkites Hosenbeine zu kürzen. Peter fand sich damit ab, vorübergehend Miss Binks' Tante zu sein, nahm die Kleidungsstücke und verschwand, um sein Debut als Transvestit vorzubereiten. Als er zurück in die Höhle kam, präsentierte sich ihm eine völlig neue Miss Binks, fein herausgeputzt in einer grauen Flanellhose, einem türkisblauen Polohemd und relativ sauberen weißen Turnschuhen.

Sie begrüßte ihn genauso belustigt, wie er erwartet hatte. »Die Sachen stehen Ihnen ja hervorragend, Professor Shandy. Wirklich ein Bild für die Götter! Warten Sie, ich binde Ihnen noch schnell das Kopftuch fest, damit es nicht verrutscht. Um Ihre Beine brauchen wir uns wohl keine Sorgen zu machen. Ihre Socken sehen ganz passabel aus, und der Rock ist ziemlich lang. Meine Tante war stets der Überzeugung, daß man sein Geld bestmöglich anlegen sollte, daher hat sie alles immer eine Nummer zu groß gekauft, was sich heute für uns als Glücksfall erweist. Mr. Swope, hören Sie auf, sich im Tunnel zu verstecken. Ziehen Sie sich lieber die Shorts und das Sweatshirt an. Wir sollten uns wirklich allmählich auf den Weg machen. Gleich geht die Sonne auf und zerteilt den Frühnebel. Nicht daß ich mir viel davon verspreche, aber ich denke, wir sollten jeden Vorteil nutzen, der sich uns bietet. Zumindest solange wir uns noch in der Nähe der Höhle befinden, wissen Sie. Wenn wir erst auf den Fahrrädern sitzen, wird es bedeutend schwieriger sein, uns zu erwischen.«

»Fahrräder?« rief Peter. »Miss Binks, wollen Sie damit etwa sagen, daß Sie Fahrräder haben?«

»Habt ihr etwa angenommen, daß ich zwei arme fußkranke Sturmkinder den ganzen Weg nach Whittington zu Fuß laufen lasse? Oder daß ich dumm genug wäre, hier draußen fern von aller Zivilisation ohne Transportmittel zu hausen? Ich dachte, Mr. Swope könnte vielleicht einen kleinen Spurt auf dem Zweirad hinlegen, Professor, während wir in etwas damenhafterem Tempo auf dem Tandem folgen. Ich muß schon sagen, es bereitet mir große Freude, die gute alte Daisy Belle endlich wieder auszuführen. Seit dem Tod meiner Tante bin ich mit niemandem mehr Tandem gefahren. Ich habe versucht, Daisy mit dem übrigen Hausrat zu verkaufen, aber niemand hat sich für sie interessiert, daher habe ich sie kurzerhand mitgenommen. Wie ich bereits sagte, man kann schließlich nie wissen, nicht wahr? Falls Ihre Verfolger tatsächlich die Straßen kontrollieren, sind sie bestimmt auf der Suche nach zwei Männern zu Fuß. Ein einsamer junger Radfahrer und zwei ältere Damen auf einem Tandem müßten ihnen eigentlich unverdächtig erscheinen, glauben Sie nicht?«

»Ich glaube gar nichts mehr, Miss Binks, ich kann nur noch hoffen. Aber wie werden Sie die Räder wieder zurückbringen?«

»Ich nehme das Zweirad und lasse Daisy Belle in einem geeigneten Versteck zurück. Vielleicht könnten Sie oder Mr. Swope mir helfen, sie zu einem späteren Zeitpunkt wieder zurückzuholen?«

»Klar«, sagte Cronkite. »Aber was machen wir, wenn jemand das alte Mädchen klaut, bevor wir die Möglichkeit haben, es zurückzubringen?«

»Dann haben wir ein Problem weniger«, erwiderte Miss Binks trocken. »Sind Sie soweit, Mr. Swope?«

»Ich glaube schon. Das Sweatshirt ist ein bißchen eng.«

»Dann tun wir einfach so, als sei es bei der Wäsche eingelaufen. Krempeln Sie die Ärmel hoch, dann sehen sie nicht so kurz aus. Hier, setzen Sie sich doch meinen Fahrradhelm auf. Dann sind Sie noch schwerer zu erkennen. Auf geht's, Gentlemen. Am besten wir nehmen den Südtunnel, würde ich sagen.«

Glücklicherweise brauchte man durch diesen Gang nicht zu kriechen, wie Peter erleichtert feststellte. Ob er dies in Tante Binks Erdbeerrock geschafft hätte, war eine Frage, über die er lieber nicht nachdenken wollte. Sie mußten zwar die Köpfe einziehen, der eine mehr, der andere weniger, konnten sich aber ansonsten relativ normal bewegen, bis sie schließlich auf ein scheinbar undurchdringliches Hindernis stießen. Doch Miss Binks schob es mit einer Hand zur Seite.

»Alles Tarnung«, flüsterte sie. »Die Wand soll mich nur daran erinnern, daß ich nicht zu weit gehe und hinunterstürze. Dort unten befindet sich ein alter Brunnen. Sehr praktisch, wenn man im Winter Wasser benötigt, aber wenn man hineinfällt, kommt man ohne die Zugbrücke nur schwer wieder heraus. Seien Sie vorsichtig, wenn Sie hinübergehen, die Brücke ist ziemlich schmal.«

Die sogenannte Zugbrücke war nichts weiter als eine kurze Holzplanke. Sie führte über etwas, das Peter wie ein gähnender Abgrund erschien, und ruhte, so hoffte er wenigstens, sicher auf den untersten von mehreren Steigeisen, die in die Steinwand auf der anderen Seite des Brunnens getrieben worden waren. Miss Binks hüpfte munter hinüber, kletterte an den Steigeisen hoch und schob eine halbverfaulte Holzabdeckung beiseite, die mit Gestrüpp getarnt war. Vorsichtig wie ein Fuchs streckte sie ihren Kopf heraus, schaute sich um, witterte und spitzte die Ohren.

Als sie entschieden hatte, daß die Luft rein war, gab sie den Männern ein Zeichen, ihr zu folgen. Cronkite kletterte hoch wie ein Kätzchen an einem Vorhang. Peter schürzte seinen Rock und tat sein Bestes. Die beiden Männer halfen Miss Binks, die Brunnenabdeckung wieder zurückzulegen und mit Gestrüpp zu bedecken und folgten ihrer Anführerin. Sie machten einen ziemlich weiten Umweg und erreichten schließlich ein enges Tal, das noch buschiger war, als das, welches sie bereits kennengelernt hatten. Miss Binks hob ein riesiges Farnbüschel hoch und legte ein mit Brettern ausgekleidetes Versteck frei, in dem sich diverse Räder und Lenkstangen befanden.

Ohne auch nur ein Wort zu verschwenden, holte die moderne Version von Rima dem Vogelmädchen einen Schraubenschlüssel und einen Schraubenzieher hervor und begann, die Räder zusammenzusetzen. Nach exakt zwei Minuten, Peter hatte eigens auf die Uhr geschaut, waren beide Räder fahrtüchtig. Miss Binks legte Audubons Vogelkundebuch auffällig in den Drahtkorb, den sie am Lenker des Tandems befestigt hatte, und nickte Peter zu.

»Professor, wir beide schieben Daisy Belle zuerst bis zu einer Stelle, wo der Boden eben genug ist, daß wir darauf fahren können. Und Sie, Mr. Swope, nehmen das andere Rad.«

Mittlerweile wären ihr beide Männer blind bis ans Ende der Welt gefolgt. Sie kamen an dem riesigen Kellerloch des abgebrannten Hauses vorbei, das immer noch zur Hälfte mit verkohltem Holz und Schutt gefüllt war, und gelangten schließlich an einen grasbewachsenen Weg, der halbwegs befahrbar war, stiegen auf ihre Räder, schlingerten ein wenig und radelten los.

Peter hatte noch nie in seinem Leben auf einem Tandem gesessen, doch es war leichter, als er gedacht hatte. Miss Binks hatte ihm den hinteren Sattel überlassen, so daß er nur darauf achten mußte, daß er nicht herunterfiel und die Füße auf den Pedalen behielt. Zuerst blieb Cronkite weit hinter ihnen zurück. Doch als sie die Straße erreicht hatten und er sich wieder orientieren konnte, überholte er sie und fuhr vor ihnen her, allerdings nicht so schnell, wie er es auf einem neueren, besseren Rad gekonnt hätte. Doch das gehörte alles zu ihrem Plan, denn sie durften sich auf keinen Fall aus den Augen verlieren.

Da der Tag gerade erst angebrochen war, befanden sich nur wenige Fahrzeuge auf der Straße. Der erste Wagen, dem sie begegneten, fuhr hupend an ihnen vorbei. Peter blieb vor Schreck beinahe das Herz stehen, aber Miss Binks winkte dem Fahrer nur freundlich zu, und der Wagen fuhr weiter.

»Schon komisch, daß die Leute immer hupen, wenn sie Tandems sehen, finden Sie nicht?« rief sie ihm über die Schulter hinweg zu.

Anscheinend war ihr dieses Phänomen von den Ausflügen mit ihrer Tante vertraut. Peter begann sich zu entspannen, irgendwie genoß er den kleinen Ausflug sogar. Vielleicht sollten er und Helen Miss Binks die gute Daisy Belle abkaufen, für einen ordentlichen Batzen Geld selbstverständlich. Momentan schien diese liebenswürdige Höhlenbewohnerin zwar keinen Bedarf an materiellen Gütern zu haben, doch vielleicht kam einmal der Tag, an dem sie heilfroh über ein bißchen Bargeld sein würde.

Auf jeden Fall mußte er sich irgendwie für ihre unglaubliche Gastfreundschaft erkenntlich zeigen. Aber was konnte man einer Frau geben, die so unabhängig und erfindungsreich war? Importwein? Exotische Teesorten? Sie würde sein Angebot wahrscheinlich ohnehin ablehnen, genau wie Calvin Coolidge in seiner Zeit als Mieter in kleinen Pensionen frische Erdbeeren abgelehnt hatte, um sich nicht den Geschmack an Backpflaumen zu verderben.

Helen würde sicher etwas Passendes einfallen. Er nahm sich vor, außer ihr keinem Menschen von Miss Binks zu erzählen, da ihre Angst vor Anthropologen höchstwahrscheinlich mehr als berechtigt war. Doch Helen mußte er einfach alles sagen. Verdammt schade, daß Helen jetzt nicht zu Hause war, dann hätte sie mit dem Wagen kommen können, um ihn und Swope abzuholen, und niemand hätte etwas von ihrem Abenteuer erfahren.

Einen Wagen zu mieten oder ein Taxi zu nehmen war viel zu riskant. Peter wollte nämlich genausowenig, daß er und Swope zum Gesprächsthema wurden – jedenfalls nicht, bevor sie das Wolfsrudel vom Woeful Ridge sicher im Zoo abgeliefert hatten. Sie konnten daher nur jemanden anrufen, den sie gut kannten.

Cronkite Swopes Verwandte hatten genug mit ihren eigenen Problemen zu tun, und die Nachbarn hatten sich anscheinend alle von der Familie abgewandt. Auf seine Kontakte beim *Sprengel-Anzeyger* konnten sie sich auch nicht verlassen, da zu befürchten war, daß sie in der Zeitung über Miss Binks berichten würden. Peter ging im Geiste seinen eigenen Bekanntenkreis durch.

Dummerweise waren fast alle seine besten Freunde sofort nach Semesterende in Urlaub gefahren. Dan Stott war bei seinen Schweinezüchtern, Präsident Svenson hatte seine Frau und die beiden jüngsten Töchter nach Schweden entführt. Jim Feldster würde zwar auf der Stelle kommen, doch seine Gattin würde die Geschichte innerhalb kürzester Zeit in ganz Balaclava ausposaunt haben. Die Jackmans und ihre vier Sprößlinge waren auf Campingurlaub, genau richtig für die Hauptsaison der Kriebelmücken. Die Familien Porble und Goulson feierten die Verlobung ihrer Tochter beziehungsweise ihres Sohnes in Form einer gemeinsamen Besichtigungstour zur Kongreßbibliothek und zum Nationalfriedhof von Arlington. Peters bester Freund Timothy Ames war in Kalifornien und schaukelte sein jüngstes Enkelkind auf den Knien. Tims Schwiegertochter begleitete ihn. Aber Tims Sohn Royall war zu Hause, und Royall war ein feiner Kerl. Peter würde Roy Ames anrufen. Sie brauchten nur noch ein Telefon zu finden.

Kapitel 13

Vielleicht war ihre Verkleidung gar nicht nötig gewesen. Jedenfalls versuchte niemand, die drei Radfahrer mit Kugeln zu durchsieben, von der Straße abzudrängen oder gar anzuhalten, um ihnen freundlich einen guten Tag zu wünschen. In einem kleinen Naturschutzgebiet unmittelbar außerhalb von Whittington trafen sich Peter und Miss Binks mit Cronkite und fanden eine große umgestürzte Kiefer mit einer Mulde unter den Wurzeln, die so geräumig war, daß sie Daisy Belle mit etwas Glück so lange darin verstecken konnten, bis sie wieder gebraucht wurde. Sie entdeckten sogar einen Fichtenwaldsänger und hatten ausgiebig Gelegenheit, Miss Binks' Vogelkundebuch und Peters Fernglas zu benutzen.

Es war höchste Zeit, sich zu trennen, denn die Morgendämmerung neigte sich dem Ende zu. Peter rollte seine Hosenbeine herunter und gab Miss Binks den Rock ihrer Tante zurück. Die riesige grüne Bluse behielt er an, da man sie durchaus für ein Männerhemd halten konnte. Außerdem war sie lang genug, um den verheerenden Zustand seiner Hose zu verdecken. Er bestand darauf zu erfahren, womit er sich bei Miss Binks für all ihre Freundlichkeit erkenntlich zeigen könne, und nach einigem Zögern gestand sie, daß es sie nach einer leichten Sommerlektüre gelüste, beispielsweise Die »Brüder Karamasow« oder die Werke von Henry James. Dann radelte sie auf ihrem Fahrrad davon, nachdem Cronkite sie dazu gebracht hatte, sanft zu erröten, indem er sie zum Abschied mit einem Kuß und einer Umarmung beglückte.

Sie hatte ihnen erzählt, daß es früher nicht weit von hier auf dieser Straße einen Supermarkt gegeben habe. Cronkite joggte voraus, Peter folgte in einem Tempo, das etwas mehr gentlemanlike war. Das Geschäft gab es immer noch, und direkt neben dem Eingang befanden sich mehrere öffentliche Fernsprecher. Peter teilte Swope mit, warum er sich für Royall Ames entschieden hatte, und der Reporter stimmte sofort zu.

»Klar, Professor, rufen Sie ihn ruhig an. Ich wüßte niemanden im Ort, der auch nur bereit wäre, mit mir zu reden. Außer meiner Mutter und meinem Boß natürlich, aber ich könnte mir vorstellen, daß sie beide nicht dichthalten würden, was Miss Binks betrifft.«

Also rief Peter an. Roy war bereits wach und gern bereit, ihm den Gefallen zu tun. Er versprach, in einer halben Stunde bei ihnen zu sein. Da Roy sehr zuverlässig war, sah Peter keinen Grund, ihm nicht zu glauben. Es blieb ihnen wohl nichts anderes übrig als zu warten. Der Laden öffnete erst um acht, aber ein kleines Stück weiter entdeckten sie einen All-night Diner, eines der letzten Exemplare einer aussterbenden Gattung. Die Amarantpfannkuchen waren zwar sehr sättigend gewesen, hatten jedoch einen merkwürdigen Nachgeschmack hinterlassen, daher war ihnen eine Tasse Kaffee mehr als willkommen.

Sie gingen hinein und gönnten sich ihren Kaffee. Cronkite beschloß, ein wenig länger zu bleiben und sich ein oder zwei Doughnuts zu genehmigen, daher ging Peter allein zurück, für den Fall, daß Roy früher kam, obwohl der junge Ames die Strecke unmöglich in weniger als zwanzig Minuten zurücklegen konnte. Doch vielleicht konnte er sich die Zeit damit vertreiben, seine Gattin anzurufen, Catriona McBogles Telefonnummer hatte er vorsichtshalber mitgenommen. Er kramte eine Handvoll Kleingeld heraus und wählte.

Niemand hob ab. Peter erhielt sein Geld zurück und versuchte es noch einmal. Immer noch keine Antwort. Er rief die Auskunft in Maine an und versuchte herauszufinden, ob er sich die falsche Nummer notiert hatte. Die Nummer stimmte.

Bestimmt gab es eine ganz einfache, völlig harmlose Erklärung, versuchte er sich zu beruhigen. Vielleicht waren die Frauen in aller Frühe losgezogen, um Vögel zu beobachten. Oder sie saßen in der Forstwirtschaftsschule und nahmen gemeinsam mit Guthrie Fingal ein Sonnenaufgangsfrühstück ein. Er rief noch einmal bei der Auskunft an und ließ sich die Telefonnummer der Schule geben. Diesmal meldete sich tatsächlich jemand, möglicherweise eine Waldnymphe. Mr. Fingal befinde sich irgendwo im Hause. Ob Professor Shandy einen Moment Geduld habe? Peter hatte.

Einen Dollar und zehn Cents später hatte er Guthrie Fingal an der Strippe. »Pete! Tut mir leid, daß du so lange warten mußtest. Wir hatten gestern morgen ein Feuer in unserer großen Scheune und –«

»O Gott, das darf doch nicht wahr sein! Hat man euch etwa auch die Wetterfahne gestohlen?«

»Was? Eine Minute, ich schau mal nach!«

Er ließ ihn beträchtlich länger warten als nur eine Minute. Peter stopfte noch mehr Münzen in den Apparat und wartete weiter.

»Pete? Bist du noch dran? Wir können die Wetterfahne nicht finden.«

»Das wundert mich gar nicht. Ist Helen zufällig bei dir?«

»Nein.« Das Nein klang merkwürdig schroff. »Sie war vorgestern mit Cat hier und hat ein paar Fotos gemacht, aber dann sind sie –«

»Sind sie was?«

»Pete, ich weiß es auch nicht. Sie ist zusammen mit Cat und der anderen Frau, die noch bei ihnen war – ich habe sie nicht kennengelernt –« Guthrie druckste herum. »Die drei sind gestern morgen mit der ›Ethelbert Nevin‹ aufs Meer hinaus gefahren, um Wale zu beobachten.«

»Ach ja? Und dann?«

»Na ja, ich habe gestern abend versucht, Cat anzurufen, aber nur den Mann angetroffen, der für sie arbeitet. Er sagte, die ›Ethelbert Nevin‹ sei nicht mit der Flut eingelaufen, deshalb habe er es für das Beste gehalten, zu Cats Haus zu gehen und die Katzen zu füttern. Heute morgen habe ich es noch mal versucht, aber – reg dich bitte nicht auf, Pete. Höchstwahrscheinlich sind sie vom Nebel überrascht worden, und Eustace, das ist der Mann, der die Touren veranstaltet, hat sicherheitshalber über Nacht irgendwo angelegt. Wedgwood Munce, der Hafenmeister, fährt raus und sucht nach ihnen, sobald sich der Nebel lichtet.«

»Der spinnt wohl! Worauf wartet der Mistkerl denn noch? Ich komme sofort.«

Peter knallte den Hörer auf. Wo zum Teufel blieb Swope? Wo war Roy Ames? Und wo in aller Welt war Helen?

Glücklicherweise hielt Roy Ames nicht allzu viel von Geschwindigkeitsbegrenzungen und bewahrte Peter davor, völlig den Verstand zu verlieren. Peter war noch dabei, den armen Cronkite, der versuchte, mitfühlend auszusehen, während er sich genüßlich die Reste der Doughnut-Füllung aus den Mundwinkeln leckte, mit seinen Sorgen zu überschütten, als Roys roter Kombi auch schon auf den Parkplatz sauste. Sie kletterten hinein, schnallten sich an und berichteten von ihrem Abenteuer. Wie vereinbart, erwähnten sie Miss Binks mit keinem Wort. Es gab ohnehin genug zu erzählen.

»Heiliger Strohsack!« war Roys Reaktion. »Ihr könntet glatt einem von Dads alten Buchan-Thrillern entsprungen sein! Erst werden die Wetterfahnen gestohlen, dann wird die Seifenfabrik in Brand gesteckt, und zum Schluß lauert auch noch einen Haufen schießwütiger Terroristen direkt vor unserer Haustür. Glauben die etwa, bei einer solchen Aktion ungestraft davonzukommen?«

»Anscheinend haben sie genau das seit zwei Jahren oder noch länger geschafft«, sagte Peter. »Sie haben sich so gut dort verschanzt, daß mehrere Regimenter nötig wären, um sie zu überwältigen. Es sei denn, die Angelegenheit ließe sich auf einem – eh – diplomatischeren Weg klären. Oder die Kerle sind klug genug, sich aus dem Staub zu machen und irgendwo anders niederzulassen, nachdem wir ihr Versteck entdeckt haben. Die Sache muß unbedingt gemeldet werden, aber ich habe nicht die leiseste Ahnung, an wen wir uns wenden müssen. Zu welcher Stadt gehört Woeful Ridge eigentlich, Swope?«

»Ach herrje, Professor, da bin ich überfragt. Ich glaube, es gehört noch zu Lumpkinton. Aber ich kann mir nicht vorstellen, wie dieser Trottel Olson damit fertig werden soll. Das Ganze ist einige Nummern zu groß für ihn. Vielleicht der Bezirksstaatsanwalt?«

»Ich bin genauso überfragt wie Sie, Swope. Wer es auch ist, Sie müssen die Sache übernehmen. Ich habe nämlich keine Lust, mich auch noch mit bürokratischem Kleinkram aufzuhalten.«

»Müssen wir die Sache denn wirklich sofort melden?« protestierte Cronkite. »Stellen Sie sich mal vor, wie toll es wäre, wenn der *Sprengel-Anzeyger* den Exklusivbericht abdrucken würde und –«

»Sie mutterseelenallein zum Woeful Ridge zurückkehren würden und sich den Kopf wegpusten ließen? Das können Sie getrost vergessen, Swope. Und Sie ebenfalls, Roy, falls Sie gerade den glorreichen Einfall eines Kommandounternehmens hatten. Sie sind schließlich verheiratet!«

»Stimmt, Laurie würde mich umbringen, wenn ich mich erschießen ließe. Sagen Sie mal, Peter, glauben Sie, daß die Überlebenskämpfer etwas mit den gestohlenen Wetterfahnen zu tun haben?«

»Ich kann es mir zwar nicht vorstellen, Roy«, antwortete Peter matt, »aber ausschließen kann man es natürlich nicht. Darüber möchte ich momentan lieber nicht nachdenken. Ich will nur eins: möglichst schnell nach Maine und Helen finden.«

»Höchstwahrscheinlich sitzt sie gerade wohlbehalten im Haus ihrer Freundin und versucht verzweifelt, Sie anzurufen.«

»Das hoffe ich auch, selbst wenn ich nicht möchte, daß sie sich meinetwegen Sorgen macht. Aber vielleicht wäre mein kleiner Ausflug nach Maine auch dann nicht ganz umsonst. Guthrie Fingal hat mir eben erzählt, daß es in seiner Forstwirtschaftsschule gebrannt hat und die Wetterfahne von Praxiteles Lumpkin, die Helen dort fotografiert hat, seitdem spurlos verschwunden ist.«

»Dann haben Sie Ihre Antwort ja schon, Peter. Helen ist in Wirklichkeit längst nicht mehr in dem Boot, sondern losgezogen, um Fingals Wetterfahne zu suchen.«

»Falls Sie annehmen, daß mich diese Aussicht auch nur im geringsten beruhigt, haben Sie sich geirrt, Roy. Geht es eigentlich nicht schneller als in diesem Schneckentempo?«

Das ließ sich der junge Mann nicht zweimal sagen. Kurz darauf war Peter endlich wieder zu Hause, duschte in aller Eile, schlüpfte in eine Hose, mit der er sich wieder unter die Leute wagen konnte, entschuldigte sich bei Jane Austen für alle vergangenen und zukünftigen Vernachlässigungen und erklärte den Enderbles, warum er ihre Freundlichkeit weiterhin in Anspruch nehmen mußte.

Glücklicherweise war die Gutmütigkeit seiner alten Nachbarn grenzenlos. Sie wünschten ihm viel Glück, baten ihn, ihnen sofort Bescheid zu sagen, sobald er Helen gesund und munter wiedergefunden hatte, woran sie keinen Moment zweifelten, und versprachen ihm, Jane so gut wie unter diesen Umständen überhaupt möglich bei Laune zu halten.

Dann saß er auch schon in seinem eigenen Wagen und raste mit gefülltem Tank Richtung Norden. Er schaltete das Radio ein, um zu verhindern, daß sich seine Gedanken ausschließlich um die Frage drehten, wohin sich das Zentrum seines persönlichen kleinen Universums verlagert hatte. Sogar Bach konnte kaum etwas ausrichten, doch wenigstens erinnerte ihn die Musik daran, daß noch andere Menschen unterwegs waren und er gut daran tat, sich wenigstens einigermaßen auf seine Fahrkünste zu konzentrieren.

Peter mußte unbedingt an etwas anderes denken, doch er befand sich auf der wunderschönen Route 495, nicht auf der teuflischen 128, die einen unablässig mit neuen Gefahren konfrontierte, denen man nur unter Einsatz des Lebens gerade noch entgehen konnte. Er konnte beispielsweise an Miss Binks und ihren gefrierfreudigen Großvater denken. Helen hatte eine Schwäche für das Bizarre und wäre sicher hingerissen von der Geschichte.

Es war zwecklos. Er konnte genausogut aufhören, sich selbst etwas vorzumachen, und einfach ehrlich sein und an Helen denken. Helen als besonnene, erfahrene Bibliothekarin, Helen, wie sie in der Küche stand und Marmelade kochte, Helen mit Jane auf dem Schoß vor dem Kamin, Helen, wie sie selbstbewußt und klug in ihrem Talar vor ihrem faszinierten Publikum einen Vortrag hielt, Helen, bezaubernd und wunderschön im zartrosa Seidenkleid auf dem Fakultätsball, Helen unbekleidet in seinen Armen im Bett. Wie lang war diese gottverdammte langweilige Straße eigentlich noch?

Kurz vor Portsmouth hielt er an und kaufte sich einen Hamburger und eine Tasse Kaffee, nicht weil er hungrig war, sondern weil er es für das Vernünftigste hielt. Die Amarantpfannkuchen und das Löwenzahngebräu hatten besser geschmeckt. Er stieg wieder in seinen Wagen und fuhr weiter.

Als er die Piscataqua-Brücke überquert und Maine erreicht hatte, war er nicht mehr zu halten. Er geriet zwar auf der Schnellstraße noch in eine Nebelbank, ließ sich jedoch selbst davon nicht beirren. Bereits kurz nach Mittag entdeckte er ein schmales Holzschild, das an einem Baum am Straßenrand hing und verkündete, daß er Sasquamahoc erreicht hatte. Guthrie Fingals Anweisungen waren kinderleicht zu befolgen, denn es gab kaum Straßen, auf denen man sich verfahren konnte.

Als er sich der Forstwirtschaftsschule näherte, sah er als erstes die ausgebrannte Scheune. Ein großer Mann in einem karierten Flanellhemd, das ganz ähnlich aussah wie das Hemd, das er bei Miss Binks zurückgelassen hatte, stand neben dem Gebäude und inspizierte die Überreste des einstigen Daches. Der kräftige Knochenbau und das vorspringende Kinn waren unverkennbar. Das ehemals rote Haar war inzwischen zu Braun verblaßt und graumeliert, doch ansonsten schien sich sein einstiger Zimmergenosse nicht sonderlich verändert zu haben. Vielleicht waren die Falten um den Mund herum etwas tiefer geworden, doch das überraschte Grinsen war das gleiche wie früher.

»Pete, du altes Warzenschwein! Meine Güte, du bist ja schnell wie der Schall!«

Peter stieg aus dem Wagen und merkte nicht einmal, daß er dabei schwankte. Fingal, der schon begonnen hatte, auf den Wagen zuzugehen, legte noch einen Schritt zu. »Peter, immer mit der Ruhe! Ist auch alles in Ordnung mit dir?«

»Selbstverständlich ist alles in Ordnung.« Peter konnte nicht verstehen, warum Guthrie ihn so merkwürdig anschaute. »Ich bin nur etwas verspannt von der Fahrt. Gibt es schon eine Spur von Helen?«

»Ich habe vor zehn Minuten noch mal bei der Küstenwache angerufen. Sie haben einen Hubschrauber auf die Suche geschickt, aber wegen des Nebels kann man über dem Wasser so gut wie gar nichts sehen. Aber sie sagen, daß sich der Nebel allmählich auflöst, wir können also damit rechnen, daß sie in Kürze mehr unternehmen werden. Sollen wir schnell zur Bucht fahren und nachsehen, ob Wedgwood Munce noch da ist?«

Peter machte Anstalten, zurück in seinen Wagen zu klettern, doch Fingal hielt ihn zurück. »Warum nehmen wir nicht meinen Jeep? Die Straße ist nicht besonders gut. Kann ich dir vorher noch was anbieten?«

Peter schüttelte den Kopf. »Nein danke, ich habe schon gegessen. Gut, dich zu sehen, Guth. Ich fürchte, ich bin ein wenig erschöpft. Ich habe letzte Nacht nicht besonders gut geschlafen.«

»Hast du dir Sorgen um deine Frau gemacht?«

»Nein, ich wußte ja gar nicht, daß es Grund zur Beunruhigung gab. Eigentlich habe ich mir eher Sorgen um mich selbst und den jungen Mann gemacht, der mich begleitet hat.«

Peter hatte eigentlich vorgehabt, seinem Freund so viel wie möglich von seinem Abenteuer zu erzählen. Doch irgendwo auf dem Weg zur Bucht, er glaubte, es war in der Nähe von Billerica, fiel ihm plötzlich wieder ein, warum er überhaupt mit Swope zum Woeful Ridge gefahren war.

»Ich weiß, daß es unglaublich klingt, Guthrie, aber es ist wirklich sehr wichtig. Du mußt mir genau zuhören. Höchstwahrscheinlich hat die Geschichte nämlich auch mit dir etwas zu tun. Wie genau alles angefangen hat, kann ich nicht sagen, aber bei Helen und mir hat es damit begonnen, daß Helen von der Historical Society von Balaclava gebeten wurde, Informationen über die Wetterfahnen von Praxiteles Lumpkin zu sammeln.«

Während sie über Frostaufbrüche und durch Schlaglöcher rumpelten, berichtete Peter seinem alten Freund von dem verheerenden Brand in der Seifenfabrik und seinen Folgen.

»Wie du siehst, ist der Brand in deiner Scheune nach genau demselben Muster abgelaufen.«

»Was nicht notwendigerweise bedeutet, daß es dieselbe Bande war, falls es sich überhaupt um eine Bande handelt«, argumentierte Guthrie. »Vielleicht ist es nur ein Trittbrettfahrer, der sich schnell durch den lukrativen Handel mit Wetterfahnen eine goldene Nase verdienen will. Weißt du, wir hatten da vor einigen Jahren einen ähnlichen Fall nicht weit von hier. Ein paar Kerle haben die Wetterfahne vom Spritzenhaus gestohlen – sie war angeblich 35 000 Dollar wert. Aber dann haben sie sich nicht getraut, das Ding zu verkaufen, weil zu viele Leute wußten, woher sie das Ding hatten, und statt dessen Lösegeld dafür verlangt. Die Stadt hat 1000 Dollar gezahlt, um die Wetterfahne zurückzubekommen. Einer der Kerle wurde gefaßt, aber auf Kaution wieder freigelassen. Er hat die Kaution sausen lassen und ist immer noch flüchtig, soweit ich weiß. Vielleicht hat er Wind von Praxiteles Lumpkin bekommen.«

»Hmja, das wäre möglich. Aber der Name Lumpkin ist nur wenigen ein Begriff. Bevor Helen das Projekt übernommen hat, war noch nie etwas über Praxiteles veröffentlicht worden, es gibt nicht einmal eine Todesanzeige. Wenn nicht zufällig ein Mitglied der Familie Lumpkin um die Jahrhundertwende ein paar Schnappschüsse gemacht und eine Liste von Personen zusammengestellt hätte, die im Besitz von Praxiteles Lumpkins Wetterfahnen waren, hätte Helen so gut wie gar nichts in der Hand gehabt. Die Unterlagen wurden rein zufällig in einem alten Aktenordner gefunden, für den sich seit Rin Tin Tins Welpentagen keiner interessiert hatte.«

»Demnach haben die Nachforschungen deiner Frau das große Feuerwerk erst in Gang gesetzt?«

»Da bin ich mir nicht so sicher. Allerdings muß man diese Möglichkeit wohl in Betracht ziehen. Helen macht keinen Hehl aus ihrer Arbeit. Es hätte auch wenig Sinn, da sämtliche Mitglieder der Society und zweifellos auch eine Menge anderer Leute genau wissen, daß man die College-Bibliothek gebeten hat, Recherchen zu betreiben. Helen ist die ideale Person für dieses Projekt. Sie ist Kuratorin einer Sondersammlung und hat bereits eine Menge Erfahrung, was historische Forschungsarbeit im Raum Balaclava betrifft.«

»Wurde ihr Name in der Presse genannt?«

»Nicht in Zusammenhang mit diesem Projekt. Helen hat sich so weit wie möglich im Hintergrund gehalten. Sie beabsichtigt, die Ergebnisse ihrer Recherchen zu veröffentlichen, sobald sie ihr Material geordnet hat. Sie will auf keinen Fall die Rosen in der Knospe schneiden, wenn du weißt, was ich meine. Inzwischen frage ich mich allerdings ernsthaft, ob wir nicht die ganze Zeit das Pferd von hinten aufgezäumt haben.«

»Inwiefern, Peter?«

»Na ja, es will mir nicht so richtig in den Kopf, daß lang verschollene Unterlagen rein zufällig ausgerechnet in dem Moment auftauchen, als Praxiteles Lumpkins Wetterfahnen zu verschwinden beginnen. Es scheint ganz so, als ob die Kerle erst warten, bis Helen ihre Fotos gemacht hat, und dann zuschlagen. So war es in der Seifenfabrik, und jetzt wieder bei deiner Schule. Allmählich fange ich an zu glauben, daß die Drahtzieher der Meinung sind, das Urteil einer anerkannten Expertin könnte die Chancen für den Verkauf der Beute verbessern. Sieht fast so aus, als hätten sie sich Helen als nichtsahnendes Opfer auserkoren, aber denen werde ich einen Strich durch die Rechnung machen, das kannst du mir glauben.«

Doch zuerst mußte er Helen finden. Peters Stimmung besserte sich nicht im geringsten, als sie die Bucht erreichten und feststellen mußten, daß die ›Ethelbert Nevin‹ immer noch nicht zu sehen war.

»Eustace könnte momentan sowieso nicht einlaufen«, erklärte Guthrie unnötigerweise, denn es war kaum zu übersehen, daß sie Ebbe hatten. »Wir fahren zur Spitze der Bucht. Da ist das Wasser immer tief.«

Doch auch dort war weit und breit keine ›Ethelbert Nevin‹ in Sicht, dafür entdeckten sie allerdings Wedgwood Munce – er stand neben einem Motorboot, das am Landungssteg festgemacht war und sehr schnell aussah, und blinzelte hinaus aufs Meer, wo sich der Horizont langsam abzuzeichnen begann. Das Grau hatte begonnen, sich zu lichten, und in der Ferne konnte man bereits einige dunkle Klumpen erkennen, die möglicherweise Inseln waren. Worauf wartet der verdammte Kerl eigentlich, dachte Peter. Doch trotz allem war er erleichtert, daß sie Munce noch rechtzeitig erwischt hatten. Guthrie stoppte den Jeep, und sie rannten hinaus auf den Landungssteg.

»Was meinst du, Wedge?« rief Guthrie. »Sollen wir rausfahren? Das ist übrigens mein Freund Peter Shandy. Er ist gerade von Boston hochgekommen.«

Was zwar nicht genau der Wahrheit entsprach, doch Peter erinnerte sich, daß nördlich von Piscataqua die Begriffe hoch und runter merkwürdige neue Bedeutungen annahmen und Boston möglicherweise der Sammelbegriff für sämtliche Städte in Massachusetts war. Einige Bewohner von Maine und zahlreiche Bürger von New Brunswick waren ohnehin der Meinung, daß Massachusetts in Boston lag und nicht umgekehrt. Eine Ansicht, die übrigens von zahlreichen amerikanischen Schulkindern geteilt wurde, wenn sie genauer darüber nachdachten, was nicht sehr oft vorkam. Zum Teufel mit Boston. Ihm war nicht nach Geographiestunden zumute. Er sagte also nur: »Meine Frau befindet sich auf dem Boot.«

»Ach ja«, sagte Munce. »Die fünfzig Dollar, die Eustace mir schuldet, auch. Dann man los!«

Peter ging als erster an Bord, Guthrie folgte ihm auf dem Fuße. Das schnittige Boot des Hafenmeisters war etwa zwanzig Fuß lang und besaß einen Rumpf aus überlappend beplanktem, glänzend poliertem Holz. Doch Peter interessierte sich nicht die Bohne für das Boot. Es schwamm und war fahrtüchtig, alles andere war ihm egal. Als sie sich vom Steg entfernten, drehte Munce mächtig auf. Guthrie blieb achtern und unterhielt sich mit Munce darüber, welchen Kurs Eustace wohl genommen hatte. Peter ging so weit nach vorn, wie er überhaupt konnte, blieb kerzengerade stehen und starrte in den Nebel, bis der Hafenmeister ihn schließlich anschnauzte und anwies, sich zu setzen. Peter setzte sich und starrte weiter.

Plötzlich rief Munce: »Der Wind fängt an aufzufrischen.«

»Gott sei Dank!« sagte Peter.

Wahrscheinlich konnten sie ihn dort hinten sowieso nicht hören, doch auch das interessierte ihn nicht. Er sprach ohnehin mit sich selbst. Er beobachtete, wie der Nebel aufriß und in Fetzen fortgeweht wurde. Nach langem, langem Warten erspähte er plötzlich etwas Helles genau vor ihnen.

»Ein Licht!«

»Ich seh' nichts«, brüllte Munce zurück.

»Genau vor uns! Da vorn!«

»Menschenskind, Pete, du hast recht«, schrie Guthrie. »Sieht aus wie ein Signalfeuer.«

Munce drehte den Motor voll auf. Peter verfluchte sich, weil er seinen Feldstecher vergessen hatte, und starrte gebannt auf den flackernden Punkt. Der Punkt wurde größer. Der Wind blies in ihre Richtung und wehte ihnen den Geruch eines Holzfeuers zu.

Jetzt stand auch Guthrie bei ihm im Bug. »Ein brennendes Boot kann es nicht sein. Dann würden wir Benzin riechen. Könnte Treibholz sein.«

Er sprach sehr leise. Guthrie war immer sehr ruhig, wenn es mulmig wurde, erinnerte sich Peter. Lieber Gott, bitte mach, daß es Helen ist!

Sie fuhren an einigen verlassenen kleinen Inseln und einem einsamen Wal vorbei, den sie keines Blickes würdigten. Schließlich näherten sie sich einem Felsgebilde, das ebenfalls nicht sonderlich sehenswert gewesen wäre, wenn nicht auf seinem höchsten Punkt ein Feuer gebrannt hätte, um das vier kleine Gestalten wie wild herumsprangen. Zwei warfen noch mehr Holz ins Feuer. Die bei weitem größte Gestalt schwenkte etwas Riesiges, Weißes in der Luft, das aussah wie ein Bettlaken mit Ärmeln. Und die kleinste Gestalt, die etwas leuchtend Rosafarbenes trug, hob beide Hände an den Mund wie zu einem Megaphon. Mit dem Rauch des Feuers wehte der Wind Rufe zu ihnen über das Wasser, die sogar das Motorengeräusch übertönten und immer deutlicher und lauter wurden: »Peter! Peter! Peter!«

Kapitel 14

»Ich wußte, daß du es warst.«

Helen umarmte das schreckliche grüne Hemd, das Peter vergessen hatte auszuziehen, noch fester. »Ich wußte zwar, daß es unmöglich war, aber ich war mir ganz sicher. Wie bist du hergekommen?«

Peter rieb seinen Mund an Helens Haar, das nach Rauch roch und nach Salz schmeckte. »Ich bin gelaufen, selbstverständlich. Das ist doch im Moment unwichtig. Erzähl mir lieber, was mit dir passiert ist!«

Zweifellos hatten die anderen Schiffbrüchigen bereits alles erzählt, doch Peter hatte nicht zugehört. Für ihn war nur Helen wichtig gewesen. Er konnte sich noch erinnern, daß er sich bereit erklärt hatte, mit Guthrie und den drei Frauen auf der Insel zu bleiben. Es war völlig unmöglich, alle sieben Personen gleichzeitig auf dem offenen Boot des Hafenmeisters den weiten Weg nach Hocasquam zurückzubringen. Nachdem Wedgwood Munce seine fünfzig Dollar von Eustace Tilkey kassiert hatte, waren die beiden losgefahren, um das Boot der Küstenwache, das sich irgendwo in der Nähe aufhielt, herzulotsen, damit es sie bergen konnte.

Catriona und Guthrie teilte sich einen Felsen am Feuer. Guthrie hatte seinen Arm um sie gelegt, zweifellos aus rein nachbarschaftlichem Mitgefühl. Iduna reichte ein paar Törtchen herum, die sich die Gestrandeten als eiserne Ration aufbewahrt hatten, falls sie eine weitere Nacht auf der einsamen Insel hätten verbringen müssen.

»Wir hatten gar keine Gelegenheit, Muscheln zu rösten«, meinte sie ein wenig bedauernd. »Hier, Peter, nehmen Sie sich auch ein Törtchen. Es wäre doch dumm, sie den ganzen Weg zu Cats Haus zurückzuschleppen.«

Außerdem wäre es jammerschade um das gute Essen. Peter nahm das Gebäck dankend in Empfang und verfütterte das meiste davon an Helen. Ihr Frühstück sei ein wenig karg ausgefallen, gestand sie ihm, und zum Mittagessen habe es lediglich fünf Träubchen pro Person gegeben. Sie hatten den Morgen damit verbracht, die Insel nach neuem Feuerholz, Muscheln und allem, was möglicherweise eßbar war, abzusuchen, waren jedoch nicht sonderlich erfolgreich gewesen.

»Wir haben nur eine Menge Algen gefunden«, teilte sie ihm mit. »Aber niemand wußte so recht, was wir damit machen sollten. Rohe Algen lassen sich schrecklich schwer kauen. Das Zeug ist zäh wie Gummi.«

»Zu schade, daß es hier keine Amarantgewächse gibt. Habt ihr überhaupt schlafen können?«

»Nicht besonders gut. Wir haben uns alle vier unter Idunas Regenmantel zusammengekuschelt und versucht, uns gegenseitig zu wärmen. Die Hoffnung, daß unsere Kleidung trocknen würde, hatten wir natürlich aufgegeben. Eustace war nicht gerade der angenehmste Kuschelpartner. Seine Kleidung war total steif vor lauter Schmierfett und Fischöl, und er roch wie ein Schleppkahn, der eine Abfallschute zieht. Obwohl ich so etwas lieber nicht sagen sollte. Das Schmierfett hat ihn wahrscheinlich davor bewahrt, an Unterkühlung zu sterben, indem es das Wasser abgehalten und seine Körperwärme einigermaßen konstant gehalten hat, während er auf dem Wal geritten ist.«

»Könntest du das vielleicht etwas näher ausführen«, schlug Peter vor. »Warum ist Eustace auf einem Wal geritten? Hat das Tier das Boot gerammt und euch zum Kentern gebracht?«

»Nein, an der ›Ethelbert Nevin‹ hat es nicht gelegen – sie war völlig in Ordnung. Die Piraten sind mit ihr weggefahren, nachdem sie uns über Bord geworfen hatten. Cat und mich, um genau zu sein. Iduna ist freiwillig hinterhergesprungen. Mit ihrem Picknickkorb, wofür wir ihr ewig dankbar sein werden.«

Helen schilderte die schrecklichen Ereignisse in allen Einzelheiten, während Peter spürte, wie die ihm noch verbliebenen Haare alles taten, um zu Berge zu stehen. »Schließlich sind wir dann hier gelandet«, endete sie. »Guthrie, können Sie uns sagen, wo hier in Maine ein Ort namens Paraguay liegt?«

Er schüttelte den Kopf. »Keine Ahnung, Helen. Von einem Paraguay in Maine habe ich noch nie gehört, obwohl ich den Großteil meines Lebens hier verbracht habe. Sind Sie ganz sicher, daß die Männer Paraguay gesagt haben, Mrs. Stott?«

Iduna schüttelte den Kopf. »Nein, absolut sicher bin ich natürlich nicht, aber bitte nennen Sie mich doch Iduna. Ich konnte leider nicht hören, was sie sagten, wissen Sie. Ich mußte es ihnen von den Lippen ablesen, weil der Motor so laut war. Doch es hat wirklich sehr wie Paraguay ausgesehen. Ich war davon ausgegangen, daß es sich um den Staat in Südamerika handelte. Aber Eustace neigt zu der Annahme, daß es ein Ort in der Nähe sein müsse, da es hier in Maine so viele geographische Ortsnamen gibt, was natürlich sehr viel mehr Sinn machen würde. Falls sie wirklich eine so weite Strecke zurücklegen wollten, wären sie doch sicher vernünftig genug gewesen, sich ein geeigneteres Boot zu stehlen. Meinen Sie nicht auch, Peter?«

»Mich dürfen Sie das nicht fragen, Iduna. Ich habe die ›Ethelbert Nevin‹ schließlich noch nie gesehen. Sie ist doch wohl kein Schmuggelboot, Guthrie? Eine von diesen James-Bond-Supermaschinen mit Jetantrieb unter den Hummerbecken?«

Guthrie Fingal errötete, als er den Arm von Catrionas Schulter nahm und sich nach vorn beugte, um ein neues Stück Holz ins Feuer zu legen, was eigentlich gar nicht notwendig war, da sich die Sonne inzwischen herausgewagt hatte und sie sich nach ihrer Entdeckung auch nicht mehr bemerkbar zu machen brauchten.

»Natürlich nicht, Pete. Das Ding ist bloß ein stinknormaler Hummerkutter wie alle anderen auch. Ein bißchen größer vielleicht, deshalb haben die Piraten sie möglicherweise ausgesucht, wenn auch nicht sonderlich gut in Schuß, was sie wahrscheinlich nicht gewußt haben. Eustace ist kein großer Freund von Arbeit, er tut nur das Nötigste.«

»Besonders angenehm fand ich die Fahrt gestern tatsächlich nicht«, bestätigte Catriona. »Ich kann mir nicht vorstellen, daß die Gauner es geschafft haben, den Wal abzuhängen, aber vor Eustace wollte ich das lieber nicht sagen.«

»Welchen Wal denn jetzt schon wieder?« Peter hatte inzwischen die Orientierung verloren.

»Der Wal, auf den sie geschossen haben, um ihn wütend zu machen. Sie wollten, daß er uns verfolgte und in die Tiefe reißt. Oder verschluckt, was natürlich auch möglich gewesen wäre. Aber statt dessen ist er ihnen nachgeschwommen, und ich hoffe inständig, daß er sie erwischt hat. Nicht, daß ich meinen Mitmenschen Böses wünsche, wißt ihr, und ich hoffe auch, daß Eustace gut versichert ist, aber es fällt mir verdammt schwer, Mitgefühl für diese Banditen aufzubringen, die uns so scheußlich behandelt haben. Ich bin zwar nicht gemein genug, mir zu wünschen, daß sie ertrunken sind, aber irgendwie wäre es schon der passende Höhepunkt für unser Abenteuer, wenn der Wal diesen Mistkerlen eine Heidenangst eingejagt hätte, vor allem dem schmierigen Typ mit der Landkarte.«

»Wer war der Kerl? Wißt ihr, wie sie heißen?«

»Keine Ahnung«, sagte Catriona. »Iduna, weißt du etwas? Helen?« Keine ihrer Freundinnen wußte mehr.

»Wie haben sie denn ausgesehen?« erkundigte sich Peter. »Könnt ihr sie wenigstens beschreiben?«

»Selbstverständlich. Ich kann sogar vier von ihnen gleichzeitig beschreiben. Es waren entweder Vierlinge oder Klone.«

»Nicht ganz«, widersprach Helen. »Der eine war kleiner als die anderen, und einer hatte eine Einkerbung im linken Nasenflügel, als ob ihm beim Erbsenessen das Messer ausgerutscht wäre. Das ist mir aufgefallen, als sie uns über Bord geworfen haben. Es war der Kerl, der dich an den Füßen festgehalten hat.«

»Diese Schweinehunde! Wenn der Wal sie nicht erwischt hat, werden diese verdammten Mistkerle sich noch wünschen, daß er es getan hätte!« Merkwürdigerweise kam dieser Gefühlsausbruch von Guthrie Fingal. Das Ganze war ihm anscheinend ziemlich peinlich, denn sofort danach klang er wieder sachlich und sogar ein wenig schroff. »Schon gut, Cat, erzähl weiter. Wie haben sie ausgesehen?«

»Wie schwarze Bären. Du weißt schon. Kurze O-Beine, untersetzt, struppige schwarze Haare, wuschelige schwarze Bärte. So um die zwanzig, aber durch die Bärte wirkten sie älter. Sie trugen große Stiefel und bunt zusammengewürfelte Militärkleidung aus Drillich und Tarnstoff. Im großen und ganzen ein ziemlich ungepflegter Haufen. Der fünfte – oder vielleicht sollte ich lieber der erste sagen, denn er schien das Kommando zu führen – war ganz anders. Er hatte kurz geschorenes braunes Haar, war glattrasiert, hatte gelbbraune Augen und eine relativ helle Haut. Er war genauso angezogen wie die anderen, bloß daß seine Sachen zusammenpaßten, sauber waren und aussahen, als seien sie erst vor kurzem gebügelt worden. Er hielt sich immer kerzengerade, wie ein kleiner Zinnsoldat. Und als er zum Boot herunterkam, lief er nicht so wie die anderen. Er marschierte.«

»Heiliger Strohsack!« sagte Peter. »Habt ihr zufällig gesehen, wie er etwas geworfen hat?«

Catriona starrte ihn an. »Was für eine ungewöhnliche Frage. Nein, ich habe nichts gesehen.«

»Ich aber«, sagte Helen. »Die Stange, mit der er Eustace niedergeschlagen hat. Er hat sie anschließend über Bord geworfen. Wieso fragst du, Peter?«

»Das sage ich dir gleich. Wie genau hat er geworfen, Helen? Kannst du es uns vielleicht vorführen? Hier, nimm einfach dieses Stück Treibholz.«

»Darling, du hast wirklich komische Ideen. Wenn ich genau nachdenke, hat es schon irgendwie merkwürdig ausgesehen. Er hat Eustace mit der linken Hand eins über den Kopf gegeben, soweit ich mich erinnere. Als er die Stange fortgeschleudert hat, ist sie quer über das Boot geflogen und an der Backbordseite ins Wasser gefallen. Einen Moment lang hatte ich Angst, das Ding würde Iduna treffen.«

Helen schloß kurz die Augen, um sich besser erinnern zu können, öffnete sie wieder, starrte nach vorn und schleuderte den Stock seitwärts. »Ungefähr so. Er hat direkt hinter Eustace gestanden, als er zuschlug, und hat ihn unverwandt angeschaut, als er zusammengebrochen ist.«

»Bravo, Liebling. Es wird dich freuen, zu erfahren, daß du gerade bewiesen hast, daß Huntley Swope nicht halluziniert hat. Wenn wir diesen mordwütigen Teufel erwischen, werden wir wahrscheinlich feststellen, daß er der Mann ist, der die Handgranate, oder was immer es auch gewesen sein mag, in die Talgküche geworfen und damit den Tod von Caspar Flum auf dem Gewissen hat. Er kommt aus Clavaton und heißt Roland Childe.«

»Mensch, das ist ja ein Hammer!« stieß Catriona hervor. »So etwas kommt zwar in meinen Büchern vor, aber ich hätte mir nie träumen lassen, daß es in Wirklichkeit passieren könnte! Woher wissen Sie das alles? Sie hat doch bloß ein Stück Holz geworfen!«

»Es sind die vielen kleinen grauen Zellen in seinem Gehirn«, antwortete Helen an seiner Stelle. »Peter ist schrecklich intelligent. Nicht wahr, Schatz?«

»Hmja, liebste Helen, vielleicht hast du gar nicht so unrecht, wenn ich an den Scharfsinn denke, den ich bewiesen habe, als ich dich geheiratet habe. Ich wüßte nur gern, ob die Küstenwache die ›Ethelbert Nevin‹ inzwischen geortet hat.«

»Und ich wüßte gern, warum sie nicht endlich herkommen und uns hier wegholen.« Die unerschütterliche Iduna war dabei, erste Anzeichen von Erschütterung zu zeigen. »Ich weiß zwar nicht, wie es euch geht, aber wenn ich nicht bald eine schöne Tasse Tee trinken und ein heißes Bad nehmen kann, drehe ich todsicher durch.«

»Ich auch«, sagte Catriona. »Meine Haare treiben mich noch zum Wahnsinn.« Sie fuhr sich mit den Fingern durch ihre lange rote Mähne, aus der die letzte Haarnadel schon seit langem verschwunden war. »Pfui Teufel! Fühlt sich an, als hätte ich sie mit Schleim shampooniert.«

»So schlimm sieht dein Haar gar nicht aus«, meinte Guthrie. »Ich finde es eigentlich sehr schön, wenn es so lose fällt.«

Catriona McBogle hätte nie im Leben zugelassen, daß eine ihrer emanzipierten Heldinnen sich einem Helden oder sogar Geliebten mit einem schüchternen, gewinnenden Lächeln hingab, dachte Helen, auch wenn sie selbst selten ein sympathischeres schüchternes oder gewinnendes Lächeln gesehen hatte. Mein Gott, waren diese beiden lieben, netten Menschen etwa dabei, sich auf etwas einzulassen, daß sehr viel unangenehmer werden konnte als Cats meergetränktes Haar?

Sie hoffte inständig, daß das Boot der Küstenwache bald kam. Jetzt wo Peter bei ihr war und sie nicht länger die Starke zu spielen brauchte, war sie nahe daran zusammenzubrechen. Wie wunderbar wäre es, wieder in Cats schönem alten Haus zu sein! Und noch viel wunderbarer wäre es, in ihrem eigenen Heim auf dem Crescent zu sein, wo es keine Wale und Piraten gab. Schließlich hatte sie das erledigt, weswegen sie gekommen war. Vielleicht sollte sie Iduna überreden, schon morgen früh zurückzufahren, nachdem sie sich alle richtig ausgeschlafen hatten. Peter sah auch erschöpft aus, der arme Kerl.

»Ich hoffe, meine Aufnahmen von Ihrer Wetterfahne sind gut geworden, Guthrie«, sagte sie, um ihre Gedanken von dem Boot der Küstenwache abzulenken.

»Verdammtes Glück, daß Sie die Bilder gemacht haben«, meinte er. »Das Ding ist nämlich verschwunden. Und der größte Teil der Scheune ebenfalls.«

»Oh, Guthrie, das darf doch nicht wahr sein! Doch nicht schon wieder Brandstiftung?«

»Es deutet alles darauf hin, Pete hat mir schon von den anderen Fällen erzählt. Sieht ganz so aus, als seien wir auch nur ein weiterer Name auf der Liste gewesen.«

»Ach du liebes Lottchen«, rief Iduna. »Dann ist es also Ihr Holzfäller, den sie nach Paraguay entführen.«

»Wie bitte? Ich verstehe nur Bahnhof. Könnten Sie sich bitte etwas deutlicher ausdrücken?«

»Selbstverständlich«, erwiderte Iduna höflich. »Sehen Sie, aus genau diesem Grund haben die Männer Eustace' Boot gekapert. Sie wollen die gestohlenen Wetterfahnen zu einem Millionär nach Paraguay bringen, der sie ihnen abkauft. Deshalb sind sie nach Maine gekommen. Ich fand es schon die ganze Zeit ziemlich merkwürdig, daß sie den weiten Weg nach Hocasquam gefahren sind, bloß um einen alten Hummerkutter zu stehlen.«

»Dann haben sie hier sozusagen ihre Sammlung vervollständigt«, jammerte Helen. »Sie hatten wahrscheinlich die Wetterfahne von der Seifenfabrik in dem Lieferwagen, den sie in Kittery an der Raststätte genau neben unserem Auto geparkt hatten. Wenn wir das doch bloß früher gewußt hätten!«

»Es ist verdammt gut, daß ihr es nicht wußtet«, sagte Peter. »Was hättet ihr denn dagegen unternehmen können?«

»Wir hätten es natürlich sofort der Polizei gemeldet. Du glaubst doch wohl nicht etwa, daß wir dumm genug gewesen wären, uns ganz allein mit den Gangstern einzulassen? Iduna hat ihnen auch von den Lippen abgelesen, daß sie mir die ganze Zeit gefolgt sind und mich dazu benutzt haben, sie zu den Wetterfahnen zu führen, damit sie wußten, welche sie stehlen sollten. Ich habe allen nur Unglück gebracht.«

»Unsinn!« Peter hatte nicht vor, ihr mitzuteilen, daß er genau das die ganze Zeit befürchtet hatte. »Mach dir keine Vorwürfe, Liebling. Die Mistkerle werden ihre wohlverdiente Strafe schon bekommen. Ah, ich glaube, das Ende unseres Inseldaseins naht!«

Tatsächlich näherte sich ein blitzblankes 40 Fuß langes Boot, das die Standarte der Küstenwache und die Nationalflagge der Vereinigten Staaten gesetzt hatte. Helen spürte, wie ihr die Tränen in die Augen stiegen, als das Boot in sicherer Entfernung von den Felsen vor Anker ging und ein Schlauchboot ins Wasser gelassen wurde, das sie aufnehmen sollte.

Eustace Tilkey und Wedgwood Munce waren nirgends zu sehen. Die Schiffbrüchigen erfuhren, daß Tilkey und Munce dem Boot der Küstenwache solange vorausgefahren waren, bis sie sicher sein konnten, daß es sich auf dem richtigen Kurs befand, und dann umgedreht und nach Hocasquam zurückgekehrt waren. Mr. Munce hatte seine Pflicht als erfüllt betrachtet und keinen Grund mehr gesehen, warum er unnötig Treibstoff verschwenden sollte.

»Wir werden Sie so schnell wie möglich nach Hocasquam zurückbringen«, versprach Leutnant Blaise, der Kommandant des Schiffes, als sie an Bord kamen. »Aber wir haben ein kleines Problem. Unser Aufklärungshubschrauber hat eben über Funk gemeldet, daß er gerade nicht weit von hier noch eine Gruppe Schiffbrüchiger und die Überreste eines Bootes entdeckt hat. Wir müssen schnell hin und nachsehen, was es damit auf sich hat. Vielleicht möchten Sie sich in der Zwischenzeit ein wenig frisch machen oder ein bißchen ausruhen. Obergefreiter Willett wird Sie nach unten begleiten.«

Die drei Frauen folgten dem Obergefreiten bereitwillig dorthin, wo sie hoffentlich Seife, Handtücher und heißes Wasser finden würden. Peter und Guthrie blieben auf Deck.

»Sie sprachen eben von weiteren Schiffbrüchigen«, begann Peter. »Handelt es sich dabei zufällig um fünf junge Männer in Militärkleidung?«

»Das hoffen wir. Eustace Tilkey hat uns die Entführer der ›Ethelbert Nevin‹ genau beschrieben. Ich würde vorschlagen, daß Sie und die Damen sich im Hintergrund halten, wenn wir die Kerle an Bord nehmen. Mr. Tilkey behauptet, daß es sich um äußerst gewalttätige Personen handelt. Er befürchtet sogar, daß sie auf uns schießen könnten. Wir wissen nicht genau, ob wir ihm glauben sollen oder nicht. Seine Geschichte klang reichlich merkwürdig, außerdem hat er uns erzählt, daß er einen Schlag auf den Kopf bekommen hat.«

»Sie können ihm ruhig glauben, Leutnant Blaise. Meine Frau und ihre Freundin Miss McBogle sind in die Kajüte gegangen, weil – eh – aus persönlichen Gründen. Meine Frau wollte die Kajüte gerade verlassen, als sie sah, wie der Mann, den wir für den Anführer der Bande halten, Tilkey mit einer Art Knüppel niederschlug. Einer seiner Henkersknechte half ihm, Tilkey über Bord zu werfen, während ein dritter Mann seinen Platz am Steuerrad einnahm. Dann haben die Männer meine Frau und Miss McBogle überwältigt und ebenfalls ins Wasser geworfen. Mrs. Stott ist freiwillig hinterhergesprungen.«

»Ist Mrs. Stott die große blonde Dame?«

»Hmja. Eine großartige Frau. Sie besaß sogar die Geistesgegenwart, den Picknickkorb mitzunehmen.«

»Kaum zu glauben! Mit so einer Frau würde ich auch gern Schiffbruch erleiden. Können wir Ihnen irgend etwas anbieten, Gentlemen? Vielleicht eine Tasse Kaffee zum Aufwärmen?«

»Mrs. Stott würde sicher liebend gern eine Tasse Tee trinken.«

»Wir kümmern uns darum, daß sie ihren Tee bekommt. Sehen Sie schon was, Higgins?«

»Noch nicht, Sir.« Der Beobachtungsposten rührte sich nicht von der Stelle.

»Den Positionsangaben des Hubschraubers nach zu urteilen müßten wir eigentlich gleich da sein. Falls es wirklich Ihre Piraten sind, dann sind sie nicht sehr weit gekommen. Wahrscheinlich sind sie im Nebel zu schnell gefahren.«

»Meine Frau sagt, daß sie versucht haben, einem wütenden Wal zu entkommen. Sie haben auf das Tier geschossen, um es zu reizen. Es sollte die Opfer im Wasser angreifen und ihnen den Rest geben, doch der Wal hat statt dessen das Boot verfolgt.«

»Wale sind bedeutend klüger als so manche Menschen, wenn Sie mich fragen.«

Danach sprachen sie nur noch wenig, bis der Aussichtsposten meldete: »Steuerbord voraus, Sir.«

»Können Sie schon Einzelheiten erkennen?«

»Ich kann nur das Boot sehen. Der Bug ist beschädigt, Sir. Sieht aus, als sei es mit großer Geschwindigkeit auf die Felsen aufgelaufen.«

»Sind Menschen zu sehen?«

»Ein Mann. Jedenfalls glaube ich, daß es ein Mann ist. Und vier schwarze Bären in Tarnanzügen, würde ich sagen.«

»Das sind die Kerle!« sagte Guthrie Fingal. »Cat hat uns erzählt, daß sie wie Bären aussehen. Und was machen wir jetzt?«

»Sie gehen jetzt unter Deck«, teilte ihm Leutnant Blaise mit. »Und bleiben bitte in der Kabine, bis ich Sie wieder an Deck holen lasse. Ich möchte nicht unhöflich sein, Gentlemen, aber das ist ein Befehl, also befolgen Sie ihn bitte.«

Peter ließ sich nicht lange bitten. Er hatte keine große Lust verspürt, sich vorletzte Nacht im dunklen Wald erschießen zu lassen, und er war sich ziemlich sicher, daß er noch weniger Lust verspürte, sein Leben auf einem offenen Deck im strahlenden Sonnenlicht zu beenden. Außerdem wurde er allmählich hungrig. Der Biß in das Törtchen war nicht sonderlich sättigend gewesen. Guthrie folgte Peter ohne Widerrede. Vielleicht hatte er auch keine Lust, erschossen zu werden, oder ebenfalls von der Seeluft Hunger bekommen.

Sie fanden die drei Frauen essend am Tisch in der Hauptkabine vor, frisch geduscht, mit gewaschenen Haaren und trockner Kleidung, die ihnen die Besatzung freundlicherweise zur Verfügung gestellt hatte. Besonders damenhaft waren sie zwar nicht gekleidet, doch Peter mußte zugeben, daß Catriona in Leutnant Blaises Ausgehuniform nicht nur hübsch, sondern sogar ausgesprochen apart aussah. Sie hatte ihr Haar gewaschen und mit etwas zusammengebunden, das aussah wie ein Ersatz-Schuhriemen, und ein paar Strähnchen, die sich gelöst hatten und gerade trockneten, ließen ihre ziemlich stark ausgeprägten Wangen- und Kieferknochen weicher erscheinen.

Helen dagegen erinnerte ihren Gatten an ein Küken, das vergeblich versucht, aus seinem Ei zu schlüpfen. Sie steckte in einem marineblauen Pullover, der Guthrie wahrscheinlich besser gepaßt hätte, und einer Arbeitshose, deren Beine zu reifenähnlichen Wülsten hochgekrempelt waren, damit sie nicht über den Boden schleiften.

Was die Ausstaffierung von Iduna betraf, hatte die Mannschaft erst gar nicht versucht, etwas Passendes zu finden. Iduna hatte sich aus zwei regierungseigenen Decken und einer Unmenge von Sicherheitsnadeln eine Art Kaftan gefertigt. Die beiden Männer am Tisch waren so beschäftigt, sie mit glänzenden Augen und zweifellos lüsternen Gedanken anzustarren, daß sie ihr Essen völlig vergaßen.

Peter war selbst ganz fasziniert von den weizenblonden Locken, den unschuldigen blauen Augen, den sanft geröteten Wangen, der zarten Porzellanhaut, den ausdrucksvollen Lippen mit den kleinen Grübchen in den Mundwinkeln, den sinnlichen Armen und den zierlichen kleinen Händen mit den rosenfarbenen Nägeln. Für Männer, die tagein tagaus auf See herumsegelten und deren einzige Abwechslung darin bestand, daß sie gelegentlich einen Wal zu Gesicht bekamen, war der Anblick von so viel geballter Weiblichkeit offenbar schlichtweg atemberaubend. Er hoffte nur, daß sie nicht etwa beschlossen, sie zu schanghaien, und damit Dan Stotts Willkommensparty ruinierten.

Peter hatte eigentlich beabsichtigt, sich neben Helen zu setzen, doch der Maschinist war ihm leider zuvorgekommen. Außerdem hatte er erwartet, Fisch auf dem Speiseplan zu finden, doch es schien ganz so, als ob die kühnen Jungs und Mädels von der Küstenwache Pasta primavera bevorzugten. Doch was es auch war, es schmeckte hervorragend. Während er aß, hielt er vorsichtshalber die Ohren gespitzt, für den Fall, daß entfernte Schüsse oder Tumulte an Deck ihren Frieden störten, doch es blieb still. Er aß sein Stück Zitronen-Pie, trank seinen Kaffee und wischte sich gerade die Lippen ab, als das Mannschaftsmitglied, das eben noch als Aussichtsposten fungiert hatte, die Messe betrat und Mrs. Shandy, Mrs. Stott und Miss McBogle bat, bitte auf Deck zu erscheinen. Die Professoren Shandy und Fingal wurden zwar nicht eingeladen, hätten sich jedoch schwerlich daran hindern lassen, sich an die Fersen der Damen zu heften.

Kapitel 15

Helen wünschte sich, sie hätte nichts gegessen. Eigentlich hätte sie wissen müssen, was mit dem Magen einer Frau passieren konnte, die sich plötzlich einer Gruppe von Männern gegenübersah, die bis vor ein paar Minuten noch der felsenfesten Meinung gewesen waren, sie hätten sie und ihre Freundinnen für immer in das Reich Poseidons geschickt.

Kurz zuvor hatte Helen sie durch das Deckfenster gesehen, genau wie auf der ›Ethelbert Nevin‹. Sie hatten entspannt gewirkt und mit den Besatzungsmitgliedern auf Deck gescherzt und gelacht. Jetzt standen die vier Bären Schulter an Schulter nebeneinander, die Gesichter unter den dunklen Bärten waren fischweiß, die Augen quollen ihnen unter den ungepflegten Perückenmähnen hervor, und die Münder in den wilden schwarzen Bärten formten ein rotes ›O‹, als ob ihre Besitzer etwas sagen wollten, jedoch kein Wort herausbekamen. Trotz allem taten sie Helen irgendwie leid. Sie selbst würde sicherlich auch keinen Ton herausbringen.

Doch es blieb ihr wohl nichts anderes übrig. Leutnant Blaise sagte gerade mit sehr bestimmter Stimme: »Mrs. Shandy, würden Sie uns bitte bei der Identifizierung dieser Männer behilflich sein?«

Es war die kühle Überheblichkeit auf Bürstenschnitts Gesicht, die ihre Zunge schließlich löste.

»Selbstverständlich. Der glattrasierte Mann, der so auffällig damit beschäftigt ist, sich eine plausible Geschichte einfallen zu lassen, hat versucht, Eustace Tilkey zu ermorden. Der Mann mit der Einkerbung im linken Nasenflügel ganz links neben ihm hat Eustace bei den Beinen gepackt und mit ihm gemeinsam über Bord geworfen, während der große Mann in der Mitte das Steuerrad übernommen hat.«

»Und das haben Sie von der Kajüte aus beobachtet, sagten Sie?«
»Ja. Ich bin mir ziemlich sicher, daß sie mich nicht bemerkt haben. Die Fenster waren so schmutzig, daß man kaum hineinsehen konnte.

Ich wußte nicht, was ich machen sollte, also bin ich wieder nach draußen gegangen und habe meinen alten Platz eingenommen, als ob nichts geschehen wäre. Sie haben mich nicht aufgehalten. Doch dann kam Cat – Miss McBogle – nach draußen. Sie war verständlicherweise überrascht, einen der Passagiere am Steuerrad zu sehen, und fragte ihn, wo Eustace sei. Ich konnte es zwar nicht richtig verstehen, weil der Motor so laut war, aber ich nehme an, daß sie ihn das gefragt hat. Er hat etwas geantwortet, aber ich konnte in dem dichten Bart seine Lippen nicht sehen. Cat sagte noch etwas, dann hat der erste Mörder – mein Gatte sagt, sein Name sei Roland Childe –«

Das hatte gesessen. Der Mann verlor sein selbstgefälliges Grinsen zwar nur ganz kurz, doch das genügte. Die Bären hörten auf, Helen anzustarren, und starrten statt dessen mit schockierten Mienen zuerst ihren Anführer und einander an.

Leutnant Blaise war überrascht. »Dann kennen Sie diesen Mann, Mr. Shandy?«

»Nein, aber ich habe eine Verwandte von ihm getroffen, die ihn mir so genau beschrieben hat, daß ich ihn eindeutig identifizieren kann. Es besteht eine große Familienähnlichkeit zwischen ihnen, auch wenn ich mich bei der Verwandten für diese Bemerkung entschuldigen muß. Childe stammt aus Clavaton in Massachusetts und wird in Balaclava County wegen Brandstiftung, schweren Diebstahls und Totschlags gesucht. Ich möchte mich keineswegs in Ihre Angelegenheiten einmischen, Leutnant Blaise, aber falls Sie zufällig Handschellen und Fußeisen im Schiffsgefängnis herumliegen haben, sollten Sie sie vielleicht jetzt ausprobieren. Eh – entschuldige bitte, daß ich deine Zeugenaussage unterbrochen habe, Liebling.«

»Das macht doch nichts, Peter. Da wir gerade beim Thema sind, ich vermute, diese Männer wurden bereits nach Waffen durchsucht, als sie an Bord kamen?«

»Keine Sorge, Mrs. Shandy«, versicherte Blaise. »Wir haben sie darüber aufgeklärt, daß es verboten ist, an Bord eines Schiffes der U.S. Küstenwache unbefugt Waffen zu tragen, und haben vier Messer, zwei Seitenwaffen, ein Gewehr und eine Handgranate, die Mr. Childe bei sich trug, beschlagnahmt. Er hat dazu erklärt, es handele sich um ein Souvenir aus seiner Kriegszeit.«

»Ein echter Gefühlsmensch.«

Helen war erleichtert, als sie feststellte, daß die Besatzungsmitglieder, die bisher scheinbar unbeteiligt dagestanden hatten, die fünf Männer langsam einkreisten. Sie hatte gar nicht gewußt, daß die

Boote immer noch mit Belegnägeln ausgestattet wurden, auch wenn sie von der ruhmreichen Vergangenheit der Küstenwache gehört hatte. Im Jahre 1790 war der Revenue Cutter Service, der älter war als die U.S. Navy, unter George Washington ins Leben gerufen worden. Ein Kutter der Küstenwache hatte 1812 im Krieg gegen England die erste amerikanische Prise genommen. Ein anderer Kutter, die ›Harriet Lane‹, hatte 1858 eine Schwadron Marineschiffe nach Paraguay begleitet.

Und jetzt wußte sie plötzlich auch, was sie an Guthrie Fingals Frau die ganze Zeit so irritiert hatte. So ungefähr die letzte Amtshandlung, die Helen in Kalifornien ausgeführt hatte, bevor sie an die Ostküste gekommen war, um Peter zu heiraten, auch wenn sie dies damals zunächst gar nicht vorgehabt hatte, war die Betreuung eines Studenten gewesen, der für seine Arbeit über Francisco Solano Lopez recherchierte.

Für Helen hatte der interessanteste Teil der Arbeit darin bestanden, Nachforschungen über die schöne, intelligente und beinahe unbezähmbare Geliebte von Lopez anzustellen. Ella Lynch war irischer Abstammung, hatte eine französische Erziehung genossen und war auf den Namen Elisa Alicia getauft worden. Mit fünfzehn hatte sie einen Offizier der französischen Armee namens Xavier Quatrefages geheiratet und war von ihm drei Jahre später seinem Kommandeur überlassen worden.

Ella hatte außerdem noch eine kurze Romanze mit einem Russen, der sie in Paris zu einer der berühmtesten Kurtisanen machte, und wurde mit neunzehn von einem paraguayischen General annektiert, der beabsichtigte, Kaiser zu werden, und stieg danach zur ungekrönten Herrscherin über Francisco sowie Paraguay auf, bis Francisco im Jahre 1870 seinen letzten Kampf gegen die Brasilianer focht und verlor.

Sie begrub ihren Geliebten mit bloßen Händen unter den hämischen Blicken der brasilianischen Soldaten. Zu diesem Zeitpunkt war Ella siebenunddreißig Jahre alt. Es dauerte noch weitere zwanzig Jahre, bis sie schließlich selbst starb, ausgehungert und mittellos, auf einer dünnen, schmutzigen Matratze in einem Pariser Armenhaus.

Ella hatte Francisco vier Söhne geschenkt. Pancho, der Älteste, war an ihrer Seite von einem brasilianischen Korporal erstochen worden. Auch ihn begrub sie mit bloßen Händen. Helen hatte zwar keine Ahnung, was mit den anderen beiden Söhnen geschehen war, doch sie wußte, daß der Biograph William E. Barrett mit einer Frau gesprochen hatte, die mit dem vierten Sohn verheiratet gewesen war und ihm zwei Töchter geschenkt hatte. Vielleicht gab es noch mehr Enkelkinder, vielleicht sogar Urenkel. Ella hatte außerdem eine Tochter großgezogen, die Francisco mit einer anderen Frau gezeugt hatte. Juristisch gesehen war sie bis an ihr Lebensende gezwungen, Elisa Alicia Quatrefages zu bleiben, auch wenn ihr Ex-Ehemann es auf irgendeine krumme Tour geschafft hatte, sich von ihr scheiden zu lassen, ohne daß sie von ihm geschieden wurde.

Das ihr all das ausgerechnet jetzt einfallen mußte! Helen, die sich inzwischen wieder gefangen hatte, lächelte den Leutnant an und nickte.

»Vielen Dank, das ist gut zu wissen. Wie ich eben bereits ausgeführt habe, haben Mr. Childe und sein Komplize Miss McBogle an Händen und Füßen gepackt.«

»Sie haben sie nicht zuerst bewußtlos geschlagen?«

»Nein. Mr. Childe hatte den Knüppel, mit dem er Eustace niedergeschlagen hat, über Bord geworfen. Ich nehme an, er war sicher, daß er gemeinsam mit seinen vier abgerichteten Bären leichtes Spiel haben würde, drei wehrlose Frauen zu überwältigen. Womit er ja auch recht hatte, wie Sie wissen. Als ich versucht habe, Miss McBogle zu helfen, haben die beiden Männer, die bis zu diesem Zeitpunkt an dem ganzen Tumult nicht teilgenommen hatten – die beiden Männer dort drüben –, mich ebenfalls an Händen und Füßen gepackt. Die vier haben uns hin und her geschaukelt, dann haben sie bis drei gezählt und uns so weit wie möglich über Bord geworfen.«

Leutnant Blaises Gesicht zuckte. »War der Mann am Steuerrad ebenfalls an dem Mordversuch beteiligt?«

»Einspruch, Leutnant!« Roland Childe hatte offenbar sein altes Selbstbewußtsein wiedergefunden. »Der Begriff Mordversuch scheint mir reichlich unangemessen. Es handelte sich lediglich um einen kleinen Scherz, der allerdings zugegebenermaßen ein wenig rauh ausgefallen ist. Wir hätten die Damen sofort wieder aus dem Wasser gefischt, wenn nicht plötzlich dieser Riesenwal aufgetaucht wäre und uns angegriffen hätte. Die kräftige Dame dort drüben ist durchgedreht und über Bord gesprungen, dann ist auch noch unser Steuermann in Panik geraten und hat den Motor voll aufgedreht, bevor ich Zeit hatte, etwas zu unternehmen.«

Die einzige Methode, diesem unverschämten Lügner beizukommen, bestand darin, ihn zu ignorieren. Helen sprach unbeirrt weiter. »Um auf Ihre Frage zurückzukommen, Leutnant Blaise, nein, der Mann am Steuerrad war an dem Mordversuch nicht beteiligt.«

»Hat er denn versucht, die anderen an der Ausführung ihres Plans zu hindern?«

»Das würde ich nicht sagen. Er hat dagestanden und sich halbtot gelacht. Die Männer haben alle gelacht.«

»Was sagen Sie dazu, Miss McBogle? Stimmen Ihre Beobachtungen mit dem überein, was Mrs. Shandy gerade gesagt hat?«

»Sie hat mehr gesehen als ich«, antwortete Catriona. »Ich habe nicht gesehen, wie Eustace Tilkey niedergeschlagen wurde, weil ich mich, wie Mrs. Shandy bereits sagte, zu diesem Zeitpunkt noch unter Deck befand. Als ich den Bären am Steuerrad sah, habe ich ihn gefragt, wo Eustace sei, und er sagte, Eustace sei nach vorne gegangen, um nach Walen Ausschau zu halten. Das hat mir nicht eingeleuchtet. Ich konnte sehen, daß Eustace nicht auf dem Kajütendach stand, und Sie wissen ja, wie groß das Vorderdeck eines Hummerkutters ist. Außerdem war die ›Ethelbert Nevin‹ total vollgestellt mit dem Gepäck, das die Herren an Bord gebracht hatten.«

Catriona zögerte, fuhr dann jedoch fort. »Ich habe gerufen, aber Eustace hat nicht geantwortet. Ich glaube, dann habe ich gesagt: ›Ich sehe ihn aber gar nicht!‹ oder etwas in der Art. Smiley hier hat geantwortet: ›Dann geh ihn doch suchen!‹ oder so ähnlich. Er hat mich von hinten an den Handgelenken gepackt, und eine zweite Person hat meine Füße gepackt. Ich war so sehr damit beschäftigt, Smiley in den Arm zu beißen, daß ich nicht gesehen habe, welcher von den Bären es war, aber Mrs. Shandy hat sicher recht, mit dem was sie sagt. Sie ist Bibliothekarin und macht grundsätzlich nie Fehler. Iduna, du hast doch alles mitangesehen. Erzähl du weiter.«

Was Iduna dann auch tat. Es war vollkommen unmöglich, ihr nicht zu glauben. Als sie wiederholte, was sie beim Lippenlesen erfahren hatte, perlte der Angstschweiß der vier Bären so stark, das es einem beinahe schlecht werden konnte. Sogar Roland Childe sah aus wie jemand, den ein süßes Meerschweinchen beim Kraulen plötzlich ansprang und in die Halsschlagader biß.

»Ich hoffe, Sie haben die Koffer gefunden, die Cat eben erwähnt hat, sonst macht Helen sicher ein Heidentheater.«

»Koffer?« Leutnant Blaise wandte sich an den Mann direkt neben ihm. »Pulsifer, haben Sie irgendwelche Koffer gesehen, als wir die Männer aufgelesen haben?«

»Nein, Sir.«

»Aber vielleicht einen großen Fischkorb, eine Zubehörtasche und einen Koffer?« Helens Mund war so trocken, daß sie kaum noch ein Wort herausbekam.

»Nein, tut mir leid, Madam.«

»Aber die ›Ethelbert Nevin‹ ist doch gar nicht so stark beschädigt. Haben Sie denn gar nichts an Bord gefunden?«

»Doch, Madam. Wir haben all das gefunden, was man an Bord eines Kutters erwarten würde – Benzinkanister, Ködereimer, Nebelhorn, das Übliche. Im vorderen Schiffsrumpf, wo die ›Ethelbert Nevin‹ auf Grund gelaufen ist, befindet sich ein großes Leck, ansonsten ist das Boot noch ziemlich gut intakt. Wo haben die Koffer denn gestanden, Ma'am?«

»Auf dem Vordedeck. Eustace hat sie sorgfältig festgezurrt, und danach sind wir den größten Teil des Morgens recht langsam gefahren. Als ich das Boot zuletzt gesehen habe, standen die Koffer noch alle da. Der Weidenkorb und die anderen Sachen hatte er unter die Bank im Cockpit geschoben, dort müßten sie eigentlich sicher gewesen sein. Man konnte sie unmöglich übersehen.«

»Wir haben bestimmt nichts übersehen, Ma'am. Die Kerle müssen die Sachen über Bord geworfen haben, bevor sie aufgelaufen sind.«

»Aber warum hätten sie das tun sollen? Sie konnten doch unmöglich im voraus wissen, daß sie auflaufen würden. Sie haben das Boot doch nur gestohlen, weil sie ihr Diebesgut damit zu einem Käufer bringen wollten. Sie müssen es irgendwo auf der Insel versteckt haben, aus lauter Angst, Sie könnten die Koffer öffnen und die gestohlenen Sachen finden.«

»Und was haben die Männer gestohlen, Mrs. Shandy?« erkundigte sich Leutnant Blaise.

»Wetterfahnen.«

»Wie bitte?«

»Antike Wetterfahnen«, erklärte Helen. »Sie sind eine Menge Geld wert.«

»Und wieviel ungefähr, wenn ich fragen darf?«

»Nun ja, Häuptling Mashamoquet vom Stamm der Nipmuck hat 85 000 Dollar eingebracht, als er 1986 bei einer offiziellen öffentlichen Auktion versteigert wurde. Was Privatsammler unter der Hand für gestohlene Wetterfahnen bezahlt haben, wissen wir leider nicht. Ich kann Ihnen versichern, daß der Diebstahl von antiken Wetterfahnen ein höchst lukratives Geschäft ist. Und diese Wetterfahnen stammen von Praxiteles Lumpkin.«

»Dann sind sie wohl etwas extrem Besonderes?«

»Etwas ziemlich Besonderes sogar, Leutnant Blaise. So besonders, daß dieser Mann hier mehrere Scheunen und die gesamte Seifenfabrik in Lumpkinton niedergebrannt hat, um zu vertuschen, daß er und seine Komplizen sie gestohlen haben. Die Tatsache, daß er dabei einen unschuldigen Mann getötet und die Bewohner eines ganzes Dorfes um ihre Arbeitsplätze gebracht hat, scheint ihm nicht das Geringste auszumachen.«

»Warum auch?« sagte Childe seelenruhig. »Ich habe es schließlich nicht getan.«

»Unsinn«, widersprach Peter. »Selbstverständlich haben Sie es getan. Wir haben einen Zeugen, der Sie genau beschrieben hat. Er liegt übrigens mit Verbrennungen dritten Grades im Krankenhaus, weil er versucht hat, den Mann zu retten, der sich in der Talgküche aufhielt, als Sie mit Hilfe ihrer berühmten Wurftechnik die Handgranate in das Gebäude geschleudert haben.«

»Wovon reden Sie überhaupt? Leutnant, hier liegt eindeutig eine Verwechslung vor. Ich habe keine Ahnung, warum diese Leute so infame Lügen über mich verbreiten, aber ich bin nicht länger bereit, untätig herumzustehen und mir das anzuhören.«

»Oh, ich glaube, das sollten Sie aber«, sagte Leutnant Blaise. »Wo wollen Sie denn hin? Keine Sorge, Sie werden schon die Gelegenheit bekommen, sich zu verteidigen, wenn die Zeit reif ist. Momentan würde ich allerdings gern die Geschichte mit den Wetterfahnen klären. Wohin wollten die Männer sie bringen, Mrs. Shandy? Wissen Sie Näheres darüber?«

»Mr. Childe hat anscheinend einen reichen Käufer bei der Hand, aber wir können noch nicht mit Sicherheit sagen, ob sie die Wetterfahnen zu ihm oder zu einem Mittelsmann bringen wollten. Wissen Sie zufällig, wo es in Maine einen Ort namens Paraguay gibt?«

»Nein, aber das läßt sich herausfinden. Wir haben doch einen Atlas von Maine an Bord, Pulsifer?«

»Ja, Sir. Aber ich kann Ihnen auch so sagen, daß es in Maine keinen Ort namens Paraguay gibt, es sei denn, es ist der Name eines Privathauses oder so. Ich habe sämtliche Ortsnamen auswendig gelernt, als ich letzten Februar in ›Kennen Sie Maine‹ aufgetreten bin.«

»Das ist eine bekannte Quizsendung«, erklärte Catriona McBogle ihren ortsfremden Freunden. »Haben Sie gewonnen, Mr. Pulsifer?«

»Ja, Ma'am.«

»In diesem Fall«, meinte Helen, »sollten wir wohl davon ausgehen, daß Paraguay kein Ortsname, sondern ein Deckname ist. Der Mann, der die ›Ethelbert Nevin‹ auf Grund gesetzt hat, möchte uns vielleicht weiterhelfen, da er als einziger eine realistische Chance hat, als Kronzeuge mildernde Umstände zu bekommen. Also, wer ist Paraguay, Mr. Bär?«

»Ich kann Ihnen sagen, wer dieser Kerl hier ist«, unterbrach Guthrie. »Zumindest kenne ich den Namen, der in unseren Aufnahmeformularen steht. Er nennt sich John Doe Buck, ist im ersten Semester und dabei, in Dendrologie durchzurasseln. Was tust du hier bei diesen Ganoven, Buck? Na komm schon, mach es nicht noch schlimmer, als es sowieso schon ist. Wer ist Paraguay?«

»Ich weiß nicht, was Sie meinen«, murmelte der Mann, der am Steuerrad gestanden hatte.

»Unsinn, natürlich wissen Sie das«, stachelte Helen ihn an. »Wie lautet Ihr eigener Deckname?«

»Gib keine Antwort!« rief Roland Childe, doch es war schon zu spät. Der Mann hatte bereits »Peru« gemurmelt.

»Vielen Dank, Mr. Buck, oder Peru, wenn Ihnen das lieber ist. Und Mr. Childes Deckname ist selbstverständlich Brasilien.«

Peru war total verdattert, genau wie die anderen drei Bären. »Woher weiß die das?« flüsterten sie einander zu.

»Weil da die größten Spinner herkommen«, antwortete sie mit Unschuldsmiene. »Wo sind denn nun die Wetterfahnen, Peru?«

»Maul halten!« Childe war inzwischen genauso in Schweiß gebadet wie seine Kumpane. »Lieber sterben als gestehen! Denkt an euren Schwur, Männer!«

Mit einer blitzschnellen Bewegung griff er in die Brusttasche seiner Drillichjacke, zog etwas winzig Kleines heraus und steckte es sich in den Mund. Seine Komplizen, die darauf gedrillt waren, Befehle auszuführen, taten es ihm nach.

»Grundgütiger!« rief Peter. »Sie haben Zyanid-Kapseln!«

»Und wir werden sie auch benutzen, wenn es sein muß«, sagte Childe mit gefährlicher Ruhe. »Zwingen Sie uns nicht dazu!«

»Ihr seid ein Haufen Dummköpfe. Spuckt das Zeug sofort aus«, befahl Leutnant Blaise.

Die Männer blickten ihn an, bewegten sich jedoch nicht. Iduna bekam die Situation schließlich in den Griff. Sie ging auf Peru zu und streckte ihm ihre offene Hand entgegen.

»Nun komm schon, John Doe. Sei ein braver Junge und spuck das Ding aus.«

Das Zottelwesen starrte wild in Idunas gebieterische blaue Augen. Schließlich stieß es einen Laut aus, der sich wie ein Schluchzen anhörte, und spuckte.

»Siehst du, so ist es gut. Braver Junge.«

Er hätte genausogut ein gehorsamer Schäferhund sein können. Iduna strich ihm kurz über den Bart und baute sich vor dem nächsten Bären auf. Dann ging sie zum nächsten und wieder zum nächsten. Vier gefährlich aussehende weiße Kugeln lagen speichelnaß in ihrer rosigen, weichen Hand. Jetzt stand sie vor Roland Childe.

»Geben Sie auf, Roland.«

Er sprach mit zusammengebissenen Zähnen. »Ich stehe zu meinem Schwur.«

»Sie tun genau das, was ich Ihnen sage.«

Iduna griff um ihn herum und versetzte ihm einen mächtigen Schlag zwischen die Schulterblätter. Sein Mund klappte auf, und das Objekt, das er in der Wange versteckt gehalten hatte, flog in hohem Bogen nach draußen. Iduna fing es im Flug auf.

»Ein Zitronenbonbon!«

Iduna präsentierte es den anderen. »Du hinterlistiger kleiner Rotzbengel! Du hättest diese vier Dummköpfe eiskalt über die Klinge springen lassen, nur um deine eigene Haut zu retten und dich aus der Sache herauszulügen. Ich schwöre bei Gott, wenn ich eine Bjorklund-Kutschpeitsche hätte, würde ich dir damit ordentlich eins überziehen, das kannst du mir glauben, du Nichtsnutz!«

Kapitel 16

Nach dieser Wende war es kein Problem mehr, die vier Bären zum Sprechen zu bringen. Leider hatten weder Peru, Argentinien, Kolumbien noch Venezuela sonderlich viel zu sagen. Peru gab zu, daß er sich auf Paraguays Anweisung hin, die ihm von Roland Childe, ihnen als Brasilien bekannt, übermittelt worden war, in der Forstwirtschaftsschule eingeschrieben hatte. Alle gaben übereinstimmend an, Paraguay sei eine Person und kein Ort. Sie gingen außerdem davon aus, daß es sich bei der mysterösen Person um einen Mann und keine Frau handelte, was man bei Typen dieses Schlages kaum anders erwartet hätte. Sie glaubten alle, daß besagtes Treffen höchstwahrscheinlich in New Haven, Connecticut, oder Umgebung stattfinden würde, da Brasilien ihnen auf der Karte gezeigt hatte, welche Reiseroute er zu nehmen gedachte. Doch sie wußten natürlich nicht, ob Brasilien ihnen die Wahrheit gesagt hatte. Das Zitronenbonbon hatte ihren Glauben an ihn merklich erschüttert.

Was die Wetterfahnen betraf, hatte man diese sofort in Sicherheit gebracht, nachdem die ›Ethelbert Nevin‹ aufgelaufen war. Mit Hilfe von Händen und Messern hatten sie an der einzigen geeigneten Stelle, die sie auf der Insel hatten finden können, ein Versteck gegraben. Peru präsentierte Iduna die Blasen an seinen Händen, vielleicht in der Hoffnung, noch einen tröstenden Klaps auf die Wange zu bekommen. Doch Iduna vertrat die herzlose Position, daß es sich um eine wohlverdiente Strafe handelte und er sich gar nicht erst mit einem Scheusal wie Brasilien hätte einlassen sollen.

Als sie mit der Befragung fertig waren, näherte sich das Boot der Küstenwache bereits Hocasquam. Leutnant Blaise hatte über Funk dem zuständigen Sheriff mitgeteilt, daß er eine Piratenbande an Bord habe, so daß sie beim Anlegen von einem eindrucksvollen Polizeiaufgebot erwartet wurden. Die Gefangenen wurden ins Staatsgefängnis von Thomaston gebracht, wo sie so lange schmoren würden, bis offiziell Anklage gegen sie erhoben wurde.

Catriona fiel es schwer, den Schauplatz des Geschehens zu verlassen, doch sie sorgte sich um ihre Katzen. Sie schlüpfte wieder in die immer noch klamme Jogginghose und das Sweatshirt, dankte Leutnant Blaise dafür, daß er so nett gewesen war, ihr seine Ausgehuniform zu leihen, und ging gemeinsam mit Guthrie Fingal von Bord, der im selben Moment, als er von Miss McBogles Heimkehrabsichten erfuhr, plötzlich sehr besorgt um seine Scheune geworden war. Iduna und ihr Picknickkorb schlossen sich den beiden an, sehr zum Bedauern des Maschinisten und des Steuermannsmaats.

Nur Helen wich nicht von der Stelle. »Tut mir leid, Cat«, sagte sie, »aber ich kann unmöglich das Boot verlassen, bevor wir nicht zurückgefahren sind und die Wetterfahnen in Sicherheit gebracht haben.«

»Und ich möchte Helen nicht verlassen«, fügte Peter hinzu. »Ich hoffe nur, daß wir Ihnen keine zu großen Umstände machen, Leutnant Blaise.«

»Ganz und gar nicht, Mr. Shandy. Wir freuen uns, Sie bei uns an Bord zu haben.«

Catriona versuchte erst gar nicht, die Shandys von ihrem Vorhaben abzubringen. »Dann nehmt ihr am besten meine Wagenschlüssel. Iduna und ich können mit Guthrie fahren. Seid ihr sicher, daß ihr den Weg zurück findet?«

»Kein Problem«, versicherte Peter. »Aber wartet besser nicht mit dem Abendessen auf uns.«

Doch ihre Reise war weitaus kürzer als erwartet. Sie hatten die Hocasquam Bucht kaum verlassen, als Leutnant Blaise bereits ein Notsignal erhielt. Einige Hummerfischer lagen sich in den Haaren, und er war gezwungen, seinen Kurs zu ändern. Helen und Peter genossen das prickelnde Gefühl, von einem Hubschrauber vom Deck aufgenommen und durch die Luft zu der Stelle gebracht zu werden, wo die ›Ethelbert Nevin‹ Schiffbruch erlitten hatte.

Das Versteck war kinderleicht zu finden, schon nach kurzer Zeit entdeckten sie die aufgewühlte Erde, die nicht sehr überzeugend mit ein paar Felsstücken kaschiert worden war. Die beiden Koffer, der Weidenkorb, der Gerätekoffer und die Zubehörtasche waren nicht sonderlich tief vergraben und ließen sich leicht hervorziehen.

»Viel Mühe haben sie sich mit dem Graben wirklich nicht gemacht«, brummte Peter.

»Sie haben offenbar geglaubt, sie könnten ihre Beute wieder zurückholen, sobald sie ein anderes Boot gekapert hätten«, meinte Helen. »Scheußliche Kerle! Na, dann nichts wie los, Peter. Mach die Koffer auf und laß uns nachsehen, was drin ist. Ich traue mich kaum hinzuschauen.«

Doch ihre Bedenken stellten sich als unbegründet heraus. Sie fanden die drei kürzlich entwendeten Wetterfahnen, die sorgfältig in einen *Sprengel-Anzeyger* eingewickelt waren. »Wie schade, daß Swope kein Foto davon machen kann«, bemerkte Peter, doch Helen hörte gar nicht zu. Sie war viel zu sehr damit beschäftigt, Praxiteles Lumpkins Meisterwerke nach etwaigen Beschädigungen zu untersuchen.

Der Mann im Badezuber hatte eine kleine Delle in der Badebürste davongetragen, doch das ließ sich leicht reparieren. Die Kuh mit Eimer dagegen war nicht sehr pfleglich behandelt worden, der Eimer mußte dringend restauriert werden. Guthrie Fingals Baumfäller war in Topzustand. Helen war entzückt.

»Schau mal, Peter, er hat sogar ein Eichhörnchen auf dem Kopf. Als ich die Fotos gemacht habe, dachte ich, es wäre irgendein komischer Hut.«

»Wahrscheinlich ist es eine alte Tradition hier in Maine, Eichhörnchen auf dem Kopf zu tragen. Was ist denn eigentlich in dem Fischkorb hier? Grundgütiger, Helen, sie hatten vor, die ›Ethelbert Nevin‹ zu tarnen.«

Peter entfaltete das Stück bemalte Leinwand, das er im Korb gefunden hatte, und breitete es auf dem Boden aus. Es war genau so zugeschnitten, daß es auf den oberen Heckteil des Bootes paßte, und kunstvoll mit Buchstaben bemalt, die alt und verwittert aussahen. Der neue Name des Bootes lautete:

GUY LOMBARDO
ROCK

Um welchen Ortsnamen mit dem Zusatz »Rock« es sich handelte, hatte man geschmackvoll unkenntlich gemacht.

»Clever«, bemerkte Helen. »Hier gibt es viele Orte mit ›Rock‹. Der Heimathafen könnte überall und nirgends sein. Im Gerätekoffer ist noch ein Stück Leinwand mit Zahlen, wahrscheinlich wollten sie damit die richtige Registriernummer des Bootes verdecken. Und in der Zubehörtasche befindet sich ein Topf mit Klebstoff. Die Kerle müssen sich superschlau vorgekommen sein.«

Peter hielt das Stück Leinwand mit den Zahlen an das Boot. »Maßgeschneidert, würde ich sagen, auf alt getrimmt, damit es genau zum

Bootsrumpf paßt. Das können sie nicht von heute auf morgen gemacht haben, was meinst du, liebste Helen? Ich frage mich nur, wie sie es geschafft haben, daß die Stücke so haargenau passen.«

»Sie haben das Boot abgemessen und jemanden Fotos machen lassen.«

Helen hätte an dieser Stelle von Elisa Alicia Quatrefages berichten können – vielleicht hätte sie dies sogar unbedingt tun sollen –, doch der Hubschrauberpilot wurde allmählich ungeduldig und wollte sie wieder nach Hocasquam zurückbringen. Er hatte über Funk eine weitere Gruppe Polizisten angefordert, die sofort nach der Landung die Beute in Empfang nehmen sollte, da es sich um Beweisstücke handelte, die sichergestellt werden mußten. Spätestens dann würde sie es ihnen sagen müssen, doch zuerst wollte sie mit Peter sprechen, schließlich war Guthrie Fingal ein alter Freund von ihm.

»Jammerschade, daß Sie den Wagen noch abholen müssen«, sagte der Pilot hilfsbereit, als er sich von ihnen verabschiedete. »Ich hätte Sie auch vor Ihrer Haustür absetzen können.«

»Ach, das ist schon in Ordnung«, sagte Peter. »Vielleicht ein andermal.«

»Wozu es hoffentlich nie kommen wird«, fügte er hinzu, als der Hubschrauber wieder abgehoben hatte.

Sie übergaben der Polizei die beiden Koffer, den Korb, den Gerätekoffer sowie die Zubehörtasche und erhielten eine Quittung. Helen teilte den tief beeindruckten Polizisten mit, wie wichtig und wertvoll die ihnen anvertraute Fracht war. Sie versprachen, besonders gut auf die Kuh und den Eimer, den Mann im Zuber und den Holzfäller mit dem Eichhörnchen auf dem Kopf aufzupassen. Um einiges erleichtert stieg sie in den Wagen.

»Soll ich fahren, Liebling? Du bist bestimmt völlig geschafft, nachdem du den ganzen Weg hergefahren bist, um uns und die Wetterfahnen zu retten.«

»Du hast mehr durchmachen müssen als ich, geliebtes Wesen. Mit deiner Erlaubnis spiele ich diesmal den Steuermann.«

Nach den üblichen Schwierigkeiten, die mit einem fremden Wagen zu erwarten waren, gelang es Peter, den Schlüssel richtig herum ins Zündschloß zu stecken, und sie fuhren los. Diesmal dauerte die Fahrt ziemlich lange. Peter mußte dringend eine Weile mit Helen allein sein, und ihr ging es nicht anders. Schließlich verließen sie die Straße, fuhren auf einen kleinen Waldweg und fielen sich in die Arme wie zwei verliebte Teenager.

»Erzähl mal, was du die ganze Zeit gemacht hast, Peter.« Helen klang ein wenig außer Atem, was unter den gegebenen Umständen nicht überraschte. Peter räusperte sich.

»Hmja, Liebes, ich habe die letzte Nacht mit einer anderen Frau verbracht.«

»Wie schön für sie«, erwiderte Helen höflich. »Könntest du das bitte näher erläutern?«

»Mit dem allergrößten Vergnügen.«

Peter erläuterte, ließ jedoch die etwas gefährlicheren Einzelheiten mit Kugeln und Sümpfen aus. Wie erwartet, zeigte sich Helen pflichtschuldig schockiert, außerdem war sie natürlich auch fasziniert.

»Was für eine bemerkenswerte Frau! Meinst du, es besteht die Möglichkeit, daß ich sie persönlich kennenlerne?«

»Das wird sich noch zeigen, Schatz. Ich habe den Verdacht, daß Miss Binks vielleicht gar nicht so einzelgängerisch ist, wie sie behauptet, doch man sollte die Sache vorsichtig angehen. Ich denke, Bücher sind in ihrem Fall der wirkungsvollste Köder. Du könntest ein paar Turgenjews, Tennysons und Trollopes auslegen und sie dir schnappen, wenn sie bei den ›Kirchtürmen von Barchester‹ angekommen ist. Und nun zu dir, Liebling, welchen Teil deines Abenteuers hast du mir bisher verheimlicht?«

»Ich dachte mir schon, daß du es gemerkt hast. Aber du wirst es bestimmt nicht gern hören. Du weißt doch, daß Gutrie Fingal verheiratet ist, oder?«

»Zunächst habe ich dies angenommen. Doch die letzten Entwicklungen haben diese Annahme beträchtlich ins Wanken gebracht.«

»Dann ist es dir also auch aufgefallen? Peter, ich mache mir schreckliche Sorgen. Cat war untröstlich, als Ben damals gestorben ist. Das ist etwa fünfzehn Jahre her, und soweit ich weiß hat sie seitdem keinen Mann auch nur angesehen. Oder jedenfalls nicht, bis sie nach Sasquamahoc gezogen ist.«

»Was hat sie zu diesem Ortswechsel veranlaßt?«

»Das sogenannte Stromaufwärts-Syndrom, nehme ich an. Irgendwann spült die Abendflut alles nach Hause zurück. Cat ist hier in der Gegend geboren. Sie behauptet, es sei in einer Dorfschmiede während der Februarfröste gewesen, doch ich vermute, daß es sich dabei um eine Hyperbel handelt. Aber Cat ist nur am Rande involviert, da es in Wirklichkeit um Guthries Frau geht. Der eigentliche Hammer ist, daß Mrs. Fingal sich Elisa Alicia Quatrefages nennt.«

»Sollte ich mir jetzt gegen die Stirn schlagen und in Verzückung geraten? Zweifellos ist der Name Elisa Alicia Quatrefages äußerst bedeutungsschwanger und mir sollte bestimmt schon ein ganzer Fackelzug aufgegangen sein, aber ich muß gestehen, daß ich keinen blassen Schimmer habe, auf was du anspielst.«

»Bedeutungsschwanger ist daran nur, daß es genau der Name ist, den eine Frau, die besser unter ihrem Mädchennamen Ella Lynch bekannt ist und in den sechziger Jahren des vorigen Jahrhunderts eine Schlüsselrolle in der Geschichte von Paraguay spielte, nach ihrer Eheschließung angenommen hat. Und Paraguay ist offenbar der Deckname des Mannes, dem Roland Childe und seine Mannen die Wetterfahnen aushändigen sollten.«

»Aber verflixt und zugenäht, Helen, das heißt doch noch lange nicht, daß die beiden etwas miteinander zu tun haben müssen.«

»Und was hältst du davon, daß Eustace Tilkey uns erzählt hat, daß Guthrie Fingals Frau in der letzten Zeit auffallend oft in der Bucht von Hocasquam herumgelungert hat und die ›Ethelbert Nevin‹ abgelichtet hat? Nach allem, was ich von Cat gehört habe, ist sie eine Art Künstlerin, die Krimskrams und Nippzeug für New Yorker Boutiquen anfertigt und regelmäßig jeden Monat wer weiß wie lange verschwindet, angeblich um ihre Kunstwerke an den Käufer zu bringen. Möchtest du deine eigenen Schlüsse daraus ziehen, oder soll ich es für dich tun?«

»Spar dir die Mühe, meine Einzige. Wie minderbemittelt meine geistigen Kapazitäten auch sein mögen, diesen Zusammenhang vermag ich immer noch zu erkennen. Jetzt stellt sich allerdings die Frage, wie in aller Welt wir Guthrie die Neuigkeit schonend beibringen.«

»Ich würde sagen, noch dringender stellt sich die Frage, ob Guthrie dies nicht schon längst weiß.«

»Völlig unmöglich! Guthrie ist ein anständiger Kerl!«

»Mit dem du seit Ewigkeiten nichts mehr zu tun hattest.«

»Was beweist das schon? Ändern Leoparden etwa ihre Flecken?«

»Ist Guthrie etwa ein Leopard? Ich habe ja gleich gesagt, daß es dir nicht gefallen würde, Peter.«

»Womit du wie immer völlig recht hattest. Es gefällt mir wirklich nicht, verfluchte Hacke! Warum hätte Guthrie seine Scheune abfackeln sollen, bloß um seine eigene Wetterfahne zu stehlen?«

»Ich möchte nicht streitsüchtig erscheinen, Liebling, aber die Scheune ist mitnichten abgebrannt, sie wurde lediglich beschädigt.

Außerdem stellt sich die Frage, ob die Scheune und die dazugehörige Wetterfahne wirklich Guthrie gehören und nicht vielleicht einem eigenständigen Institut, das einem Kuratorium untersteht. Glaubst du wirklich, daß Guthrie so einfach auf die Scheune klettern, sich die Wetterfahne schnappen, sie wegschleppen und an einen hypothetischen reichen Sammler verkaufen und sich den Erlös in die eigene Tasche stecken kann, ohne daß einer auch nur ein einziges Wort darüber verliert?«

»Nein, aber ich glaube auch nicht, daß Schweine fliegen können«, erwiderte Peter düster. »Ich vermute, ich muß dir recht geben, was die Dingsbumsherstellerin betrifft, aber ich bringe es einfach nicht über mich zu glauben, daß Guthrie etwas damit zu tun hat. Und was sollen wir jetzt machen?«

»Abwarten und Tee trinken, meinst du nicht?«

»Wieviel Tee müssen wir denn noch trinken? Ich hatte gehofft, wir könnten morgen wieder nach Hause fahren.«

»Ich auch. Ich hatte auch nicht unbedingt gemeint, daß wir hier abwarten sollten. Jetzt wo die Polizei eingeschaltet ist, sehe ich ohnehin keinen Grund, warum wir noch in Sasquamahoc bleiben sollten.«

»Hast du der Polizistenmeute von Elisa Alicia Quatrefages erzählt? Ich kann mich nicht daran erinnern, ihren Namen gehört zu haben.«

»Ich hatte es vor«, gab Helen zu, »aber der Beamte, der meine Aussage aufgenommen hat, hat mir keine Gelegenheit dazu gegeben. Du hast es ja selbst gehört. Jedesmal, wenn einer von uns versucht hat, etwas einzuwerfen, das er für unwichtig hielt, hat er ›Mich interessieren nur die Fakten, Ma'am‹ geblafft wie Jack Webb in seiner Polizeiserie. Ich hielt daher jeden weiteren Versuch für sinnlos. Außerdem fällt es mir schwer, eine Frau anzuschwärzen, die ich noch nie im Leben getroffen habe, nur weil sie zufällig einen ungewöhnlichen Namen hat.«

»Und noch schwerer, den Gatten dieser Frau in die Sache hineinzuziehen, bloß weil seine Scheune zufällig nur halb abgebrannt ist«, konnte Peter sich nicht verkneifen.

Helen warf ihm einen gequälten Blick zu. »Du mußt es ja wissen, Schatz. Komm, wir fahren.«

Sie fanden den Weg nach Sasquamahoc ohne Schwierigkeiten. Catriona, Iduna und Guthrie hatten es sich auf dem Rasen neben dem Haus in Liegestühlen bequem gemacht, jeder bewaffnet mit einem großen Glas voll Eis, Limonensaft und zweifellos ein oder zwei weiteren Ingredenzien. Sie begrüßten die Shandys stürmisch.

»Hast du die Windmühlen gefunden?« rief Cat.

»Wetterfahnen«, korrigierte Helen.

»Egal. Habt ihr sie nun gefunden? Wo sind sie denn?«

»Wir haben sie gefunden, aber sie liegen als Beweisstücke bei der Gendarmerie der berittenen Marine oder wer auch immer die dreiundsiebzig Autoritätspersonen waren, die uns am Dock erwartet haben. Wir sind sogar mit dem Hubschrauber geflogen. Leutnant Blaise mußte einen Hummerkrieg schlichten. Fragt mich bitte nicht, aus welchem Grund sich die Hummer bekriegt haben, ich habe nämlich keinen blassen Schimmer.«

»Ich hätte mehr von dir erwartet, Marsh. Wollt ihr einen Drink?«

»Ja, gern, aber zuerst möchte ich ein Bad nehmen und mich umziehen. Peter kann hier bleiben und euch alles erzählen. Der arme Kerl hatte bisher noch keine Gelegenheit, sich irgendwo in Ruhe hinzusetzen.«

Helen hauchte einen Kuß auf die Stelle, an der sich Peters Haar verdächtig zu lichten begann, und begab sich ins Haus. Peter ließ sich dankbar in den Liegestuhl fallen, den Catriona für ihn herbeigeholt hatte, und wartete darauf, daß Guthrie ihm seinen Drink kredenzte.

Wer auch immer dieses vornehme alte Haus gebaut hatte, mußte ein gutes Auge für landschaftliche Schönheit gehabt haben. Peter genoß die Schlichtheit und die wunderschöne Lage des Gebäudes. Nach all den unruhigen Wassermassen konnte er sich nicht sattsehen an den sanft gewellten Hügeln und weiten Feldern. Die vielen schwarzäugigen Susannen ließen zwar darauf schließen, daß Catriona McBogles Felder einige Wagenladungen besten Düngers nötig hatten, doch er mußte zugeben, daß die hübschen orangegelben Sterne dem Miteinander von sittsamen weißen Margariten und blaulila Wicken eine gewisse heitere Note verliehen.

Er erzählte, bekam seinen Drink, trank ein paar Schlucke und stellte das Glas neben sich ins Gras. Er fand es danach viel zu mühselig, es bis an die Lippen zu führen. Es war auch viel zu mühselig, die Augen offenzuhalten. Als Helen wieder draußen erschien, strahlend sauber und in ein Sommerkleid mit Blumenmuster gehüllt, fand sie ihren Gatten schlafend und ihre Freunde auch nicht sonderlich wach vor.

»Na, ihr seid mir ja eine muntere Gesellschaft! Nein, Guthrie, bleiben Sie bitte sitzen. Ich nehme mir Peters Drink. Ich wollte sowieso nur ein ganz klein wenig, sonst schlafe ich nachher auch noch ein. Cat, wie wär's, wenn Peter und ich euch alle zum Abendessen einladen würden? Gibt es hier irgendwo in der Nähe ein einigermaßen gutes Restaurant?«

»Nein, gibt es nicht und kommt auch gar nicht in Frage. Wir werden schon irgendwas in meiner Küche auftreiben. Du bleibst doch zum Essen, nicht, Guthrie?«

»Danke für die Einladung, Cat, aber ich bin ohnehin schon viel zu lange weg gewesen. Ich mache mich besser auf die Socken, ich werde bestimmt schon in der Schule erwartet. Helen, Sie und Peter werden doch hoffentlich morgen früh nicht einfach losfahren, ohne sich von mir zu verabschieden?«

»Daran hätten wir nicht mal im Traum gedacht«, versicherte sie ihm. »Würde mich nicht wundern, wenn Peter später noch kurz bei Ihnen vorbeischaut, vorausgesetzt natürlich, daß wir ihn soweit wach bekommen, daß er sein Abendessen zu sich nehmen kann. Sie sind doch zu Hause, nicht wahr?«

»Klar. Ich bin auf jeden Fall da. Im allgemeinen entferne ich mich nicht weit von meinem Heim.«

»Seine Frau ist der Globetrotter in der Familie.« Catriona nahm ihm anscheinend übel, daß er nicht zum Abendessen blieb, vermutete Helen, sonst hätte sie sicher so ein delikates Thema nicht aufs Tapet gebracht. »Wo ist sie denn diesmal hin, Guth?«

Er zuckte mit den Achseln. »Was weiß ich? New York, glaube ich. Ich habe längst aufgegeben, ihre Reisen zu verfolgen. Also dann, bis später, Leute. Vielen Dank für den Drink.«

Kapitel 17

Iduna schüttelte mitfühlend ihre silbergoldenen Locken. »Wenn das die Früchte der Frauenbewegung sein sollen, dann kann ich nur sagen: pfui Teufel. Sich vorzustellen, daß eine Frau einfach wochenlang verschwindet, ohne ihrem Mann auch nur zu sagen, wo sie hinfährt! Das könnte ich Daniel ebensowenig antun, wie ihm zu befehlen, morgens aufzustehen und mein Frühstück zu machen.«

»Bei uns macht Peter normalerweise immer das Frühstück«, gestand Helen. »Aber ich weiß, was du meinst, Iduna. Ich würde mich auch nicht so ohne weiteres davonmachen, wenn es sich irgendwie vermeiden ließe, und ich würde ganz bestimmt nicht wollen, daß Peter mir so etwas antäte. Ich möchte deine Freunde wirklich nicht kritisieren, Cat, aber die Fingals scheinen eine etwas merkwürdige Ehe zu führen.«

Inzwischen hatten sie es sich alle in der riesigen Küche gemütlich gemacht und schauten ihrer Gastgeberin dabei zu, wie sie mit der Erfahrung aller Gastgeberinnen, die auf dem Lande lebten und daran gewöhnt waren, im Sommer Scharen von Besuchern zu beköstigen, im Handumdrehen die leckersten Dinge hervorzauberte. Die Wucht, mit der Catriona die Platte mit kalten Brathähnchen auf den Tisch knallte, war wohl nicht beabsichtigt gewesen.

»Meinetwegen brauchst du wirklich nicht um den heißen Brei herumzuschleichen, Marsh. Außerdem geht es mich nichts an, was Guthrie und Elisa Alicia mit ihrem Leben anfangen.«

»Unsinn, Cat. Ich kenne keine akademischen Kreise, in denen sich nicht jeder brennend für das Privatleben des anderen interessiert. Ich kann mir nicht vorstellen, daß es hier oben bei euch anders sein sollte. Oder sollte ich lieber hier unten sagen?«

»Nur wenn du damit Lubec oder Eastport meinst, aber heutzutage kümmert das sowieso keinen mehr, höchstens die Wetterfrösche vom

Fernsehen. Okay, Leute, Zeit für die Raubtierfütterung. Das Abendessen ist angerichtet.«

Sie hatte frischen Spargel gekocht, gerade lange genug, daß er schön zart und trotzdem noch fest war, frischen Kopfsalat vom Feld neben dem Haus geholt, dazu gab es frisches Brot, das die Dame am anderen Ende der Straße mit viel Liebe und ein wenig Dill gebacken hatte. Zum Nachtisch gab es frische Erdbeeren.

»Ich habe die Hähnchen für alle Fälle sofort in den Backofen geschoben, nachdem ihr angerufen habt. Ich beziehe mein Geflügel immer von Harriet McCombs Geflügelfarm drüben in Squamasas. Sie rupft die Tierchen höchstpersönlich.«

Catriona plauderte weiter über Hühnchen und Hähnchen, bis es Helen zuviel wurde und sie beschloß, den Stier bei den Hörnern zu packen. »Cat, hör mir mal zu. Die Fingals gehen dich sehr wohl etwas an, sie gehen sogar uns etwas an! Guthrie war schon mit Peter befreundet, als du ihn noch gar nicht kanntest, und wir haben allen Grund anzunehmen, daß er sich momentan in großen Schwierigkeiten befindet. Falls er dir irgend etwas bedeutet, solltest du uns lieber gleich alles erzählen, was du über Elisa Alicia Quatrefages weißt. Ich interessiere mich für sie, weil ich befürchte, daß sie das fehlende Verbindungsglied zu Paraguay ist.«

Catriona hatte gerade eine Spargelstange aufgespießt. Sie begann, sie nervös hin und her zu schwenken. »Könntest du mir freundlicherweise verraten, was dich zu diesem Schluß bewogen hat?«

»Könntest du bitte freundlicherweise aufhören, mit deinen Spargel zu wedeln, bevor er über die Tischdecke fliegt?«

»Tut mir leid.« Catriona untersuchte ihren Spargel auf mögliche Beschädigungen, biß die Spitze ab und begann zu kauen. »Red weiter, altes Mädchen.«

Helen redete. Falls sie erwartet hatte, ihre Neuigkeit würde wie eine Bombe einschlagen, mußte sie sehr bald feststellen, daß sie sich geirrt hatte. Als sie ihre Erklärungen beendet hatte, nickte Catriona nur.

»Okay, Marsh. Was willst du wissen?«

Helen war auf eine sofortige Kapitulation nicht gefaßt gewesen und warf Peter einen hilflosen Blick zu. »Liebling, was wollen wir wissen?«

»Hmja, zuächst einmal würden wir gern wissen, wie Elisa Alicia aussieht, Cat.«

»Wie eine hirnlose Idiotin, die sich daran aufgeilt, die große Abenteuerin zu spielen. Langes schwarzes Haar, das sie sich kunstvoll zerzaust, enge schwarze Overalls, die sie mindestens bis zum Bauchnabel aufgeknöpft trägt, Unmengen bimmelnder Kettchen und klimpernder Armbänder, Ohrringe, die bis zum Schlüsselbein herunterbaumeln, vierzehn verschiedene Sorten Lidschatten –«

»Welche Augenfarbe hat sie?« unterbrach Peter.

»Welche Farbe ist denn gerade in Mode? Um die Wahrheit zu sagen, habe ich mir bisher noch nie die Mühe gemacht, mich durch die diversen falschen Wimpernschichten zu arbeiten, um die Farbe festzustellen. Glutvolles Braun, sollte man annehmen.«

»Die echte Elisa Alicia war blond und hatte helle blaugraue Augen«, sagte Helen. »Dennoch nehme ich an, daß sie, falls sie wirklich von Francisco Lopez abstammt, eher brünett ist.«

»Wenn sie in Wirklichkeit Lopez heißt, warum sollte sie sich dann Quatrefages nennen?« wollte Iduna wissen.

»Vielleicht weil es vornehmer klingt?« schlug Catriona vor. »Sie hat mir neulich mal damit in den Ohren gelegen, daß ich meinen Namen in Clarissa Armitage ändern sollte.«

»Warum das denn?« Iduna nahm sich noch etwas Spargel. »Meine Güte, der schmeckt wirklich hervorragend. Siehst du Elisa Alicia oft, wenn sie im Lande ist, Cat?«

»Na ja, ich versuche höflich zu sein, weil mir Guthrie leid tut, aber es kostet mich viel Überwindung. Ich nehme an, am meisten interessiert Sie wohl, wohin sie ihre Geschäftsreisen macht, nicht wahr, Peter? Die einzigen Städte, die sie in meiner Gegenwart erwähnt hat, waren New York und Boston. Ich kann mich an die Namen der einzelnen Geschäfte nicht mehr erinnern, muß allerdings zugeben, daß ich damit wahrscheinlich sowieso nichts anfangen könnte, weil ich nicht mal in New York einkaufen ginge, wenn man mich an den Stiefelabsätzen durch Macy's schleifen würde. Sie brüstet sich damit, daß sämtliche teuren Boutiquen an der Ostküste scharf auf ihren Schnickschnack sind.«

»Dann scheint sie ja richtig Geld zu machen.«

»Behauptet sie jedenfalls. Ich habe sie mal gefragt, ob es vielleicht daher kommt, daß sie ihre Kräuterkränze aus Haschisch macht, aber sie hat so getan, als sei es ein toller Witz.«

»Gibt es irgendwelche Anzeichen dafür, daß sie übermäßig reich ist? Zieht sie sich beispielsweise besser an, als es die Frau eines Pädagogen normalerweise tun würde? Ich vermute mal, Guthrie pflückt das Geld nicht gerade von den Bäumen, die er in seinen Baumschulen aufzieht.«

»Nein, ich glaube auch nicht, daß er in seinem Beruf schnell reich wird. Was die Kleidung von Elisa Alicia betrifft, ist ›besser‹ wohl kaum das *mot juste,* da sie eine Art perversen Genuß daraus zu ziehen scheint, sich so unvorteilhaft wie möglich zu kleiden. Aber sie kauft teure Klamotten, und ihr sogenannter Modeschmuck sieht aus, als sei er in Wirklichkeit echt. Guthrie würde es sowieso nicht merken, der arme Kerl. Ich weiß auch nicht, ob er ihr einfach alles glaubt, oder bloß aufgehört hat, ihr zuzuhören. Einmal hat sie allerdings selbst ihn aus der Fassung gebracht, da ist sie nämlich in seinem alten braunen Toyota weggefahren und in einer nagelneuen Limousine zurückgekehrt, einem knallgrünen Cadillac Sedan de Ville.«

»Herr des Himmels!« rief Peter. »Hat sie ihm das erklären können?«

»Sie hat ihm verklickert, der Toyota habe ihrer Persönlichkeit nicht entsprochen, außerdem sei der Kofferraum für ihre Handelsgüter zu klein gewesen. Sie hatte den Caddie bar bezahlt und den Toyota dann in Zahlung gegeben, daher blieb Guthrie nicht viel mehr übrig, als still vor sich hin zu kochen. Er hat sich bis jetzt standhaft geweigert, auch nur einen Fuß in den neuen Wagen zu setzen.«

»Dann fährt sie also immer ganz allein?«

»Soweit ich weiß, ja. Sie hat meist so viel zerbrechliches Zeug dabei, daß es so wahrscheinlich ohnehin am praktischsten ist. Sie behauptet immer, daß sie furchtbar gern fährt und sowieso nichts Besseres zu tun hat und es ihr daher nichts ausmacht, ein paar Tage mehr oder weniger unterwegs zu sein.«

»Dann packt sie einfach ihr Zeug zusammen und fährt los, sobald ihr danach ist?«

»Genau. Und sie sagt Guthrie nie, wohin sie fährt, wann sie zurückkommt oder wo er sie erreichen kann, falls er zufällig das Bedürfnis danach haben sollte. Vielleicht verbringt sie tatsächlich die ganze Zeit damit, ihren Kram zu verkaufen, vielleicht tut sie auch irgendwas völlig anderes. Aber die Sachen, die sie verkauft, macht sie wirklich selbst, ich habe schon oft gesehen, wie sie daran gearbeitet hat. Es sind zwar keine Sachen, die ich mir zulegen würde, aber sie sind recht hübsch gemacht. Sie kann gut malen und dekorieren, und könnte durchaus die Leinwand mit der Guy-Lombardo-Aufschrift als Tarnung für die ›Ethelbert Nevin‹ gemacht haben. Mehr weiß ich leider auch nicht, Peter. Ich weiß nicht mal, ob Guthrie sehr viel mehr über sie zu sagen hätte, aber das läßt sich ja leicht herausfinden. Möchten Sie Sahne zu den Erdbeeren?«

Peter nahm die Sahne dankend an und aß seine Erdbeeren in einem Zustand der Verwirrung, was er sehr bedauerte, da sie hervorragend schmeckten und seine ungeteilte Aufmerksamkeit verdient hätten. Danach entschuldigte er sich bei den Damen und machte sich auf, um seinem alten Schulfreund einen Besuch abzustatten.

Guthrie wirkte etwas niedergeschlagen, er stand einfach nur da und starrte gedankenversunken in das üppige Blattwerk einer Kastanie, die geradezu der ideale Nistplatz für Miss Binks gewesen wäre.

»Was ist los, Guth?«

»Ach, hallo, Pete. Nichts besonderes. Ich habe nur ein bißchen nachgedacht. Hast du schon zu Abend gegessen?«

»Ja. Du hättest bleiben sollen. Catriona ist eine hervorragende Köchin.«

»Ich weiß. Ich wäre schrecklich gern geblieben, aber – ach, verdammter Mist, Pete. Das Leben kann manchmal richtig grausam sein. Entschuldige bitte, ich will dich nicht deprimieren. Komm, ich zeige dir den Campus. Es ist hier bei uns sicher ganz anders als bei euch in Balaclava.«

»Es ist überall ganz anders als in Balaclava«, versicherte Peter. »Gelegentlich sogar in Balaclava selbst. Hast du Präsident Svenson je kennengelernt?«

»Ich habe von ihm gehört.« Guthrie sah nicht mehr ganz so traurig aus und begann zu grinsen. »Er scheint ein wahrer Teufelsbraten von einem Vorgesetzten zu sein.«

»Ach, so schlimm ist er auch wieder nicht. Wenigstens ist er nie langweilig.«

Sie schlenderten über das Schulgelände und tauschten akademische Klatschgeschichten aus. Guthrie weihte Peter in die Geheimnisse seiner neuesten Baumzucht ein, die der Gartenbauexperte Shandy faszinierend fand. Erst als es so dunkel geworden war, daß man nicht mehr erkennen konnte, was in den Baumschulen wuchs und gedieh, fiel Peter der eigentliche Grund für seinen Besuch wieder ein.

»Die Mücken fangen an zu stechen«, stellte er nicht ohne Grund fest, auch wenn sie damit schon vor einer ganzen Weile begonnen hatten. »Falls du mit dem Gedanken spielen solltest, mich auf einen Drink zu dir einzuladen, wäre jetzt der geeignete Moment, mich zu fragen. Was aber natürlich keineswegs ein Wink mit dem Zaunpfahl sein soll.«

»Du hattest schon immer eine sehr subtile Ader, Pete. Mann, bin ich froh, dich wiederzusehen. Dann nichts wie los! Das Gebäude da vorne ist mein Haus.«

Das Heim des Präsidenten in Sasquamahoc war nicht etwa ein Herrenhaus mit Säulenvorbau, sondern nur ein wenig imposantes einstöckiges Holzhaus, das vermutlich in den häßlichen Zwanzigern errichtet worden war. Die Holzschindeln waren in dem unbeschreiblichsten Gelbton gestrichen, den Peter je gesehen hatte. Vermutlich hatte Elisa Alicia die Farbe ausgesucht. Das Haus besaß eine nutzlose kleine Veranda und eine Eingangstür, die mit viereckigen kleinen Glasbausteinen in schreiendem Rot, Blau, Grün und Bernstein eingefaßt war. Ein großer Kranz aus Weinlaub, in den Kunstblumen, Trockengras, zahlreiche Perlhuhnfedern und zwei Auberginen aus Plastik integriert waren, sollte zweifellos den Besucher willkommen heißen, auch wenn das Arrangement auf Peter wenig einladend wirkte.

Nachdem Guthrie die Tür aufgeschlossen hatte, fand sich Peter mit einem riesigen Gesteck aus vergoldeten Binsen, Pampasgras und Pfauenfedern in einem Spucknapf aus lackiertem Messing konfrontiert. Als er nervös zurückschreckte, stolperte er über ein Stück Ast, das mit Gips überzogen war und anscheinend diversen Kunstvögeln als Nistplatz diente. Es gab sogar einige mit Schellack behandelte Nester aus buntem Raffiabast und Papierschlangen.

Entsetzt stellte Peter fest, daß darin echte, ausgeblasene Vogeleier lagen. Jeder Zweifel, daß Guthries unstete Gattin mit der Verbrecherbande, deren Abgang er erst vor kurzem hatte mitverfolgen dürfen, unter einer Decke steckte, löste sich auf der Stelle in Luft auf. Eine Frau, deren Gehirn eine derart scheußliche Eingangshalle aushecken konnte, war zu jeder Schandtat fähig.

»Komm, wir gehen in mein Arbeitszimmer«, drängte Guthrie. »Es ist der einzige Raum, den Elisa Alicia mit ihrem Gemütlichkeitstrieb verschont. Steht deine Frau auch auf so was?«

»Sie backt ab und zu Pies für mich«, erwiderte Peter vorsichtig.

»Elisa macht auch Pies. Aus Pappmaché, mit einer Garnierung aus Plastikkirschen.«

Guthrie versank einen Moment lang wieder in düsteres Schweigen, ließ sich dann jedoch zu einem Gefühlsausbruch hinreißen. »Gott sei mein Zeuge, Pete, manchmal frage ich mich wirklich, wozu die Menschheit wohl sonst noch fähig ist.«

Eine bessere Einleitung hätte Peter kaum erwarten können. Er räusperte sich und wagte den Sprung ins kalte Wasser. »Wie hast du sie eigentlich kennengelernt, Guthrie?«

»Ich war bei einer Konferenz in New York und bin ihr zufällig über den Weg gelaufen. Sie kannte einen der Männer, mit denen ich mich unterhalten habe, und danach sind wir alle gemeinsam einen trinken gegangen. Dann führte eins zum anderen, du weißt schon, was ich meine.«

Guthrie zuckte mit den Achseln. »Später ist sie übers Wochenende nach Portland geflogen, und ich bin mit dem Auto hingefahren, um sie zu treffen. Sie war irgendwie ... na ja, exzentrisch, würde ich sagen. Sie trug ausgefallene Kleider, ausgefallene Parfüms, hat sich ausgefallen ausgedrückt. Auch ein paar andere Dinge, die sie tat, waren ausgefallen, wenn du die Wahrheit wissen willst. Teufel noch mal, Pete, ich war außer während meiner College-Zeit nie im Leben weiter als fünfzig Meilen von Sasquamahoc weg, und du weißt ja selbst, wie unsere Glamour-Girls damals ausgesehen haben. Gute Kumpel, mit denen man die Ställe ausmisten konnte, aber was ist schon romantisch an Gummistiefeln und durchgeschwitzten Arbeitsanzügen.«

»Das ist doch recht anheimelnd, oder?«, murmelte Peter, doch Guthrie war viel zu sehr in seine trübsinnigen Gedanken versunken, um ihn zu hören.

»Jedenfalls ist es ein paar Monate lang so weitergegangen, dann habe ich ein langes Wochenende frei genommen, und wir haben zusammen einen Kurztrip nach Costa Rica gemacht. Ich habe mich die ganze Zeit mit Planter's Punch vollaufen lassen, und als ich wieder nüchtern wurde, mußte ich feststellen, daß ich verheiratet war. Klingt ganz schön verrückt, was?«

Für Peter klang es mehr nach einem hinterlistigen Trick, aber jetzt war nicht der richtige Zeitpunkt, um Guthrie darauf aufmerksam zu machen. »Wie ist denn ihre Familie so?«

»Keine Ahnung, ich habe sie nie kennengelernt. Sie leben alle in Frankreich, behauptet Elisa.«

»Wo genau in Frankreich?«

»Das darfst du mich nicht fragen. Keiner von ihnen schreibt uns, was mich nicht weiter wundert. Sie meldet sich schließlich auch nie.«

»Wie meinst du das, Guthrie? Ruft sie dich denn nicht an, wenn sie unterwegs ist?«

»Niemals. Aber was soll's. Sie verschwindet, wann sie will, und taucht wieder auf, wenn sie ihre Läden abgeklappert hat. Und wenn sie da ist, wünsche ich mir meistens, daß sie wieder weg wäre, weil sie mich nur nervt. Sie ist mir sowieso gleichgültig, wenn du die Wahrheit wissen willst.«

Guthrie fing an, sich noch ein wenig Old Smuggler Rum einzuschenken, überlegte es sich jedoch wieder anders und stellte die Flasche zurück. »Bedien dich, wenn du möchtest, Pete. Ich bin vorsichtig geworden, was Alkohol betrifft. Du siehst ja selbst, wohin es mich gebracht hat. Nicht daß ich Elisa die Schuld gebe. Sie ist halt so wie sie ist, und ich bin so wie ich bin. Ich war ein verdammter Idiot, ich hätte von Anfang an wissen müssen, daß wir nicht zueinander passen. Aber ich will nicht klagen, es könnte sicher noch viel schlimmer sein. Wenigstens führen wir keinen Kleinkrieg miteinander. Sie hat ihr Kunstgewerbe, und ich habe meine Schule. Es ist nicht schwer, ihr aus dem Weg zu gehen, selbst wenn sie hier ist. Es ist bloß – na ja, verdammt noch mal, wenn ich dich so mit Helen sehe –«

»Ich weiß, was du meinst, Guthrie.« Verflixt und zugenäht, das konnte peinlich werden. »Im Grunde weißt du also gar nichts von deiner Frau, außer daß sie ihre Pasteten mit künstlichen Kirschen belegt und ein Faible für vergoldete Binsen hat. Zudem bist du inzwischen an dem Punkt angelangt, wo sie dir sogar gleichgültig geworden ist.«

»So ungefähr, Pete. Ich habe ein- oder zweimal versucht, mit ihr über Scheidung zu sprechen, aber sie hat mich bloß ausgelacht. Elisa behauptet, daß sie unser Zusammenleben völlig in Ordnung findet, und falls ich mir einbildete, daß sie sich von mir scheiden ließe, hätte ich mich geschnitten.«

Peter fiel ein sehr plausibler Grund ein, der die Scheidung unmöglich machte, doch auch für diese Mitteilung hielt er den richtigen Zeitpunkt noch nicht für gekommen.

»Nach allem, was du mir bis jetzt anvertraut hast, Guthrie, kann ich es vielleicht riskieren, dir eine Frage zu stellen, die mir schon die ganze Zeit auf der Seele brennt. Ich hoffe nur, daß ich dir damit nicht zu nahe trete.«

»Was willst du mich denn fragen?«

»Nun ja, beispielsweise ob dir der Name Elisa Alicia Quatrefages etwas sagt, außer daß es der Name deiner Frau ist, natürlich.«

Guthrie starrte ihn an. »Reicht das nicht? Worauf zum Teufel willst du hinaus? Was sollte er mir denn sonst noch sagen?«

Statt zu antworten stellte Peter eine Gegenfrage. »Was sagt dir persönlich das Wort Paraguay?«

»Ich denke dabei hauptsächlich an Hartholz. Früher war das Hauptexportgut von Paraguay ein Gerbstoff, der aus dem Quebracho-Baum gewonnen wurde. Heute vielleicht auch noch, aber da bin ich überfragt. Weiß der Himmel, was mit deren Wirtschaft passiert, wenn sie ihre ganzen Regenwälder abholzen. Es sei denn, sie sind klüger als die meisten ihrer Nachbarn.«

»Das hatte ich eigentlich nicht gemeint, Guthrie. Als ich persönlich gesagt habe, meinte ich – eh – persönlich. Beispielsweise, ob du je gehört hast, daß deine Frau das Wort benutzt hat.«

Guthrie knallte sein Glas auf den Tisch und richtete sich auf. »Nein, weiß Gott nicht, aber ich habe gehört, wie deine Frau es im Zusammenhang mit den Mistkerlen benutzt hat, die sie und Cat umbringen wollten. Pete, versuchst du etwa, mir schonend beizubringen, daß Elisa etwas mit dieser Wetterfahnengeschichte zu tun hat?«

»Lieber hätte ich die Gewißheit, daß sie nichts damit zu tun hat.«

»Ich auch. Aber wieso kommst du ausgerechnet auf sie?«

Peter mußte es ihm wohl oder übel erklären. Guthrie unterbrach ihn kein einziges Mal. Als sein Freund zu Ende geredet hatte, sagte er nur: »Und was machen wir jetzt?«

»Ich würde mir gern die persönlichen Sachen deiner Frau ansehen, natürlich nur, wenn du nichts dagegen hast. Vielleicht finden wir ja etwas, das sie entlastet oder –«

»Sie endgültig reinreitet«, beendete Guthrie den Satz. »Und mich dazu, fürchte ich. In Ordnung, Pete. Wenn es denn sein muß, bringen wir es am besten so schnell wie möglich hinter uns.«

Kapitel 18

Was immer Elisa Alicia Quatrefages auch sein mochte, sie war zweifellos eine leidenschaftliche Binsenvergolderin. Mit Ausnahme des einen Raumes, den Guthrie zu seinem Reich auserkoren hatte, war es ihr gelungen, den gesamten ersten Stock mit Rohmaterial für ihr Kunsthandwerk zu füllen. Sie hortete stapelweise getrocknetes Weinlaub, getrocknete Schwalbenwurz, getrocknetes Blatt- und Blütenwerk jeglicher Beschreibung, aber auch von Arten, die sogar Peter unbeschreiblich fand. Überall lagen Platten, Stücke, Kegel, Kugeln, Rhomben und Dodekaeder aus Styropor. Zudem besaß sie eine riesige Sammlung künstlicher Blumen und Tiere, dazu drollige Kobolde, Zwerge, Elfen, Hexen, Klabautermänner und Feen. Sie besaß Laubsägearbeiten in Form von Hähnen, Fischen, Schweinen, Schafen, Katzen, Hunden, Emus, Gnus, Äpfeln, Birnen, Papayas, Blumenkohl, Artischocken, Kartoffeln, Tomaten, Kohlrabi, Granatäpfeln, Mangos und Kürbissen.

»Nanu, keine Bananen?« murmelte Peter. Was irgendein Mensch mit all diesen Scheußlichkeiten anfangen wollte, war ihm unbegreiflich.

Ihren Geschäftsbüchern nach zu urteilen, wußte Elisa Alicia sehr genau, was sie wollte. Peter blinzelte, als er die Umsätze sah.

»Grundgütiger, Ms. Quatrefages scheint ja ein Riesengeschäft zu machen.«

Guthrie zuckte mit den Achseln. »Tatsächlich? Ich stecke meine Nase nie in ihre Angelegenheiten.«

»Du weißt nicht zufällig, ob sie – eh – einen Teil der Arbeit von Hausfrauen hier in der Gegend erledigen läßt oder etwas in der Art?«

»Nein, Pete, das tut sie ganz sicher nicht. Das wüßte ich, denn als sie damit angefangen hat, habe ich gehofft, daß es sich vielleicht zu einer Art lokalem Kunstgewerbe ausweiten ließe. Eine Menge Leute hier wären überglücklich, wenn sie sich ein paar Dollar nebenher verdienen könnten, um sorgenfrei über den Winter zu kommen. Ich habe das Thema ein- oder zweimal angesprochen, als sie mir vorgejammert hat, daß sie es nie und nimmer schaffen würde, mit den vielen Bestellungen Schritt zu halten, die ihr ins Haus flatterten. Aber sie hat ziemlich sauer reagiert, weil ich gewagt habe anzunehmen, daß andere Menschen in der Lage sein könnten, ihren hohen Qualitätsanforderungen zu entsprechen. Was schneidest du denn für Grimassen?«

»Schau dir bloß mal den Stand ihrer diversen Konten an. Die meisten Verkaufszahlen pro Geschäft belaufen sich auf Summen zwischen ein paar hundert bis tausend Dollar. Ich würde sagen, daß ist ganz schön viel für eine Einzelperson, die davon lebt, selbstgemachte Gegenstände zu verkaufen, die im Laden wahrscheinlich nicht mehr als höchstens dreißig oder vierzig Dollar kosten. Aber allein in der Brasilien-Boutique scheint sie in diesem Jahr bereits über 20 000 Dollar verdient zu haben. Wie in Dreiteufelsnamen macht die Frau das? Kannst du mir das vielleicht erklären?«

Guthrie rieb sich sein lincolnartiges Kinn. »Verdammt gute Frage. Und ich denke, wir dürfen auch die Tatsache nicht übersehen, daß der Laden ausgerechnet Brasilien-Boutique heißt und der Deckname von Roland Childe Brasilien ist. Jessas, Pete, was soll ich bloß machen?«

»Weitersuchen, Guthrie. Irgendwo finden wir bestimmt noch mehr Hinweise.«

Es dauerte eine ganze Stunde, bis sie fündig wurden, doch die Mühe hatte sich gelohnt. In einem ausgehöhlten Styroporblock, der mit lila Bändern und Passionsblumen aus Plastik verziert war und Elisa Alicias Schlafzimmerwand schmückte, entdeckten sie ein Tagebuch mit einem lila Satineinband und Eintragungen in lila Tinte. In Geheimschrift.

»Was zum Teufel ist denn das schon wieder?« Guthrie betrachtete in ratlosem Erstaunen die vollgeschriebenen Seiten. »Kannst du dir einen Reim darauf machen, Pete?«

»Das kann ich jetzt noch nicht sagen. Gibt es hier irgendwo einen gut beleuchteten Spiegel?«

»Im Badezimmer. Dort drüben. Unglaublich! Meinst du, es ist in Spiegelschrift verfaßt?«

Als die beiden Männer die Buchstaben näher untersuchten, stellten sie fest, daß Elisa Alicia sich tatsächlich von Leonardo da Vinci hatte inspirieren lassen und die Buchstaben falsch herum geschrieben hatte. Der einzige Haken war, daß sie nicht auf Englisch geschrieben hatte.

»Ich verstehe kein Wort von dem Zeug«, ärgerte sich Guthrie. »Ist das etwa Latein oder so?«

»Ich würde eher sagen, Französisch oder Spanisch. Vielleicht auch eine Art Dialekt. Ich bin nicht sonderlich gut in Sprachen, aber meine Frau kennt sich aus. Würde es dir etwas ausmachen, wenn ich sie herbitte, damit sie ihr Glück versuchen kann?«

»Mir macht es nichts aus, aber vielleicht Helen. Weißt du überhaupt, wie spät es ist, Pete? Wahrscheinlich sind drüben alle längst im Bett.«

»Verflixt! Daran hatte ich gar nicht gedacht. Außerdem haben die Frauen vorige Nacht auf dem verdammten Felsen kaum geschlafen. Ich vermute, aus humanitären Gründen sollten wir damit lieber bis morgen früh warten. Aber vielleicht sind sie ja auch immer noch auf und sprechen über ihr Abenteuer. Was hältst du davon, Guthrie, wenn wir das Tagebuch zu Catriona mitnehmen und sehen, was passiert. Meinst du, das geht?«

»Warum nicht?« Aber Guthrie klang nicht sonderlich überzeugt. »Falls Helen dieses Kauderwelsch wirklich entziffern kann, wäre es mir ehrlich gesagt lieber, wenn sie es nicht vor den anderen vorlesen würde. Der Himmel weiß, was Elisa sich da wieder zusammengeschrieben hat. Ich bin mir nicht mal sicher, ob ich es selbst hören will.«

»Ich verstehe genau, wie dir zumute ist, Guthrie. Was hältst du davon, wenn ich allein hingehe und es einfach mitnehme? Falls Helen schon schläft, warte ich bis morgen früh und zeige es ihr, sobald sie wach ist. Deine Frau kommt doch hoffentlich nicht in der Zwischenzeit zurück und sucht nach dem Ding, oder?«

»Das kann ich dir beim besten Willen nicht sagen. Ach was, nimm das verfluchte Ding einfach mit. Wenn Elisa aufkreuzt, werde ich sie schon irgendwie ablenken. Soll ich dich bis zum Haus begleiten?«

»Gern, wenn es dir nicht zuviel ist.«

Auf dem Weg zu Catrionas Haus sprachen die beiden Männer kaum. Peter wurde allmählich bewußt, wie unendlich müde er war. Was Guthrie Fingal gerade durch den Kopf ging, wollte er lieber gar nicht erst wissen. Vielleicht würde das Tagebuch ja Licht auf die Beziehung zwischen ihm und seiner Gattin werfen, falls sie überhaupt seine rechtmäßige Gattin war. Was Peter verständlicherweise bezweifelte.

Catriona hatte das Licht über dem Nebeneingang und in der Küche brennen lassen, doch es war unübersehbar, daß sie und ihre Freundinnen sich bereits zurückgezogen hatten und höchstwahrscheinlich längst schliefen. Guthrie ging zurück in Richtung Schule, und Peter betrat so leise wie möglich das Haus, was bei den knarrenden alten Dielen nicht gerade leicht war.

Die Hausherrin hatte fürsorglich die Whiskeyflasche, ein sauberes Glas und einen Teller mit Crackern für ihn auf den Küchentisch gestellt. In Anbetracht des erschöpfenden Abends, den er inmitten von Elisas Kunsthandwerk zugebracht hatte, entschied Peter, daß er sich einen kleinen Nachttrunk redlich verdient hatte. Er saß noch vor seinem unberührten Drink am Küchentisch, knabberte an einem Cracker und brütete über dem Tagebuch, in der Hoffnung, vielleicht doch ein paar Worte entziffern zu können, die ihm bekannt vorkamen, als Helen leise zu ihm ins Zimmer trat und die Tür nach oben hinter sich zuzog.

»Peter, was machst du denn um diese Zeit mutterseelenallein hier unten? Du bist doch bestimmt todmüde. Warum kommst du nicht mit nach oben ins Bett?«

»Dein Wunsch ist mir Befehl, geliebte Gattin. Aber würdest du vorher noch schnell einen Blick in dieses Buch hier werfen?«

»Lila Satin? Du liebes Lottchen, was ist das denn? Etwa ein Tagebuch?«

»Ich glaube schon, aber ich kann das verteufelte Ding nicht entziffern. So weit ich sehen kann, ist es rückwärts auf Paraguayanisch geschrieben.«

»Und zwar von Elisa Alicia Quatrefages, nehme ich an. Das würde gut zu ihr passen.«

Helen nahm das kleine gebundene Buch in die Hand und hielt es näher ans Licht. »Schnörkelschrift und kleine geschlossene Buchstaben. Ich wußte, daß sie etwas zu verbergen hat. Scheint mir eine Mischung aus schlechtem Spanisch und noch schlechterem Französisch zu sein, jedes dritte Wort ist falsch geschrieben. Da sieh mal einer an! In einigen Gebieten kennt sie sich anscheinend hervorragend aus. Hoffentlich versteht Guthrie kein Spanisch.«

»Nicht ein Wort. Er dachte, es sei Latein. Warum? Was hat sie denn geschrieben?«

»Ich würde erröten, wenn ich es dir vorlesen müßte. Und sie schreibt nicht etwa über Guthrie. Elisa Alicia hat einen Geliebten.«

»Sagt sie, wer der Kerl ist?«

»Bis jetzt habe ich außer ›me amoor‹ noch nichts gefunden. Ich glaube, sie meint ›mi amor‹ oder vielleicht ›mon amour‹. Warum machst du uns nicht eine Tasse Kaffee? Und bist du so lieb und gibst mir den Block und den Stift neben dem Telefon?«

»Verflixt und zugenäht, Helen«, entfuhr es Peter. »Ich wollte weiß Gott nicht, daß du das Zeug auf der Stelle übersetzt und dir die Nacht um die Ohren schlägst. Eh – wäre es nicht einfacher zu entziffern, wenn du den Text vor einen Spiegel halten würdest?«

»Da könntest du sehr wohl recht haben.«

Doch sie machte keine Anstalten, seinen Rat zu befolgen. Peter seufzte und füllte Wasser in den Kessel. Catriona hatte ein Glas mit coffeinfreiem Pulverkaffee auf die Arbeitsplatte nebem dem Elektroherd gestellt. Das war jetzt genau das richtige. Einerseits quälten ihn Gewissensbisse, weil er Helen das Buch gezeigt hatte, andererseits brannte er darauf zu erfahren, was sie herausfinden würde. Er wünschte sich nur, daß er sich für eines der beiden Gefühle entscheiden könnte. Er löffelte Kaffee in zwei große Becher, goß heißes Wasser darüber und trug sie hinüber zum Tisch. Dann setzte er sich hin und versuchte, sich ruhig zu verhalten, während Helen den Text durchging und in ihrer kleinen, präzisen Bibliothekarinnenschrift Notizen auf Catrionas Telefonblock schrieb.

Anscheinend hatte er sich nicht ruhig genug verhalten, denn Helen blickte auf und schenkte ihm einen Blick, der ein klein wenig ungeduldig wirkte. »Liebling, warum gehst du nicht ins Bett und ruhst dich ein wenig aus? Du wirst morgen den größten Teil der Strecke fahren müssen, nehme ich an, und das Entziffern kann eine Weile dauern.«

»Du kannst doch heute nacht nicht das ganze verdammte Buch übersetzen!«

»Selbstverständlich kann ich das. Du glaubst doch nicht im Ernst, daß ich jetzt aufhöre, oder? Außerdem sollte Guthrie das Tagebuch morgen früh schnellstens zurücklegen, für den Fall, daß sie nach Hause zurückgehüpft kommt und ein neues Kapitel verfassen möchte. Nach allem, was ich bis jetzt gelesen habe, ist ihr alles zuzutrauen. Gib mir einen Kuß und leg dich aufs Ohr. Ich erzähle dir alles, wenn ich nachkomme.«

Wann genau Helen ins Bett kletterte, fand Peter nie heraus. Er wachte auf, als helles Tageslicht ins Zimmer strömte. Helen lag friedlich schlummernd an seiner Seite und eine riesige rote Katze mit üppiger Halskrause schnurrend auf seinem Brustkorb. Die Katze schien wenig Lust zu verspüren, sich zu bewegen, und Peter konnte keine Geräusche im Haus hören und nichts riechen, das auf ein fertiges Frühstück schließen ließ, daher schloß er die Augen wieder.

Als er zum zweiten Mal wach wurde, war die Katze fort, und auch Helen war nirgends mehr zu sehen. Er sprang aus dem Bett und war schon im Begriff, nach unten zu eilen, als ihm einfiel, daß er in seiner Unterwäsche geschlafen hatte, weil er vergessen hatte, einen Schlafanzug einzupacken, ganz zu schweigen von einem Morgenmantel. Er rannte zurück in das Gästezimmer, das er mit seiner Frau geteilt hatte, schlüpfte wieder in seine zerknitterte Hose und die grüne Bluse von Miss Binks' Tante, die er allmählich mehr als leid war, und begab sich nach unten.

»Aha, da ist ja auch unser Dornröschen!«

Catriona, die ein türkisblaues Frotteegewand trug, das anscheinend der roten Maine Coon-Katze und möglichen anderen Feliden als Kratzbaum diente, erhob sich vom Küchentisch und goß ihm eine Tasse Kaffee ein. Helen und Iduna saßen ebenfalls am Tisch, erstere in einem hübschen rosa Morgenrock aus feinem Krepp, und Iduna in einer beeindruckenden Kreation aus Spitze und babyblauen Rüschen, die aus einem viktorianischen Modeheft hätte stammen können und bei jeder anderen Frau lächerlich gewirkt hätte. Peter war nicht sonderlich überrascht, auch Guthrie Fingal am Frühstückstisch vorzufinden.

»Verflixt noch mal, Guthrie, wenn ich gewußt hätte, daß du auch kommst, hätte ich dich gebeten, mir ein Hemd von dir mitzubringen. Ich war gestern so in Eile, daß ich vergessen habe, mir was zum Anziehen mitzunehmen.«

»Du trägst doch ein wunderschönes Hemd, mein Guter. Sieht irgendwie irisch aus. Stammt wohl noch vom St. Patrick's Day, was?«

»Eigentlich ist es eine Bluse und gehörte der Tante einer Dame, die ich in Helens Abwesenheit kennengelernt habe. Die Tante verstarb, bevor sie die Gelegenheit hatte, das Ding zu tragen, daher war ich meiner neuen Bekannten behilflich, daß es sich endlich nützlich macht. Eh – Helen, hast du schon –«

»Ja, Schatz. Wir haben alle schon unseren Orangensaft getrunken. Möchtest du auch welchen?«

»Warum nicht? Was ist aus der Katze geworden?«

»Welcher Katze?«

»Der Katze, die mich heute morgen, als du noch friedlich geschlummert hast, als Chaiselongue benutzt hat. Ein großes, stämmiges Wesen mit pfirsichfarbenen Schnurrhaaren und einem nachdenklichen Gesichtsausdruck. Sie hat mich ein bißchen an Rutherford B. Hayes erinnert.«

»Oh, das kann nur Thomas Carlyle gewesen sein«, sagte Catriona. »Ich habe ihn rausgelassen, als ich nach unten gegangen bin. Er kommt bestimmt gleich angerannt, wenn er den Speck riecht, den ich wohl allmählich in Angriff nehmen sollte. Carlyle entfernt sich nie weit vom Haus.«

»Im Gegensatz zu gewissen menschlichen Wesen, würde ich sagen«, meinte Guthrie und verzog den Mund zu einem traurigen Grinsen. »Pete, hast du Zeit gehabt, das –«

Peter warf Helen einen fragenden Blick zu. Sie nickte. »Sobald du möchtest, Liebling.« Dann sah er Guthrie mit hochgezogenen Augenbrauen an. Guthrie nickte ebenfalls. Daraufhin stellte Helen ihre Kaffeetasse ab und räusperte sich.

»Ihr erinnert euch bestimmt noch an die Dinge, die ich über Elisa Alicia die Erste gesagt habe, daher brauche ich euch wahrscheinlich nicht zu erklären, warum Peter und Guthrie gestern abend beschlossen haben, ein wenig mehr über ihre Namensvetterin herauszufinden. Sie haben ein Tagebuch entdeckt und es mir zum Übersetzen mitgebracht, da es in einem merkwürdigen Sprachenmischmasch und noch dazu rückwärts geschrieben ist. Es gibt Wörter, auf die ich mir überhaupt keinen Reim machen kann, daher nehme ich an, daß sie sie erfunden hat. Doch eines ist nach der Lektüre sonnenklar: Sie steckt tatsächlich mit Roland Childe und seiner Bande unter einer Decke.«

Catriona streckte die Hand über den Tisch und legte sie auf die ihres Nachbarn. »Oh, Guthrie, das tut mir wirklich leid. Bist du sicher, daß du uns dabeihaben willst, wenn du das alles erfährst?«

Er stieß ein merkwürdiges leises Schnauben aus. »Ihr werdet es früher oder später sowieso zu hören bekommen. Sprechen Sie ruhig weiter, Helen.«

»Es läuft alles darauf hinaus, daß Elisa Alicia sozusagen der befehlshabende Offizier ist. Sie gibt Roland Anweisungen, was er zu tun hat, indem sie diesen John Buck, der sich hier als Student eingeschlichen hat, als Mittelsmann benutzt. Auch bei den Diebstählen, die die Bande begangen hat, spielt sie eine aktive Rolle.«

Peter unterbrach seine Frau. »Gehe ich richtig in der Annahme, daß die Wetterfahnen nur die aktuelle Phase eines viel größeren Komplotts sind?«

»Das weiß ich nicht, Liebling, aber es scheint mir sehr wahrscheinlich. Jedenfalls hat sie auch den lächerlichen Plan ausgeheckt, die ›Ethelbert Nevin‹ zu kapern, um die Wetterfahnen wegzuschaffen. Heute will sie das Boot in New Haven treffen, was euch vielleicht interessieren wird. Ihre Rolle besteht darin, die Wetterfahnen nach New York zu transportieren und dort einer Person namens B. B. zu übergeben.«

»B. B. steht wahrscheinlich für Brasilien-Boutique«, mutmaßte Peter. »Falls sie den Laden dazu benutzt, gestohlene Ware an Hehler zu verkaufen, würde das auch die Zahlen in den Geschäftsbüchern erklären, Guthrie.«

»Ja, da hast du recht, Peter. Ich habe mir auch schon meine Gedanken über Elisas Geschäftsbücher gemacht. Wundert mich bloß, daß sie ihre Einnahmen so gewissenhaft aufgelistet hat. Warum tut sie nicht einfach so, als hätte sie das Geld nie bekommen?«

»Sie hält es wohl für besser, alles anzugeben als sich von der Steuerfahndung erwischen zu lassen«, meinte Catriona. »Auf die Weise hat man nämlich schon vielen Ganoven das Handwerk legen können, die man ansonsten nie zu fassen bekommen hätte. Außerdem braucht sie eine glaubwürdige Erklärung für das viele Geld, das sie für Klunker und Cadillacs ausgibt. Helen, du versuchst doch wohl nicht etwa, uns zu sagen, daß Elisa Alicia das Superhirn ist, das hinter der Wetterfahnengang steckt?«

»Nein. Ich vermute, sie ist die zweitwichtigste Person. Paraguay ist der Anführer, nicht der Käufer. Er ist der Kopf einer Organisation, die anscheinend ziemlich komplex ist und ihre Finger in allen möglichen Geschäften hat, außerdem ist er – tut mir wirklich leid für Sie, Guthrie – Elisas Liebhaber.«

»Hat sie seinen richtigen Namen erwähnt?« Guthrie klang nicht sonderlich betroffen.

»Leider nicht. Sie erwähnt aber, daß er hinter der Gang am Woeful Ridge steckt. Elisa Alicia scheint in dem Wahn zu leben, daß sie alle gemeinsam für eine ehrenhafte, noble Sache kämpfen.«

»Was für eine Sache?«

»Das sagt sie nicht. Ich bin mir nicht einmal sicher, ob sie es selbst weiß. Was sie da geschrieben hat, ergibt nicht viel Sinn. Obwohl das natürlich auch an meiner Übersetzung liegen kann. Vielleicht habe ich vieles nur falsch verstanden.«

»Das bezweifle ich«, knurrte Guthrie. »Elisa selbst ist für mich schon seit langem ein Buch mit sieben Siegeln. Und sonst schreibt sie nichts?«

»Nichts Wichtiges. Die Eintragungen sind nicht sehr umfangreich. Sie hat nicht jeden Tag etwas aufgeschrieben – nur wenn es sie überkam, vermute ich. Ein großer Teil handelt von ihren persönlichen Gefühlen und Eindrücken, was ja wahrscheinlich niemanden sonderlich interessiert. Das meiste davon habe ich gar nicht erst übersetzt.«

Lügnerin, dachte Peter zärtlich. »Hast du Hinweise darauf finden können, daß Elisa Alicia Quatrefages nicht ihr richtiger Name ist?«

»Ich bin mir ziemlich sicher, daß sie in Wirklichkeit nicht so heißt. Anscheinend hatte sie in Rio de Janeiro beim Trinken eines Rumcocktails eine Art Erleuchtung, und ihr ist plötzlich ihre wahre Identität klar geworden. Sie glaubt, die Reinkarnation von Ella Lynch zu sein.«

»Warum nennt sie sich dann nicht Ella Lynch?«

»Das kann ich dir leider auch nicht sagen, Liebling. Vielleicht gehört das ebenfalls zu ihrer Vorliebe für Mantel- und Degen-Abenteuer, vielleicht heißt sie aber auch in Wirklichkeit Ella Lynch und fand den Namen einfach zu prosaisch.«

»Heutzutage nennt doch kein Mensch mehr sein Kind Ella«, widersprach Catriona. »Ich würde eher auf Alice oder Lisa tippen, meint ihr nicht auch?«

»Ach, was macht das schon für einen Unterschied?« knurrte Guthrie.

»Es würde einen himmelweiten Unterschied machen, wenn sie dich unter falschem Namen geheiratet hätte«, sagte Peter.

»Es ist sogar möglich, daß sie Sie überhaupt nicht geheiratet hat«, fügte Helen hinzu. »In dem Tagebuch steht nämlich etwas, das mich stutzig macht, Guthrie. Sie schreibt, daß Sie sie um die Scheidung gebeten hätten, und sie sich halbtot gelacht hat, weil sie genau weiß, warum es absolut unmöglich ist.«

»Donnerwetter!« sagte Guthrie. »Das ist allerdings eine Neuigkeit, über die sich nachzudenken lohnt. Soll ich dir helfen, den Speck zu braten, Cat?«

Kapitel 19

»Ende gut, alles gut«, sagte Helen.

In Wirklichkeit war gar nichts zu Ende, was Helen sehr genau wußte. Sie saß allein mit Peter in ihrem eigenem Wagen. Guthrie Fingal hatte seinen Assistenten vorübergehend seine diversen Pflichten übertragen, die momentan ohnehin nicht sonderlich wichtig waren, wenn man seinen Angaben Glauben schenken konnte, und hatte sich angeboten, Iduna und ihren Wagen zurück nach Balaclava Junction zu fahren. Catriona hatte die Katzenfütterung Andrew übertragen, von dessen Anwesenheit die Shandys nichts weiter bemerkt hatten als griesgrämiges Gemurmel an der Hintertür, und beschlossen, Guthrie und Iduna zu begleiten, weil sie keine Lust hatte, die weitere Entwicklung dieses zweifellos spannenden Abenteuers zu verpassen.

»Am besten mache ich mit der Übersetzung weiter«, fügte Helen hinzu. Ich habe dem Sheriff versprochen, ihm so schnell wie möglich eine Kopie zuzuschicken.«

Am Frühstückstisch hatten sie gemeinsam beschlossen, daß es unsinnig wäre, Elisa Alicias Tagebuch zurückzulegen und damit das Risiko einzugehen, ein wertvolles Beweisstück zu verlieren. Sie hatten versucht, ihren Fund dem Sheriff von Hocasquam zu übergeben, da er offiziell der richtige Ansprechpartner war, doch der Sheriff hatte dankend abgelehnt und erklärt, er habe am Vortag bereits genug Ärger mit den Gefangenen gehabt, und vorgeschlagen, daß Helen das Tagebuch so lange behalten solle, bis sie alles entziffert habe. Bis dahin wüßte man auch, wer den Fall übernehmen würde, dann konnte sich derjenige den Kopf darüber zerbrechen.

So ganz unrecht hatte er nicht. Außerdem wollte Helen unbedingt zu Hause ihre Wörterbücher zu Rate ziehen und eine vollständige Übersetzung sowie eine Kurzbiographie der echten Elisa Alicia anfertigen.

»Scheint mir eine gute Idee zu sein«, sagte Peter. »Und ich habe vor, mir Swope zu schnappen und herauszufinden, was hier in der Zwischenzeit passiert ist. Als ich versucht habe, ihn von Catrionas Haus anzurufen, war er nie da. Ich habe eine Nachricht für ihn hinterlassen, daß wir heute am frühen Nachmittag wieder zurück sein werden. Mit ein bißchen Glück sitzt er also bereits wartend vor unserer Tür.«

»Weiß er schon, daß sein Bruder aus dem Schneider ist?«

»Das nehme ich schwer an. Nachdem wir gestern bei Catriona angekommen waren, habe ich beim *Sprengel-Anzeyger* angerufen, um ihnen mitzuteilen, daß die Wetterfahnen von der Seifenfabrik und Gabe Fescues Scheune wieder aufgetaucht sind und fünf Verdächtige verhaftet wurden. Ich wollte mit Swope sprechen, doch er war nicht da, und niemand wußte, wo er sich aufhielt. Wahrscheinlich versucht er gerade, bei Catriona anzurufen, und ist völlig außer sich, weil keiner abhebt. Ich kann mir ohnehin nicht erklären, warum er mich letzte Nacht nicht angerufen hat. Ich habe der Frau an der Zentrale eigens die Telefonnummer gegeben. Außerdem hätte er sie von den Enderbles erfahren können. Ich hoffe nur inständig, daß Swope nicht allein losgezogen ist und wieder in Schwierigkeiten steckt.«

»Aber er wird doch bestimmt nicht wieder zum Woeful Ridge gegangen sein«, protestierte Helen.

»Falls doch, sollte er sich dringend auf seinen Geisteszustand untersuchen lassen. Es sei denn, er hat Miss Binks dabei. Diese Frau ersetzt ein ganzes Team plus Planwagen und Hund. Verdammt noch mal, warum dauert die Fahrt bloß so lange? Ich wollte, wir hätten doch diesen Hubschrauber zur Verfügung.«

»Lieber Peter, die Bürger von Balaclava County mußten gestern den ganzen Tag ohne dich auskommen. Ich vermute, daß sie es auch noch ein paar Stunden länger aushalten. Am besten, du fährst jetzt ein bißchen langsamer oder läßt mich ans Steuer, bevor wir am Ende noch im Krankenhaus oder im Kittchen landen.«

»Entschuldige, Liebling.« Er nahm den Fuß ein klein wenig vom Gaspedal. »Du hast doch die Schnappschüsse von Guthries Frau, die Catriona gefunden hat. Oder Nichtfrau, sollte ich wohl besser sagen, denn ich hoffe sehr, daß sich unser Verdacht bestätigt. Wir müssen sie nur noch irgendwie zur Polizei von New Haven bringen. Vielleicht kann Roy Ames das übernehmen, wenn er da ist. Er ist fast so schnell wie ein Helikopter.«

»Wie du meinst, Schatz.« Helen hatte sich wieder in das lila Tagebuch vertieft. Peter ließ sie in Ruhe und konzentrierte sich aufs Fahren. Er wußte nicht genau, auf was er sich sonst hätte konzentrieren sollen.

»Verflixt noch mal, ich wollte, sie hätte uns irgendeinen Hinweis darauf gegeben, wer dieses Superhirn ist, oder wenigstens erwähnt, wie er aussieht.«

»Er ist klein, dick, hat O-Beine und trägt am liebsten ausgefallene Uniformen«, erwiderte Helen geistesabwesend.

»Wo steht das denn?«

»In ›Woman on Horseback‹ von William E. Barrett, erschienen bei Doubleday im Jahre 1952. Vielleicht gibt es auch noch eine frühere Ausgabe aus dem Jahre 1938. Ich werde es zu Hause gleich nachprüfen.«

»Meinetwegen brauchst du dir die Mühe nicht zu machen. Ich nehme an, du gehst davon aus, daß sich Elisa Alicia, wenn sie sich schon für die Reinkarnation von Ella Lynch hält, logischerweise auch einen Geliebten aussucht, der die Reinkarnation von Francisco Lopez ist?«

»Haargenau. Würdest du das etwa nicht? Ich weiß wirklich nicht, was sie je an Guthrie gefunden hat. Er ist viel zu groß, dünn, natürlich und vor allem viel zu gutaussehend.«

»Mir ist ziemlich klar, was sie an ihm gefunden hat«, erwiderte Peter etwas spitz. »Ihr hat gefallen, daß er so ein gutgläubiger Trottel ist. Guthrie war in der Lage, ihr eine solide Identität sowie eine geeignete Operationsbasis zu bieten, die ihr im Notfall auch als Versteck dienen konnte, was sicher mehr als einmal der Fall war. Gott, bin ich froh, daß er die Harpyie endlich los ist.«

»Ja, Liebling.« Helen hatte ihre Nase wieder in das Tagebuch gesteckt. »Wie schade, daß ich nur so wenige obszöne spanische Wörter kenne. Die Abendkurse in Kalifornien haben mich leider nicht auf diese Art Text vorbereitet.«

»Oh, Harold Ramorez, ich könnte dich Pünktchen Pünktchen Pünktchen, warum hast du mich bloß gebissen?« murmelte Peter.

»Ich hoffe, der Sheriff in Hocasquam kennt sich mit der Übersetzung von Pünktchen aus«, konterte Helen.

»Das will ich Pünktchen noch mal hoffen, auch wenn ich mir nicht ganz sicher bin, ob er tatsächlich die letzte Instanz ist.«

»Und wer soll es deiner Meinung nach sonst sein?«

»*Quién sabe?* Ich nehme an, Maine und Massachusetts werden versuchen, sich gegenseitig so lange den Schwarzen Peter zuzuschieben, bis jemand merkt, was für eine tolle Story das ganze abgibt, und den Stier bei den Hörnern packt. Möchtest du, daß wir einen kleinen Boxenstop machen? Dann sprich jetzt oder halt für immer dein –«

»Peter, ich bitte dich! Ich muß schon genug Obszönitäten von Elisa Alicia ertragen. Ja, ich würde gerne ein kleines Päuschen einlegen. Ich habe Lust, etwas ganz Schlimmes und Verderbtes anzustellen, beispielsweise eine Pepsi-Cola und einen Beutel Kartoffelchips zu kaufen.«

»Grundgütiger, Weib! Man braucht dich nur ein paar Tage auf den Ebenen von Maine frei umherlaufen zu lassen und schon verlierst du völlig die Kontrolle über dich. Aber wie du wünschst, geliebtes Wesen, ich spendiere dir deine Pepsi-Cola, aber ich schwöre, daß mir kein Tropfen von dem Zeug über die Lippen kommt.«

»Das würde ich auch nicht zulassen. Immerhin mußt du noch fahren!«

Guthrie, der Peter seit Sasquamahoc gefolgt war, hielt direkt hinter ihnen. Irgendwie saß schließlich die ganze Gesellschaft an einem Tisch und aß Bananensplits. Bananen enthielten schließlich sehr viel Kalium, wie Iduna verkündete.

Auf diese Weise gestärkt, fuhren sie zuerst weiter südwärts nach Massachusetts und dann westwärts nach Balaclava Junction. Iduna wollte unbedingt sofort nach Hause, um verschiedene Vorbereitungen für Daniels Willkommensschmaus zu treffen, daher ließen Catriona und Guthrie sie mitsamt Wagen auf Walhalla zurück und gingen zu Fuß zum Crescent.

Als sie das Haus der Shandys erreichten, hatten Helen und Peter sich bereits mit Jane Austen versöhnt, da die Katzendame glücklicherweise nicht zu den übermäßig nachtragenden Vertretern ihrer Art zählte. Helen öffnete gerade die Post, die Mary Enderble während ihrer Abwesenheit pflichtbewußt aus dem Briefkasten genommen und auf den Wohnzimmertisch gestapelt hatte. Peter telefonierte mit dem *Sprengel-Anzeyger*.

»Wann haben Sie ihn denn zuletzt … Schon so lange nicht? Wenn Sie ihn sehen, bestellen Sie ihm bitte, Professor Shandy sei zurück und müsse ihn dringend sprechen. Er hat meine Telefonnummer.«

Peter ließ sie zur Sicherheit trotzdem notieren und gesellte sich sichtlich beunruhigt zu seiner Gattin und den beiden Freunden. »Warum kann dieser verdammte Kerl nicht eine Minute lang still sitzen? Sogar Swopes Chefredakteur weiß nicht, wohin er gefahren ist oder was er vorhat. Der gute Mann ist auch nicht sonderlich entzückt über die Methoden seines Starreporters, möchte ich hinzufügen. Da fällt mir ein, Sie werden sicher auch nicht gerade erfreut sein, Catriona, wenn Sie Ihre Telefonrechnung sehen. Ich schulde Ihnen noch Geld für mehrere Ferngespräche.«

Er machte Anstalten, seine Brieftasche zu zücken, doch davon wollte Catriona nichts wissen. »Keine Sorge, Peter. Das kommt zu den Spesen.«

»Wäre es sehr unhöflich, wenn ich fragen würde, mit welcher Begründung?«

»Recherche natürlich. Oder glauben Sie etwa, daß ich mir so eine tolle Story durch die Lappen gehen lasse? Ich werde alles ein bißchen entfremden, und keiner von euch wird sich wiedererkennen, wenn ich fertig bin, aber im Geiste seid ihr selbstverständlich alle präsent. Ich glaube, ich werde eine wunderschöne Heldin mit schmalen Hüften, wallendem roten Haar und ganz flachem Bauch erfinden. Die Sorte Frau, die einen Bananensplit verdrücken kann, ohne daß ihr gleich der Hosenbund platzt.«

»Unbedingt«, sagte Helen. »Sie wird uns allen als Inspiration dienen. Ich mache uns jetzt Tee und versuche herauszufinden, ob es hier im Haus noch etwas Eßbares gibt. Es sei denn, ihr zieht die Fakultätsmensa vor.«

»Ihr drei könnt ruhig hingehen, wenn ihr hungrig seid«, sagte Peter. »Ich bleibe hier und warte, bis Swope sich meldet.«

Da ihn jedoch niemand allein lassen wollte, quetschten sich alle in die kleine Küche und aßen Spiegelei auf Brot, eine Kombination, die Guthrie als den unpassendsten Hauptgang nach der Bananensplit-Vorspeise vorgeschlagen hatte. Helen hatte gerade ihre eiserne Ration Ingwerplätzchen angebrochen, damit sie eine Beilage zum Tee hatten, als Cronkite Swope endlich anrief.

»Meine Güte, Professor, bin ich froh, daß Sie da sind! Können Sie mich in einer Viertelstunde vor der Seifenfabrik treffen?«

»Hat es denn aufgehört zu schäumen?«

»So ziemlich, aber Sie sollten sich besser trotzdem alte Sachen anziehen.«

»Wieso? Was ist denn los?«

»Kann ich am Telefon nicht verraten. Streng geheim.«

»Wie lange wird Ihr Geheimauftrag dauern? Wir haben Gäste von auswärts.«

»Kann ich auch noch nicht sagen. Vielleicht ziemlich lange. Ich weiß es wirklich nicht. Aber Sie müssen einfach kommen, Professor.

Wir brauchen Sie. Außerdem würden Sie es bestimmt bitter bereuen, wenn Sie das verpassen würden.«

Was gab es da noch zu sagen? Aber verflixt und zugenäht, warum ausgerechnet jetzt? Peter hätte gegen eine kleine Verschnaufpause nach der langen Fahrt wirklich nichts einzuwenden gehabt, außerdem mußte er Jane noch für die verpaßten Streicheleinheiten entschädigen. Helen sah ein klein wenig verspannt aus, als er schließlich auflegte.

»Was ist denn jetzt schon wieder passiert?«

»Swope will unbedingt, daß ich ihn auf der Stelle in Lumpkinton Upper Mills treffe. Tut mir wirklich leid, Leute, aber er ist völlig aus dem Häuschen wegen irgendwas, das er mir nicht verraten wollte. Ich habe ihn gefragt, wie lange das ganze dauern soll, doch er schien es selbst nicht zu wissen. Entschuldigt mich bitte, ich laufe schnell nach oben und ziehe endlich dieses verfluchte grüne Hemd aus.«

»Alles klar, Peter«, sagte Guthrie. »Sagt mal, kann man irgendwo hier in der Nähe ein Auto mieten? Cat und ich haben auf der Herfahrt beschlossen, daß wir nach New Haven fahren wollen, um Elisa Alicia zu suchen. Wir finden sie bestimmt schneller als die Polizei, falls sie sich verkleidet hat, was ihr durchaus zuzutrauen ist. Außerdem habe ich mit der gnädigen Frau noch ein Hühnchen zu rupfen, bevor sie abgeführt wird.«

»Komm ihr besser nicht zu nahe«, warnte Peter ihn, »sie könnte bewaffnet sein.«

Guthrie schnaubte. »Sie trägt immer so enge Sachen, daß man eine Waffe sofort sehen würde. Mach dir wegen mir keine Sorgen, Pete. Ich werde ganz bestimmt weder Cat noch mich in Gefahr bringen. Was ist mit dem Leihwagen?«

Helen hatte bereits angerufen. »Charlie Ross kann euch einen Wagen vermieten, aber ihr müßtet ihn wieder hierher zurückbringen«, antwortete sie. »Was gar nicht so schlecht ist, denn auf die Weise sehen wir uns wenigstens bald wieder. Peter kann euch zu Charlie fahren. Ich würde gern mitkommen, aber ich muß an der schriftlichen Übersetzung des Tagebuchs arbeiten, was mich sicher den ganzen Tag in Anspruch nehmen wird. Paßt bitte alle gut auf euch auf!«

»Uns passiert schon nichts«, erwiderte Peter.«Paß du lieber auf dich auf. Ich lasse dich nur ungern allein mit der lila Zeitbombe voller leidenschaftlicher Geständnisse. Ich werde Fred Ottermole bitten, herzukommen und auf dich aufzupassen, bis wir wieder da sind.«

»Peter, das ist doch lächerlich. Elisa Alicia hat doch keine Ahnung, daß wir ihr Tagebuch haben, und ich bezweifle, ob Paraguay überhaupt weiß, daß es existiert. Aber wenn du dich besser fühlst, ruf ihn von mir aus an. Fred kann Jane Gesellschaft leisten. Er kann es gut mit Katzen.«

Peter rief Fred Ottermole an, um auch ganz sicher zu gehen, daß Helen nicht allein bleiben würde, rannte nach oben, tauschte die grüne Bluse gegen ein braungrau kariertes Hemd aus, küßte seine Gattin, kitzelte Janes Schnurrhaare und fuhr seine Freunde zu Charlie Ross' Tankstelle. Charlie hatte dafür gesorgt, daß der Wagen vollgetankt und startklar war. Während er sich um das Fahrzeug der Shandys kümmerte und den ziemlich leeren Tank wieder auffüllte, ging Peter zum Automaten und zog sich zwei Erdnußriegel. Er hatte nicht vor, sich noch einmal ohne Proviant in eines von Swopes Abenteuer zu stürzen. Nachdem er diese Vorsichtsmaßnahme getroffen hatte, bat er Charlie, das Benzin auf seine monatliche Rechnung zu setzen, und brauste in Richtung Lumpkinton davon.

Von weitem erinnerten die traurigen Reste der Seifenfabrik in ihrem Nest aus schmutziger Seifenlauge an einen Mund voll schlechter Zähne mit Parodontose am Kiefer. Aus nächster Nähe sahen sie bestimmt noch bedeutend schlimmer aus, doch Peter hielt nicht an, um sie genauer zu betrachten. Cronkite Swope stand genau an der Stelle, die er angegeben hatte. Als er Peters Wagen sah, rannte er ihm entgegen, wobei die Kamera, die er sich umgehängt hatte, ihm bei jedem Schritt gegen die Brust schlug. Er schien aus seiner letzten leidvollen Erfahrung gelernt zu haben, denn diesmal trug er statt seiner üblichen eleganten Kleidung Blue Jeans und ein einfaches graues Sweatshirt, das aussah, als sei es eine Leihgabe von Miss Binks. Peter fuhr auf den Seitenstreifen. Cronkite sprang ins Auto und legte den Sicherheitsgurt an.

»Hallo, Professor! Menschenskind, bin ich froh, daß Sie es geschafft haben. Sie kommen gerade rechtzeitig.«

»Rechtzeitig für was?«

»Für die Invasion von Woeful Ridge. Das konnte ich Ihnen am Telefon ja nicht sagen. Es ist top-secret. Die Bürgerwehr und das SEK stehen bereit, um in genau« – er schaute auf seine Armbanduhr – »siebenunddreißig Minuten zuzuschlagen. Wir legen besser noch einen Zahn zu. Fahren Sie über die South Plum Street, ich weiß da eine Abkürzung.«

»Gott im Himmel!«

Das war alles, was Peter noch sagen konnte, bis Cronkite endlich damit fertig war, ihn durch ein Spinnennetz aus Seitensträßchen wieder zurück auf den Highway zu dirigieren, den sie vor so erschreckend kurzer Zeit noch gemeinsam befahren hatten. Ehrlich gesagt wäre Peter ein Zeitraum von fünfzig Jahren bedeutend lieber gewesen.

Als sie sich auf einer geraden Straße befanden, hatte er sich soweit erholt, daß er wieder imstande war zu sprechen. »Was soll der Unfug, Swope? Wer ist denn auf diese Wahnsinnsidee gekommen? Das klingt ja wie eine regelrechte militärische Operation.«

»Ist es ja auch.«

Cronkite inspizierte seine Kamera genauso gewissenhaft, wie eine Katzenmutter die Ohren ihrer Sprößlinge putzt. Obwohl ihm in der Vergangenheit schon diverse denkwürdige Pressefotos gelungen waren, hatte er das Gefühl, daß die heutigen alles bisherige in den Schatten stellen würden.

»Also, zuerst riegelt die Bürgerwehr Woeful Ridge ab. Dann marschiert das SEK von Lumpkinton mit Schutzschilden von hinten auf den Grat. Und zum Schluß kommt Polizeichef Olson in einem gepanzerten Wagen mit einem Megaphon auf dem Dach und fordert die Überlebenskämpfer auf, sich zu ergeben.«

»Olson? Wie zum Teufel kommt dieser Fettkloß dazu, sich an einer Operation wie dieser zu beteiligen?«

»Es ging nicht anders. Ich bin losgezogen und habe mit Mrs. Wetzel, der Staatsanwältin, gesprochen, wie Sie gesagt haben. Mrs. Wetzel hat gemeint, wir müßten den Fall Chief Olson überlassen, da er in seinen Zuständigkeitsbereich falle. Aber Olson war wirklich super. Ehrlich, Professor, ich hätte ihm so was nie im Leben zugetraut.«

»Sagen Sie bloß noch, er hatte die Idee mit der Bürgerwehr.«

»Ganz genau. Vielleicht war es auch seine Frau. Einer von Mrs. Olsons Cousins ist der Leiter des Zeughauses von Clavaton. Aber es war Olsons eigene Idee, das SEK einzuschalten. Er hat ein paar Experten aus Boston kommen lassen, um ihnen zu zeigen, was sie tun müssen, und seit dienstag nachmittag haben sie heimlich trainiert. Sie werden mit Plastikgeschossen schießen. Olson will nicht, daß einer der Überlebenskämpfer getötet wird, weil er Angst hat, es könnte vielleicht einen von Mrs. Olsons Cousins erwischen.«

»Das ist natürlich ein wichtiger Punkt«, sagte Peter. »Und welche Rolle hat man uns beiden in dieser Geschichte zugedacht?«

»Na ja, Chief Olson möchte natürlich, daß ein Mitglied der Presse dabei ist, um die Story groß rauszubringen, und ich bin der einzige, den sie eingeweiht haben. Und er will, daß Sie dabei sind, weil wir die Kerle zusammen aufgespürt haben. Wir müssen ihnen zeigen, wo genau das Knarrenlager ist. Originaltext Olson.«

»Schießen wir auch mit Plastikgeschossen?«

»Nein. Wir sitzen zusammen mit Olson und seinem Fahrer in dem gepanzerten Wagen. Das einzige Problem ist, daß ich nicht genau weiß, ob ich durch das Panzerglas anständige Fotos machen kann. Meinen Sie, er erlaubt mir, das Fenster ein bißchen runterzukurbeln?«

Den Teufel würde er tun, solange Peter Shandy ein Wörtchen in der Sache mitzureden hatte. Peter fragte sich gerade, was Olson wohl glauben ließ, er könne den gepanzerten Wagen den ganzen Weg bis zum Waffenlager fahren, und wie wirksam die Schutzschilde wohl gegen echte Kugeln waren.

Cronkite hatte anscheinend bemerkt, daß Peter seinen Enthusiasmus nicht teilte. »Was ist los, Professor? Sie machen sich doch wohl nicht etwa Sorgen, oder?«

»Ich muß zugeben, ich bin tatsächlich ein klein wenig besorgt, wenn ich daran denke, wie Präsident Svenson wohl reagiert, wenn er aus Schweden zurückkommt und erfährt, daß wir an einer Operation dieser Größenordnung mitgewirkt haben, ohne ihn dann einzuladen.« Lieber ein Lügner als ein elender Feigling, dachte Peter – obwohl es im Grunde keine Lüge war, denn Svenson würde sicher vor Wut platzen.

»Na ja, aber wenn er hier wäre, würden wir die Bürgerwehr und das SEK gar nicht brauchen«, erwiderte Cronkite wahrheitsgemäß. »Aber dann hätte der Angriff bestimmt auch nicht so einen dramatischen Effekt. Ich hoffe nämlich, daß ich ein paar tolle Fotos schießen kann.«

»Und ich hoffe, daß Sie nicht selbst in die Schußlinie geraten«, gab Peter zurück. »Und ich natürlich auch nicht.«

»Oh, ich glaube, die haben spezielle kugelsichere Westen und so was für uns.« Cronkite klang inzwischen eine Spur weniger begeistert. »Aber ich weiß, was Sie meinen. Es war nicht besonders lustig draußen im Sumpf, nicht? Meine Güte, ich hoffe bloß, daß Miss Binks abgetaucht ist und sich in Sicherheit gebracht hat. Ich konnte natürlich Olson nichts davon sagen. Aber ich bin letzte Nacht hingeschlichen und habe ihr eine Nachricht unter das Fahrrad geschoben. Ich nehme zwar nicht an, daß sie besonders häufig dorthin geht, aber mir ist nichts anderes eingefallen. Ich wußte genau, daß ich nie im Leben eines ihrer Kaninchenlöcher finden würde, dazu sind sie viel zu gut getarnt. Außerdem wäre ich mir indiskret vorgekommen, wenn ich es auch nur versucht hätte.«

»Außerdem wären Sie ein verdammter Dummkopf, wenn Sie mitten in der Nacht allein im Wald herumstromern würden«, knurrte Peter. »Ich will nicht vom Thema ablenken, aber hat Sam Snell inzwischen verraten, ob er vorhat, die Seifenfabrik wiederaufzubauen?«

»Tja, er hat beschlossen, sich auf seine Jacht zurückzuziehen und in Ruhe darüber nachzudenken. Ich habe gestern morgen versucht, ihn zu einem Interview zu bewegen, aber er war tierisch in Eile und hatte keine Lust, mit mir zu reden.«

»Seine Jacht? Wo in Dreiteufelsnamen hat Snell denn eine Jacht liegen?« Balaclava County verfügte über äußerst wenige befahrbare Wasserstraßen.

»Oh, er ist Mitglied in einem Jachtclub irgendwo in der Nähe von New Haven, wo er mit der Hautevolee von Connecticut und New York auf du und du sein kann. Er hat rumgejammert, er müsse unbedingt ein paar Freunde dort treffen, dabei fährt man mit dem Wagen bestimmt über zwei Stunden bis dorthin, schätze ich. Ich bin selbst noch nie hingefahren. Er natürlich auch nicht. Sein Chauffeur fährt ihn.« Cronkite legte genügend Gift in das Wort »Chauffeur«, um eine ganze Armee von Schlangen zu ersetzen.

»Hmja«, meinte Peter nachdenklich. »Und wie ist es Ihrer Familie inzwischen ergangen?«

»Allmählich müßte es ihnen wieder etwas besser gehen.« Cronkite griff unter sein Sweatshirt und zog eine Ausgabe des *Sprengel-Anzeygers* hervor, die noch nach frischer Druckerschwärze roch. »Wie Sie wissen, sind wir ein Nachmittagsblatt. Wir haben gerade angefangen, die Leute mit der Story zu füttern, die Sie uns mitgeteilt haben. Wie finden Sie die Schlagzeile?«

Peter warf einen Blick auf die Zeitung. »›Mutmaßliche Brandstifter in Maine gefaßt. Wertvolle Wetterfahnen von Praxiteles Lumpkin im Wrack eines Piratenschiffs gefunden.‹ Grundgütiger, was steht denn sonst noch darin?«

»›Angaben eines zuverlässigen Informanten zufolge‹ – das sind Sie, Professor –, ›ist ein Mann, der in Maine wegen versuchten Mordes festgenommen wurde, auch der Brandstifter, der die Seifenfabrik in Lumpkinton angezündet hat, um den Diebstahl der Wetterfahne von Praxiteles Lumpkin, die seit mehr als hundertfünfzig Jahren das

Wahrzeichen von Lumpkinton war, zu vertuschen. Bei dem Versuch, die Wetterfahnen in einem gestohlenen Boot an einen noch unbekannten Ort zu bringen, wurde er zusammen mit vier Komplizen von der U.S. Küstenwache, die mit der Polizei von Hocasquam zusammenarbeitete, aufgegriffen. Die fünf Männer befinden sich momentan in Polizeigewahrsam und erwarten die Anklage. Der berühmte alte Mann im Badezuber und zwei weitere von Lumpkins Meisterwerken, die auf weit mehr als 100 000 Dollar pro Stück geschätzt werden, wurden als Beweismaterial sichergestellt. Weitere Einzelheiten werden sobald wie möglich mitgeteilt.‹«

Cronkite warf die Zeitung auf den Rücksitz. »Ich bin Ihnen wirklich dankbar, daß Sie angerufen und uns die Neuigkeit mitgeteilt haben. Es wäre zwar nett gewesen, wenn wir noch ein paar Einzelheiten mehr gehabt hätten, aber wenigstens ist Brink jetzt aus dem Schneider. Meinen Sie wirklich, die haben den Richtigen geschnappt?«

»Da bin ich sogar ganz sicher. Sein Name ist Roland Childe, und er stammt aus Clavaton. Huntleys Beschreibung paßt hervorragend auf ihn, und er hat genau das getan, was Ihr Bruder beschrieben hat. Vermutlich wird sich herausstellen, daß einer der anderen vier Männer als Arbeiter in die Fabrik geschleust wurde. Dieser Mann, dessen Deckname wahrscheinlich Argentinien, Kolumbien oder Venezuela lautet, könnte heimlich im Schutz der Dunkelheit aufs Dach geklettert sein, die Wetterfahne losgeschraubt haben und auf der anderen Seite der Fabrik einem Komplizen, der unten wartete und bei dem es sich höchstwahrscheinlich um Childe oder einen der anderen drei Männer handelte, heruntergelassen haben. Die vier Ganoven waren gerade dabei zu singen, als ich sie zuletzt gesehen habe, daher wird die ganze Geschichte sicher schon bald geklärt sein.«

»Waren Sie bei der Festnahme dabei?«

»Allerdings. Meine Frau ebenfalls, außerdem noch Iduna Stott, die sie ja kennen, eine alte Freundin der beiden namens Catriona McBogle, und mein Zimmerkamerad aus College-Zeiten Guthrie Fingal, dessen Wetterfahne ebenfalls gestohlen wurde. Ich werde Ihnen einen ausführlichen Augenzeugenbericht geben, sobald Sie Zeit haben, alles aufzuschreiben. Wenn ich mich nicht sehr täusche, werden Sie das letzte Kapitel bis dahin ganz allein schreiben können.«

Kapitel 20

Als Peter und Cronkite den Highway verließen, sahen sie als erstes ein halbes Dutzend LKWs der Bürgerwehr, die so weit wie überhaupt möglich von der Staubstraße entfernt parkten, die zum Woeful Ridge führte, was leider immer noch nicht weit genug war, denn Peter konnte sich nur mit knapper Not durchkämpfen.

»Was meinen Sie, Swope, wie weit wir dabei sein sollen? Ich habe keine große Lust, mir bei dem Tumult meinen Wagen zu ruinieren.«

»Kann ich gut verstehen, Professor, ich brauche nur daran zu denken, was mit meinem passiert ist. Sehen Sie mal, da vorn sind noch mehr LKWs. Die haben anscheinend ein ganzes Bataillon angekarrt. Warum parken Sie nicht direkt dahinter? Das restliche Stück können wir zu Fuß gehen. Von hier ist es weniger als eine halbe Meile.«

»Ich hätte eigentlich erwartet, daß man uns einen gepanzerten Wagen schicken würde«, scherzte Peter.

Wie sich herausstellte, hatte man dies tatsächlich. Peter und Cronkite waren erst einige hundert Meter gegangen, als Polizeichef Olson in einem imposanten Gefährt, das er sich wahrscheinlich irgendwo ausgeliehen hatte, neben ihnen hielt. Olson trug seine Polizeiuniform, sein Fahrer ebenfalls.

»Nach Ihnen habe ich schon gesucht!« rief ihnen der Polizeichef zu. »Springen Sie schnell auf den Rücksitz. Freut mich, daß Sie kommen konnten, Professor. Ich habe meine Leute mehrmals bei Ihnen anrufen lassen, aber es schien niemand da zu sein.«

»Ich mußte unerwartet verreisen«, erklärte Peter. »Ich konnte natürlich nicht ahnen, was sich hier abspielte. Ich bin erst vor etwa einer Stunde zurückgekommen.«

»Na ja, besser spät als gar nicht.«

Chief Olson schien erstaunlich gut aufgelegt zu sein. Peter konnte sich nicht erinnern, den Mann je lächeln sehen zu haben, allerdings sah er ihn auch nicht sonderlich häufig. Er fragte sich, ob Olsons

Uniform immer so tadellos gebügelt war und die Messingknöpfe immer so glänzten wie Nuggets in einer Goldmine.

Allerdings fragte er sich, warum die Knöpfe wohl aus Messing waren. Er hatte immer angenommen, daß Uniformknöpfe schon seit langem aus Chrom hergestellt wurden, was ja auch viel praktischer war. Fred Ottermole, der Polizeichef von Balaclava Junction, hatte silberne Knöpfe an seiner Uniformjacke, die er jedoch nicht allzu oft trug. An einem warmen Tag wie diesem wäre er sicher in seinem blauen Hemd erschienen – wie immer frisch gebügelt und makellos sauber, da Freds Gattin Edna Mae im Gegensatz zu Fred größten Wert darauf legte, daß ihr Gatte auch äußerlich einem würdigen Gesetzeshüter entsprach. Jammerschade, daß er heute nicht dabei war, dachte Peter. Ottermole genoß eine ordentliche Schlägerei fast genauso sehr wie Thorkjeld Svenson.

Aber auch Olson entpuppte sich als echte Kämpfernatur, dabei hatte Peter ihn bisher immer nur für streitsüchtig gehalten. »Wir müssen hinter dem Grat warten, bis das SEK hochmarschiert«, erklärte er gerade. »Und dann komme ich. Ich brülle in dieses Mikro hier, und aus dem Megaphon oben auf dem Dach ist meine Stimme dann überall laut und deutlich zu hören. Wenn die sich nicht auf der Stelle ergeben, marschiert das SEK noch weiter und die Jungs von der Bürgerwehr rücken zum Woeful Ridge vor, bis alles komplett umzingelt ist. Geschossen wird erst auf mein Signal.«

»Freut mich zu hören«, sagte Peter. »Eh – wenn die Männer sich im Kreis aufstellen, würden sie dann nicht aufeinander schießen, falls es zum Kampf käme?«

»So ein Schwachsinn! Natürlich nicht!« Das klang wieder ganz wie der alte Olson, der bei der geringsten Spur von Kritik sofort auf die Barrikaden ging. »Für wen zum Teufel halten Sie uns eigentlich? Für einen Haufen Idioten, oder was?«

»Ganz im Gegenteil«, versicherte Peter schnell. »Ich halte diesen Einsatz für eine hervorragend geplante Operation. Ich kann nur bewundern, daß Sie es geschafft haben, in der kurzen Zeit so viele Leute zusammenzutrommeln.«

Olson schwoll an wie eine Kröte, die sich mit Luft vollpumpt, ein Tier, dem er auch im Normalzustand recht ähnlich sah. »Es war höllisch schwer, das können Sie mir glauben. Also, wenn die Kerle in der Falle sitzen, schließen Sie, Swope und ich uns dem SEK an, und Sie zeigen uns, wo das Knarrenlager ist. Keine Sorge, Professor, wir sorgen schon dafür, daß Ihnen nichts passiert.«

»Das beruhigt mich, Chief Olson. Ich bin überzeugt, daß wir in Ihren kompetenten Händen – eh – vollkommen sicher sind.«

Natürlich hatte er maßlos übertrieben. Peter war alles andere als überzeugt und wünschte sich von ganzem Herzen, er wäre noch etwas länger in Maine geblieben statt Hals über Kopf zurückzufahren. Aber jetzt war er dem Ende des Tunnels schon so nahe, daß es keinen Sinn mehr machte umzukehren. Als sie sich dem Grat näherten, stellte er fest, daß er eine ähnliche Euphorie verspürte wie kurz zuvor Cronkite Swope, auch wenn davon mittlerweile nichts mehr zu merken war.

»Eh – Swope, warum versuchen Sie nicht, eine Nahaufnahme von Chief Olson hier im Wagen zu machen?« schlug er vor. »Was halten Sie davon?«

Cronkites Stimmung besserte sich ein wenig. »Versuchen könnte ich es, obwohl es hier drin ein bißchen eng ist. Mit Blitzlicht könnte es hinhauen.«

»Kein Blitzlicht!« bellte Olson. »Wir dürfen den Feind auf keinen Fall vorzeitig warnen!«

›Den Feind‹ – drunter tut er es nicht. Wenn zwölf Laster voller Männer und ein verfluchter gepanzerter Wagen das Trüppchen Ganoven nicht längst aufgeschreckt hatten, konnte Peter sich schwerlich vorstellen, daß ausgerechnet Cronkites Blitz dies fertigbringen würde. Er beschloß jedoch, den Mund zu halten. Olson hatte angefangen, sein Kinn vorzustrecken wie der berühmte General Patton im Zweiten Weltkrieg. Der Augenblick des Triumphes stand unmittelbar bevor, und er wollte Olson die Stimmung nicht verderben.

Ein Mann in olivfarbener Tarnkleidung schlich sich nach bewährter Dschungelmanier an ihr Fahrzeug heran und klopfte dreimal leise gegen das Panzerglas auf Olsons Seite. Der Fahrer, der bisher kein einziges Wort von sich gegeben und Cronkite und Peter keines Blickes gewürdigt hatte, berührte einen Knopf, der das Fenster einen Spalt breit öffnete.

»Alle Truppen sind in ihren Angriffsstellungen, Chief Olson. Der Captain der Bürgerwehr sagt, wir sind bereit, wenn Sie es sind.«

»Gut. Wo ist der Leiter des SEK?«

Wie auf Kommando trat ein anderer Mann hinter einem Baum hervor. Peter nahm jedenfalls an, daß es sich bei dem Wesen um einen Mann handelte. Kopf, Körper, Arme, Beine, Hände und Füße waren von mehreren Schichten Schutzkleidung verhüllt. Peter sah, wie Cronkites Gesicht sich aufhellte, und begann allmählich, sich ein wenig sicherer zu fühlen. Wenn sich alle Männer so angezogen hatten, würde der Marsch auf das Waffenlager zwar etwas mühsam vonstatten gehen, doch es war unwahrscheinlich, daß den Leuten etwas zustoßen würde, es sei denn, sie traten zufällig auf eine Landmine. Peter beobachtete mit wachsender Faszination, wie er, sie oder es meldete, das SEK habe ebenfalls seine Position eingenommen und sei auf alles vorbereitet.

»Dann wollen wir mal«, sagte Olson grimmig. »Dreißig Sekunden, um in Deckung zu gehen, und dann heben wir das Nest aus.«

»Kann ich jetzt ein Foto machen?« flüsterte Cronkite.

»Nein!« bellte Polizeichef Olson. »Sie bleiben genau da, wo Sie sind, und rühren keinen Finger.«

Vermutlich wartete er darauf, Schüsse zu hören, dachte Peter. Einige Eichelhäher veranstalteten einen Riesenkrach, und Peter glaubte den Ruf eines Fichtenwaldsängers zu hören, aber das war auch schon alles.

»Sture Mistkerle«, knurrte Olson. »Denen zeigen wir es. Gib dem Ding Saft, Bert!«

Peter erstarrte, aber nicht vor Angst. »Gleich ist es soweit, Swope! Wir sind kurz vor dem Ziel.«

Cronkite warf Peter einen verwirrten Blick zu, machte aber erst gar nicht den Versuch zu antworten. Man hätte ihn ohnehin nicht gehört, denn Chief Olson stellte gerade auf beeindruckende Weise unter Beweis, daß er ein Naturtalent im Umgang mit Megaphonen war.

»Raus mit euch, ihr Scheißkerle, ihr seid umzingelt! Werft die Waffen weg und kommt mit erhobenen Händen raus! Falls nicht, wird es euch noch verdammt leid tun!«

Der Wagen fuhr nun. Inzwischen konnten sie Woeful Ridge genau sehen, sie fuhren gerade die natürliche Brustwehr hoch, die Peter bei ihrem letzten Besuch aufgefallen war. Der Wagen hatte entweder Reifen mit Spikes, dachte Peter, oder Ketten wie ein Militärpanzer. Swope hielt seine Kamera ans Fenster gepreßt, um im richtigen Moment auf den Auslöser drücken zu können.

Doch der richtige Moment ließ auf sich warten. Die Männer vom SEK hockten in Angriffsstellung, doch es gab nichts, das sie angreifen konnten. Kein einziger Überlebenskämpfer ließ sich blicken.

»Die verstecken sich, die verdammten Schisser«, zischte Olson. Er brüllte erneut in sein Mikrofon. »Kommt endlich raus, ihr gottverdammten feigen Schweine, sonst machen wir euch Beine!«

Endlose Sekunden verstrichen, doch nichts passierte.

»Jetzt reicht's mir aber! Seid ihr soweit, SEK? Holt sie euch! Seid ihr soweit, Bürgerwehr? Feuer eins!«

Unter wildem Geheul stürmten die Männer vom SEK los. Von allen Seiten waren Schüsse zu hören. Als Olson sich umdrehte, grinste er wie ein Honigkuchenpferd.

»Kein Grund zur Aufregung, Professor. Eins bedeutet, daß sie in die Luft schießen.«

»Vielen Dank für die Aufklärung«, antwortete Peter höflich. »Der – eh – Feind zeigt wenig Reaktionen.«

»Die werden schon noch Reaktionen zeigen, da machen Sie sich man keine Sorgen. Denen bleibt gar nichts anderes übrig.«

Olson dröhnte noch einige weitere Sätze ins Megaphon, die ein prüder Drucker als einen ganzen Absatz von Pünktchen wiedergegeben hätte. Doch es regte sich immer noch nichts. Nach einer Weile begann das SEK auf den Wagen zuzumarschieren. Wutschnaubend riß Olson die Tür auf und streckte den Kopf heraus.

»Was zum Teufel ist los mit euch Hosenscheißern? Warum kommt ihr wieder zurück?«

»Wir können niemanden finden«, winselte der Leiter des SEK. »Weit und breit nichts zu sehen.«

»Seid ihr bescheuert? Schickt mir mal den Captain der Bürgerwehr!«

»Die können auch niemanden finden. Ich habe ihn schon gefragt.«

Olson fuhr auf seinem Sitz herum und starrte die beiden Männer auf dem Rücksitz wutentbrannt an. »Swope, sind Sie sicher, daß wir an der richtigen Stelle sind?«

»Natürlich bin ich sicher! Menschenskind, es gibt doch schließlich nur ein Woeful Ridge hier! Wir haben zuerst auch nichts gesehen, bis der Kerl uns in dem Knarrenlager erwischt hat. Danach kamen sie von allen Seiten angeschwärmt und haben meinen Dienstwagen zertrümmert. Ich habe Ihnen doch alles haarklein erzählt. Die müssen ein unterirdisches Versteck oder so was haben.«

»Ja, oder so was.« Olson war stinksauer. »Na dann los, ihr zwei Helden. Führt mich zu eurem verdammten Knarrenlager, aber pronto, wenn ich bitten darf.«

»Sie meinen, so wie wir sind?« stammelte Cronkite. »Ohne Schutzkleidung oder so?«

»Ohne Schutzkleidung oder so«, äffte ihn der Polizeichef nach. »Okay, Munch, gib Kleinbubi hier deine Kampfausrüstung. Aber du mußt ihm die Knöpfe zumachen und die süßen kleinen Schuhriemen für ihn zubinden, er ist nämlich noch nicht groß genug, um es selbst zu machen. Vielleicht möchten Sie ja vorher noch schnell nach Hause laufen und sich Ihren Teddybär zur Verstärkung holen, Swope. Jetzt mach schon, du jämmerliche kleine Qualle, wir haben nicht den ganzen Nachmittag Zeit. Teufel noch mal, wenn ich keine Angst habe, braucht ihr auch keine zu haben, oder? Bringen wir die verdammte Farce hinter uns.«

»Hervorragende Idee«, sagte Peter. »Ich werde Sie gern begleiten, Chief Olson, sobald Ihr Fahrer die Freundlichkeit besitzt, den Knopf zu drücken, der diese vermaledeite Tür öffnet. Ah, vielen Dank. Sind Sie soweit, Swope?«

»Klar, Professor, von mir aus kann's losgehen.«

Cronkite verschmähte die Schutzkleidung, die der SEK-Mann ihm demonstrativ hinhielt, und sprang über den Grat. »Lassen Sie mich wissen, wenn ich zu schnell für Sie bin, Chief Olson.«

»Geh du nur so schnell wie du es dir zutraust, Kleiner. Ich werde schon Schritt halten, keine Bange.«

Grundgütiger, er hatte recht, dachte Peter. Olsons kräftige kurze O-Beine bewegten sich tatsächlich erstaunlich schnell vorwärts. Die ganze Situation war ziemlich erstaunlich. Eigentlich müßte er sich zu Tode fürchten, dachte Peter.

»Es ist direkt da vorn. Sehen Sie, da ist der Eingang zur Höhle.«

Cronkite zögerte einen Augenblick lang. Olson überholte ihn. »Wohl die Hosen voll, Kleiner? Ich gehe besser als erster.«

»Einen Moment, Chief«, sagte der Leiter des SEK. »Besser wir gehen zuerst, wir haben schließlich unsere Kampfausrüstung und alles.«

Er hatte sich die Kampfausrüstung, die Cronkite verschmäht hatte, wieder angezogen. Ohne die Spezialkleidung sah er nicht sonderlich beeindruckend aus, dachte Peter, ein Allerweltstyp, wie man ihn überall finden konnte. Mit der Spezialkleidung wirkte er geradezu furchterregend. Selbst der Polizeichef war bereit, ihn vorbeizulassen.

»Okay, wenn Sie wollen«, meinte Olson. »Sie werden ja immerhin dafür bezahlt. Wie sieht's da drinnen aus, Professor?«

»Die Höhle scheint zunächst sehr schnell zu Ende zu sein, man läuft direkt vor eine Felswand. Auf der rechten Seite, etwa auf Brusthöhe, befindet sich ein dunkler Fleck. Wenn Sie dagegen drücken, verschiebt sich die Wand.«

»Donnerlittchen! Los, Männer, vorwärts!«

Ein halbes Dutzend SEK-Männer hinter Schutzschilden bewegte sich vorsichtig in Richtung Höhle. Nichts tat sich. Die Männer verschwanden nacheinander im Inneren. Plötzlich stoben sie wie ein Schwarm wütender Hornissen wieder nach draußen.

»Der Kerl ist wohl total bescheuert«, brüllte der Anführer. »Da drin ist absolut gar nichts, nur ein Haufen Geröll.«

»Lassen Sie mich mal einen Blick hineinwerfen«, sagte Peter.

»Klar, gehen Sie ruhig rein. Wenn Sie wollen, können Sie sich ja ein paar Brocken als Andenken mit nach Hause nehmen.« Der Captain der Bürgerwehr sah verwirrt aus.

Olson war stinksauer und machte keinen Hehl daraus. »Swope, dafür werden Sie bezahlen!«

»Was hat denn Swope damit zu tun?« verlangte Peter zu wissen.
»Es ist doch wohl sonnenklar, was hier passiert ist. Die sogenannten Überlebenskämpfer haben Wind von Ihrer kleinen Überraschung bekommen, das Lager leergeräumt und das ganze Ding in die Luft gejagt. Lassen Sie einen Sprengstoffexperten kommen, der wird Ihnen genau erklären, was hier vorgefallen ist.«

Olson verkündete in allen drastischen physiologischen Einzelheiten, wo Peter sich den Sprengstoffexperten seiner Meinung nach hinstecken konnte. »Sie haben verdammt recht, es ist wirklich sonnenklar«, fügte er noch hinzu, nachdem er genug Dampf abgelassen hatte, um wieder zusammenhängend reden zu können. »Ihr dämlicher kleiner Freund hier hatte die glorreiche Idee, uns alle an der Nase rumzuführen, weil er eine Story für seine bescheuerte Zeitung brauchte. Damit wollte er bloß von seinem Bruder ablenken. Und Sie hat er ausgetrickst, damit Sie ihn decken, Shandy, weil Sie ein gottverdammtes Weichei sind wie all die eingebildeten Laffen vom College. Mag sein, daß Sie Shandy hinters Licht führen können, Swope, bei mir müssen Sie früher aufstehen. Ich verhafte Sie hiermit wegen Vortäuschung einer Straftat und Betrugs, und Ihren Bruder Brinkley werde ich auch verhaften, sobald ich wieder in Lumpkinton bin.«

Cronkite knirschte mit den Zähnen. »Und mit welcher Begründung wollen Sie das, Chief Olson?«

»Das wissen Sie verdammt gut. Weil er die Seifenfabrik in Lumpkinton angezündet und Caspar Flum umgebracht hat. Brandstiftung und Totschlag, so sehe ich den Tatbestand. Eigentlich sollte die Anklage Mord lauten, aber da Brink ein Junge aus dem Ort ist, werde ich Gnade vor Recht ergehen lassen. Was allerdings nicht heißt, daß er Gnade verdient, und das gilt für Sie ganz genauso, junger Mann. Ich weiß schon seit zehn Minuten, daß Sie mich belogen haben. Wollen Sie wissen, warum? Sehen Sie sich mal an, was meine Jungs gefunden haben!«

Olson scheuchte Swope und Shandy vor sich her wie ein paar verirrte Truthähne und trieb sie zu der Stelle, wo Swopes 1974er Plymouth von den sogenannten Überlebenskämpfern in seine Bestandteile zerlegt worden war. »Gestern abend haben Sie mir erzählt, daß hier an dieser Stelle Ihr Wagen demoliert wurde, als Sie das letzte Mal hier waren, stimmt's?«

»Ich habe gesagt, daß wir gesehen haben, wie die Männer gerade dabei waren, den Wagen zu demolieren«, verbesserte Cronkite. »Sie hatten die Türen abgerissen, haben die Fenster mit Schlagstöcken eingeschlagen und das Dach und die Kotflügel verbeult. Der Kofferraum war aufgerissen, die Haube war los, die Kühlerhaube haben sie auch aufgebrochen. Sie waren gerade dabei, die Drähte rauszureißen.«

»Ach ja? Was Sie nicht sagen!« Olson stieß den jungen Reporter vorwärts. »Na dann sehen Sie sich das da vorne mal ganz genau an!«

Vor ihnen stand ein grüner 1974er Plymouth Sedan, nicht gerade in Bestzustand, aber mit intakten Türen und Fenstern, unverbeulter Karosserie, die Kofferraumhaube war unbeschädigt und die Kühlerhaube ordnungsgemäß geschlossen. Die Aufschrift *Gemeinde- und Sprengel-Anzeiger für Balaclava* auf Türen und dem Kofferraum war deutlich lesbar.

»Das ist nicht mein Wagen!« rief Cronkite. »Das ist völlig unmöglich!«

»Ach ja? Haben Sie vielleicht zufällig Schlüssel und Papiere bei sich?«

»Allerdings. Sie können es gern selbst probieren.«

»Was ich auch verdammt noch mal tun werde.« Der Polizeichef nahm die Schlüssel, die Cronkite ihm zuwarf und überreichte sie dem Leiter des SEK. »Hier, Munch, probieren Sie mal, Sie haben ja gehört, was er gesagt hat. Seien Sie vorsichtig, es könnten ein paar Stangen Dynamit an der Zündung hängen.«

»Klar, Chief, und auf dem Fahrersitz lauern wahrscheinlich zwei ausgehungerte Alligatoren.«

Brüllend vor Lachen eilten die Männer zum Wagen. Peter und Cronkite folgten ihnen. Inzwischen war Peter absolut sicher, daß sowohl die Nummernschilder als auch die Seriennummer richtig waren, was sich auch als zutreffend herausstellte. Er wußte auch, daß der Schlüssel passen würde, was ebenfalls zutraf. Als Cronkite immer noch darauf bestand, daß dies unmöglich sein Dienstwagen sein könne, drückte Peter seinen Arm.

»Am besten, Sie lassen die Sache auf sich beruhen, Swope. Scheint ganz so, als habe Olson hier einen eindeutigen Beweis in der Hand.«

»Aber sehen Sie denn nicht?«

»Selbstverständlich sehe ich. Sehen Sie denn nicht?«

Swope starrte Peter einen Augenblick lang entgeistert an. Dann begann er merkwürdigerweise zu grinsen. »Ach so, das meinen Sie! Und ob ich das sehe! Aber was machen wir jetzt?«

»Hmja, da Polizeichef Olson so freundlich war, uns einzuladen, mit ihm herzufahren, denke ich, es wäre vielleicht angebracht, daß ich mich revanchiere und ihn einlade, mit mir nach Balaclava Junction zurückzufahren. Sie können uns in Ihrem – eh – Dienstwagen folgen, Swope.«

»Warum zum Teufel sollte ich wohl mit Ihnen zurückfahren wollen?« knurrte Olson.

Peter schaute sich vorsichtig um, als wolle er sichergehen, daß die Männer vom SEK außer Hörweite waren. »Ich dachte nur, wir könnten uns auf der Heimfahrt vielleicht ein wenig über ein paar gemeinsame Bekannte unterhalten.«

»Beispielsweise?«

»Roland Childe und seine vier Trolle beispielsweise. Ich vermute, Sie haben heute noch keinen Blick in die Zeitung geworfen.«

Kapitel 21

»Ich warne Sie, Shandy, noch mal locken Sie mich nicht in eine Falle.«

Die Tatsache, daß Olson bereits auf dem Beifahrersitz in Shandys Wagen saß, reichte Peter als Bestätigung, daß Olson schon längst in der Falle saß. Er sagte daher nur: »Lesen Sie doch selbst.«

Peter reichte Olson den *Sprengel-Anzeyger,* der auf dem Rücksitz gelegen hatte. Nachdem er einen Blick auf die Schlagzeilen geworfen hatte, sah Olson einem Menschen, den gerade der Blitz getroffen hat, ziemlich ähnlich. Er las den Artikel kommentarlos zu Ende, doch sein Gesicht war puterrot, als er fertig war.

»Was soll der Quatsch? Schon wieder eins von diesen Journalistenmärchen? Die haben doch bestimmt keine Beweise in der Hand, oder?«

»Nur wenn Sie die Aussagen von drei Augenzeugen, von denen zwei beinahe umgebracht worden wären, sowie die Tatsache, daß die Bande die gestohlenen Wetterfahnen bei sich hatte, als sie das Boot in ihre Gewalt brachte, für irrelevant halten. Vielleicht interessiert Sie auch, daß die Männer sich Zyanidkapseln in den Mund steckten, als man sie verhören wollte, mit Ausnahme von Roland Childe allerdings. Seine Kapsel entpuppte sich als Zitronenbonbon.«

»Das ist doch wirklich –«, Olson konnte sich gerade noch beherrschen und mußte noch einmal ansetzen. »Das ist eine verdammt unglaubwürdige Geschichte, Shandy. Ich glaube Ihnen kein Wort.«

»Sie können sich gern bei Leutnant Blaise und den Männern von der Küstenwache erkundigen, die uns freundlicherweise an Bord genommen haben. Ich habe die Nummer des Bootes irgendwo aufgeschrieben. Ich gebe sie Ihnen, wenn wir wieder in Balaclava Junction sind. Außerdem können Sie sich auch gern mit Eustace Tilkey aus Hocasquam in Maine unterhalten, dessen Boot gekapert und völlig ruiniert wurde. Oder mit den Bandenmitgliedern, die sich bereit erklärt haben auszusagen. Vielleicht sollte ich erklärend hinzufügen, daß sie ihre Zyanidkapseln wieder ausgespuckt haben und dabei ziemlich erleichtert wirkten. Peru und Argentinien konnten gar nicht genug reden, als ich sie das letzte Mal gesehen habe.«

»Peru und Argentinien? Das soll doch wohl ein Witz sein, oder?« Polizeichef Olson war augenscheinlich alles andere als belustigt.

»Das sind nur Decknamen«, erklärte Peter. »Ich finde sie genauso absurd wie Sie. Childe nennt sich Brasilien, und der Kopf der Gruppe ist uns bisher nur unter dem Namen Paraguay bekannt. Er gehörte nicht zu den Männern, die in Maine aufgegriffen wurden, aber es wird sicher nicht schwer sein, auch ihn hinter Schloß und Riegel zu bringen.«

»Ach ja? Sie sind offenbar mächtig von sich selbst überzeugt, was, Shandy?«

»Dazu habe ich auch allen Grund, Chief Olson. Wir haben nämlich erstens eine hervorragende Beschreibung von ihm, die uns eine – eh – zuverlässige Quelle zugespielt hat. Er soll angeblich klein, dick und o-beinig sein und unter anderem eine ausgesprochene Schwäche für ausgefallene Uniformen haben.«

»Was heißt hier unter anderem?«

»Dazu kann ich mich momentan noch nicht äußern, doch es gibt umfassende Eintragungen dazu in dem Tagebuch.«

»Wessen Tagebuch?« Olson saß wie auf heißen Kohlen.

»Das Tagebuch einer Frau, die sich Elisa Alicia Quatrefages nennt. Sie ist Paraguays – eh – Herzensschatz.«

Jetzt verlor Olson völlig die Fassung. »Wo ist dieses Tagebuch jetzt?«

»Momentan befindet es sich bei mir zu Hause in Balaclava Junction. Meine Frau ist gerade dabei, eine vollständige schriftliche Übersetzung davon anzufertigen.«

»Dazu hat sie kein Recht! Sie muß mir das Tagebuch sofort geben!«

»Ich bin mir ziemlich sicher, daß Sie es nicht haben können«, widersprach Peter. »Ich bin mir zwar über das genaue Protokoll nicht im klaren, aber ich gehe davon aus, daß wir es zuerst dem Sheriff von Hocasquam zurückschicken müssen, bevor es den – eh – zuständigen offiziellen Stellen vorgelegt wird. Meine Frau wird Staatsanwältin Wetzel eine Kopie aushändigen. Vielleicht könnte sie Ihnen auch eine zukommen lassen, ich denke mal, daß sie dabei nicht gegen allzu viele Gesetze verstößt.«

»Shandy, ich habe große Lust, Sie für Ihr eigenständiges Handeln einzulochen. Wer außer Ihrer Frau hat das Tagebuch sonst noch gesehen?«

»Mehrere Personen haben es gesehen, unter anderem ich selbst. Bis jetzt ist meine Gattin allerdings die einzige, die es lesen kann. Ms. Quatrefages hat rückwärts geschrieben, und zwar vorwiegend in einer Mischung aus Französisch und Spanisch. Die Tatsache, daß sie wenig sprachbegabt ist und die einfachsten Regeln der Orthographie nicht beherrscht, vereinfacht die Sache nicht gerade.«

Aus Olsons Kehle drang ein drohendes Knurren. »Weiß Swope davon?«

»Natürlich. Meine Frau hat es ihm gesagt, als er zu uns kam, um mich über Ihre militärische Operation zu informieren. Während der Fahrt nach Woeful Ridge haben wir uns dann genauer darüber unterhalten.«

Olson dachte kurze Zeit darüber nach. »Ha! Vermute, Swope hat es wohl für besser gehalten, sich irgendeinen armen Trottel als Beschützer mitzunehmen, wenn die Kacke erst mal am Dampfen ist. Gott, wie ich diesen kleinen Scheißer hasse! Er wird jemand brauchen, der verdammt viel größer ist als Sie, wenn der Staatsanwalt erfährt, was er sich da eingebrockt hat. Haben Sie überhaupt eine Ahnung, was es kostet, die Bürgerwehr aufmarschieren zu lassen? Sein verfluchtes Schmierblatt wird für jeden Cent zur Kasse gebeten, darauf können Sie Ihre Stiefel verwetten.«

Olson redete während der ganzen Fahrt nach Balaclava Junction mehr oder weniger in diesem Ton weiter. Peter versuchte erst gar nicht, ihm zu widersprechen. Der Mann stand buchstäblich kurz vor einem Schlaganfall. Soweit Peter die Lage beurteilen konnte, hatte Olson auch genügend Grund dazu. Peter spielte sogar mit dem Gedanken, sich einen kleinen Verstoß gegen die Verkehrsordnung zu leisten, sobald sich ihm die Gelegenheit dazu bot. Immerhin brauchte er keine Angst vor einem Knöllchen zu haben, solange er einen Polizeichef im Wagen und einen zweiten, so Gott wollte, bei sich zu Hause sitzen hatte.

Ein Glück, Fred Ottermole war da. Als sie auf dem Crescent ankamen, stellte Peter mit unendlicher Erleichterung fest, daß der einsame Streifenwagen von Balaclava Junction tatsächlich vor seinem Haus parkte. Mit den unzähligen Beulen und Dellen und den Spuren, die der Zahn der Zeit hinterlassen hatte, erinnerte der Streifenwagen stark an Cronkites Gefährt vor der unglaublichen Metamorphose.

Unglaublich war dafür wirklich das richtige Wort, entschied Peter, als Cronkite Swope mit seinem Plymouth hinter seinem und Fred Ottermoles Wagen hielt.

Olson war nicht nach Einhalten der Etikette zumute. Er sprang aus Peters Wagen, noch bevor das Fahrzeug richtig angehalten hatte, raste zur Eingangstür und begann, mit beiden Fäusten gegen die Tür zu hämmern.

»Aufmachen!«

Zu Peters heimlicher Freude öffnete Polizeichef Ottermole die Tür so schnell, daß Olson sein Gleichgewicht verlor und ihm entgegenflog. Fred streckte hilfsbereit seinen Arm aus.

»Hoppala, Wilbur. Was haben Sie denn getrunken?«

»Seien Sie nicht albern, Ottermole. Wo ist Mrs. Shandy?«

»Hier, direkt hinter mir. Können Sie sie nicht sehen?«

Helen befand sich auf der Mitte der Treppe, sie war sofort heruntergekommen, als sie den Krach gehört hatte. »Alles in Ordnung, Chief Olson? Die Stufe vor der Tür ist wirklich leicht zu übersehen, fürchte ich, Peter und ich wollten sie schon seit einiger Zeit –«

Olson stand nicht der Sinn nach Plaudereien. »Wo ist das Tagebuch? Ich will es sofort haben. Nun machen Sie schon, geben Sie es mir.«

»Es ist oben im Arbeitszimmer«, teilte Helen ihm mit. »Aber Sie können doch nicht einfach –«

Die Diele war winzig, die Treppe lag nur einige Schritte hinter der Eingangstür und führte steil nach oben, wie dies in kleinen alten Häusern oft der Fall ist. Helen war auf der Treppe geblieben, weil unten nicht genug Platz war. Olson schob sie so unsanft zur Seite, daß sie den Halt verlor. Peter sprang vor und packte sie. Ottermole packte sich Olson. Der Polizeichef von Lumpkinton kämpfte wie ein Stier, doch er hatte keine Chance. Ottermole war doppelt so groß und zwanzig Jahre jünger.

»Was fällt Ihnen ein, eine Dame in ihrem eigenen Haus umzurennen?« brüllte Fred. »Das ist Körperverletzung, Mrs. Shandy kann Sie dafür anzeigen. Das werden Sie doch sicher auch, nicht wahr, Helen?«

»Allerdings werde ich das, Fred, vielen Dank, daß Sie mich daran erinnern. Peter, Liebling, könntest du mich bitte zum Sofa führen? Dieser Rohling hat mir einen fürchterlichen Stoß in die Rippen versetzt, und ich glaube, ich habe mir das Knie verstaucht. Es tut wahnsinnig weh. Also wirklich, Chief Olson, Sie sind mir ein feines Vorbild für die Jugend von Balaclava County. Cronkite, ich hoffe, Sie haben fotografiert, wie er mich angerempelt hat.«

»Worauf Sie sich verlassen können, Mrs. Shandy!«

»Her mit der verdammten Kamera!« brüllte Olson.

»Was ist eigentlich in diesen Mann gefahren?« Helen klang jetzt ganz wie eine Bibliothekarin. »Vielleicht sollten wir erwägen, ihm mit der Kohlenschaufel eins über den Schädel zu geben, damit er sich wieder beruhigt. So etwas gilt doch nicht als Körperverletzung, wenn der Gefangene sich der Festnahme widersetzt, oder, Fred?«

»Schon okay, Helen, ich hab' ihn fest im Griff.« Ottermole tat etwas besonders Unangenehmes, das Olson in die Knie gehen ließ. »Nimm die Handschellen von meinem Gürtel und leg sie dem Kerl an, Cronk. Menschenskind, Wilbur, jetzt halten Sie endlich still, und hören Sie auf zu brüllen. Sie wissen doch, wie das abläuft, schließlich haben Sie selbst schon genug Leute eingelocht. Mannomann, ich hätte wohl besser 'ne Zwangsjacke mitbringen sollen. Wenn du mit den Handschellen fertig bist, Cronk, rufst du am besten Budge Dorkin im Revier an und bestellst ihm, er soll das andere Paar Handschellen sicherheitshalber auch noch mitbringen. Das machen wir dem Mistkerl um die Knöchel. Wilbur, wenn Sie mich noch ein einziges Mal vors Schienbein treten, reiß' ich Ihnen Ihr falsches Gebiß raus und zertrampel es auf dem Bürgersteig. Warum führt der sich eigentlich auf wie ein Verrückter, Professor?«

»Er hat Angst, daß wir lesen könnten, was Elisa Alicia Quatrefages in ihrem Tagebuch über ihn geschrieben hat.«

»Über ihn?« Trotz ihrer Schmerzen mußte Helen lachen. »Das soll Paraguay sein? Na ja, über Geschmack läßt sich ja bekanntlich nicht streiten. Aber wie hast du es denn geschafft, ihn zu enttarnen, Peter?«

»Das brauchte ich gar nicht. Das hat er draußen am Woeful Ridge auf beeindruckende Weise selbst getan. Ich muß zugeben, daß ich mir über Olson schon seit geraumer Zeit meine Gedanken gemacht habe, aber ich konnte einfach nicht glauben, daß er die Fähigkeit oder Energie besaß, eine kriminelle Organisation dieser Größenordnung aufzuziehen. Doch der heutige Einsatz am Woeful Ridge hat mich davon überzeugt, daß er zumindest die Energie besitzt. Er hat die Bürgerwehr zusammengetrommelt, einen gepanzerten Wagen aufgetrieben und sogar ein SEK zusammengestellt.«

»Das ist ja geradezu grandios!«

»Es war sogar mehr als grandios. Jetzt wissen wir wengistens etwas mehr über seine Denkweise. Es hat ihm nicht gereicht, ein paar

Schläger anzuheuern, um die Drecksarbeit für ihn zu erledigen, als sich ihm die Gelegenheit bot, schnell an Geld zu kommen, indem er den Binks-Besitz niederbrennen und plündern ließ. Er ist nicht einmal davor zurückgeschreckt, seine halbe Polizeimannschaft zu korrumpieren. Er hat sich seine eigene paramilitärische Organisation aufgebaut. Und ihr müßt zugeben, daß es eine verdammt gute Idee war, das sogenannte Überlebenscamp als Tarnung zu benutzen.«

»Und in Roland Childe hat er den perfekten Helfershelfer gefunden«, stimmte Helen zu. »Ein Psychopath mit einer ausgesprochenen Vorliebe für Mantel-und-Degen-Abenteuer war genau der richtige Mann, mit dem er ein Waffendepot aufbauen, Männer ausbilden und Verbrechen planen und ausführen konnte.«

»Ja«, sagte Ottermole. »Und Wilbur konnte alles vertuschen, er durfte nur nicht mit der Drecksarbeit in Verbindung gebracht werden.«

»Und Elisa Alicias Rolle bestand darin, ihn zu inspirieren, als Vermittlerin tätig zu sein und die Beute zu verkaufen«, fügte Helen hinzu. »Ich kann verstehen, warum eine Frau, die nach Abenteuern sucht, sich von so einem Mann angezogen fühlt. Ich vermute, auf seine Art ist er ziemlich beeindruckend, und er entspricht ganz bestimmt ihrer Vorstellung von einem perfekten männlichen Wesen. Er ist zwar nicht sehr dunkelhäutig, und ich vermute, daß er auch nicht sonderlich gut reiten kann, aber man kann schließlich nicht alles haben. Nennt sie Sie tatsächlich Paraguay, Chief Olson?«

Wahrscheinlich tat sie dies in der Tat, denn der Mann begann sofort wieder loszupoltern. »Ich weiß überhaupt nicht, wovon Sie reden. Das wird euch allen noch verdammt leid tun, das könnt ihr mir glauben!«

»Das glaube ich kaum«, widersprach Peter. »Ich würde sagen, wir haben Sie ganz schön in die Enge getrieben. Childe wird früher oder später auspacken, wissen Sie, falls er nicht schon längst damit angefangen hat. Diese psychisch labilen Typen halten nie sehr lange durch, wenn man sie erst einmal mit der Realität konfrontiert. Die Männer vom SEK wahrscheinlich auch nicht. Sie haben einen Kardinalfehler begangen, indem Sie dieselben Männer benutzt haben, die Swope und mich neulich angegriffen und den Wagen des *Sprengel-Anzeygers* zertrümmert haben. Sie werden einem Verhör sicher nicht lange standhalten. Übrigens, Ottermole, wer wird die Kerle in die Mangel nehmen?«

»Keine Ahnung, Professor. Vielleicht werden die Leute vom Stadtrat einen neuen Polizeichef einsetzen, falls sie jemanden finden können, der nicht zu dieser Überlebenskämpfertruppe gehört. Staatsanwältin Wetzel weiß sicher, was zu tun ist.«

»Dann wollen wir ihr die Entscheidung auch überlassen, aber vielleicht sollten wir sie schnell anrufen und ihr mitteilen, daß noch mehr Arbeit auf sie wartet.«

»Das kann ich übernehmen«, sagte Cronkite Swope. »Ich glaube, ich weiß schon, was Sie als nächstes sagen werden, Professor.«

»Hmja, da haben Sie höchstwahrscheinlich recht. Nehmen Sie das Telefon in der Küche, dann sind Sie ungestört, falls Olson wieder anfangen sollte zu brüllen. Wie ich eben schon sagen wollte, Olson, ich fand es äußerst verdächtig, daß das Waffendepot leergeräumt und zerstört worden war. Da der Angriff angeblich top-secret war, konnte dies nur bedeuten, daß jemand die Information hatte durchsickern lassen, und dieser jemand konnten nur Sie sein. Würde mich nicht einmal wundern, wenn wir die Munition unten im Polizeikeller oder bei Ihnen zu Hause im Gästezimmer unter dem Bett finden würden. Ich könnte mir gut vorstellen, daß es nicht leicht war, auf die Schnelle ein neues Versteck zu organisieren, und wie ich Sie einschätze, haben Sie sicher nicht im Traum damit gerechnet, daß man Sie fassen könnte.«

Olson war zu Stein erstarrt, was höchstwahrscheinlich in seiner Lage das Beste war, was er tun konnte, außerdem machte er seinen Bewachern in diesem Zustand weitaus weniger Mühe als mit der Toberei, die er vorher an den Tag gelegt hatte. Peter beeilte sich, fertig zu reden, bevor das ehemalige Superhirn seine Meinung ändern konnte.

»Natürlich mußten Sie Woeful Ridge räumen, nachdem Swope Staatsanwältin Wetzel informiert hatte. Es war eine brillante Idee von Ihnen, zuerst ein Riesentohuwabohu zu veranstalten, nur um Swope als Lügner dastehen zu lassen, der sich die phantastische Geschichte nur ausgedacht hatte, um seinen Bruder reinzuwaschen. Es war auch clever von Ihnen, durch das Schwarzpulver auf der Kanone den Verdacht auf Brinkley zu lenken. Ihr einziger Fehler bestand darin, daß Sie Elisa Alicia Quatrefages die Beschriftung des 1974er Plymouth überlassen haben, den Sie als Ersatz für den Wagen nach Woeful Ridge geschafft hatten, den Ihre verspielten Kohorten dort zertrümmert hatten. Nicht daß Elisa Alicia ihre Arbeit nicht sorgfältig wie gewohnt verrichtet hätte, aber ihr ist ein kleiner Flüchtigkeitsfehler unterlaufen. Ihr ist nämlich entgangen, daß der *Sprengel-Anzeyger* sich mit y und nicht mit i schreibt. Anscheinend ist diese Feinheit Ihnen selbst ebenfalls entgangen.«

»Jessas!« sagte Ottermole. »Das wissen ja sogar meine Kinder!«

»Der lügt wie gedruckt«, Olsons Kampflust war noch nicht gänzlich erloschen. »Der Wagen hat immer so ausgesehen.«

»Das bringt doch nichts, Olson«, sagte Peter. »Ich bin sicher, im Archiv des *Sprengel-Anzeygers* gibt es genug Fotos von dem echten Wagen, die schwarz auf weiß belegen, daß Ihr Ersatzauto eine Fälschung ist. Sehr geschickt gemacht, wie ich zugeben muß, was vielleicht ein völlig neues Licht auf die Autodiebstähle in Lumpkinton in Verbindung mit Ihrem – eh – Unternehmen werfen wird. Ich glaube, Budge Dorkin fährt gerade die Auffahrt hoch. Entschuldigt mich bitte einen Moment.«

Es war wirklich Budge, und er hatte auch die Handschellen mitgebracht. »Wo ist der Gefangene, Fred? Oh, Entschuldigung, ich meine natürlich Chief.«

»Da sitzt er«, sagte Ottermole.

»Polizeichef Olson! Wow!« Budge Dorkin war inzwischen wirklich kaum noch zu erschüttern, doch jetzt war zweifelsohne einer dieser seltenen Momente. »Was hat er denn verbrochen?«

»Er ist das Superhirn, nach dem wir die ganze Zeit gesucht haben.«

»Der alte Saftsack? Das soll wohl ein Witz sein!«

»Für Sie mag er vielleicht ein Saftsack sein, aber für jemand anderen ist er vielleicht der zweite Errol Flynn, Budge«, sagte Helen, schien jedoch selbst nicht allzu überzeugt von ihrer These zu sein. »Was passiert als nächstes, Fred? Ich möchte wirklich nicht unhöflich sein, aber wir erwarten in Kürze Gäste von auswärts, und ich glaube, Peter braucht allmählich doch ein wenig Ruhe.«

»Weiß ich auch nicht«, antwortete Ottermole. »Hey, Cronk, hast du schon was rausgefunden?«

Der junge Reporter kam aus der Küche. »Ja, alles klar. Mrs. Wetzel sagt, ihr sollt Chief Olson in die Zelle stecken. Sie kommt mit dem Haftbefehl rüber, sobald ihr Kuchen fertig ist. Ich mußte sie bei sich zu Hause anrufen. Ihr Kind hat heute Geburtstag, und sie hat sich den Nachmittag freigenommen, um die Party vorzubereiten. Sie sagt, sie weiß selbst nicht, wie sie es schaffen soll, den Kuchen rechtzeitig mit Zuckerguß zu überziehen.«

»Rufen Sie sie einfach noch mal an, und bestellen Sie ihr, sie soll den Kuchen herbringen«, schlug Helen vor. »Iduna ist unschlagbar, was Kuchenverzierungen betrifft. Nein, lassen Sie, ich rufe sie lieber schnell selbst an. Ich bin sicher, Sie wollen ein paar Bilder davon machen, wie Olson festgenommen und ins Gefängnis verfrachtet wird.«

»Wann kommen Guthrie und Catriona zurück?« wollte Peter wissen. »Haben sie sich schon gemeldet?«

»Ja, sie haben vor einer Weile aus New Haven angerufen. Es war ganz leicht, Elisa Alicia zu finden. Sie sind einfach zum Hafen gegangen, und da war sie auch schon. Sie saß auf einem Pfosten, als einer der fröhlichen Matrosen aus Gilbert und Sullivans ›HMS Pinafore‹ verkleidet, und wartete auf ihr Schiff. Sie hatten ein paar Polizisten aus Connecticut dabei, die Verhaftung war also kein Problem. Inzwischen ist die Polizei aus sage und schreibe drei verschiedenen Staaten in den Fall verwickelt. Sie wird die Zuständigkeiten auf dem Dienstweg klären, was immer das auch bedeutet, aber ich vermute mal, daß Sie Ihre Freundin bei der Anklageerhebung wiedersehen werden, Chief Olson. Und jetzt müßt ihr mich alle entschuldigen, ich möchte schnell Mrs. Wetzel anrufen.«

»Ich habe das Recht, mit meinem Anwalt zu sprechen«, schrie Olson, als sie ihn in den Streifenwagen schoben.

Fred Ottermole schrie zurück, daß er ihn vom Polizeirevier aus anrufen könne und endlich aufhören solle, sich in aller Öffentlichkeit lächerlich zu machen. Cronkite Swope knipste zufrieden ein Foto nach dem anderen und machte sich in Gedanken Notizen für den Leitartikel, den er zu schreiben gedachte, sobald er endlich die Möglichkeit fand, sich hinzusetzen. Budge Dorkin versuchte herauszufinden, wie die Gangschaltung von Cronkites falschem Dienstwagen funktionierte, damit er ihn zum Revier fahren konnte. Mrs. Wetzel würde den Wagen als Beweisstück sicherstellen wollen, sobald sie und Helen das Kuchenproblem gelöst hatten.

Peter entschied, daß er nicht mehr gebraucht wurde, und begab sich zurück ins Haus. Er ließ sich in seinen Sessel fallen, legte die Füße auf einen Schemel und schloß die Augen. Helen kam aus der Küche, schaute ihn einen Moment lang an und war gerade im Begriff, auf Zehenspitzen aus dem Zimmer zu schleichen, als Peter sie ansprach.

»Wohin des Weges, geliebte Gattin?«

»Nach dorten, würde ich sagen, ich dachte, du wärst eingeschlafen.«

»Nein, ich habe nur ein wenig meditiert. Was meinst du, was Olson mit all dem Geld vorhatte, das er zusammengetragen hat?«

»Mit Elisa Alicia nach Paraguay fliehen und handbemalte Polizeihunde ausbilden, denke ich. Vielleicht wollte er auch ein unabhängiges Königreich am Woeful Ridge gründen und sich selbst zum Kaiser krönen lassen, was mir noch wahrscheinlicher erscheint. Könnte ich dich mit einer kleinen Tasse Tee beglücken?«

»Könntest du mich nicht mit ein bißchen ehelichem Trost beglücken?«

»Das könnte ich zwar, doch momentan ist wohl nicht der geeignete Zeitpunkt. Mrs. Wetzel kann jeden Moment mit ihrem Geburtstagskuchen hier auftauchen. Wenn sie uns in flagranti erwischt, wird sie mich wahrscheinlich wegen Zeugenbeeinflussung verhaften lassen.«

»Dann eben Tee«, sagte Peter. »Hast du daran gedacht, Iduna anzurufen und ihr mitzuteilen, daß sie gleich einen Kuchen dekoriert?«

»Selbstverständlich, Schatz. Sie wird ein Baby mit Spitzenhäubchen aus gelben Rüschen und einem Strauß Osterglocken kreieren. Mrs. Wetzels Tochter wird acht Jahre alt, heißt Abigail und geht zu den Pfadfindern.«

»Acht scheint mir ein ganz klein wenig zu alt für ein Häubchenbaby, meinst du nicht?« gab Peter zu bedenken. »Vielleicht würde Abigail einen Rockstar mit lila oder knallroter Punkfrisur vorziehen?«

Helen schüttelte den Kopf. »Kleine Mädchen sind auch mit acht noch kleine Mädchen, ganz egal, was die Leute sagen. Abigail wird von dem Häubchenbaby entzückt sein. Wenn du nicht vorhast zu schlafen, könntest du eigentlich mit in die Küche kommen und mir helfen, die Teekanne anzuwärmen. Was hältst du davon?«

Kapitel 22

Sie frühstückten bereits seit einer ganzen Weile. Catriona und Guthrie hatten schon mehrfach eingeworfen, daß sie zurück nach Sasquamahoc müßten, doch keiner nahm sie ernst, am allerwenigsten sie selbst. Iduna war mit einem Blech mit heißen Zimtbrötchen erschienen und auf eine Tasse Kaffee geblieben, hatte jedoch wieder gehen müssen, weil Daniels Flugzeug gegen Mittag erwartet wurde und sie pünktlich am Flughafen sein wollte.

Fred Ottermole hatte hereingeschaut, um sie wissen zu lassen, daß der ehemalige Polizeichef Olson ins County Gefängnis verlegt worden war, das verschwundene Waffendepot im Zimmer über Olsons Garage entdeckt worden war, und Mrs. Olson sich aufgrund eines Nervenzusammenbruchs und einer schweren Verletzung ihres Selbstwertgefühls in ärztlicher Behandlung befand. Er hatte mehrere von Idunas Zimtbrötchen gegessen und ein großes Glas Orangensaft getrunken, da er das Gefühl hatte, ein paar zusätzliche Vitamine zu brauchen, und war wieder davongebraust, um sich weiter in dem Ruhm zu sonnen, einen echten Schwerverbrecher hinter Schloß und Riegel gebracht zu haben.

Den Shandys konnte sein stellvertretendes Sonnenbad nur recht sein. Sie hatten schon so viele Telefonanrufe von wissensdurstigen Nachbarn über sich ergehen lassen, daß sie vor lauter Verzweiflung das Telefon leise gestellt hatten, um das Klingeln nicht mehr zu hören. Die wirklich wichtigen Anrufer, beispielsweise Huntley Swopes Gattin und Cronkites Bruder Brinkley, hatten sich schon gestern abend gemeldet.

Cronkite selbst hatten sie den ganzen Morgen nicht zu Gesicht bekommen. Erst als Guthrie die vierte Tasse Kaffee dankend ablehnte und Catriona in entschiedenerem Ton als zuvor gesagt hatte, daß sie nun aber wirklich aufbrechen sollten, raste der Starreporter des *Sprengel-Anzeygers* auf seinem Motorrad auf den Crescent und eilte schnurstracks ins Haus. Er war so aufgeregt, daß er sogar vergaß, vorher anzuklopfen, obwohl er normalerweise ein höflicher junger Mann war. Er wedelte aufgeregt mit einem langen Stück Papier.

»Hey, Professor! Sehen Sie mal, welche Meldung wir gerade von der *Associated Press* bekommen haben!«

»Lassen Sie mal sehen, Swope«, Peter rückte seine Brille zurecht, las ein paar Zeilen und begann zu kichern. »Grundgütiger! Das ist ja kaum zu glauben!«

Helen gab ihm einen Stups in die Rippen. »Peter, spann uns nicht auf die Folter! Sag, was drin steht!«

»›Stromausfall im Cryobiologischen Labor in Kalifornien. Versuchspersonen aufgetaut, aber nicht aufgewacht!‹ Es geht darum, daß mehrere ältere Menschen, unter anderem ein gewisser Jeremiah Binks, der einzige Multimillionär aus Balaclava County, vor einigen Jahren freiwillig an einem Experiment teilgenommen haben, bei dem sie mit Hilfe einer besonderen – eh – Kühltechnik eingefroren wurden. Das Ziel bestand darin, sie irgendwann in der Zukunft wieder aufzutauen, sobald ein Mittel entdeckt worden wäre, das den Alterungsprozeß rückgängig machen kann, so daß sie in den Genuß ewiger Jugend gekommen wären.«

»Was für ein schrecklicher Gedanke!« meinte Guthrie. »Ich kann mir nichts Schlimmeres vorstellen, als immer und ewig fünfundzwanzig Jahre alt sein zu müssen. Wieso sind sie denn jetzt schon aufgetaut?«

»Anscheinend war das Labor einige Tage lang unbeaufsichtigt, da man davon ausging, daß es nicht sonderlich viel zu beaufsichtigen gab. Als schließlich jemand hinging, um nach dem rechten zu sehen, stellte sich heraus, daß ein kleines Erdbeben einen Stromausfall verursacht hatte. Die freiwillig Eingefrorenen waren nicht nur aufgetaut, sondern außerdem von – eh – Schimmelpilz befallen.«

»Um Gottes willen! Und was jetzt?«

»Es laufen bereits mehrere Klagen und außerdem möglicherweise sogar strafrechtliche Verfahren gegen das Labor. Dabei ist der Fall Binks ganz besonders kompliziert. Das Binks-Vermögen wird momentan treuhänderisch verwaltet, da man bisher davon ausgegangen ist, daß der rechtmäßige Besitzer eines Tages wieder aufwachen würde. Da dies nach den jüngsten Ereignissen nicht möglich sein wird, muß schnellstens die Alleinerbin gefunden werden, eine gewisse Miss Winifred Binks, die vor einigen Jahren auf mysteriöse Weise verschwand, nachdem sie ihren letzten Cent dafür ausgegeben hatte, ihre Ansprüche auf den Besitz ihres Großvaters geltend zu machen.«

»Heiliger Katzenfisch!« rief Catriona. »Und was passiert, wenn die Frau nie wieder auftaucht?«

Peter lächelte geheimnisvoll. »Oh, ich denke, sie wird bestimmt wieder auftauchen. Wie wär's mit ein paar Vitaminen, Swope? Was halten Sie beispielsweise von einem Glas Orangensaft?«

»Hervorragende Idee«, sagte Cronkite. »Mir fällt gerade ein, daß ich heute morgen vergessen habe zu frühstücken. Sie haben nicht zufällig ein oder zwei Eier übrig, Mrs. Shandy?«

»Aber sicher. Nein, Cat, bleib bitte sitzen. Laß mich das nur machen. Spiegelei oder Rührei, Cronkite?«

»Was am schnellsten geht. Wir müssen zum Woeful Ridge, Professor.«

Das war das Zeichen zum Aufbruch. Während Cronkite sein verspätetes Frühstück herunterschlang, sammelten Catriona und Guthrie die wenigen Habseligkeiten ein, die sie mitgebracht hatten, und verabschiedeten sich. Sie waren schon fast zur Tür heraus, als Guthrie stehen blieb.

»Oh, ich habe völlig vergessen, euch zu erzählen, daß die Polizei in New Haven das FBI gebeten hat, Elisas Fingerabdrücke zu überprüfen. Dabei hat sich herausgestellt, daß sie in Wirklichkeit Alice Lynch heißt.«

»Dann hat Cat also recht gehabt«, sagte Helen erfreut. »Miss oder Mrs. Lynch?«

»Mrs. Der Gentleman, der anscheinend immer noch ihr rechtmäßiger Ehemann ist oder zumindest war, als sie mich geheiratet hat, was das wichtigste ist, sitzt wegen Totschlags und schweren Diebstahls zwanzig Jahre in Dannemora ab. Elisa ist damals wegen eines Formfehlers freigekommen, obwohl niemand daran gezweifelt hat, daß sie die ganze Zeit mit Lynch unter einer Decke gesteckt hatte. Also bin ich immer noch Junggeselle, und Elisa wird sich unter anderem wegen Bigamie vor Gericht verantworten müssen. Wahrscheinlich wäre ich verdammt sauer, wenn ich nicht so unendlich erleichtert wäre. Da ihr jetzt den Weg nach Sasquamahoc kennt, hoffe ich doch sehr, daß ihr uns bald besuchen kommt!«

»Worauf du dich verlassen kannst«, versicherte Peter seinem alten Freund. »Und dann fahren wir alle hinaus aufs Meer und beobachten die Wale.«

Nachdem sie noch eine Weile miteinander gelacht und sich zur Genüge umarmt hatten, fuhren Guthrie und Catriona in einem anderen Leihwagen davon.

»Siehst du«, sagte Helen. »Wie ich gesagt habe: Ende gut, alles gut. Wenn Sie mit Essen fertig sind, Cronkite, solltet ihr wohl wirklich so schnell wie möglich zum Woeful Ridge fahren. Ich glaube, Cronkite hat recht. Der Himmel weiß, was auf dem Binks-Grundstück los ist, wenn die Neuigkeit erst richtig bekannt wird, und die arme Frau weiß bestimmt nicht, wie ihr geschieht.«

»Möchtest du nicht mitkommen?« fragte Peter.

»Liebend gern, aber ich muß die Übersetzung fertig tippen und dann zur Bibliothek, um Kopien zu machen. Außerdem wollte Mrs. Wetzel nachher vorbeischauen und ihre Kopie abholen. Dem Sheriff von Hocasquam schicke ich auch eine, per Eilpost, man kann schließlich nie wissen. Ich habe keine Ahnung, wer das Original bekommen soll, aber ich werde es zweifellos früher oder später erfahren. Tschüs, ihr beiden. Bestellt der Alleinerbin viele Grüße von mir.«

»Ich bin heilfroh, daß es diesmal eine gute Nachricht ist«, bemerkte Cronkite, als er sich neben Peter in das staubbedeckte Auto der Shandys fallen ließ.

»Hoffentlich findet Miss Binks die Nachricht auch gut«, brummte Peter.

»Wie meinen Sie das, Professor? Über neunzig Millionen Dollar freut sich doch wohl jeder, oder?«

»Das werden wir bald wissen. Miss Binks scheint mit ihrem einfachen Leben sehr zufrieden zu sein, Geld spielt für sie anscheinend keine Rolle.«

»Finden Sie nicht, daß sie ihr Leben irgendwie vergeudet? Ich meine, was macht eine intelligente, sympathische Frau wie sie mutterseelenallein in einem Kaninchenbau?«

»So mag es vielleicht Ihnen oder mir erscheinen, aber wichtig ist einzig und allein, wie Miss Binks darüber denkt. Ich hoffe nur, daß wir sie finden, bevor die Menschenmassen anrollen. Das Versteck mit dem Fahrrad haben Sie problemlos gefunden, nicht wahr?«

»Na ja, gefunden habe ich es. Aber ich kann nicht behaupten, daß es problemlos war, obwohl ich mich an dem Weg und dem Kellerloch orientieren konnte. Sagen Sie mal, Professor, der Brunnen, aus dem wir herausgeklettert sind, war doch nicht weit weg von der Stelle, wo sie die Räder versteckt hatte.«

»Hmja, daran habe ich auch schon gedacht. Da wäre allerdings ein Problem: Wie können wir Miss Binks Höhle durch den Brunnen erreichen, wenn sich ihre sogenannte Zugbrücke auf der Tunnelseite befindet? Notfalls könnten wir einfach ins Wasser springen und hinüberschwimmen. Weit kann es eigentlich nicht sein.«

Weder Peter noch Cronkite fanden die Vorstellung, sich in das schwarze Loch zu stürzen, sonderlich erhebend. Sie waren beinahe erleichtert, als sie feststellten, daß sie sich ohnehin einen anderen Zugang einfallen lassen mußten. In der Nähe des Kellerlochs parkten nämlich bereits mehrere Wagen, deren Besitzer interessiert mit ihren Kameras umherspazierten und überlegten, was sie knipsen sollten. Peter sprach absichtlich so laut, daß man ihn gut hören konnte.

»Hier vertun wir bloß unsere Zeit, hier gibt es doch nichts zu sehen. Wir laufen besser zum Woeful Ridge und sehen uns die Stelle an, wo gestern die Riesenschießerei stattgefunden hat. Schnell, sonst kommen uns die Dummköpfe da drüben noch zuvor!«

Wie erwartet, rannten die anderen Leute sofort los. Peter und Cronkite taten zunächst so, als würden sie ihnen folgen, liefen dann aber schnell zurück und eilten in den Wald.

»Wir sollten versuchen, die beiden Eichen wiederzufinden. Vielleicht ist sie wieder oben in ihrem Nest. Falls nicht, können wir ihr wenigstens eine Nachricht hinterlassen.«

»Ich habe Mr. Swopes Nachricht bereits erhalten«, murmelte eine Stimme aus einem Busch. »Bitte folgen Sie mir, Gentlemen.«

Kapitel 23

Von Miss Binks sahen sie nicht einmal ein Stückchen Hirschleder, doch sie hörten ein leises raschelndes Geräusch und folgten dem Rascheln. Erst als sie schon ziemlich weit im Wald waren, zeigte sich Miss Binks kurz, aber nur, um sie in einen ihrer unterirdischen Gänge zu bitten. Danach verschloß sie den Eingang sorgfältig mit einem großen Klumpen Erde, auf dem ein kleiner Busch wuchs, und bat sie, ihr durch einen Tunnel zu folgen, den man nur kriechend durchqueren konnte.

Schließlich erreichten sie wieder die unterirdische Höhle, in der sie jene denkwürdige Nacht verbracht hatten. Der Schein der mit Asche zugedeckten Glut war so schwach, daß man nur mit Mühe sehen konnte, daher legte Miss Binks die Glut wieder frei, warf einen dicken Tannenzapfen oder zwei hinein und stellte den Wasserkessel auf zwei flache Steine.

»Darf ich den Herren eine Tasse Sassafras-Tee anbieten, oder müssen wir uns so sehr beeilen, daß wir nicht warten können, bis das Wasser kocht? Seit unserem letzten Treffen hat es einige merkwürdige Geschehnisse drüben am Woeful Ridge gegeben. Aber vielleicht wissen Sie mehr darüber als ich?«

»Da könnten Sie recht haben«, erwiderte Peter. »Nein, wir brauchen uns diesmal nicht zu beeilen. Sassafras-Tee wäre fabelhaft.«

Während Miss Binks in ihrer winzigen Küche herumhantierte, berichteten Peter und Cronkite, was genau sich oben am Woeful Ridge zugetragen hatte. Miss Binks war überrascht und hocherfreut.

»Das sind wirklich angenehme Neuigkeiten, Gentlemen. Jetzt kann ich mich in meinem Reich endlich wieder frei und ungezwungen bewegen. Vielen Dank, daß Sie hergekommen sind, um mich zu informieren. Hätten Sie gern Honig in Ihrem Tee, Mr. Swope?«

»Ähm, danke gern, Miss Binks. Aber eigentlich wollten wir Ihnen nicht nur das erzählen. Ich meine, es gibt noch etwas anderes. Am besten, Sie übernehmen das, Professor.«

Peter räusperte sich. »Es betrifft Ihren Großvater, Miss Binks.«

»Meinen Großvater? Das ist wirklich eine Überraschung. Sagen Sie bloß, er ist schon jetzt auferstanden?«

»Nein. Eh – ganz im Gegenteil. Im Cryobiologischen Labor hat es einen Stromausfall gegeben. Er und die anderen – eh – Personen wurden versehentlich aufgetaut, und es – eh – hat nicht geklappt.«

Miss Binks stellte die Teekanne sehr, sehr vorsichtig ab. »Sind Sie sich absolut sicher?«

»O ja«, sagte Cronkite. »Ich habe sofort in Kalifornien angerufen, als die Nachricht von der *Associated Press* in unserer Redaktion eingetroffen ist. Mr. Binks ist ziemlich reif und irgendwie matschig, und überall auf ihm wächst ein etwa drei Zentimeter hoher giftgrüner Schimmelrasen.«

»Ich verstehe.« Miss Binks saß einen Moment lang wie versteinert da und starrte ins Feuer. »Der arme Großvater! All seine Träume von ewiger Jugend begraben unter einem giftgrünen Schimmelrasen. Dieser Augenblick ist sehr schicksalsträchtig für mich, wie Sie sich bestimmt vorstellen können.«

»Er ist vielleicht noch viel schicksalsträchtiger, als Sie ahnen können, Miss Binks.« Peter beschloß, nicht lange um den heißen Brei herumzugehen. »In der Pressemitteilung, die Swope eben erwähnt hat, steht außerdem, daß bereits nach der vermißten Alleinerbin gesucht wird, die auf mysteriöse Weise verschwand, nachdem sie den Prozeß verloren hatte, von dem sie sich Klärung über ihre Ansprüche auf das Vermögen des alten Herrn versprach. Falls Sie nicht sofort auf der Bildfläche erscheinen, werden aus allen Büschen potentielle Erben hervorkriechen, und dann müssen Sie möglicherweise noch einen häßlichen Prozeß durchstehen.«

»Das ist allerdings ein wichtiger Punkt. Ich bin so glücklich hier draußen. Aber wie Sie bereits sagten, wenn ich meine Rechte nicht geltend mache, werden mir andere zuvorkommen. Und das würde höchstwahrscheinlich ebenfalls das Ende meiner Idylle bedeuten. Wer auch immer das Land bekommt wird es zweifellos bebauen wollen.«

»Höchstwahrscheinlich.«

»Zwangsräumung mit dem Bulldozer. So hatte ich mir das Ende meines friedlichen Lebens als Waldnymphe wirklich nicht vorgestellt. Wenn ich mich recht erinnere, ist das Treuhandvermögen recht umfangreich.«

»Neunzig Millionen Dollar stand in der Pressemitteilung«, erläuterte Cronkite. »Ich weiß allerdings nicht, wieviel davon an Erbschaftssteuer abgeht.«

»Sicher bedeutend weniger, als man bezahlen müßte, wenn das Geld nicht treuhänderisch verwaltet würde«, sagte Peter. »Außerdem hat Ihr Großvater Sie ausdrücklich als Alleinerbin eingesetzt. Sie werden bald eine sehr reiche Frau sein, Miss Binks.«

»Was für eine Ironie!« Miss Binks trank noch ein Schlückchen Sassafras-Tee und schaute sich mit trauriger Miene in ihrem gemütlichen Heim um. »Ich habe mich hier die ganze Zeit schon so reich gefühlt. Ich habe nichts besessen, um das ich mir Sorgen machen müßte, und hatte trotzdem alles, was ich brauchte. Und jetzt werde ich gezwungen, dieses Paradies für etwas aufzugeben, das ich gar nicht brauche und das mir sehr viel Sorgen bereiten wird.«

Die dünnen Schultern unter der mehr als schlichten Hirschlederjacke hoben sich resigniert. »Aber welche Alternative bleibt mir noch? Man muß die Karten spielen, wie sie ausgeteilt werden, wie mein Onkel Charles immer zu sagen pflegte. Eine Philosophie, die ihn zum Lieblingsopfer aller Falschspieler gemacht hat, wie Sie sich denken können. Nun ja, wenn es denn wirklich meine Bestimmung ist, werde ich eben reich sein. Eine Aussicht, die auch ihre positiven Seiten hat, wie ich zugeben muß. Was würden Sie vorschlagen, Gentlemen? Soll ich einfach aus dem Wald herausspazieren und ›*Ecce femina*‹ rufen, oder halten Sie einen etwas offizielleren Stil für angemessen?«

»Wie steht es mit dem Anwalt, der Sie bei Ihrem Prozeß vertreten hat?« erkundigte sich Peter. »Haben Sie sich – eh – in aller Freundschaft getrennt?«

»Selbstverständlich. Es war nicht Mr. Debenhams Schuld, daß wir erfolglos geblieben sind. Vielleicht war er sogar ein wenig übereifrig, was meine Vertretung betraf, und hat zugelassen, daß sein persönliches Engagement sein Urteil getrübt hat, was den Ausgang des Prozesses betraf. Aber man kann einem Mann ja wohl kaum vorwerfen, daß er einen mag. Außerdem ging es mir nach dem verlorenen Prozeß auch nicht viel schlechter als vorher. Der arme Mann hat jede Bezahlung abgelehnt und wollte sogar selbst die Prozeßkosten tragen. Was ich natürlich nicht zulassen konnte, aber jetzt, wo der Kuchen mir gehört, verdient vor allem Mr. Debenham ein großes Stück davon. Aber wie soll ich zu ihm kommen? Mit dem Fahrrad?«

»Ich würde vorschlagen, daß Sie Ihre – eh – Sonntagskluft anziehen, Miss Binks, und Swope und mir erlauben, Sie im Wagen mitzunehmen. Auf dem Weg könnten wir bei mir zu Hause vorbeifahren, ich wohne ganz in der Nähe vom College, wissen Sie. Dort hätten Sie die Gelegenheit, sich – eh – feinzumachen, wenn Sie möchten. Meine Frau wird hocherfreut sein, Sie endlich kennenzulernen. Danach könnten Sie Ihrem Anwalt erklären, daß Sie Freunde besucht hätten, die anonym bleiben möchten, um nicht mit in den Rummel hineingezogen zu werden, den Ihr plötzliches – eh – Auftauchen zweifellos auslösen wird. Es sei denn, Ihnen fällt eine bessere Lösung ein.«

»Alles ist besser als die Wahrheit, nicht wahr, Professor? Aber ich sehe ein, daß ich vorsichtig sein muß, damit keiner der potentiellen Erbschleicher auf die Idee kommen könnte, mich für unzurechnungsfähig erklären zu lassen. Das haben Sie doch gedacht, nicht?«

»Hmja, es ist eine Möglichkeit, die man nicht ganz ausschließen kann.«

»Da kann ich Ihnen nur recht geben. Sie würden mich schneller in eine Gummizelle stecken, als ein Eichhörnchen blinzeln kann. Ich sage einfach, ich hätte mich in einem kleinen Wintercamp in einer einsamen Gegend aufgehalten, weil ich dort die Möglichkeit hatte, von dem bißchen Geld, das ich durch den Verkauf der Habseligkeiten meiner verstorbenen Tante noch besaß, einigermaßen gut zu leben. Falls man mich nach dem Namen des Ortes fragt, werde ich mich weigern, ihn preiszugeben, da ich nicht möchte, daß meine ehemaligen Nachbarn von rücksichtslosen Sensationsheischern belästigt werden. Das müßte doch genügen, meinen Sie nicht?«

»Und ob«, sagte Cronkite. »Sie dürfen nur nicht verraten, daß Ihre Nachbarn Stinktiere und Eichhörnchen waren.«

»Und ein ziemlich mürrischer Mr. Dachs.« Miss Binks besaß wirklich ein äußerst gewinnendes Lächeln. »Wissen Sie, ich möchte auf keinen Fall mehr lügen als unbedingt nötig. Wenn ich erst über das Treuhandvermögen verfügen kann, ist ohnehin egal, ob die Wahrheit herauskommt oder nicht. Jeder, der neunzig Millionen Dollar zur freien Verfügung hat, kann sich erlauben, so exzentrisch zu sein, wie er Lust hat. Keiner wird es wagen, auch nur die Augenbrauen zu heben.«

Miss Binks goß allen noch eine Tasse Sassafras-Tee ein. »Trinken wir also auf den mächtigen Gott Mammon! Natürlich habe ich mir gelegentlich die Zeit damit vertrieben, mir auszumalen, was ich mit

Großvaters Geld anfangen würde, wenn ich frei darüber verfügen könnte.«

»Sie haben sicher nicht zufällig daran gedacht, sich für den Wiederaufbau der Seifenfabrik einzusetzen?« meinte Cronkite beiläufig.

Miss Binks Lächeln verwandelte sich in ein Kichern. »Es würde mir nicht nur großes Vergnügen bereiten, sondern mich außerdem keinen einzigen Cent kosten. Ich brauche nur Sam Snell in die Enge zu treiben und ihm eine flammende Rede über seine Pflichten als Staatsbürger zu halten.«

»Na ja. Aber dazu müßten Sie ihn zuerst einmal finden. Momentan hockt er irgendwo auf seiner Jacht und denkt nach.«

»Ach, tatsächlich? Kopf hoch, Mr. Swope, dort hockt er sicher nicht lange. *Entre nous,* unser tapferer Jachtfahrer wird seekrank, sobald er eine Welle sieht, die höher als acht Zentimeter ist. Wir brauchen nur ein wachsames Auge auf den Wetterbericht zu haben und Snell abzufangen, sobald er seinen Fuß an Land setzt. Wenn er erfährt, daß ich Großvaters Geld geerbt habe, wird er auf der Stelle angekrochen kommen und mir die Schuhe lecken. Apropos Schuhe, ich sollte mir für diese Gelegenheit unbedingt ein neues Paar zulegen. Vertrauen Sie mir, Mr. Swope. Es ist ein Kinderspiel, Sam Snell den Marsch zu blasen. Und es wird mir einen Heidenspaß machen, wenn ich ehrlich sein soll.«

»Miss Binks, Sie sind einfach toll!«

»Das hat man mir schon öfter gesagt, wenn auch nie in dem Ton wie Sie gerade. Vielen Dank für das Kompliment, Mr. Swope. Wo waren wir stehengeblieben? Ach ja, immer noch bei den völlig überflüssigen Millionen meines Großvaters. Wissen Sie, daß unser Rendezvous mit den angeblichen Überlebenskämpfern mich auf eine Idee gebracht hat? Zunächst fällt einem natürlich auf, daß es ihnen im Grunde gar nicht ums Überleben ging – jedenfalls nicht um das Überleben ihrer Mitmenschen. Großvater dagegen interessierte sich brennend dafür, auch wenn sein Ansatz sich letztendlich als ebenso falsch erwiesen hat. Doch daraus sollte man auf keinen Fall schließen, daß die Überlebensfrage unwichtig ist.«

»Auf keinen Fall«, stimmte Peter zu. »Immerhin sind wir Menschen damit beschäftigt zu überleben, seit wir dem Urschleim entstiegen sind.«

»Ach, dazu fällt mir ein Nonsens-Gedicht ein: ›Als du noch ein Kaulquapp warst und ich ein Fisch im paleozoischen Schleim‹. Leider erinnere ich mich nur an diese beiden Zeilen, ich muß meine

Kenntnis der Unsinnslyrik unbedingt auffrischen. Vielleicht sollte ich mich ohnehin mehr dem Unsinn widmen, wenn ich denn meinen Platz in der Gesellschaft wieder einnehmen muß. Aber ich wollte eigentlich etwas ganz anderes sagen. In den letzen Jahren habe ich viel gelernt, was das Überleben in freier Natur betrifft. Ich glaube, der beste Weg, die Erinnerung an Großvater lebendig zu halten – herrje, da fällt mir doch dummerweise wieder der Schimmelrasen ein! Lassen wir das! Ich glaube, es wäre eine schöne Geste Großvater gegenüber, wenn ich sein Geld dazu verwenden würde, anderen beizubringen, was ich über das Überleben in der Wildnis gelernt habe.«

»Tolle Idee, Miss Binks«, sagte Cronkite. »Man könnte eine Schule aufmachen und den Leuten beibringen, Amarant-Pfannkuchen zu backen.«

»Nahrungsmittelzubereitung gehört auf jeden Fall mit ins Programm, aber wir sollten einen viel weiteren Bogen spannen, damit auch die Allgemeinheit einen echten Nutzen daraus zieht. Es genügt einfach nicht, ein spitzes Stöckchen zu nehmen und nach eßbaren Wurzeln zu stochern, wissen Sie. Dazu gibt es viel zu viele Menschen und viel zu wenig Wurzeln an den Stellen, wo sie am dringendsten gebraucht werden. Ein holistischer Ansatz, was das Überleben unserer Gattung betrifft, muß heute sehr viel komplexer ausfallen als in früheren Zeiten. Immerhin gibt es inzwischen Probleme wie sauren Regen, Neutronenbomben, Nahrungsmittelknappheit und Trinkwasserverschmutzung. Wir haben uns selbst in eine so aussichtslose Lage manövriert, daß wir nicht damit rechnen können, noch eine Generation Zeit zu haben, um die unzähligen Probleme in den Griff zu bekommen. Wir müssen es jetzt sofort richtig machen, eine zweite Chance wird es nicht geben.«

Miss Binks mußte über ihren plötzlichen Gefühlsausbruch lachen. »Entschuldigen Sie bitte, Gentlemen, es lag nicht in meiner Absicht, Sie mit meinen trivialen Grübeleien zu langweilen. Aber ich würde mich gern mit den ganz einfachen Dingen beschäftigen und genau da anfangen, wo wir uns jetzt befinden. Hier in diesem Land pflücken wir unsere Äpfel immer schon lange bevor sie reif sind, und jetzt jammern wir plötzlich über ökonomische Bauchschmerzen. Die Schmerzen werden noch sehr viel ärger werden, bevor eine Aussicht auf Besserung besteht, wenn Sie meine ehrliche Meinung hören möchten. Doch in der Zwischenzeit wollen die Bäuche weiterhin gefüttert werden, und bei unserem Klima brauchen wir auch weiterhin ein Dach über dem Kopf. Nahrung gibt es genügend, man muß nur wissen, wonach man sucht, und selbst Schutz vor der Witterung ist leichter zu finden, als man gemeinhin annimmt. Eine kleine Erdhöhle hat durchaus ihre Vorteile, wissen Sie. Wichtig ist nur, daß man sein Erdklosett weit genug von den Trinkwasservorräten entfernt ansiedelt. Und all diese Erkenntnisse könnte ich den Leuten vermitteln.«

»Donnerwetter, das kann ich mir lebhaft vorstellen!« Peter gefiel die Idee. »Geradezu genial! Und wie hatten Sie sich das ganze gedacht?«

»Zuerst wollte ich Sie fragen, ob die Möglichkeit besteht, mit der Landwirtschaftlichen Hochschule von Balaclava zusammenzuarbeiten. Das würde meinem Projekt Glaubwürdigkeit verleihen und mir die Möglichkeit geben, mit klugen Köpfen wie dem Ihren und dem von Professor Enderble zusammenzuarbeiten. Sie können sich gar nicht vorstellen, wieviel Inspiration und Freude ich der Lektüre von Professor Enderbles Werk ›Das Leben der Säugetiere in Höhlenbauten‹ verdanke! Ich habe es so oft gelesen, daß es inzwischen buchstäblich auseinanderfällt.«

»John wird entzückt sein«, versicherte Peter. »Und ich bin sicher, daß auch Präsident Svenson sich freuen wird, mit Ihnen über Ihre Vorstellungen zu sprechen. Wenn Sie möchten, werde ich ein Treffen mit ihm arrangieren, sobald er aus Schweden zurück ist.«

»Hervorragend. Bis dahin werde ich ein genaueres Programm ausgearbeitet haben – und hoffentlich über genug Bargeld verfügen, um es in die Tat umzusetzen. Mein konkreter Vorschlag würde so aussehen, daß ich Großvaters Land dem College zur Verfügung stellen würde, mit Ausnahme eines kleinen Teils, auf dem ich mir ein bescheidenes Häuschen für mich selbst bauen würde. An der Stelle, an der das ursprüngliche Haus gestanden hat, möchte ich so viele Gebäude errichten lassen, wie wir zur Verwirklichung unserer diversen Pläne benötigen. Eines davon soll eine kleine Sendestation sein. Ich würde gern einen Fernsehsender ins Leben rufen, der sich nur auf Informations- und Lehrprogramme konzentriert, die sich mit ökologischen Themen und Überlebensfragen beschäftigen.«

»Einen Fernsehsender?«

»O ja, anders können wir die Menschen doch nicht erreichen, oder? Es mag ja schön und gut sein, in einem Pflanzenkundebuch nachzulesen, welche Pflanzen eßbar und welche giftig sind, daß man die eßbaren Triebe der Kermesbeere nur sammeln darf, wenn sie nicht größer als fünfzehn Zentimeter sind, doch wenn die Pflanzen noch so klein sind, wie kann der Leser dann sicher sein, daß es sich um die richtige Pflanze handelt? Viel besser wäre es, die Leute mit aufs Feld zu nehmen und ihnen zu sagen: ›Dieses junge Pflänzchen hier ist Kermesbeere. Wenn es noch so klein ist, kann man es gefahrlos pflücken. Die Pflanze dort drüben ist schon viel zu groß, also Finger weg! Und bei der Pflanze dort drüben handelt es sich mitnichten um Kermesbeere, sondern um hochgiftigen Eisenhut, den Sie auf keinen Fall essen dürfen!‹ So weiß der Betreffende genau, mit welchen Pflanzen er zu tun hat, und dies läßt sich am einfachsten durch Fernsehsendungen vermitteln. Außerdem könnte man einen weiteren Beitrag darüber machen, wie man Kermesbeeren am schmackhaftesten zubereitet. Beispielsweise als köstlichen Salat oder gedünstet mit Taglilienpollen-Plätzchen und Konfitüre aus wilden Holunderbeeren.«

»Und man könnte zeigen, wie jemand krank wird, weil er Eisenhut gegessen hat statt Kermesbeere, und Taglilien oder so was als Gegengift einnehmen muß.« Cronkite war ebenfalls Feuer und Flamme.

»Um einen Menschen von einer Eisenhutvergiftung zu kurieren, benötigt man etwas weitaus Stärkeres als Taglilien, junger Freund! Unsere vorrangige Aufgabe wird darin bestehen, den Menschen zu zeigen, was sie pflücken dürfen und was nicht. Wir könnten endlose Gespräche über dieses Thema führen, Gentlemen, doch jetzt haben Sie wenigstens einen kleinen Eindruck von meinen Plänen. Von nun an werde ich jedenfalls dafür sorgen, daß Großvater nicht umsonst aufgetaut ist.«

»Bravo, Miss Binks!« sagte Peter. »Auf unsere Unterstützung können Sie zählen.«

»Dann könnten Sie mir vielleicht als erstes den Gefallen tun, Professor Enderble zu bitten, bei Großvaters Beerdigung ein paar Worte über die hiesige Fauna zu sagen? Ach herrje, ich hoffe doch sehr, daß Großvater nicht zu feucht ist, um eingeäschert zu werden. Es würde bestimmt ein Vermögen kosten, ihn in seinem momentanen Zustand von der Westküste überführen zu lassen. Was rede ich da überhaupt! Ich besitze ja jetzt ein riesiges Vermögen, das ich ausgeben kann! Ich werde mir die Sache mit der Beerdigung noch einmal genau durch den Kopf gehen lassen. Einerseits möchte man nicht übertrieben protzig sein, andererseits sollte man sich als Mulitmillionärin natürlich auch nicht lumpen lassen. Du liebe Zeit, so unangenehm ist das Gefühl, reich zu sein, gar nicht. Schwäche, dein Name ist Binks! Was ist übrigens aus der Wetterfahne der Seifenfabrik geworden, Professor Shandy?«

»Meine Frau hat sie gerettet.«

»Das freut mich aber! Jetzt können wir immer hingehen und nachsehen, aus welcher Richtung der Wind weht. Ein unschätzbares Hilfsmittel für uns Überlebenskämpfer, finden Sie nicht? Mal nachdenken, erst holen wir uns die neunzig Millionen Dollar, dann beerdigen wir Großvater, danach blasen wir Sam Snell den Marsch, damit er die Seifenfabrik wiederaufbauen läßt, und zu guter Letzt widmen wir uns der Kermesbeere. Das dürfte für den Anfang genügen. Die großen Probleme gehen wir später an. Und jetzt, Gentlemen, entschuldigen Sie mich bitte für fünf Minuten, damit ich mich feinmachen kann, und dann können wir uns auf den Weg machen.«

Nachwort

Wie William L. DeAndrea in seiner hervorragenden »Encyclopedia Mysteriosa« 1994 schreibt, hat Charlotte MacLeod mit ihren Serien über Peter Shandy von der Landwirtschaftlichen Hochschule in Balaclava County (»Schlaf in himmlischer Ruh«, »... freu dich des Lebens«, »Über Stock und Runenstein«, »Der Kater läßt das Mausen nicht«, »Stille Teiche gründen tief«, DuMont's Kriminal-Bibliothek Nr. 1001, 1007, 1019, 1031, 1046) und um das Bostoner Paar Sarah Kelling und Max Bittersohn (»Die Familiengruft«, »Der Rauchsalon«, »Madam Wilkins' Palazzo«, »Der Spiegel aus Bilbao«, »Kabeljau und Kaviar«, »Ein schlichter alter Mann«, DuMont's Kriminal-Bibliothek Nr. 1012, 1022, 1035, 1037, 1041, 1052) einen wichtigen Trend im neueren Detektivroman begründet, den zwar die Kritiker nicht bemerkten, wohl aber das Publikum: Ihre Detektivromane mit ihrer geglückten Mischung aus Humor, exzentrischen Charakteren, fairen Clues und haarsträubenden Plots machten Charlotte MacLeod zur mit weitem Abstand erfolgreichsten Autorin nicht nur ihres amerikanischen Verlages, sondern auch der DuMont-Reihe. Zudem gilt sie – was den deutschen Übersetzern und Lektoren bisweilen Kopfschmerzen bereitet – als eine der besten Stilisten ihrer Generation mit einem geradezu beängstigenden Wortschatz.

Mit sichtlichem Behagen erweitert sie im neuen Roman den Buggins-Lumpkins-Clan, dessen Stammbaum wir in »Stille Teiche gründen tief« kennengelernt haben, um ein weiteres Mitglied: Ein Großneffe von Fortitude Lumpkin, dem Gründer der gleichnamigen Seifenfabrik in Lumpkinton, mit dem bezeichnenden Vornamen Praxiteles war nach neuenglischen Maßstäben einer der größten Bildhauer seiner Zeit – er zog herum und fertigte Wetterfahnen, die sich durch ihren Ortsbezug auszeichneten. So ziert die Seifenfabrik seiner Familie etwa ein Mann in einem Badezuber und die Forstakademie ein Holzfäller mit einem Eichhörnchen.

Helen Shandy wurde nach der Wiederentdeckung des Folklore-Künstlers mit einer Dokumentation seiner noch vorhandenen Werke beauftragt – als promovierte Bibliothekswissenschaftlerin, Kuratorin der wertvollen Buggins-Bibliothek und Verfasserin des Standardwerks »Die Familie Buggins in Balaclava County« –, war Praxiteles Lumpkin doch auch der Großneffe von Druella Buggins. Niemand Geringeres als das berühmte Smithsonian Institut in Washington, das sich der Zoologie, Ethnologie und der frühen Geschichte Nordamerikas widmet, interessiert sich für dieses Sondergebiet der ›Early Americana‹.

›Early Americana‹ zählen aber in den USA auch zu den ›collectibles‹. Unter dieser handlichen Sammelbezeichnung versteht man drüben alles, was man sammeln kann, von Hummel-Figuren über historisch sich wandelnde Coca-Cola-Flaschen bis zu den Relikten amerikanischer Präsidentschaftswahlkämpfe; und ›Early Americana‹ sind die teuersten aller ›collectibles‹. Neuenglische Bauernmöbel erzielen Preise wie die besten Zeugnisse französischer Möbelkunst des 18. Jahrhunderts, wie Helen und Peter Shandy herausfanden, als sie den völlig verarmten Horsefalls halfen, ihre Farm zu sanieren (»Über Stock und Runenstein«). Und so werden auch Praxiteles Lumpkins' Wetterfahnen, wenn sie denn einmal bei einer Auktion auftauchen, knapp unter der 100.000-Dollar-Grenze gehandelt.

Könnte das der Grund sein für das rätselhafte Faktum, daß die Gebäude, die solche Wetterfahnen tragen, eine verhängnisvolle Neigung entwickeln, niederzubrennen, sobald Helen Shandy ihren Messingschmuck photographisch dokumentiert hat? Am verhängnisvollsten erweist sich diese Tendenz bei der Seifenfabrik von Lumpkinton, dem bei weitem größten Arbeitgeber der Gegend. Wenige Stunden, nachdem Helen den sie schmückenden Mann im Badezuber bei günstigstem Licht aufgenommen hat, brennt sie bis auf die Grundmauern nieder. Nicht nur, daß ein alter Arbeiter dabei ums Leben kommt und anschließend der ganze Ort in aschevermengtem, blasenwerfendem Seifenschaum versinkt – noch schlimmer scheint die Gefahr, daß das alte Gemäuer nicht wieder aufgebaut wird und die Gegend in Arbeitslosigkeit und Elend versinkt.

Schnell glaubt man einen Schuldigen zu haben, den Werkmeister Brinkley Swope, hatte er doch einerseits stets für eine Modernisierung der Fabrik gekämpft und andererseits verkündet, gelegentlich die Kanone auf dem Denkmal gegenüber der Fabrik abfeuern zu wollen. Hat er so den Brand ausgelöst, in einer Mischung aus Dummer-Jungen-Streich und ›heißer Sanierung‹. In Lumpkinton schäumt die öffentliche Meinung gegen ihn jedenfalls genauso heftig und schmutzig wie die Seife in den Straßen. Sein Bruder Cronkite Swope, der Rasende Reporter vom *Allwoechentlichen Gemeinde- und Sprengel-Anzeyger,* wendet sich deshalb hilfesuchend an den nun schon berühmten Amateurdetektiv Peter Shandy, dessen außerordentliche Erfolge er mehrfach pressetechnisch begleitet hat. Er soll den wahren Hergang klären, bevor Brinkley Swope eventuell gelyncht wird.

Und so kommt es nun zu dem, was man nicht besser als mit dem englischen Originaltitel bezeichnen kann – »Vane Pursuit«, was einerseits »Die Jagd nach den Wetterfahnen« heißt, phonetisch aber exakt der englischen Redewendung ›vain pursuit‹, ›eitles Unterfangen‹ entspricht – letzteres natürlich für die Fahnendiebe. Während Helen mit einer Freundin in den nördlichsten Bundesstaat Maine aufbricht, um ein letztes der Werke des großen Praxiteles zu photographieren, muß Peter zu Hause bleiben, um seinem Freund in der erbetenen Weise beizustehen. Beide erleben nun eine Abenteuerkette, die selbst für MacLeod-Fans noch Überraschungen bietet: Während Helen sich mit zwei weiteren Damen unter Lebensgefahr auf eine Insel rettet, landen Peter und Cronkite erst in einem Baumhaus und am Ende einer ›tarzanischen Reise‹ in einem geräumigen Kaninchenbau.

Mehr darf natürlich nicht verraten werden, wohl aber, daß sich früh eine erste Spur der verschwundenen Fahnen abzeichnet: Haben die spektakulären Diebstähle mit integrierter Brandstiftung etwas mit den mysteriösen Überlebenskämpfern zu tun, die sich bei näherem Hinsehen als schießwütige paramilitärische Wehrsportgruppe entpuppen? Der schnell hergestellte Zusammenhang läßt den Roman, der als Untersuchung einer Brandstiftung mit Todesfolge begann, zur Untergattung des Bandenromans werden. Während man über immer rätselhafter werdende Zwischenfälle tiefer in die Bandenstruktur eindringt, stellt sich immer dringender die Frage nach den unbekannten Drahtziehern, die unter der Maske von Biedermännern und -frauen die Puppen tanzen lassen. Friedrich Gerstäcker hat sich dieses Modells mit anhaltendem Erfolg in »Die Flußpiraten des Mississippi« bedient, Edgar Wallace hat es ebenfalls nicht zum Schaden seines Bankkontos immer wieder trivialisiert, und Francis Durbridge hat nach diesem Muster in den sechziger und siebziger Jahren unseres Jahrhunderts ganze Nationen vor dem Bildschirm versammelt. Mit diesem Muster spielt nun auch Charlotte MacLeod und läßt Helen dank ihrer historischen Kenntnisse eine Mittelsmännin und Peter dank seiner scharfen Beobachtungsgabe und seiner »kleinen grauen Zellen« im Showdown den ›Big Boss‹ entlarven.

Zu der eingangs beschriebenen ›Spiel‹-Form des Detektivromans, die Charlotte MacLeod so erfolgreich erneuerte, gehört auch das heute ›Intertextualität‹ genannte Spiel mit literarischen Vorbildern. In unserem Roman sind es gleich zwei im englischen Sprachraum ungeheuer beliebte und jedermann bekannte Texte. Wenn Peter Shandy im Gipfel einer Eiche ein dort im Einklang mit sich und der Waldwelt lebendes spätes Mädchen trifft, so ist dies natürlich die Welt der auch wörtlich erwähnten Rima in William H. Hudsons »Green Mansions« (1904), und wenn er dann diesem Vogelmädchen in den Untergrund folgt, ist er natürlich mit Alice im Wunderland. Daß sich dies unter Umständen vollzieht, die eher in die Thriller John Buchans passen, versteht sich aufgrund des Genres von selbst.

Wie Miss Binks, die mit ihrem Scharfsinn, mit ihrem Witz, mit ihrer Intelligenz und ihren erprobten Überlebenskünsten zur Retterin von Peter und Cronkite wird, in diese Lage kam, ist eine eigene Geschichte, wie sie nur von Charlotte MacLeod erfunden werden konnte: Sie ist die einzige Erbin ihres Multimillionär-Großvaters, der jedoch in seinen letzten Lebenstagen wortwörtlich das Opfer eines etwas dubiosen Wissenschaftlers wurde. Er ließ sich von ihm tieffrieren, um am Ende des Jahrtausends dank des zu erwartenden Fortschritts der Medizin verjüngt aufzuerstehen. Ein Richter erklärt ihn daraufhin für noch potentiell lebend; die Kosten für den Prozeß um ihr Erbe ließen Miss Binks völlig mittellos zurück, und so nutzt sie einstweilen das riesige Binks-Gelände in ihrer Doppeleigenschaft als Rima und Weißes Kaninchen. Nebenbei gesagt: Daß sich der Großvater ausgerechnet in Kalifornien und nicht – was Miss Binks als vernünftiger erschienen wäre – in Alaska einfrieren ließ, wird ihm und seinen Auferstehungsplänen letztlich zum Verhängnis. Doch der so hoffnungsvolle Wissenschaftler ist ohnehin inzwischen selbst tot. Man fand seine von Kugeln durchsiebte Leiche in einem Kühlschrank, ein rätselhafter Umstand, den der zuständige Sheriff Olson kurzerhand mit Selbstmord erklärt hatte.

Und schließlich tritt Charlotte MacLeod in diesem Roman erstmals persönlich auf – als Catriona McBogle, die wie ihre Schöpferin in einem alten Haus in Maine lebt und verrückte Romane schreibt. Die Bluse, die sie bei ihrem Auftritt trägt, ist mit schwarzen Pfotenabdrucken verziert, und erläutert wird dieser Umstand durch den wohl berühmtesten Satz aus dem gesamten Genre Detektivroman: »Es waren die Fußstapfen eines riesigen Hundes.« Daß sie nun selbst in einen noch verrückteren Roman hineingeraten ist, verblüfft sie zunächst aufs äußerste, doch dann genießt sie es, indem sie beschließt, aus den verrückten Ereignissen mit leichten Änderungen einen weiteren verrückten Roman zu machen – und der Leser dankt es Catriona-Charlotte-MacLeod-McBogle.

Volker Neuhaus

DUMONT's Kriminal-Bibliothek

»Knarrende Geheimtüren, verwirrende Mordserien, schaurige Familienlegenden und, nicht zu vergessen, beherzte Helden (und bemerkenswert viele Heldinnen) sind die Zutaten, die die Lektüre zu einem Lese- und Schmökervergnügen machen. Der besondere Reiz dieser Krimi-Serie liegt in der Präsentation von hierzulande meist noch unbekannten anglo-amerikanischen Autoren.«

Neue Presse/Hannover

Band 1001	Charlotte MacLeod	**»Schlaf in himmlischer Ruh'«**
Band 1002	John Dickson Carr	**Tod im Hexenwinkel**
Band 1003	Phoebe Atwood Taylor	**Kraft seines Wortes**
Band 1004	Mary Roberts Rinehart	**Die Wendeltreppe**
Band 1005	Hampton Stone	**Tod am Ententeich**
Band 1006	S. S. van Dine	**Der Mordfall Bischof**
Band 1007	Charlotte MacLeod	**»... freu dich des Lebens«**
Band 1008	Ellery Queen	**Der mysteriöse Zylinder**
Band 1011	Mary Roberts Rinehart	**Der große Fehler**
Band 1012	Charlotte MacLeod	**Die Familiengruft**
Band 1013	Josephine Tey	**Der singende Sand**
Band 1016	Anne Perry	**Der Würger von der Cater Street**
Band 1017	Ellery Queen	**Sherlock Holmes und Jack the Ripper**
Band 1018	John Dickson Carr	**Die schottische Selbstmord-Serie**
Band 1019	Charlotte MacLeod	**»Über Stock und Runenstein«**
Band 1020	Mary Roberts Rinehart	**Das Album**
Band 1021	Phoebe Atwood Taylor	**Wie ein Stich durchs Herz**
Band 1022	Charlotte MacLeod	**Der Rauchsalon**
Band 1023	Henry Fitzgerald Heard	**Anlage: Freiumschlag**
Band 1024	C. W. Grafton	**Das Wasser löscht das Feuer nicht**
Band 1025	Anne Perry	**Callander Square**
Band 1026	Josephine Tey	**Die verfolgte Unschuld**
Band 1027	John Dickson Carr	**Die Schädelburg**
Band 1028	Leslie Thomas	**Dangerous Davies, der letzte Detektiv**
Band 1029	S. S. van Dine	**Der Mordfall Greene**
Band 1030	Timothy Holme	**Tod in Verona**

Band 1031	Charlotte MacLeod	»Der Kater läßt das Mausen nicht«
Band 1033	Anne Perry	**Nachts am Paragon Walk**
Band 1034	John Dickson Carr	**Fünf tödliche Schachteln**
Band 1035	Charlotte MacLeod	**Madam Wilkins' Palazzo**
Band 1036	Josephine Tey	**Wie ein Hauch im Wind**
Band 1037	Charlotte MacLeod	**Der Spiegel aus Bilbao**
Band 1038	Patricia Moyes	**»… daß Mord nur noch ein Hirngespinst«**
Band 1039	Timothy Holme	**Satan und das Dolce Vita**
Band 1040	Ellery Queen	**Der Sarg des Griechen**
Band 1041	Charlotte MacLeod	**Kabeljau und Kaviar**
Band 1042	John Dickson Carr	**Der verschlossene Raum**
Band 1043	Robert Robinson	**Die toten Professoren**
Band 1044	Anne Perry	**Rutland Place**
Band 1045	Leslie Thomas	**Dangerous Davies … Bis über beide Ohren**
Band 1046	Charlotte MacLeod	**»Stille Teiche gründen tief«**
Band 1047	Stanley Ellin	**Der Mann aus dem Nichts**
Band 1048	Timothy Holme	**Morde in Assisi**
Band 1049	Michael Innes	**Zuviel Licht im Dunkel**
Band 1050	Anne Perry	**Tod in Devil's Acre**
Band 1051	Phoebe Atwood Taylor	**Mit dem linken Bein**
Band 1052	Charlotte MacLeod	**Ein schlichter alter Mann**
Band 1053	Lee Martin	**Ein zu normaler Mord**
Band 1054	Timothy Holme	**Der See des plötzlichen Todes**
Band 1055	Lee Martin	**Das Komplott der Unbekannten**
Band 1056	Henry Fitzgerald Heard	**Das Geheimnis der Haarnadel**
Band 1057	Sarah Caudwell	**Adonis tot in Venedig!**
Band 1058	Phoebe Atwood Taylor	**Die leere Kiste**
Band 1059	Paul Kolhoff	**Winterfische**
Band 1060		**Mord als schöne Kunst betrachtet**
Band 1061	Lee Martin	**Tod einer Diva**
Band 1062	S. S. van Dine	**Der Mordfall Canary**
Band 1063	Charlotte MacLeod	**Wenn der Wetterhahn kräht**
Band 1064	John Ball	**In der Hitze der Nacht**
Band 1065	Leslie Thomas	**Dangerous Davies … Auf eigene Faust**
Band 1066	Charlotte MacLeod	**Eine Eule kommt selten allein**

Charlotte MacLeod

Balaclava-Serie

Weihnachten ist für das Balaclava Agricultural College ein Fest von herausragender Bedeutung ... . Als Professor Peter Shandy, Dozent für Nutzpflanzenzucht, die Frau eines Kollegen tot in seiner Wohnung findet, glauben alle, daß es sich nur um einen Unfall handeln kann ... (Band 1001)

Die Entführung der besten Zuchtsau und der Mord an der Hufschmiedin der Universität sorgen für beträchtliche Aufregung im Leben von Professor Shandy – schließlich ist sein bester Freund, Professor Stott, der Hauptverdächtige! (Band 1007)

Mit analytischem Denkvermögen löst Peter Shandy seinen dritten Fall, bei dem es um merkwürdige Vorgänge und einen Mord auf einer Farm, Baulandspekulationen und Geheimnisse um einen plötzlich aufgetauchten Runenstein geht. (Band 1019)

Als Kater Edmund das Toupet von Professor Ungley anschleppt, ahnt noch niemand, daß dieser bereits tot ist. Alle glauben an einen Unfall, nur Professor Shandy nicht. Dieser stößt bei seinen Ermittlungen in ein Wespennest ... (Band 1031)

Eine Leiche beim Winterwendefest und ein totes Ehepaar im Nachbardorf bringen Präsident Svenson vom Balaclava Agricultural College nicht aus der Fassung. Aber unziemliche Gerüchte über den Universitäts-Gründer gehen zu weit – Professor Shandy muß den Ruf des Colleges retten! (Band 1046)

Band 1066
Charlotte MacLeod
Eine Eule kommt selten allein

Die alljährliche Eulenzählung ist ein bedeutendes Ereignis für die Dozenten des ehrwürdigen Balaclava Agricultural College. Wie entsetzlich, daß ausgerechnet während dieser nächtlichen Veranstaltung Emory Emmerick, einer der Teilnehmer, erstochen und in einem Netz verpackt im Wald aufgefunden wird! Der Dozent für Nutzpflanzenzucht und Detektiv aus Leidenschaft, Professor Peter Shandy, beginnt mit seinen Ermittlungen und stößt schon bald auf Ungereimtheiten. Und als wäre die heile Welt des Colleges durch diesen heimtückischen Mord noch nicht genug erschüttert, wird auch noch die reiche Miss Winifred Binks entführt!
Was geht hier vor?

Band 1060
Mord als schöne Kunst betrachtet
Die raffiniertesten Kurzgeschichten der
»DUMONT's Kriminal-Bibliothek«-Autoren in einem Band

Anläßlich des 10jährigen Jubiläums der »DUMONT's Kriminal-Bibliothek« stellt dieser Band klassisch-schöne Detektivgeschichten vor, deren Mehrzahl noch nie auf deutsch erhältlich war, ja von denen einige überhaupt erstmals das Licht der öffentlichen Welt erblicken. Begleiten Sie die Detektivinnen und Detektive der bewährten Autoren der »DUMONT's Kriminal-Bibliothek«!
Mit Kurzgeschichten von:
John Dickson Carr, Stanley Ellin, Timothy Holme, Michael Innes, Paul Kolhoff, Charlotte MacLeod, Lee Martin, Anne Perry, Ellery Queen, Mary Roberts Rinehart, Leslie Thomas und Robert Robinson.